SHIRLEE BUSBEE

Stürmische Begierde

Buch

Selbst einen Pakt mit dem Teufel würde die Südstaaten-Schönheit Arabella Montgomery schließen, um ihre Unabhängigkeit als Herrin über ihre Plantage in der Nähe von Natchez am Mississippi zu verteidigen. Zu einem Pakt ist sie dann auch bald gezwungen. Nachdem ihr jüngerer Bruder Haus und Hof beim Kartenspiel verloren hat, unterbreitet ihr der Gewinner – es ist ausgerechnet Tony Daggett, der ihr vor Jahren schon einmal viel zu nahe gestanden hat – ein skandalöses Angebot. Er verzichtet auf die Ländereien, wenn Arabella seine heimliche Geliebte wird. Wutentbrannt willigt Arabella ein – und entdeckt, anfangs unangenehm berührt, dass ihr Herz nach wie vor für diesen unmöglichen Mann schlägt. Doch da taucht plötzlich ein mysteriöser Fremder auf, der Tonys politisches und privates Ansehen zerstören will. Das weckt Arabellas Entschlossenheit, ihren Kampfgeist und ihre Liebe zu Tony. Denn freiwillig lassen sich Tony und sie ihr endlich gefundenes Glück nicht nehmen …

Autorin

Vierzehn Romane, zehnmal die Spitzenplätze auf der New-York-Times-Bestsellerliste, vielfach preisgekrönt und eine Auflage von insgesamt mehr als 11 Millionen Exemplaren: Ohne Zweifel ist Shirlee Busbee eine der erfolgreichsten amerikanischen Unterhaltungsautorinnen. Sie lebt mit ihrem Mann auf einer kleinen Pferderanch in Kalifornien.

Von Shirlee Busbee ist bereits erschienen

Im Sturm der Gefühle (35609) – Mitternachtsspitzen (35267) – Süße Verheißung (35084) – Zauber der Leidenschaft (35119) – Umarmung um Mitternacht (35218) – Wie eine Lilie in der Nacht (35326) – In Liebe gefangen (42661)

SHIRLEE
BUSBEE

Stürmische Begierde

Roman

Aus dem Amerikanischen
von Anke Koerten

BLANVALET

Die Originalausgabe erschien 2000 unter dem Titel
»At Long Last« bei Warner Books
A Time Warner Company, New York.

Umwelthinweis:
Alle bedruckten Materialien dieses Taschenbuches
sind chlorfrei und umweltschonend.

Blanvalet Taschenbücher erscheinen im
Goldmann Verlag, einem Unternehmen der
Verlagsgruppe Random House GmbH.

Deutsche Erstveröffentlichung Dezember 2002

Dieses Werk wurde vermittelt durch die
Literarische Agentur Thomas Schlück GmbH, Garbsen
Umschlaggestaltung: Design Team München
Umschlagillustration: Agt. Schlück/Gadino
Satz: deutsch-türkischer fotosatz, Berlin
Druck: Elsnerdruck, Berlin
Verlagsnummer: 35789
Lektorat: Maria Dürig
Redaktion: Petra Zimmermann
Herstellung: Heidrun Nawrot
Made in Germany
ISBN 3-442-35789-6
www.blanvalet-verlag.de

1 3 5 7 9 10 8 6 4 2

Für John Westlund,
dem originellen Erzähler von Familiengeschichten
und legendären Spaßvogel.
Und für Rachel, seiner charmanten
Ehefrau und langjährigem Opfer
einiger seiner spektakulärsten Streiche.

UND

Für Howard, für alles, was du für mich bist,
und für alles, was du für mich tust.

1

»Du hast was getan?«, rief Arabella Montgomery mit einer Mischung aus Entsetzen und Fassungslosigkeit aus.

Ihr jüngerer Halbbruder Jeremy konnte ihrem Blick über die kurze Distanz, die sie trennte, nicht standhalten. »Ich verspielte die Pflanzung«, murmelte er. »Alles. Uns ist nichts geblieben.«

Als Arabella ihn unverwandt anstarrte, ließ er sich auf einen Stuhl neben ihrem Schreibtisch sinken und begrub den blonden Kopf in den Händen. »Lieber Gott, Bella, wir sind ruiniert! Was soll ich nur tun?«

Arabella atmete tief durch. Nur jetzt nicht in Panik geraten, redete sie sich zu. An diesem ausnehmend schönen Aprilmorgen hatte sie am Schreibtisch in ihrem kleinen Arbeitszimmer gesessen und fröhlich vor sich hin summend ein Rezept für Rosenwasser gesucht. Da nun diese geradezu greifbare Ruhe von Jeremys Ankündigung jäh zerstört worden war, legte sie vorsichtig das Stück Papier weg, das sie in der Hand hielt, und sagte in erstaunlich ruhigem Ton: »Sag mir, was passiert ist.«

»Eigentlich weiß ich es nicht«, erwiderte Jeremy sichtlich verzweifelt. »Ich war zu betrunken.«

Nur mit Mühe unterdrückte Arabella die wütende Äußerung, die ihr auf der Zunge lag. Jetzt ist nicht der Zeitpunkt, ihm die Leviten zu lesen, rief sie sich ins Gedächtnis. Dafür würde sie sorgen, wenn die momentane Krise bewältigt war.

Sie unterdrückte einen Seufzer und fixierte seinen gebeugten Kopf, ohne ihn richtig wahrzunehmen, da sie in Gedanken alle anderen Krisen der letzten Jahre Revue passieren ließ. Der plötzliche Tod ihres Vaters William vor knapp zwei Jahren war am schwersten zu ertragen gewesen und nach wie vor nicht überwunden, da es immer wieder Tage gab, an denen sie seine ruhige, gelassene Führung und seine Zuneigung schmerzlich vermisste.

Neben Arabella, seiner Ältesten, dem einzigen Kind aus erster Ehe, hatte William fünf minderjährige Sprösslinge und eine Witwe zurückgelassen. Seine zweite Ehe, vor über zwanzig Jahren mit der jungen Mary Kingsley geschlossen, hatte sich als sehr fruchtbar erwiesen. Arabella, die knapp zehn Jahre war, als William seine zweite Frau heiratete, hatte nach anfänglicher Kühle Mary zunehmend lieb gewonnen, eine Zuneigung, die von ihrer Stiefmutter erwidert wurde. Und was ihre Halbgeschwister betraf, so liebte Arabella sie alle.

Neben dem nunmehr einundzwanzigjährigen Jeremy gab es die siebzehnjährige Sara, eine blonde und blauäugige Schönheit in voller Blüte, die von zahlreichen jungen Herren bedrängt wurde, sie in den engeren Kreis ihrer Anbeter aufzunehmen. Der vierzehnjährigen Jane mit ihren langen Zöpfen, die Sara für arrogant und eingebildet hielt, war der Wirbel um ihre Schwester unbegreiflich. George und John, neun und sieben, waren noch zu klein, um mehr zu sein als zwei Lausbuben mit blanken Augen, deren Streiche Arabella gelegentlich schwanken ließen, ob sie sie versohlen oder laut über sie lachen sollte, wobei sich sich öfter für Letzteres entschied.

Zuweilen fragte sie sich freilich, wie ihr Leben verlaufen würde, wenn ihr Vater nicht wieder geheiratet hätte und sie keine andere Sorge als das eigene Wohl gekannt hätte. Sie verzog das Gesicht und rümpfte ihre kecke Nase. Vermutlich wäre sie nach einer Woche vor Langeweile entseelt vom Stuhl gerutscht.

Der tragische Tod ihres Vaters nach einem Sturz vom Pferd war nur eine von vielen Krisen, die die Familie bewältigen hatte müssen, doch war es die bei weitem schmerzlichste und jene, die sie am schwersten getroffen hatte. Für viele Menschen in der Gegend um Natchez waren die Jahre von 1789 bis 1796 eine schwierige, sorgenvolle Zeit, da die Tabakkrise für die meisten Plantagenbesitzer den Ruin bedeutete – so auch für die Familie Montgomery. Erst 1795, im Todesjahr ihres Vaters, als Eli Whitney seine Egrenierkreissäge zur Reinigung der Baumwollfasern von Samenkörnern auf den Markt brachte, gab es neue Hoffnung. Wer nur einen Funken Verstand besaß, hatte im Jahr darauf Baumwolle angepflanzt, und zum ersten Mal seit Jahren bekamen die Pflanzer das Gefühl, dass sie noch eine Zukunft hatten.

Arabella lächelte traurig. Sie wünschte, ihr Vater hätte noch den an ein Wunder grenzenden Gewinn erleben können, den seine fünf weit auseinander liegenden Pflanzungen abgeworfen hatten. Kaum aber war ein Hindernis überwunden, drohte schon das nächste – eines, das nicht nur die Montgomerys bedrohte, sondern das gesamte Mississippi-Territorium.

Natchez und das umliegende Land hatten den Spaniern gehört, solange Arabella zurückdenken konnte. Wie viele andere in dieser Gegend waren die Montgomerys Engländer, denen es unter der Herrschaft der Dons gut gegangen war und die es zu Wohlstand gebracht hatten. Dies sollte sich freilich ändern. Im letzten Jahr war das gesamte Gebiet östlich des Mississippi und nördlich des einunddreißigsten Breitengrades, das die Spanier beherrschten und in dem auch Natchez lag, der Verwaltung der jungen Vereinigten Staaten unterstellt worden. Das ganze Territorium bot im Moment für politisches Ränkespiel aller Art einen idealen Nährboden, da die Spanier trotz der getroffenen Vereinbarung wenig Bereitschaft zeigten, das Land den Amerikanern zu überlassen. Diese wiederum verstärkten ihre Bestrebungen, die störrischen Spanier hinauszudrängen, und neuerdings wurde sogar gemunkelt, von Kanada aus stünde eine Invasion der Briten bevor.

Diese Unruhe hatte bereits zu Tumulten geführt, und gewisse Kreise erhoben lautstark die Forderung, man solle die Spanier angreifen. Überall gab es Intrigen und Komplotte, so dass man nie sicher sein konnte, ob man sich am nächsten Morgen mitten im Krieg befinden würde oder ob einem wieder ein Tag trügerischer Ruhe bevorstand. Und jetzt dies, dachte sie missmutig. Als sich ihre Gedanken wieder der Gegenwart zuwendeten, schärfte sich ihr Blick.

»Mit wem hast du gespielt, Jeremy?«, fragte sie leise. »Ich kann mir nicht denken, einer deiner Freunde würde zulassen, dass du um so hohe Einsätze spielst.«

Er sah sie unglücklich mit seinen blauen Augen an. »Es war kein Freund, sondern Daniel Leyton.«

Arabella stockte der Atem. »Daniel Leyton! Ach, Jeremy, wie konntest du nur? Du weißt doch, dass er der skrupelloseste Spieler von Natchez ist. Du hättest wissen müssen, dass er sich mit einem Anfänger wie dir nur an den Spieltisch setzt, weil er genau weiß, dass er dir das Fell über die Ohren ziehen kann! Was hast du dir dabei gedacht?«

Kaum waren ihr die Worte entschlüpft, als sie sich jeden weiteren Vorwurf verkniff und ihre vorschnelle Zunge verwünschte. Jeremy, der erst vor einem Vierteljahr einundzwanzig geworden war und seither die Verfügungsgewalt über sein Erbe hatte, war sich seiner Jugend schmerzlich bewusst und versuchte diese Tatsache zu kompensieren, indem er sich viel reifer und erwachsener gab, als es seinen Jahren zukam. Arabella und Mary belächelten diese Haltung milde hinter seinem Rücken. Arabella hatte sich damit beruhigt, dass er klug genug war, um diese Unsicherheit bald abzulegen und wieder so ungezwungen zu sein wie früher. Aber ihn zu schelten und auf seine Jugend hinzuweisen, war in diesem Moment das Schlimmste, was sie hatte tun können.

Jeremy versteinerte, seine Miene verriet Groll. »Vielen

Dank! Ich komme zu dir, um dich angesichts der Katastrophe, der wir uns gegenüber sehen, um Hilfe zu bitten, und dir fällt nichts Besseres ein, als mich zu kritisieren.« Sein Unmut war von kurzer Dauer, und er wirkte sehr jung, als er murmelte: »Ach, Bella, schimpf nicht mit mir. Ich weiß, dass ich ein Idiot war. Was sollen wir nur tun?«

»Nun, als Erstes müssen wir wohl unser Eigentum zurückbekommen«, erwiderte Arabella kühl – viel kühler, als ihr zu Mute war.

»Ist das denn möglich?«, fragte Jeremy mit gerunzelter Stirn. »Ein Gentleman steht zu seinem Wort, und ich würde meine Schulden auf jeden Fall begleichen. Immerhin habe ich die Schuldscheine unterschrieben.« Er schnitt eine Grimasse. »Zumindest nehme ich es an. Mir ist alles nur sehr verschwommen in Erinnerung.«

Davon war Arabella überzeugt. Jeremy war kein Trinker, und Daniel Leyton und seine Saufkumpane waren berüchtigt für ihren Alkoholkonsum und ihr alles andere als faires Spiel. Jeremy war nur einer von vielen jungen Männern, die durch Leyton zur Schaden gekommen waren. Im vergangenen Jahr hatte sich der Sohn eines Nachbarn zum Beispiel wegen seiner Spielschulden das Leben genommen – Schulden, die er bei Leyton hatte. Ihr weicher Mund verhärtete sich. Jeremy darf das nicht passieren, gelobte Arabella sich. Sie würden sich die Schuldscheine wieder aneignen, und wenn sie sie stehlen musste!

Ein wenig erschrocken über ihre eigenen Gedanken betrachtete sie ihren Bruder und entschied, dass es unnötig war, ihn hineinzuziehen – einerlei, was sie unternehmen würde. »Willst du mir nicht alles erzählen?«, fragte sie schlicht.

Jeremy nickte. Ihrem Blick ausweichend, fing er an: »Also ... es begann in einer kleinen Kneipe an der Silver Street.«

»An der Silver Street, Jeremy?«

Wieder nickte er. Seine Wangen hatten sich gerötet.

Klugerweise verkniff Arabella sich eine Bemerkung darüber, dass er sich in das berüchtigte, als Natchez-unter-dem-Hügel bekannte Viertel gewagt hatte, dessen Ruf flußauf- und -abwärts geradezu legendär war. Was man über Messerstechereien, Morde, willige Dirnen, wüste Saufgelage und ruinöses Glücksspiel hörte, wurde von der Wirklichkeit noch bei weitem übertroffen.

»Bist du aus eigenem Antrieb hingegangen?«, hakte sie nach. Die Silver Street war keine Gegend, die Jeremy aus freien Stücken aufsuchen würde, da er auf seine Art ein recht unschuldiger junger Mann war, der Pferde und Jagd mehr schätzte als Alkohol und liederliche Frauenzimmer. Tatsächlich hatte er ihres Wissens nur selten mehr als ein Glas Wein vor dem Dinner getrunken. Und was Frauen betraf, so errötete er momentan sogar noch, wenn die Schwestern seiner Freunde das Wort an ihn richteten.

Jeremy zupfte an seinem adrett gebundenen Halstuch. »Am ersten Abend waren wir mehrere … Tom Denning, James Gayle, John Roache und Edward Crocker«, sagte er und zählte sein übliches Freundesquartett auf. Arabella kannte alle. Es waren nette junge Männer in Jeremys Alter und Position. Von keinem konnte sie sich vorstellen, ihren Bruder in die Situation gebracht zu haben, in der er offenbar steckte.

Als Arabella schwieg und ihn lediglich mit leicht hochgezogenen Brauen anschaute, setzte er mit sichtlichem Widerstreben hinzu: »Und … Vincent Walcott.«

»Ach so«, sagte Arabella leise. Nun war alles klar. Nie war ihr ein üblerer Bursche als Vincent Walcott begegnet. Jeremy und seinen Freunden, die als junge Leute leicht zu beeindrucken waren, imponierte er ungemein und wurde von ihnen als Inbegriff weltmännischer Erfahrung angesehen. Fast zehn Jahre älter als Jeremy und seine Freunde, stand er Arabella im Alter näher als ihrem Bruder. Er war ein gut aussehender Mann, hoch gewachsen und gewandt aus angesehener Familie. Sein Hang zu einem skandalösen und ausschweifenden Lebenswandel hatte dazu geführt, dass er unter den solideren Pflanzern und ihren Familien als Ausgestoßener galt, während sein lässiger Charme, seine Eleganz und das Auge für schöne Frauen und Pferde ihm die Bewunderung der jüngeren Generation sicherten.

Vincent war schon vor Jahren von seiner Familie enterbt worden. Gegenwärtig lebte er vom kleinen Erbteil einer Großtante, das er durch Methoden aufstockte, über die in besseren Kreisen nicht gesprochen wurde. Junge Tölpel in Leytons Netz zu treiben, war eine der Tätigkeiten, mit denen Vincent es schaffte, eine Fassade der Wohlhabenheit aufrechtzuerhalten. Jeremy war nicht der einzige grüne Junge, mit dem Walcott und Leyton sich angefreundet hatten, dem sie geschmeichelt hatten, um ihn dann gnadenlos zu ruinieren.

»Was meinst du damit?«, fragte Jeremy abwehrend. Als Arabella ein harmloses Gesicht machte, sagte er: »Du weißt, was ich meine – das ›Ach so‹.«

Arabella zuckte mit den zarten Schultern. »Nur dass Vincents zusätzliche Anwesenheit manches erklärt.«

Seine abwehrende Haltung verflog so rasch, wie sie gekommen war. Er seufzte und sagte düster: »Ich habe mich zum Vollidioten gemacht. Und uns obendrein ruiniert.«

»Wir sind nicht ganz ruiniert, und wenngleich deine Verluste uns sicher wehtun werden, verfügt die Familie noch über ein paar Vermögenswerte. Du warst unbedacht, hast aber nichts getan, was nicht die meisten deiner Freunde in derselben Situation auch getan hätten. Dir kann man nicht die Schuld geben.«

»Und doch bin ich schuld«, sagte Jeremy gramvoll. »Ich

wusste, dass Vincent mit Leyton befreundet ist, und sein Ruf ist ja bekannt. Und ich wusste, dass ich am Abend darauf nicht wieder dorthin hätte gehen sollen. Tom und Edward versuchten es mir auszureden, aber Vincent ...«

»Aber Vincent machte sich über ihre Bemühungen lustig und ließ sie jung und dumm aussehen, und deshalb bist du mitgegangen.«

»Ja, genau so war es!«, erwiderte Jeremy, von der raschen Auffassungsgabe seiner Schwester beeindruckt. »Und ich dachte, Walcott und Leyton würden mich meinen Freunden vorziehen, weil ich um so vieles gewandter bin. Ich war richtig aufgeblasen und hielt mich für einen Sieger«, sagte er verächtlich. »Erst viel später, als mir bewusst wurde, was ich angerichtet hatte, und mein Kopf nicht mehr schmerzte, wurde mir klar, dass sie meine Freundschaft nur gesucht hatten, um mich auszunutzen. Und dumm, wie ich war, ließ ich es zu.«

Arabella runzelte die Stirn. »Es passierte nicht bei einer einzigen Sitzung? Waren es mehrere?«

Jeremy ließ ein verbittertes Lachen hören. »Allerdings. Ich spielte mit ihnen fast einen Monat lang. Jetzt sehe ich, wie geschickt sie mich manipulierten. Sie reizten mich, ließen mich ab und zu gewinnen, wiegten mich in dem Glauben, ich hätte unglaubliches Glück beim Spiel, während sie mich die ganze Zeit über zu ködern trachteten. Doch erst am Samstagabend – oder vielmehr gestern am frühen Morgen – warfen sie den Haken aus und zogen mich an Land.« Er schüttelte den Kopf. »Ich hätte es besser wissen müssen, ließ mich aber von meiner Erregung mitreißen. Wir tranken und spielten Stunde um Stunde. Ich verlor jeden Zeitbegriff, so dass ich auch nicht wahrnahm, wie tief ich schon in der Klemme saß. Bei der letzten Partie setzte ich alles auf eine Karte, von den beiden in dem Glauben bestärkt, ich könne alles an jenem und an anderen Abenden Verlorene zurückgewinnen.« Dumpf setzte er hinzu: »Stattdessen verspielte ich alles, Bella. Alles.« Sein Ton war gedämpft, als er mit hängendem Kopf sagte: »Als mir schließlich aufging, was ich angerichtet hatte, lag ich die ganze Nacht wach und bereitete mich darauf vor, dir alles zu sagen, wobei ich mich ständig fragte, ob es nicht einfacher wäre, mich umzubringen.«

»Nun, das wäre wohl das Allerdümmste – und Feigste. Es zeugt von Reife, dass du dich entschieden hast, deine Verantwortung zu akzeptieren«, sagte Bella vorsichtig und versuchte abzuschätzen, wie ernst es ihm mit der zweiten Hälfte seines Geständnisses war. Sich vorbeugend sagte sie eindringlich: »Jeremy, wir brauchen dich jetzt mehr als je zuvor. Du bist das Familienoberhaupt … vergiss nicht, dass deine Mutter und deine Geschwister deiner Führung bedürfen. Sie wären niedergeschmettert, wenn dir etwas zustieße. Sie brauchen dich, Jeremy.«

Er blickte mit der Andeutung eines Lächelns auf, und der feste Klumpen Furcht in ihrer Brust lockerte sich. »Du weißt, dass du diejenige bist, auf die alle blicken, wenn es ein Problem gibt«, sagte er leise, »also versuch nicht, mich zu beschwindeln, Mädchen.«

Als sie lächelte, legten sich kleine Fältchen um die äußeren Winkel ihrer schrägen Katzenaugen, und goldene Funken tanzten in ihren sherryfarbigen Tiefen. »Wer schwindelt nun wen an, Bruderherz?«

Da lachte Jeremy laut auf. »Ach, Bella! Was würde ich ohne dich tun? Ich war so sicher, mein Leben sei aus und vorbei, und nun bringst du mich wieder zum Lachen.« Er wurde sofort wieder ernst und fragte: »Aber was sollen wir tun?«

»Ich sagte es schon: Wir werden uns die Schuldscheine zurückholen – irgendwie.« Als Jeremy protestieren wollte, sagte sie rasch: »Und wenn es zum Äußersten kommt und es uns nicht gelingt, werden wir nicht so arm dran sein, wie du glaubst. Vergiss nicht, dass ich neben dem Vermögen meiner Mutter auch die Pflanzung meines Großvaters erbte. Zum Glück«, sagte sie trocken, »konntest du die nicht verpfänden, weil sie nicht dir gehört. Wir müssten ein paar unangenehme Sparmaßnahmen einführen, und natürlich ist Greenleigh nicht so großartig und schön wie Highview, aber unser Überleben wäre gesichert. Mittellos wären wir nicht.«

Erleichterung zeichnete sich in Jeremys Miene ab. Er stand auf und machte ein paar Schritte durch den kleinen Raum. Dann drehte er sich zu Bella um und sagte: »Greenleigh hatte ich vergessen – es ist zwar klein, müsste aber reichen. Und ich hätte wissen müssen, dass du einen Weg finden würdest, Mutter und die Kinder zu retten. Ihnen galt meine erste Sorge.« Sein junges Gesicht verhärtete sich. »Was mich betrifft, so brauchst du nicht zu befürchten, dass du für mich aufkommen musst. Ich werde einen Weg finden, mich durchzuschlagen, und dann werde ich dir zurückzahlen, was der Unterhalt der Familie dich kostete, und wenn es mein Leben lang dauert.« Er straffte die Schultern. »Es ist meine Schuld, dass wir an diesem Punkt anlangten, und ich werde mein Bestes tun, damit die anderen nicht unschuldig durch meine Fehler leiden müssen – das schwöre ich dir, Bella!«

Er wirkte sehr jung und stolz, als er so vor ihr stand, und Bella spürte, wie ihre Kehle eng wurde. Um einen ruhigen Ton bemüht, sagte sie: »Bewundernswerte Regungen – und ich habe keine geringeren von dir erwartet, aber im Moment brauchen nur wir beide von der Sache zu wissen. Ich möchte deiner Mutter und den anderen lange Aufregungen ersparen.«

Jeremy zog erstaunt die Brauen hoch. »Aber Bella, es gibt keine andere Lösung. Begreifst du denn nicht? Ich habe Highview und alles Land, das ich von Vater erbte, verloren.« Mit gesenktem Blick gestand er schmerzlich: »Ich habe auch die anderen ruiniert, da Ländereien und Vermögen, die ich für sie treuhänderisch verwalte, ebenso verloren sind. Wir werden hier alles aufgeben müssen, doch hoffe ich, dass Leyton uns ein paar Wochen Zeit lässt. Aber man muss es Mutter sagen.«

Arabella, die aufstand und hinter ihrem Schreibtisch hervorkam, fasste nach Jeremys Arm und führte ihn zur Tür. »Ja, gewiss, aber das muss ja nicht heute sein, oder? Wir wollen sie nicht vorzeitig beunruhigen … später haben wir ohnehin keine andere Wahl. Während wir uns einen Plan zurechtlegen, braucht sie sich nicht aufzuregen und sich vor Sorgen zu verzehren. Du und ich, wir überlegen uns die Sache ein paar Tage, und erst wenn wir genau wissen, wie wir dran sind, werden wir ihr alles erklären. Meinst du nicht, dass dies vernünftiger wäre?«

Jeremy musterte sie scharf. Eine kleine Falte hatte sich in seine Stirn gegraben. »Was hast du vor, Bella?«, fragte er voller Argwohn. »Unsere einzige Chance ist Greenleigh. Eine andere gibt es nicht. Mutter sollte so bald wie möglich von unseren veränderten Verhältnissen erfahren. Ein Umzug mit einem Haushalt dieser Größe bedeutet viel Arbeit.«

»Ja, ja, ich gebe dir ganz Recht«, meinte Bella beschwichtigend und tätschelte leicht seinen Arm, »doch halte ich es trotzdem für klüger, wenn wir ein paar Tage warten, ehe wir den ganzen Haushalt auseinandernehmen.« Sie lächelte ihm verschwörerisch zu. »Du weißt doch, wie besorgt deine Mutter immer reagiert. Wäre es nicht besser, wenn Greenleigh für sie und die Kinder vorbereitet wäre, ehe wir es ihr sagen? Greenleigh steht seit Jahren leer … Im Moment wohnen dort nur die Tidmores, die sich um das Haus kümmern. Ist es da nicht klüger, wenigstens eine Weile zu warten?«

Halb überzeugt, aber halt noch nicht ganz, fixierte Jeremy sie. Von allen Geschwistern standen er und Bella sich trotz der zehn Jahre, die sie trennten, am nächsten. Er kannte sie sehr gut, und ihr Verhalten weckte in ihm die Frage, was sie im

Schilde führte. Da er aber wusste, dass sie nichts verraten würde, bis sie nicht bereit war und ihre Argumente einiges Gewicht hatten, fügte er sich widerstrebend. »Gut«, sagte er. »Dann warten wir eben ... aber nur bis Donnerstagmorgen.«

Arabella überlegte, ob sie nicht auf eine längere Frist drängen sollte, verwarf die Idee aber rasch. Sie kannte diesen eigensinnigen Ausdruck an ihm und wusste, dass er wahrscheinlich hinausgehen und alles brühwarm seiner Mutter berichten würde, wenn sie ihm jetzt weiter zusetzte. Sie musste ihn ablenken und beschäftigen – er musste so eingespannt werden, dass er ihre Aktivität nicht mitbekam. Allmählich formte sich ein Plan in ihrem Kopf, und sie strahlte mit hellem Lächeln zu ihm auf. »Also schön, bis Donnerstag. Was hältst du davon, wenn du in der Zwischenzeit nach Greenleigh reitest und Ausschau hältst, was alles getan werden muss?« Als wäre es eine spontane Idee, setzte sie hinzu: »Es wäre vielleicht gut, wenn du über Nacht bliebest, damit du keine Zeit mit dem Hin- und Rückweg vertust.« Da fiel ihr etwas ein. »Du hast die Pflanzungen verloren – aber wie steht es mit den Sklaven und anderen persönlichen Besitztümern? Hast du auch sie verspielt?«

Jeremy schnitt eine Grimasse. »Ich denke schon, aber so genau weiß ich es nicht. Du darfst nicht vergessen, dass ich total betrunken war.«

Wenn Jeremy die Arbeitssklaven verspielt hatte, war es ein schlimmerer Verlust als jener Highviews. Ohne Sklaven konnten sie das ihnen verbliebene Land nicht bearbeiten, und ihr nicht unbeträchtliches Vermögen würde nicht ewig reichen, wenn sie gezwungen war, nicht nur den Unterhalt Marys und der Kinder davon zu bestreiten, sondern es auch für den Ankauf von Sklaven zu verwenden.

Sie atmete tief durch. Es spielt keine Rolle, rief sie sich in Erinnerung. Ihre Absicht stand fest – sie würde Jeremys

Schuldscheine an sich bringen. Mit gezwungenem Lächeln sagte sie: »Hoffen wir, dass du nur unsere Plantage verspielt hast. So, und nun mach dich fertig und reite nach Greenleigh. Wenn du dich beeilst, bist du in weniger als einer Stunde dort. Deiner Mutter sage ich, dass du mir einen Gefallen tust und nachsiehst, wie es um Haus und Land steht.«

Mit der Hand auf der Klinke hielt Jeremy inne und warf einen Blick zurück. Die durch das Fenster hinter ihr einfallende Sonne ließ Arabellas rotes Haar wie Feuer leuchten und umgab sie mit einer goldenen Aura. Mit ihrer zierlichen Figur und den lebendigen, ausdrucksvollen Zügen sieht sie fast wie eine kleine Märchenprinzessin aus, dachte er liebevoll. Obwohl bald zweiunddreißig, sah sie nicht älter aus als Sara – sehr zu deren Verdruss. An diesem Morgen hatte sie tatsächlich für ihn die gute Märchenfee gespielt, musste er dankbar eingestehen, da er ohne sie wahrscheinlich seinem Leben ein Ende bereitet hätte. Dennoch traute er ihr nicht über den Weg. Hatte Arabella sich einmal etwas in den Kopf gesetzt, vermochte nichts sie davon abzubringen. Und er hatte das starke Gefühl, dass sie etwas ausheckte, was ihm nicht gefallen würde. Er wusste sehr wohl, dass sie ihn nach Greenleigh schickte, damit er ihr nicht im Weg war. Das war ihm absolut nicht geheuer.

Er runzelte die Stirn. »Ich wurde zwar übertölpelt, doch ist nicht daran zu rütteln, dass ich Highview an Leyton verlor. Meine Blödheit ist nicht wieder gutzumachen, und ich möchte nicht, dass du etwas ähnlich Dummes unternimmst.«

Arabella riss weit die Augen auf und sah so unschuldig drein, wie sie konnte – also äußerst unschuldig. »Aber Jeremy, was du dir da wieder zusammenreimst … natürlich werde ich keine Dummheiten machen.«

So wenig ihn ihre Antwort befriedigte, wusste er doch, dass er aus ihr nicht mehr herausbekommen würde. »Sehr gut, dann lasse ich ein Pferd satteln und breche nach Greenleigh auf. Morgen Abend oder am Donnerstag bin ich wieder zurück – und dann wollen wir es Mutter sagen. Einverstanden?«

»Natürlich. Wir waren uns doch einig.«

Nach einem letzten forschenden Blick ging er endlich und schloss dezent die Tür hinter sich.

Wieder allein durchmaß Arabella den kleinen Raum, wobei ihre Miene äußerste Konzentration zeigte. Donnerstag … viel Zeit blieb ihr nicht, doch hatte sie geschworen, bis dahin Jeremys Schuldscheine in der Hand zu haben, und bei Gott, so würde es sein!

Sie wartete ungeduldig, bis sie sicher war, dass Jeremy wirklich nach Greenleigh aufgebrochen war. Dann ließ sie ihren Wagen anspannen und fuhr keine Viertelstunde nach Jeremy los, in die Gegenrichtung, nach Natchez. In der Stadt suchte sie den Familienanwalt auf und ließ sich trotz seiner Vorhaltungen die gewünschten Dokumente aus dem Safe geben, ohne ihm eine Erklärung zu liefern. Nachdem sie die Papiere sorgsam in der kleinen, eigens mitgebrachten Mappe verstaut hatte, wandte sie sich Mr. Haight zu. Mit einem schalkhaften Lächeln erklärte sie: »Sie brauchen keine Angst zu haben. Ich weiß genau, was ich tue.«

Mr. Haight, kahl und bebrillt, musterte sie ernst. Er kannte die Familie, seitdem sie vor fast fünfzehn Jahren aus England gekommen war, und hatte William Montgomery als persönlichen Freund betrachtet. »Das will ich hoffen«, sagte er. Aus seinen braunen Augen sprach Besorgnis. »Jüngst hörte man beunruhigende Gerüchte über das Tun und Treiben des jungen Jeremy. Hoffentlich ruinieren Sie sich nicht selbst, indem Sie versuchen, ihn vor den Folgen seiner Torheiten zu bewahren.«

Arabella machte große Augen. »Aber, Mr. Haight, was meinen Sie damit?«

Er schnaubte. »Verschonen Sie mich mit Ihrem Unschuldsblick, Miss!«

Arabella lachte, ein verführerisches, kehliges Lachen, das nicht zu ihren koboldhaften Zügen passen wollte. »Na schön, ich werde es nicht tun. Guten Tag, Sir, und Ihrer Gattin meine besten Empfehlungen.«

Nachdenklich sah Mr. Haight ihr nach, als sie in ihrem von einer glänzenden Rappstute gezogenen flotten, dunkelgrüngelben Wägelchen davonrollte. Das raffinierte kleine Ding brauchte einen Ehemann. Einen Mann mit starkem Willen, der sich von ihren lachenden Augen nicht ablenken ließ und den sie nicht um ihren schlanken zarten Finger wickeln konnte.

Ein Jammer, dass ihr junger Leutnant im Jahre 1787 gefallen war, als sie erst einundzwanzig war. Er wusste noch, dass die Hochzeit im Herbst hätte stattfinden sollen. Lieutenant Stockdale war ein netter junger Mann, der im Sommer 1786 zu Besuch auf Highview weilte. Ein wahrer Jammer, dachte Mr. Haight wieder. Anstatt herumzutändeln und ihr eigenes Vermögen wegen dieses grünen Jungen Jeremy aufs Spiel zu setzen, hätte sie jetzt sicher schon eine eigene Kinderschar gehabt.

Sein Blick verfolgte noch immer Arabellas Wagen, als er die Stirn runzelte. Natürlich wäre die Sache mit Tony Daggett vor fünf Jahren niemals gut gegangen. Es war ein verdammtes Pech gewesen, dass Daggett aus London zurückgekehrt war, als sie eben ihre Trauer um den toten Bräutigam überwunden hatte. Daggett war ein berüchtigter Lebemann, dessen zwei Frauen keines natürlichen Todes gestorben waren. Man munkelte sogar, er hätte sie umgebracht. Mr. Haight hatte vollstes Verständnis für William Montgomerys heftigen Widerstand gegen die Verbindung. Trotz Tony Daggetts Vermögen und seiner vornehmen Familie hätte er selbst ihm keine seiner Töchter zur Frau gegeben. Wie gut, dass Arabella einmal Vernunft gezeigt und sich dem Diktat ihres Vaters gebeugt hatte.

Als Arabellas Wagen verschwunden war, drehte Mr. Haight sich kopfschüttelnd um und ging zurück in sein Büro. Seine Meinung stand unverändert fest – das Mädchen brauchte einen Ehemann!

Auf Arabellas Gesicht lag ein Lächeln, als sie langsam die Straße entlangfuhr, die aus Natchez hinausführte. Sie konnte sich denken, welche Überlegungen Mr. Haight anstellte. Fast alle waren der Meinung, dass sie heiraten sollte. Sogar ihre Stiefmutter beklagte den Umstand, dass Arabella sich ihrem zweiunddreißigsten Geburtstag näherte und nach wie vor ledig war. Und gerade jetzt kommt mir zugute, dass ich ledig bin, dachte Arabella. Kein Ehemann hätte ihr erlaubt, das zu tun, was sie jetzt im Schilde führte!

2

Oakmont, die Plantage Daniel Leytons, lag etwa zehn Meilen außerhalb von Natchez. Es war schon Nachmittag und drückend schwül, als Arabella die gewundene Zufahrt erreichte, die zum Herrenhaus führte. Der von tiefen Wagenspuren durchzogene Weg wand sich etwa eine Meile durch kleine Waldstücke und grüne Baumwollfelder, um in einer geschwungenen Auffahrt vor einem imposanten Haus mit breiten, schattigen Verandas zu enden.

Als sie ihr Pferd vor dem Haus zügelte, sah Arabella, dass sie nicht der einzige Besuch war. Ein elegantes rotgoldenes Karriol mit einem Gespann feuriger Grauer stand bereits am anderen Ende der Auffahrt. Sie erkannte das Fahrzeug nicht, und seine Anwesenheit entmutigte sie. Leyton würde weniger geneigt sein, sie zu empfangen, wenn er Gäste hatte. Nun, Gäste oder nicht, ich werde dafür sorgen, dass er mich empfängt, dachte sie entschlossen. Jeremy hatte ihr für ihr Vorhaben nicht viel Zeit gelassen.

Das laute Räderrollen ihres Wagens lockte ein paar pausbäckige schwarze Jungen hinter dem Haus hervor, denen Arabella die Zügel zuwarf, ehe sie ausstieg und das Gefährt ihrer Obhut überließ.

Ohne sich Zeit für die Überlegung zu lassen, ob es klug war, was sie vorhatte, schritt sie, Mappe und Ridikül in der einen, den Saum ihres hellgelben Musselinkleides in der anderen Hand, rasch die breiten Stufen hinauf. Kaum hatte sie die breite Vorderveranda gequert und laut an die Tür gepocht, als diese auch schon aufschwang.

Sie trat ungeniert am verblüfften Butler vorüber ein und sagte kühn: »Würden Sie Mr. Leyton melden, dass Miss Montgomery ihn sprechen möchte?«

»Tut mir Leid, Miss Montgomery, aber Mr. Leyton empfängt heute keine Besucher.« Der Butler, ein grauhaariger Schwarzer in abgetragenen blauen Breeches und weißem Hemd, wartete geduldig im offenen Eingang, dass Arabella wieder ging.

»Nun gut«, sagte sie freundlich. »Dann werde ich hier warten, bis er Besucher empfängt.« Sie durchschritt die Halle und setzte sich auf einen der zierlichen Stühle aus Seidenholz an der Ostwand der hohen Halle. Mit einem reizenden Lächeln für den Butler, der erstaunt die Augen aufriss, murmelte sie: »Kümmern Sie sich nicht um mich – gehen Sie ruhig Ihrer Arbeit nach. Ich bleibe hier, bis Mr. Leyton mich empfangen kann.«

»Aber Miss, Sie können nicht …«

Arabella zog eine Braue hoch. »Ich kann ganz sicher. Und ich werde. Richten Sie Mr. Leyton aus, dass ich ausharre, bis er mich empfängt. Und jetzt gehen Sie und sagen Sie ihm, dass ich da bin.«

Als er zögerte und sie voller Unbehagen beäugte, lächelte sie ihm heiter zu. Kopfschüttelnd ging er schließlich die Halle entlang und verschwand.

Während sie wartete, sah Arabella sich um. Die einstmals noble Halle wirkte fast schäbig. Die mit cremefarbiger Seide tapezierten Wände waren verblichen und rissig, hellere Stellen zeigten an, wo Bilder oder andere Dekorationen gehangen hatten. Ihr Blick fiel auf den Boden aus Marmorfliesen in Grün und Beige und sah den Schmutz und Staub, der seine Schönheit verdeckte. Ein Blick nach oben zeigte ihr einen ebenso vernachlässigten, schlichten Bronzeluster, der hier merkwürdig unpassend wirkte. Der ganze Raum war ungepflegt und bedurfte zumindest dringend einer Reinigung. Vielleicht ist es um Leytons Finanzen weitaus schlechter bestellt, als man ahnt, dachte sie.

Ihr Herz sank. Ihre Aufgabe würde schon schwierig genug sein. Wenn Leyton aber in Geldnöten war, war es höchst unwahrscheinlich, dass sie ihn überreden konnte, Jeremys Schuldscheine herauszurücken, selbst wenn sie ihm Greenleigh und ihren eigenen Landbesitz anbot, um ihm die Sache schmackhafter zu machen.

Sie hörte Schritte. Rasch setzte sie sich aufrecht hin und zwang sich zu einem gelassenen Lächeln. Als der Butler ihr bedeutete, ihm zu folgen, stand sie auf und schritt gemessen in den rückwärtigen Bereich des Hauses. So weit, so gut, dachte sie.

Während sie hinter dem Butler herging, entdeckte Arabella, dass die Anzeichen von Vernachlässigung, die schon die Halle trug, überall sichtbar waren. In dem langen und sehr breiten Gang, der die gesamte Länge des Hauses einnahm, sah sie im Vorübergehen leere, hallende Räume mit verstaubten Möbeln. Leyton, der offenbar den Großteil des Hauses unbenutzt ließ, begnügte sich mit ein paar Räumen nach hinten hinaus.

Der Butler blieb stehen und öffnete eine Tür mit schöner Füllung, um mürrisch zu melden: »Miss Montgomery, Sir.«

Arabella holte tief Atem und segelte wie eine kleine, kampfbereite Fregatte unter voller Takelung dem Feind entgegen.

Es war ein erstaunlich hübscher Raum, in dem sie sich nun befand. Die Wände waren mit Eichenholz getäfelt, auf dem Boden lag ein edler Teppich in Rost und Gold. Leyton saß bleich und sichtlich verärgert hinter einem großen, unordentlichen Schreibtisch am anderen Ende des Raumes. Dahinter sah sie einen Tisch mit Karaffen und Gläsern, davor einen bequemen Ledersessel. Links von Leyton standen zwei Glastüren halb offen, die warme Luft einließen; schwere, goldfarbige Damastdraperien hingen zu beiden Seiten der Türen.

Ohne auch nur den Anschein von Höflichkeit zu wahren, blieb Leyton, ein kompakt gebauter Mann Mitte dreißig, auf seinem Stuhl sitzen. Sein ganzes Benehmen ließ darauf schließen, dass er über die Unterbrechung nicht erbaut war. Arabella, die insgeheim schnaubte, brachte keinerlei Verständnis für seinen Unmut auf – schließlich war es Jeremy, dem Unrecht widerfahren war, und Leytons lässige Aufmachung – ein weißes, am Hals offenes Hemd, Breeches und Stiefel – verriet, dass er nicht die Absicht hatte auszugehen.

Arabella war ihm nur ein oder zwei Mal begegnet. Verstohlen musterte sie seine Züge. Sein Hang zum Alkohol und zur Genusssucht hatte in seinem nicht unhübschen Gesicht hässliche Spuren hinterlassen.

Seine nachlässige Haltung änderte sich auch nicht, als sie vor dem Schreibtisch stand. Ein unangenehmes Lächeln glitt über sein Gesicht. »Sie haben Ihre und meine Zeit vergeudet«, erklärte er ohne Umschweife. »Ich nehme an, der Grund Ihres Besuches sind Jeremys Schuldscheine, und ich sage Ihnen gleich, dass ich sie Ihnen nicht geben kann.«

»Auch nicht, wenn ich Ihnen die Besitzurkunde für das Gut

meines Großvaters und für zwei andere Plantagen überlasse, die ich erbte?«, fragte sie kühl, als sie rasch Mappe und Ridikül auf seinen Schreibtisch legte. Sie klappte die Mappe auf und legte ihm die Dokumente vor. Seine rüde und entmutigende Haltung würde sie von ihrem Vorhaben nicht abbringen.

Leyton würdigte die Dokumente nicht einmal eines Blickes. Er bot ihr auch keinen Platz an und fuhr fort, sie unfreundlich anzustarren. Von ihm ging eine Anspannung aus, die sie erstaunte. Sie war es, die angespannt hätte sein sollen! Natürlich hatte sie nicht erwartet, er würde erfreut über ihren Besuch sein, doch hatte sie angenommen, er würde sie wenigstens anhören. Benahm er sich so unmöglich, weil sie ihn praktisch gezwungen hatte, sie zu empfangen? Als ihr das Karriol einfiel, das sie draußen gesehen hatte, fragte sie sich, ob sein vorheriger Besucher vielleicht der Grund für seine schlechte Laune war. Und wo steckt dieser Besucher?, überlegte sie.

Ohne sich von seiner alles andere als einladenden Haltung einschüchtern zu lassen, setzte sie sich ihm gegenüber so schwungvoll vor den Schreibtisch, dass die gelben Musselinröcke um ihre Fesseln ausschwangen. Bislang war der Auftakt wenig ermutigend, und ihre Angst wuchs. Jeremy stand vor dem Ruin – und mit ihm der Rest der Familie.

Vor ihrem Bruder hatte sie gute Miene gemacht, in Wahrheit aber würde die Familie sehr kämpfen müssen, um auch nur den Anschein einer standesgemäßen Lebenweise aufrechtzuerhalten, wenn sie die kostbaren Schuldscheine nicht von Leyton zurückbekam.

Das Erbe ihrer Mutter war großzügig und für eine allein stehende Frau mehr als ausreichend, selbst für gelegentliche Extravaganzen. Um aber den gewohnten Lebensstil der Familie auch nur annähernd zu gewährleisten, würde sie ihre Einkünfte in bedrohlichem Ausmaß beanspruchen müssen. Zudem würde das Haus ihres Großvaters ihnen allen nicht so komfortabel Platz bieten. Greenleigh war, wenn auch bezaubernd und wohnlich, nur halb so groß wie Highview. Nie hatte es sie bekümmert, dass ihr Erbe eher ›angemessen‹ als groß war, da sie ihr Erbteil immer nur als wertvolle kleine Goldgrube angesehen hatte, die es ihr gestattete, unabhängig zu bleiben und eigene Entscheidungen zu treffen. Wenn sie ihr Vermögen und ihre Unabhängigkeit nun gegen Jeremys Schuldscheine einhandeln wollte, war das allein ihre Sache!

Ihre Lippen wurden zu einem schmalen Strich, als die Minuten verstrichen und Leyton auf ihr Angebot nicht reagierte. Er wirkt irgendwie abgelenkt, dachte sie nun neugierig, als sie beobachtete, dass sein Blick unstet durch den Raum zuckte. Aber warum nur? War der andere Besucher der Grund?

Mit wachsender Ungeduld verdrängte sie den Gedanken. »Nun? Was halten Sie davon?«

»Ich bin ein viel beschäftigter Mann und habe im Moment keine Zeit, diese Sache mit Ihnen zu besprechen – außerdem gibt es nichts zu besprechen.«

Arabella unterdrückte die Verzweiflung, die sie zu erfassen drohte, und beugte sich eindringlich vor: »Mr. Leyton, ich weiß, dass ich Sie ohne Vorwarnung überfiel, und dafür entschuldige ich mich aufrichtig, doch führt mich etwas Dringendes hierher. Sie haben nicht nur Jeremy, sondern meine ganze Familie ruiniert. Meine Stiefmutter ist Witwe und muss vier minderjährige Kinder versorgen, was keine leichte Aufgabe ist. Sie und die Kinder verdienen es nicht, wegen Jeremys Eselei aus dem Haus geworfen zu werden.« Er schien von ihrer Bitte ungerührt, seine braunen Augen wichen ihrem Blick aus, um seine Lippen lag ein fast schwermütiger Zug.

Es musste einen Weg geben, ihn zu überreden, dass er ihr die Schuldscheine zurückgab. Sie atmete tief durch. »Ich bin nicht so naiv, dass ich Sie einfach bitte, mir die Schuldscheine aus reiner Herzensgüte zu geben«, sagte sie ernst und sah ihn flehend an. »Überlegen Sie doch – ich biete Ihnen etwas dafür … nicht das Vermögen, das Ihnen Jeremys Schuldschein einbringt, aber gewiss eine stattliche Vergrößerung Ihres Besitzes. Würden Sie meinen Vorschlag in Erwägung ziehen?«

Leyton schnaubte und hantierte nervös mit den Papieren auf seinem Schreibtisch. Dann schob er die Besitzurkunden fort. »Miss Montgomery, Sie bieten mir einen schlechten Handel an.«

Enttäuscht, aber nicht erstaunt, dass ihre Bitte ihn nicht rührte, änderte Arabella sofort ihre Taktik. »Ach?«, sagte sie und lehnte sich gespielt ungezwungen zurück. »Sie würden für Ihre Bemühungen wenigstens eine Kompensation bekommen. Anderenfalls …« Sie ließ den Satz unvollendet.

Seine Finger verharrten regungslos, er kniff die Augen zusammen. »Anderenfalls?«

Scheinbar mit den Falten ihres gelben Kleides beschäftigt, sagte sie eisig: »Nun, wenn Sie auf mein Angebot nicht eingehen, bin ich gezwungen, gerichtlich gegen Sie vorzugehen – wegen der Art und Weise, in der Sie meinen Bruder um sein Vermögen betrogen.« Sie zog eine Braue hoch. »Ich frage mich, wie viele andere unbedachte junge Männer Sie noch um ihr Hab und Gut bringen können, wenn Ihr Name weit und breit als der eines Spielers bekannt wird, der seine Opfer mit Absicht betrunken macht und sie dann ruiniert?«

Leyton zuckte zusammen, als hätte sie ihm einen Hieb versetzt, und er beugte sich vor. »Wären Sie ein Mann, ich würde Sie für Ihre Worte mit dem Degen durchstoßen!«, spie er hervor. »Und was das andere betrifft, so ist es Jeremys Name, meine Liebe, der in Verruf geraten wird.« Als seine Erregung sich etwas gelegt hatte, warnte er sie: »Wenn Sie gegen mich vorgehen, wird man Ihren Bruder ächten, weil er sein Wort als Gentleman nicht hielt und seine Schulden nicht bezahlte. Das

Wort eines Gentleman ist bindend. Wenn er es nicht hält, wird es Ihr Bruder sein, der zu leiden hat.«

»Ach?«, fragte Arabella voller Interesse und mit Unschuldsblick, während sie ihren nächsten Schritt überlegte und innerlich ob ihrer Kühnheit bebte. Jeremy würde sie umbringen, wenn er entdeckte, was sie getan hatte. Sie biss sich auf die Lippen und rief sich in Erinnerung, dass es sein musste, wenn nicht die ganze Familie unter den Folgen leiden sollte. »Das frage ich mich«, sagte sie sinnend, um dann mit einem Achselzucken zu murmeln: »Natürlich mögen Sie Recht haben, und natürlich würde ich nur ungern meine Familie dem Skandal aussetzen, den ein solches Vorgehen mit sich bringt.«

Sie lächelte ihm zu. »Leider wäre Jeremy nicht der Einzige, der zu leiden hätte. Sie können es sich auch nicht leisten, ins Gerede zu kommen. Ihr Ruf ist bereits ein wenig ... angekratzt.« Sie tippte mit ihren behandschuhten Fingern nachdenklich an die Lippen. »Es wäre entschieden faszinierend zu sehen, was passieren würde. Meinen Sie nicht auch? Ich vermute, dass die öffentliche Meinung aus Mitgefühl Jeremys Partei ergreifen würde. Sie würden natürlich als Schurke dastehen. Wer weiß, Jeremys Beispiel wird vielleicht andere, die von Ihnen hereingelegt wurden, veranlassen, sich an die Öffentlichkeit zu wagen. Was denken Sie?«

»Wollen Sie mich erpressen?«, fragte er, unverkennbar erstaunt über ihre Unverfrorenheit.

Arabella schüttelte so heftig den Kopf, dass ihre rotgoldenen, unter dem breitkrempigen Strohhut hervorlugenden Löckchen wippten. »Eigentlich nicht. Ich biete Ihnen einen Tausch: Greenleigh für die Schuldscheine meines Bruders und unser Schweigen.«

»Das ist lächerlich!«, stieß er hervor und fuhr sich erregt durch sein hellbraunes Haar. »Auch wenn ich in der Lage wäre, auf diesen Handel einzugehen, wäre ich verrückt. Highview und die anderen Ländereien sind zehnmal mehr wert als das, was Sie da anbieten. Sie versuchen, aus einem verdammt lumpigen Geschäft Kapital rauszuschlagen.« Sein Gesicht lief rot an, seine Züge waren wild und hasserfüllt. »Allein die Sklaven der Montgomerys sind ein kleines Vermögen wert.«

Sein Ton ließ Arabellas Herz sinken. Sie hatte nie in Betracht gezogen, dass er ihr Angebot rundweg ablehnen würde, und doch tat er genau dies. Aber warum war er so aufgebracht? Er hatte doch alles in der Hand.

In dem Bemühen, sein Verhalten zu begreifen und um sich Zeit zum Überlegen zu verschaffen, ließ sie ihren Blick durch den Raum wandern. Sie sah nichts, was ihr einen Hinweis gegeben hätte, nur einen Raum von vornehmer Schäbigkeit, mit verblassten Vorhängen, denen es gut getan hätte, ausgelüftet zu werden. Plötzlich blieben ihre Augen an den Vorhängen auf der rechten Seite der Glastüren haften. Ein Paar blank polierter schwarzer Stiefel ragte unter dem Saum des goldenen Vorhangstoffes hervor. Jemand hatte sich dort versteckt und belauschte sie!

Ihr stockte der Atem. Leytons Besucher war noch da! Er hatte die ganze Zeit über hinter den Vorhängen gestanden. Kein Wunder, dass Leyton so irritiert war – er wusste, dass jemand dieses heikle Gespräch mithörte.

Empört erhob sie sich, da ihr die Vorstellung, belauscht zu werden, widerwärtig war. Die ganze Situation hatte etwas so Unheimliches und Bedrohliches an sich, dass sie es kaum erwarten konnte, hinauszukommen. Angst empfand sie nicht, doch war ihr Misstrauen geweckt. Die Hände krampfhaft gefaltet, zwang sie sich zu einem letzten Versuch. »Mr. Leyton, würden Sie es sich nicht wenigstens überlegen? Kein anständiger Mensch würde eine ganze Familie unter der Torheit eines jungen Mannes leiden lassen. Was geschah, ist zum Teil Ihre Schuld. Von sich aus hätte mein Bruder niemals so hohe Einsätze gewagt, wie Sie nur zu gut wissen. Auch hätte er sich niemals so betrunken, dass er nicht mehr Herr seiner Sinne war. Sie und Walcott legten es darauf an, ihm das Fell über die Ohren zu ziehen. Leider war Jeremy dumm genug, es sich gefallen zu lassen.«

Ihre Worte erbosten ihn endgültig. Leyton sprang auf und rief: »Verstehen Sie denn nicht? Ich kann die verdammten Schuldscheine nicht zurückgeben, selbst wenn ich es wollte – ich habe sie nicht mehr!«

Arabella starrte ihn wie betäubt an. »W-w-was soll das heißen?«, brachte sie schließlich stockend über die Lippen.

»Ich verlor sie beim Kartenspiel, Sie einfältiges Ding!«

»Aber wie kann das sein? Jeremy verspielte sein Vermögen erst am Montagmorgen. Sie können die Schuldscheine doch nicht so rasch wieder verloren haben.«

Leyton ließ sich ächzend auf seinem Stuhl zurücksinken. Spöttisch murmelte er: »Aber so ist es, Miss Montgomery. Ich war so unklug, gestern mit einem Mann zu spielen, der verdammtes Kartenglück hatte. Es endete damit, dass ich Jeremys Schuldscheine auf den Tisch warf.« Er feixte gemein. »Sie werden Ihre hübsche kleine Rede vor ihm halten müssen. Vielleicht wird er sich zugänglicher zeigen. Und nun lassen Sie mich um Himmels willen in Ruhe! Und nehmen Sie Ihre verdammten Urkunden mit.« Seine wütende Geste ließ die offene Mappe, ihr Ridikül und einen Schwung Papiere auf dem Boden landen. Ihr Ridikül öffnete sich und entleerte seinen Inhalt auf die verstreuten Dokumente.

Arabella starrte erst ihn wie betäubt an, dann das Durcheinander auf dem Boden. Offenbar war er nicht umzustimmen. Darauf bedacht, seiner unangenehmen Gegenwart und jener des versteckten Lauschers zu entfliehen, machte sie sich wortlos daran, die verstreuten Dokumente einzusammeln, und stopfte sie achtlos in die Mappe und in ihr Ridikül.

Mit entschlossener Miene musterte sie ihn und zwang sich zu der Frage: »Wer hat die Schuldscheine jetzt?«

In seinen braunen Augen glomm Bosheit auf. »Ein Gentleman, den Sie sehr gut kennen – Tony Daggett.«

Wie sie es fertig brachte, sich auf den Beinen zu halten, war ihr im Nachhinein schleierhaft. Leytons Eröffnung traf sie wie ein Schlag. Ausgerechnet Tony Daggett! Wenn er Jeremys Schuldscheine hatte, stand die Familie tatsächlich vor dem Ruin.

Obwohl sie es mit großer Mühe schaffte, keine Miene zu verziehen, wusste sie doch, dass sie unter dem Schock erbleicht war. »Ich wusste nicht, dass er wieder im Lande ist«, sagte sie mit so viel Fassung, wie sie aufbringen konnte. »Wo hält er sich auf?«

»Auf Sweet Acres. Sie gestatten«, setzte er schadenfroh hinzu, »dass ich Ihnen den Weg dorthin aufzeichne.« Er machte sich daran, etwas auf ein Stück Papier zu kritzeln.

»Das ist nicht nötig«, sagte sie steif.

»Aber ich bestehe darauf«, sagte er fast aufgeräumt und drückte ihr das Papier in die gefühllose Hand. »Gehen Sie zu Daggett. Gewiss wird er zugänglicher sein, als ich es jemals wäre, selbst wenn ich die Schuldscheine noch hätte. Schließlich verbindet Sie ja ein Stück gemeinsame Vergangenheit, nicht?«, setzte er perfide hinzu.

Kerzengerade drehte sie sich um und ging rasch zur Tür. Sie eilte aus dem Haus, betäubt und erschüttert gleichermaßen, kaum im Stande, die Folgen der erlittenen Niederlage zu überschauen. Sie war so sicher gewesen, die Schuldscheine zurückzubekommen und die Familie vor dem Ruin retten zu können. So sicher auch, Leyton zu überreden, wie ein Ehrenmann zu handeln, dass sie gar nicht überlegt hatte, was ein Fehlschlag bedeutete. Dass Jeremys Schuldscheine jetzt in Tonys Besitz waren, war ein schwerer Fehlschlag.

Als sich die Tür hinter Arabella geschlossen hatte, herrschte Stille im Raum, bis Leyton mit einem tiefen Seufzer sagte: »Du kannst dich wieder hervorwagen. Sie ist fort.«

Ein hoch gewachsener, schlanker und nach der neuesten Mode gekleideter Mann kam hinter dem Vorhang hervor. »Was für ein leidenschaftliches kleines Geschöpf«, murmelte er mit einem Lächeln. »Mich wundert, dass du ihrer Bitte widerstehen konntest.«

»Du weißt sehr gut, dass ich keine andere Wahl hatte«, knurrte Leyton. »Die Schuldscheine sind in den Händen Daggetts.«

»Hm, stimmt. Wie blöd von dir, dich gestern mit ihm auf eine Partie einzulassen. Du weißt doch, dass er stets gewinnt.«

»Hör schon auf! Und komm endlich zur Sache. Ich bin nicht in Stimmung für höfliche Phrasen.«

»Das sehe ich. Also gut.« Seine schlanken Finger gegeneinander stützend sagte der Mann: »Etwas Merkwürdiges ist passiert – neulich wollte jemand doch glatt Geld von mir erpressen.«

»Ach? Was hast du zu verbergen?«

Mit wachsamem Blick sagte der Mann bedächtig: »Ein Brief, den ich vor einigen Jahren dummerweise schrieb, ist wieder aufgetaucht und verfolgt mich.« Er zog ein nachdenkliches Gesicht. »Ich gebe zu, dass es töricht von mir war, mich nicht zu vergewissern, dass er vernichtet wurde. Damals aber kam ich nicht auf den Gedanken, jemand würde dreist genug sein, ihn zu behalten.« Er sah Leyton an. »Ich möchte den Brief zurückhaben. Er würde mir zweifellos gewisse – Peinlichkeiten bereiten, wenn eine bestimmte Person ihn zu Gesicht bekäme. Ich bin sicher, du weißt, von wem die Rede ist.«

Leytons Gesicht drückte pure Langeweile aus. »Leider sprichst du in Rätseln. Ich weiß gar nicht, wieso du glaubst, deine Probleme würden mich interessieren – schließlich habe ich genug eigene.«

»Nun, das ist ja das Merkwürdige daran«, sagte der Gentleman leise. »Es war ein Pech für den … Erpresser, dass ich zufällig zu Hause war, als die Botschaft überbracht wurde. Gottlob hatte ich so viel Geistesgegenwart, sofort meinen Vertrauensmann auf den Botenjungen anzusetzen. Der Junge machte seine Sache sehr gut und vergewisserte sich, dass niemand ihm folgte, als er aus dem Haus ging, aber …« Er lächelte. »Mein Mann weiß, dass ein Versagen ihn das Leben kostet, und deshalb versagte er nicht.«

Leyton zuckte gleichgültig seine Schultern. »Ich begreife noch immer nicht, warum du glaubst, diese Geschichte könnte mich interessieren.«

»Das Interessanteste kommt erst. Mein Mann folgte dem Boten zu deiner Plantage.«

»Und du glaubst, ich hätte etwas damit zu tun?«, stieß Leyton empört hervor. »Eine Unverschämtheit! Willst du damit sagen, ich hätte versucht, dich zu erpressen? Nur unsere langjährige Freundschaft hindert mich daran, dich deswegen auf der Stelle zu fordern.«

Der andere fuhr fort, Leyton mit Blicken schier zu durchbohren, und sagte dann seufzend: »Also gut, wie du willst. Dann entschuldige ich mich eben. Aber eines lass dir gesagt sein: Es ist meine feste Absicht, wieder in den Besitz des Briefes zu gelangen. Ein Versuch, mich zu erpressen, könnte sich als gefährlich … wenn nicht gar als tödlich erweisen.«

Als ihre Blicke sich trafen, war es Leyton, der als Erster auswich, indem er ein paar Papiere auf seinem Schreibtisch verschob und beiläufig sagte: »Eine fesselnde Geschichte, aber ich begreife noch immer nicht, was sie mit mir zu tun hat. Dein Mann hat sich zweifellos geirrt.«

»Unwahrscheinlich, doch glaube ich, dass wir uns schon

lange genug unangenehmen Themen gewidmet haben und zu vergnüglicheren übergehen sollten.« Er lehnte sich gemütlich zurück und schlug die Beine übereinander. »Die Unterredung mit der schönen Arabella war höchst unterhaltsam. Was gäbe ich darum, als Fliege an der Wand beobachten zu können, wie die Kleine Tony zur Rede stellt und ihm die Schuldscheine abfordert. Das wird sicher höchst amüsant, meinst du nicht auch?«

Arabella wusste im Nachhinein nicht mehr, wie sie es schaffte, aus dem Haus und in ihren Wagen zu gelangen. Ihr Instinkt musste sie geleitet haben, da sie die Straße nach Oakmont hinter sich gelassen hatte und schon die Hauptstraße nach Natchez entlangfuhr, ehe sie ihre Umgebung auch nur bewusst wahrnahm. Ein Schluchzen unterdrückend, lenkte sie ihre Stute an den Straßenrand und hielt an.

Du lieber Gott!, dachte sie todunglücklich. Ausgerechnet Tony Daggett. Sein Name allein genügte, um sie mit köstlichstem Verlangen und tiefer Verzweiflung zu erfüllen – fünf Jahre hatten den Schmerz seiner Treulosigkeit nicht mildern können.

Blind starrte Arabella in das üppige, grüne Dickicht, das sich bis an den staubigen Weg herandrängte. Als Thomas Stockdale, ihr Verlobter, vor zehn Jahren nach einem Gefecht mit Indianern einer Wundinfektion erlag, war sie überzeugt gewesen, nie wieder lieben zu können. Sie war sicher, ihr Leben wäre vorbei. Mit kaum einundzwanzig war sie entschlossen, den Rest ihrer Tage als alte Jungfer zu verbringen, da ihr Herz mit Thomas in Kanada zu Grabe getragen worden war.

Die Erinnerung an ihre Reaktion entlockte Arabella ein Lächeln. Was für ein theatralisches kleines Ding sie damals gewesen war … doch waren ihre Gefühle für Thomas echt, und sein unerwarteter Tod wenige Wochen vor der Hochzeit hatte sie tief getroffen.

Sie hatte Thomas geliebt, solange sie zurückdenken konnte. Die Stockdales hatten als Nachbarn der Montgomerys im englischen Surrey gelebt, und auch der Entschluss ihres Vaters, 1783 nach Beendigung des Krieges der Amerikaner mit England in die Neue Welt auszuwandern, hatte der engen Beziehung der Familien nichts anhaben können. Alle Nachbarn und Freunde hatten ihren Vater für verrückt erklärt, weil er die Sicherheit Englands für eine ungewisse Zukunft in Amerika aufgab, doch hatte er sich nicht umstimmen lassen. Die Sehnsucht nach unbegrenzter Weite hatte ihn mit seiner Familie nach Amerika segeln lassen, nachdem er seinen gesamten Besitz verkauft hatte. Arabella und Thomas schrieben einander häufig und versicherten einander ihrer unwandelbaren Liebe. Mit dem Segen beider Elternpaare hatten sie sich verlobt, als Arabella achtzehn geworden war.

Zwar begrüßten beide Familien die Verbindung, doch drängten die Eltern die jungen Leute zu warten, bis Thomas einige Sprossen der Karriereleiter in der Armee erklommen hatte. Da sie die vorangegangene Trennung gut überstanden hatten und dem Drängen ihrer Eltern viel Klugheit zu Grunde lag, hatten Arabella und Thomas sich widerstrebend bereit erklärt, mit der Hochzeit zu warten, bis sie einundzwanzig war und das Erbe ihrer Mutter antreten würde. Keiner der beiden hatte geahnt, dass die Wartezeit sie teuer zu stehen kommen würde.

Arabellas Züge wurden weich, als sie sich der bittersüßen Erinnerung an Thomas hingab. Ihr war nun klar, dass ihre Liebe ein sanftes, anspruchsloses Gefühl gewesen war. Wäre Thomas am Leben geblieben, hätte sie zweifellos eine gute Ehe geführt, in der sie freilich nicht die stürmische Leidenschaft und heftige Glut erlebt hätte, die Tony Daggett in ihrem Herzen weckte.

Ein Schaudern durchlief sie. Tony. Warum musste unter allen Menschen auf der Welt ausgerechnet Tony Jeremys Schuldscheine in der Hand haben? Lieber wäre sie einer Horde heulender Wilder in Kriegsbemalung entgegengetreten als ihm. Ihr perfekt geschwungener Mund verzog sich. Von Wilden würde sie vermutlich mehr Güte erfahren als von Tony Daggett.

Ach, wie närrisch hatte sie sich seinetwegen benommen! Als ob sie seinen Ruf nicht gekannt hätte – ganz Natchez kannte ihn. Seine zwei Frauen, die ein gewaltsames Ende gefunden hatten, und sein skandalöses Leben hatten den Klatschmäulern reichlich Stoff geliefert. Ihn kümmerte das herzlich wenig – ein Umstand, der alle noch mehr aufbrachte und den Klatsch beflügelte. Seine verwegenen Streiche waren für die feinen Leute von Natchez ein Schlag ins Gesicht – wenn er seine Pferde auf Grund einer Wette die Stufen der Gouverneursresidenz hinaufjagte oder im Vollrausch mitten in der Stadt einen Schießwettbewerb austrug.

Tony Daggett hatte so gar nichts Sanftes oder Nachgiebiges an sich gehabt, gestand Arabella sich mit einem tiefen Seufzen ein. Betrat er einen Raum, war es, als fege der Märzwind herein, voller Kraft und Verheißung, mit blitzenden indigoblauen Augen, das schwarze Haar zurückwerfend, die harten, kühn geschnittenen Züge glühend vor Erwartung.

Wie es gekommen war, dass seine Phantasie sich an ihr entzündete, wusste Arabella nicht. Aber sobald er sie aufs Korn genommen hatte, war sie verloren und überwältigt, geblendet von seinem männlichen Gesicht und der hoch gewachsenen, schlaksigen Gestalt, von seinem Ruf fasziniert, von der Art betört, wie eine einzige Handbewegung Tonys ihren ganzen Körper zu einer lodernden Flamme werden ließ.

Natürlich hätte sie auf die zahlreichen warnenden Stimmen hören sollen. Ihren Vater hatte beinahe der Schlag getroffen, als er merkte, dass Tony Daggett seiner Tochter nachstellte und diese keine Anstalten machte, ihm zu entkommen. Sogar Tonys Vetter Burgess hatte versucht, sie vor der sicheren Katastrophe zu bewahren. Ich aber war zu verliebt, um auf die anderen zu hören, dachte sie nun geringschätzig. Das Gefühl, das sie Thomas entgegengebracht hatte, war blass und schwächlich im Vergleich zu jenem, das Tony in ihr weckte.

Auch jetzt noch, fast fünf Jahre später, war es für sie unfassbar, dass sie so verrückt, so kühn und so dumm gewesen sein konnte. Mit siebenundzwanzig hatte sie sich auf dem freiwillig eingeschlagenen Weg befunden, der eine würdige alte Jungfer aus ihr machen würde – zur großen Enttäuschung ihres Vaters. Es hatte einige junge Männer gegeben, die ihr in den Jahren nach Thomas' Tod den Hof gemacht hatten. Arabella aber hatte deren Avancen sanft zurückgewiesen, entschlossen, Thomas' Gedächtnis die Treue zu halten. Bis Tony Daggett in ihr Leben trat.

Tony hatte sich von ihrer Zurückhaltung nicht abschrecken lassen, tatsächlich hatte sie im Nachhinein entdeckt, dass sie für ihn eine Herausforderung darstellte – es ging um eine Wette mit seinem guten Freund Patrick Blackburne, dessen Ruf fast so berüchtigt war wie jener Tonys. Die Erinnerung an den Schmerz verdunkelte ihre Augen.

Schlimm genug, dass Tony ihr Herz nur zu seinem Amüsement und einer Wette wegen erobert hatte. Aber war es zudem notwendig gewesen zu behaupten, er sei unsterblich in sie verliebt? Hatte er ihr einen Heiratsantrag machen müssen, wohl wissend, dass er keineswegs die Absicht hatte, sie jemals zu ehelichen? War es Bestandteil der ruchlosen Wette gewesen, sie zu verführen? Ihr die Unschuld zu rauben? Ihr nichts zu lassen?

Arabella rief sich ins Gedächtnis, dass sich alles vor so langer Zeit zugetragen hatte, dass es sie nicht mehr hätte berühren sollen. Gleichzeitig wusste sie, dass sie sich damit belog. Es gab immer noch Nächte, in denen sie wach dalag und ihr Körper sich nach Tonys leidenschaftlichen Liebkosungen verzehrte und darauf brannte, von ihm in Besitz genommen zu werden. Nein, sie konnte es nicht leugnen – trotz aller Vernunftgründe sehnte sie sich glühend nach jener Leidenschaft, die sie in seinen Armen ein einziges, unvergessliches Mal erlebt hatte. Sie hatte ihm bereitwillig ihre Unschuld geschenkt, und er hatte diese weggeworfen – um einer Wette willen!

Wütend, weil sie einem Mann nachtrauerte, der sich als skrupelloser Betrüger entpuppt und ihr auf brutalste Weise zu verstehen gegeben hatte, wie wenig sie ihm bedeutete, griff sie nach den Zügeln und trieb ihre Stute an. Viel lieber wäre sie direkt nach Highview gefahren und hätte sich mit der Niederlage abgefunden, doch das konnte sie nicht. Sie hatte nur eine Wahl, so schmerzlich und unangenehm diese war – sie musste Tony aufsuchen und trachten, Jeremys Schuldscheine zurückzubekommen.

Als Papiergeraschel sie aus ihren Gedanken riss, starrte sie den Zettel an, den sie noch immer krampfhaft in der Hand hielt. Sie lachte freudlos. Zu Tony Daggetts Plantage brauchte sie wahrhaftig keine Wegbeschreibung. Sie warf das Papier auf die Bodenbretter des Wagens und trieb mit einem Zügelschnalzen ihre Stute an.

Obwohl sie sich bemühte, ruhig zu bleiben und versuchte, sich auf ihr Vorhaben zu konzentrieren, spürte sie, wie sie mit jeder Meile, die sie sich Sweet Acres näherte, angespannter und nervöser wurde.

Als die Zufahrt von Sweet Acres in Sicht kam, die sie einst als Braut entlangzufahren hoffte, hatte sie sich in heißen Zorn gesteigert. Du einfältiges Ding!, schalt sie sich. Du warst diejenige, der Unrecht angetan wurde. Warum regst du dich über das Wiedersehen so auf? Ihm sollte es unangenehm sein. Er hat dich wegen einer Wette umworben und verführt! Und er gab dir zu verstehen, wie wenig du ihm bedeutest, indem er sich in den Armen seiner Geliebten ertappen ließ.

Dank Tony bin ich keine naive Jungfrau, die sich von seinem blitzenden Lächeln und den spottenden blauen Augen einfangen lässt, erinnerte sie sich mit Nachdruck. Nein. Sie war völlig immun gegen den Charme Tony Daggetts, den dieser auf verschiedene Weise auszuspielen verstand, und wusste, was er war – ein gemeiner Schuft, der nie wieder die Chance bekommen würde, sie auszunutzen!

3

Während Arabella sich widerstrebend Sweet Acres näherte, starrte Tony Daggett, die gestiefelten Beine achtlos gegen einen edlen Mahagonitisch stützend, verdrossen hinaus auf das liebliche Bild, das sich ihm bot. Bis zur Begrenzung durch das Walddickicht erstreckte sich scheinbar endlos eine weite, leicht abfallende Rasenfläche, mit immergrünen Eichen und Magnolien bestanden. Da und dort leuchteten bunte Blumen, und durch die offenen Glastüren des Arbeitszimmers, in dem er saß, drang betäubender Duft von Rosen, Heliotrop und Nelken. In dem geschmackvoll ausgestatteten Raum war nur schläfriges Insektengesumm zu hören, doch fand Tony kein Vergnügen daran, auch nicht am Blumenduft, nicht einmal an der schönen Aussicht, die sich ihm bot.

Ehrlich gesagt, plagte ihn Langeweile – und Rastlosigkeit. Nach einem tiefen Schluck Ale gestand er sich ein, dass es ein Fehler gewesen war, nach Natchez zurückzukehren. Viel klüger wäre es gewesen, in England zu bleiben. Dort blieb er wenigstens von Erinnerungen verschont.

Er verzog finster das Gesicht. Kaum vierzehn Tage wieder

in Natchez, und schon war er in seine alten ausschweifenden Gewohnheiten verfallen – und frönte ihnen in schlechter Gesellschaft. Die gestrige Kartenpartie mit Leyton und Walcott war bestenfalls unklug gewesen und schlimmstenfalls … Er schüttelte den Kopf, da er nicht an das Schlimmste denken mochte. Natürlich war er als Gewinner vom Spieltisch aufgestanden. Außerdem hatte er sein Fehlverhalten nicht noch vergrößert und den Abend nicht wie sonst in den Armen einer namen- und gesichtslosen Dirne beendet. Es hätte ihm ein Trost sein sollen, war es aber nicht.

Die Zeiten, als es ihm Spaß gemacht hatte, sein Kartenglück mit jenem von Halunken vom Schlage Leytons oder Walcotts zu messen, waren längst vorbei. Auch die Nächte, in denen er zu betrunken nach Hause kam, um sich zu erinnern, wo er gewesen war und was er getan hatte – oder mit wem. Wenn er denn überhaupt nach Hause gekommen war. Wenigstens kam er neuerdings annehmbar nüchtern heim und schlief in seinem eigenen Bett. *Alter und Erfahrung*, dachte er mit einem zynischen Zug um den Mund, *zeichnen sich durch etliche Tugenden aus.*

Er warf einen Blick auf den Stapel Schuldscheine, die er frühmorgens nach seiner Heimkehr auf den Tisch geworfen hatte. Er hätte nachzählen und feststellen sollen, wie hoch sein Gewinn war, im Moment aber erschien ihm diese Aufgabe merkwürdigerweise geschmacklos. Die Erregung, beim Kartenspiel zu gewinnen, selbst gegen Leyton und Walcott, bedeutete ihm nichts mehr.

Tatsächlich gab es seit einiger Zeit nichts mehr, das ihm etwas bedeutet hätte, wie Tony sich missvergnügt eingestehen musste. Es war der Grund, warum er England verlassen hatte und nach fünfjähriger Abwesenheit nach Natchez zurückgekehrt war. Er hatte gehofft, das Leben in seiner Heimat und unter alten Freunden würde mithelfen, seine wachsende Unzufriedenheit zu vertreiben. Bislang aber waren sein Überdruss und seine Gleichgültigkeit dem Leben im Allgemeinen gegenüber nur gewachsen. Warum er gehofft hatte, ausgerechnet auf Sweet Acres seine merkwürdige Niedergeschlagenheit loszuwerden, hätte er im Moment nicht sagen können.

Die ausgedehnten Ländereien und das prächtige Herrenhaus in England, ein Erbe seiner Familie mütterlicherseits, waren alles, was ein Mensch sich nur wünschen konnte. In England hatte es weiß Gott genügend Vermögen und Freunde, um ihn bei Laune zu halten, doch hatten Reichtum und Freundeskreis nicht verhindern können, dass ihn Rastlosigkeit erfasste und er feststellen musste, dass Orte und Menschen, die ihm früher etwas bedeuteten und Anlass zur Freude waren, ihm sonderbar seicht und schal anmuteten. Zu seiner Verwunderung hatte Tony das merkwürdige Verlangen verspürt, in das Land seiner Geburt zurückzukehren. Ohne sich weiter darüber Gedanken zu machen, hatte er unverzüglich sein Landhaus und das Stadtpalais in London geschlossen, um sich mit ein paar langjährigen treuen Dienern nach Amerika einzuschiffen. Und trotz seiner Langeweile an diesem Nachmittag konnte er nicht leugnen, dass er froh war, wieder auf Sweet Acres zu sein.

Tony war hier als Einzelkind aufgewachsen. An seine Eltern hatte er keine Erinnerung, da seine Mutter Susan bei seiner Geburt gestorben war und Ramsey, sein Vater, verzweifelt über den Tod seiner Frau, ein Vierteljahr darauf verunglückte, als er total betrunken nach Hause ritt, nachdem er versucht hatte, seinen Kummer zu ersäufen.

Für Tony war es Glück und Unglück zugleich, dass er vor allem bei seinen Großeltern väterlicherseits, Sidney und Alice Daggett, aufgewachsen war. Ein Glück, weil sie ihn anbeteten, ein Unglück, weil sie ihm keinen Wunsch abschlugen und er in dem Glauben heranwuchs, die Welt drehe sich einzig und allein um seine eigene perfekte Persönlichkeit. Mit auffallend hübschen Zügen gesegnet oder geschlagen, von hoch gewachsener, geschmeidiger, athletischer Gestalt, die seine blauen Augen und die schwarzen Haare perfekt ergänzte, wurde er, was nicht weiter verwunderlich war, von seiner Umgebung mit Komplimenten und Lob geradezu überhäuft.

Schlimmer noch, er war auch Erbe zweier großer Vermögen, väterlicher- sowie mütterlicherseits. Seine Mutter, selbst ein Einzelkind, war eine reiche englische Erbin, deren in die Ehe eingebrachtes Erbteil auf Tony übergegangen war. Das Testament seines Großvaters mütterlicherseits verfügte, dass er mit der Zeit auch das Vermögen ihres Vaters, des Baron Westbrook, erben würde.

Es galt als glückliche Fügung, dass Tonys Vater Ramsey als Zwilling zur Welt gekommen war, andernfalls der arme Tony das gesamte Vermögen der Daggetts geerbt hätte – was nach einhelliger Meinung sein Ruin gewesen wäre. Nach dem Ableben seines Großvaters hatte Tony nach englischem Erbrecht den Großteil des Daggett-Vermögens bekommen, da Ramsey, der – wenn auch nur um fünf Minuten – ältere der Zwillingsbrüder war; eine Hälfte sofort, die andere, als er dreißig wurde. Auch seinem Onkel Alfred war ein stattliches Vermögen zugefallen, doch hatte Alfred immer das Gefühl gehabt, *er* und nicht sein Neffe hätte nach Ramseys Tod Haupterbe sein sollen.

Zum Glück für Tonys Charakter war Lord Westbrook vor seinem Tod bewusst geworden, wie übermäßig verwöhnt sein geliebter Enkel war. Folglich hatte er versucht, durch einige zusätzliche Klauseln zu verhindern, dass das Vermögen der Westbrooks nicht auf einmal in Tonys achtlose Hände überging. Und Tony *war* damals achtlos gewesen – ein tollkühner Spieler, der mit dem Geld nur so um sich warf.

Baron Westbrook war ein weiser alter Mann, nach dessen

Tod Tony einen stattlichen Teil des Vermögens bekam, während der Großteil seinem Zugriff zunächst entzogen blieb. Natürlich standen ihm die über England verstreuten zahlreichen Häuser der Westbrooks offen, doch hatte der Baron in der Hoffnung, sein geliebter Enkel würde mit zunehmendem Alter auch klüger werden, verfügt, dass der Großteil des Vermögens Tony erst nach einiger Zeit und in gewissen Abständen zugänglich sein sollte. Da er aber bereits über das väterliche Vermögen verfügen konnte, was der Baron wusste, als er sein Testament abfasste, hatte Geld für Tony nie ein Problem dargestellt.

Und Frauen ebenso wenig. Neben einer Vielzahl reizvoller Eroberungen hatte er auf seinem Konto zwei Ehefrauen zu verbuchen. Er verzog den Mund. Zwei tote Frauen. Mercy, die Erste, die einem Unfall zum Opfer gefallen war, obwohl viele etwas anderes glaubten, war vor ihrem tragischen Tod nur acht Monate seine Frau gewesen. Die Zweite, Elizabeth, war brutal ermordet worden, und die Zahl derer, die überzeugt waren, sie hätte den Tod von seiner Hand gefunden, war noch größer.

Tony seufzte. Beide Male hatte er aus einem achtenswerten, wenn nicht gar mustergültigen Grund geheiratet – seinen Großeltern zuliebe und um die nächste Generation in die Welt zu setzen. Beide Großelternpaare hatten ihn angefleht, zu heiraten und solide zu werden, und weil er sie liebte, hatte er getrachtet, ihren Wunsch zu erfüllen – vergebens und skandalträchtig, wie sich zeigen sollte.

Seine Kindheit war von seinen Großeltern dominiert worden – den Daggetts in Natchez und den Westbrooks in England. Er hatte viel Zeit bei den Westbrooks in England verbracht und war in Eton zur Schule gegangen. Zum Schaden seines Charakters vollendeten Lord und Lady Westbrook die von den Daggetts begonnene ruinöse Erziehung. Sie förderten mit den besten Absichten seinen Stolz und belächelten liebevoll seine jugendliche Arroganz und Tollheit. Schon in frühestem Alter bestärkten sie ihn in dem Glauben, es gäbe nichts, was er nicht haben könnte, und seine Eigenheiten und sein Vergnügen hätten unbedingten Vorrang vor allem anderen.

Tony besaß freilich auch Eigenschaften, die ihn liebenswert machten. So war er nicht nur hübsch und gut gewachsen, er besaß auch unglaublich viel Charme, Anmut und einen ausgeprägten Sinn für Humor, der in ihm mit der Zeit die Fähigkeit weckte, über seine eigenen Fehler zu lachen. Trotz seines Reichtums und seiner Anziehungskraft war er nicht eingebildet. Er galt als treuer und guter Freund all jener, denen er seine Zuneigung schenkte – neuerdings mit großer Vorsicht, da er auch gelernt hatte, dass sein Vermögen zu viele ›Freunde‹ anzog, deren einziges Interesse seinem Reichtum galt.

Der Zwillingsbruder seines Vaters, Onkel Alfred, hatte Tony ebenfalls beibringen können, dass die Welt nicht ihm allein gehörte. Alfred missbilligte ihn herzhaft und gab diesem Gefühl häufig und laut Ausdruck. In seiner Jugend hatten Tonys Vettern Franklin und Burgess ihm den Gefallen getan, ihm regelmäßig die Nase blutig zu schlagen. Franklin im Besonderen hatte ihn brutal gelehrt, dass er nicht immer und überall an erster Stelle kommen konnte.

Alles in allem war es verwunderlich, dass Tony mit Erreichen der Volljährigkeit nicht durch und durch ein Ekel war. Dazu hatte auch Eton beigetragen, da es dort keine Bevorzugung gegeben hatte. Und Tony war intelligent. Je mehr er sich aus dem von seinen hingebungsvollen Großeltern gewobenen Kokon befreit hatte und mit anderen in Berührung gekommen war – unter ihnen einige, die von sich noch mehr überzeugt waren als er –, desto stärker kam ihm allmählich zu Bewusstsein, dass er nicht der Inbegriff an Vollkommenheit war, wie man ihn hatte glauben lassen, und dass im Leben nicht alles nach Wunsch gehen konnte.

Er lächelte spöttisch, als er daran dachte, was für ein Schock die Entdeckung für ihn war, dass er für die anderen nichts weiter als ein arroganter, junger Dachs mit mehr Haar als Verstand war. *Und das war ich wirklich,* musste er sich eingestehen. Wieder nahm er einen tiefen Schluck Ale. *Ein arroganter, selbstsüchtiger Grünschnabel.* Aber das ist lange her, wie er sich rasch in Erinnerung rief, und jetzt, mit achtunddreißig, war er im Stande, einige seiner frühen Kapriolen mit einem Gefühl anzusehen, das Verwunderung – und bitterer Reue – sehr nahe kam.

Tony, der sein Ale ausgetrunken hatte, stellte den Humpen auf den Tisch und zog an der dicken samtenen Schnur, die in der Nähe hing. Als sein englischer Butler Billingsley eintrat, schwenkte er den Humpen und sagte: »Ich brauche noch einen – am besten gleich einen ganzen Krug, damit du dir etliche Wege in den Keller ersparst.«

Lyman Billingsley, dünn und dürr wie ein Hickorystock und mit einer Hakennase ausgestattet, die empfindsame Kinder erschrecken konnte, bedachte ihn mit einem langen Blick ebendiese Nase entlang. Sie waren jetzt an die zwanzig Jahre zusammen. Tony hatte Billingsley nach einer übermütigen Wette angestellt, als er behauptete, er könne einen Verbrecher aus Newgate holen und einen anständigen Diener aus ihm machen. Damals war Tony sehr betrunken gewesen, ein Zustand, den er in jenen weit zurückliegenden Tagen sehr oft erreicht hatte.

Doch war es gut ausgegangen, was eher dem Glück zu verdanken war als geistiger Brillanz seitens des jungen Tony. Billingsley, seines Zeichens ursprünglich Straßenräuber, hatte sich den jungen Stutzer, der ihn vor dem sicheren Galgen rettete, genau angesehen und entschieden, dass diese Chance zu gut war, um sie nicht zu nutzen. Seine Tage als Gesetzesbrecher lagen endgültig hinter ihm – gelegentlich geklaute goldene Uhren oder edelsteinbesetzte Krawattennadeln, die ihm ins Auge sprangen, ausgenommen. Im Großen und Ganzen war er Tony treu ergeben und hatte sich im Laufe der Jahre zu einem recht brauchbaren Butler gemausert, wenn er auch zu Tonys Erleichterung und Belustigung nie gelernt hatte, ihm wie andere Bedienstete mit einer gewissen Hochachtung zu begegnen.

Billingsley nahm Tonys Humpen und knallte ihn laut auf das Tablett, das er mitgebracht hatte. »Mir scheint, gnäd'ger Herr, dass Sie in letzter Zeit zu viel trinken«, bemerkte er spitz. »Und seit wann wollen Sie mir Schritte ersparen?«

Tony grinste. »Natürlich trinke ich – das müsstest du inzwischen wissen. Das tun Gentlemen meines Standes, wenn sie nichts anderes zu tun haben. Und was deine Schritte betrifft ...«, seine Augen blitzten, »du wirst auch nicht jünger.«

»Ach? Ich mag zwar zwanzig Jahre älter sein als Sie, aber schwach und senil bin ich noch lange nicht«, erwiderte Billingsley vergnügt. »Und was das Älterwerden anbelangt, so bin nicht ich derjenige, der eine Frau und ein paar kleine Daggetts braucht, die die Umgebung terrorisieren ... und einmal Sweet Acres und Ihr verdammtes Riesenvermögen erben!«

»Ich glaube, du vergisst meine Vettern«, sagte Tony mit trägem Lächeln, verschränkte die Hände hinter dem Kopf und lehnte sich zurück. »Die werden überglücklich sein, in meine Fußstapfen zu treten.«

»Das allerdings«, gab Billingsley schnaufend zurück. »Und Ihr steifärschiger Onkel – im Nu würde er zugreifen. Aber wollen Sie das? Das ist die Frage, mein Junge.«

Tony zuckte die Schultern. »Das spielt keine Rolle. Wenn ich tot bin, kümmert mich eh nichts mehr.«

Billingsleys braune Augen blitzten. »Das ist doch die Höhe! Und was soll aus mir werden?«, fragte er entrüstet. »Was soll aus mir werden, wenn Sie plötzlich ins Gras beißen?«

»Ach so, ich verstehe ... ich soll heiraten und Erben in die Welt setzen, um das Wohlergehen meines Butlers zu sichern?«

»Sie sollten es sich durch den Kopf gehen lassen«, sprach Billingsley salbungsvoll. »Und während Sie das tun, hole ich noch einen Humpen, aber keinen Krug – das wäre zu viel für Sie.«

Gewohnt, von seinem Butler tyrannisiert zu werden, wedelte ihn Tony mit einem breiten Grinsen hinaus. Seine Miene aber wurde sofort nachdenklich, nachdem dieser den Raum verlassen hatte. Wenn Billingsley seinetwegen in Sorge war, und Tony merkte, dass sein langjähriger Diener es war, dann war es Zeit, etwas gegen dieses Meer von Melancholie zu unternehmen, in dem er zu versinken drohte. Aber was?

Die Baumwollfelder waren bestellt, außerdem überwachte John Jackson, sein überaus tüchtiger Verwalter, die Arbeit auf seinen verschiedenen Plantagen. Sowohl hier als auch in England vertraten sehr befähigte Vermögensverwalter seine Interessen. Im Haus lief alles glatt. John Osgood, sein Stallmeister, ebenfalls eine Kapazität, die er aus England hatte mitnehmen können, hatte ein scharfes Auge auf den Pferdebestand – und auf alles andere, wofür sich mein Interesse regt, dachte Tony schmunzelnd.

Sofort wurde er wieder ernst. Damit blieb ihm nämlich nicht viel mehr, als über den Karten zu grübeln, die das Schicksal ihm zugeteilt hatte. Oder vielmehr über dem Schicksal, das er sich bedauerlicherweise selbst zurechtgezimmert hatte.

Verärgert über seine Stimmung, stand er auf. Wenn er sich so langweilte, dass er anfing, sich Leid zu tun, dann tat er wirklich gut daran, etwas dagegen zu unternehmen! Aber nichts, was ihn wieder zu seinem alten ausschweifenden Leben verleitete, wie er sich fest ermahnte. Er hatte sich geschworen, dass diese Zeiten endgültig hinter ihm lagen. Aber taten sie das tatsächlich? Die vergangene Nacht strafte ihn Lügen.

Mit gefurchter Stirn trat Tony an die Glastüren und schaute hinaus auf die zauberhafte Aussicht. Vielleicht war Natchez der falsche Ort für ihn. In England verbrachte er viel Zeit auf dem Land, in sicherer Entfernung von möglichen Versuchungen. Da bildete er sich dann ein, genau das Leben zu führen, das er wollte. Was natürlich den Grund für seine Rastlosigkeit und sein Verlangen nach Abwechslung erklärte.

Erleichtert hörte er, dass hinter ihm die Tür geöffnet wurde. Doch der Ausdruck kaum unterdrückter Erregung in Billingsleys Zügen ließ Tony verschlucken, was er hatte sagen wollen.

Sich zu würdevoller Haltung aufrichtend, kündigte Billingsley an: »Eine Dame wünscht Sie zu sprechen, Sir.«

Der Butler trat beiseite, und in den Raum fegte Tonys schönstes Traumbild und ärgster Alptraum. Arabella Montgomery.

Mühsam ein Grinsen unterdrückend, fragte Billingsley: »Ist das alles, Sir?«

Tony fuhr sichtlich zusammen. Benommen riss er den Blick von Arabellas undurchdringlichem Gesicht los und murmelte: »Ja, natürlich, Sie können gehen.«

Arabellas Herz pochte heftig, und sie spürte zornig, wie ihr Puls beim Anblick seiner einst so geliebten Züge schneller schlug. Die Jahre waren ihm wohlgesonnen, dachte sie giftig – er war noch immer der attraktivste Mann, dem sie jemals begegnet war. Verdammter Kerl!

Wenngleich seine Züge unbewegt blieben, war Tony sich unbehaglich der Tatsache bewusst, dass er plötzlich eine Belebung verspürte, wo er sie nicht für möglich gehalten hätte. Er deutete auf einen schönen, mit kaffeebrauner Seide bezogenen Sessel mit geschwungener Lehne. *Du lieber Himmel,* dachte er wie betäubt, *sie hat sich überhaupt nicht verändert.* Noch immer war sie so vital und energiegeladen, wie er sie in Erinnerung hatte. Und doch war es, als sähe er sie zum ersten Mal ... ihre rätselhaften goldbraunen Katzenaugen, die pikante Nase, den vollen Mund. Und das Haar! Hatte es immer schon diesen lebendigen roten Ton gehabt? Es war so leuchtend und warm, dass man glaubte, eine Berührung würde einen versengen.

Unwillkürlich glitten seine Augen mit offener Bewunderung über sie. Er nahm die zierliche kleine Gestalt wahr, den erstaunlich üppigen Busen, den er einst geschmeckt und gereizt hatte, die schmale Taille, die er voller Leidenschaft umfasst hatte, die vollen Hüften, die sich so rhythmisch bewegten, als er sie beide zur Ekstase führte. Du lieber Gott! Wie hatte er es nur fertig gebracht, sich fünf lange Jahre von ihr fern zu halten?

Tony verdrängte mit Gewalt die schmerzliche Vergangenheit, indem er sich die Gründe ins Gedächtnis rief, die ihn veranlasst hatten, vor Jahren Natchez zu verlassen. Sie hatte ihm deutlich zu verstehen gegeben, was sie für ihn empfand, und er hatte nicht die Absicht, sich jemals wieder diesem Schmerz auszusetzen.

Entschlossen, sich von ihrer Anwesenheit in seinem Haus nicht beirren zu lassen – in dem Haus, in das sie einst als seine Braut hätte einziehen sollen –, fragte er höflich: »Willst du dich nicht setzen?«

Arabella kam mit einem steifen Nicken der Aufforderung nach. Ihr war seine kurze Musterung nicht entgangen, und sie redete sich ein, dass sie empört und gekränkt war. Ihr Herz hatte auch selbstverständlich keinen ekeligen Freudensprung gemacht! Die Augen auf einen Punkt über seinem Kopf richtend, sagte sie gefasst: »Sicher bist du erstaunt, mich zu sehen.«

Um Tonys Mundwinkel zuckte es. »Erstaunt? Nun, das beschreibt nicht annähernd, was ich empfinde.«

Sie warf ihm unter langen Wimpern hervor einen vorsichtigen Blick zu. Sie hielt sich vor Augen, dass ihre persönliche Geschichte mit Tony Daggett nichts mit dem Anlass des heutigen Treffens zu tun hatte. Sie war nur da, um Jeremys Schuldscheine zurückzubekommen. Tony war ein verlogener Schuft und weniger wert als der Staub unter ihren Füßen! Er hatte sie einmal verhext und sie in sich verliebt gemacht, um sie dann wie eine heiße Kartoffel fallen zu lassen. Sie verabscheute ihn.

Doch als sie nun leibhaftig den Mann vor sich sah, der ihre Träume heimsuchte, den Geliebten, der sie die Freuden der körperlichen Liebe gelehrt hatte, entdeckte sie, dass Herz und Verstand in Konflikt gerieten.

Wütend über ihre unanständigen, überaus lästigen Gefühle, konzentrierte sie sich auf die vor ihr liegende Aufgabe. Nach einem tiefen Atemzug sagte sie ohne Umschweife: »Ich komme eben von Oakmont. Daniel Leyton eröffnete mir, dass du nun Besitzer von Jeremys Schuldscheinen bist. Stimmt das?«

Was immer Tony erwartet hatte, dies ganz gewiss nicht. Er musterte kurz den Stapel Schuldscheine und die anderen Papiere, die sich auf dem Mahagonitisch häuften. *Jeremy? Wer zum Teufel ist Jeremy, und wichtiger noch, was bedeuten diese Schuldscheine Arabella?*

Ein eisiger Schauer durchrieselte ihn. Doch kein Ehemann, hoffte er mit einer Heftigkeit, die ihn erschreckte.

Als er stumm blieb, fuhr Arabella unsicher fort: »Erinnerst du dich noch an Jeremy? Meinen Bruder?«

Ihr Bruder. Gott sei Dank! Tatsächlich war ihm undeutlich ein nettes, blondschopfiges Bürschchen in Erinnerung geblieben.

»Ja, allerdings, jetzt, nachdem du ihn erwähnst. Sind es seine Schuldscheine, die Leyton gestern an mich verlor?«

»Ja, und ich möchte sie zurückhaben«, verlangte Arabella

grimmig. »Leyton und dieser Schuft Walcott hätten Jeremy nicht so zum Spiel verleiten dürfen. Sie betrogen ihn.«

»Ach ... Jeremy hat sie natürlich entsprechend beschuldigt?«, fragte Tony seidenweich. Das Schicksal hatte ihm ein sehr interessantes Kartenblatt zugedacht – ein *überaus* interessantes. Verflogen war seine Langeweile. Auch die melancholischen Anwandlungen, die ihn in letzter Zeit heimgesucht hatten, waren wie weggeblasen. Am liebsten hätte er laut gelacht. Das Leben war plötzlich wieder sehr verlockend. Und er würde dafür sorgen, dass es so blieb!

»Nun, eigentlich nicht«, gestand Arabella und fügte mit ernster Miene hinzu: »Du musst wissen, dass sie ihn erst verleiteten, zu viel zu trinken, und ihn dann zum Spiel drängten.«

Tony zog eine fein geschwungene Braue hoch. »Ihre Vorgangsweise mag anstößig sein. Wenn Jeremy aber keinen Beweis dafür hat, dass sie tatsächlich mit präparierten Karten gespielt haben, wüsste ich nicht, was du möchtest, dass ich tue.«

Wie erwartet schluckte Arabella den Köder. »Ich möchte«, sagte sie zähneknirschend und umklammerte die Mappe auf ihrem Schoß, »dass du mir seine Schuldscheine gibst.«

Tony setzte sich auf einen passenden Sessel ihr gegenüber und streckte seine langen, in Breeches steckenden Beine aus, so dass seine schwarzen Stiefel nur eine Handbreit vom gerüschten Saum ihres gelben Kleides entfernt waren.

Nur mit Mühe widerstand Arabella dem Drang, ihre Füße wie vor einer zu nahe brennenden Flamme in Sicherheit zu bringen. Plötzlich wurde ihr viel zu warm, und sie fragte sich, ob es klug gewesen war, ihn aufzusuchen. Doch wieder rief sie sich in Erinnerung, dass es der einzige Ausweg war, der ihr blieb.

»Einfach so?«, fragte Tony lässig, als er sich entspannt zurückgelehnt hatte. »Du erwartest, dass ich dir die Schuldscheine aushändige?«

»Ja, allerdings.« Sie zögerte. Noblesse hatte für Tony nie Stellenwert besessen, doch musste sie es versuchen. Das Schicksal der Familie hing von ihr ab. »Es wäre sehr nobel von dir.«

Tony schnaubte. »Und wann, meine liebe kleine Elfe, hast du mich je nobel handeln gesehen?« Sein Blick wurde hart. »Ich glaube mich sogar zu erinnern, dass es mein Mangel an Noblesse war, der dich bewog, unsere Verlobung zu lösen, oder nicht?«

»Darüber möchte ich nicht reden!«, fauchte Arabella ihn an. »Unsere persönliche Geschichte hat nichts damit zu tun.«

»Ach, da bin ich anderer Meinung, meine Liebe. Im Gegenteil, ich bezweifle sehr, dass du dich Leyton einfach genähert und von ihm die Schuldscheine zurückgefordert hast. So etwas wagst du nur bei mir.«

Arabella errötete. »Richtig. Ich tat es nicht. Ich bot ihm ein Geschäft an und bin natürlich willens, dasselbe Geschäft mit dir zu machen.«

Bei Tony regte sich Interesse. »Und? Um welches Geschäft handelt es sich?«

»Greenleigh und meine anderen Ländereien für Jeremys Schuldscheine.«

»Was zum Teufel führte dieser Idiot von jüngerem Bruder eigentlich im Schilde?«, fragte Tony mit gefurchter Stirn. Ihm war klar, dass sie ihm alles angeboten hatte, was sie besaß. »Weiß dein verehrter Vater, was du vorhast? Was sein Sohn und Erbe angestellt hat?«

Arabella spürte ein Brennen in den Augen. Sie senkte den Blick auf die Hände. »Mein Vater ist tot. Seit zwei Jahren schon.«

»Das tut mir Leid zu hören«, sagte Tony leise, und seine Miene wurde weicher. Er widerstand der Versuchung, sie zu berühren. »Ich weiß, dass eure Beziehung sehr eng war. Er muss dir sehr fehlen.«

Arabella wich seinem Blick aus. »Ja. Es war für uns sehr schwer.«

Da fiel ihm etwas ein. Er stand auf und suchte unter den Papieren auf dem Schreibtisch. Als er das Gesuchte gefunden hatte, stieß er einen leisen Pfiff aus. Jetzt war ihm klar, in welcher Zwangslage Arabella steckte. Kein Wunder, dass sie zu ihm gekommen war. Ihr Bruder, dieser Hohlkopf, hatte Highview verspielt. Er blätterte die Schuldscheine noch einmal durch. Und nahezu das gesamte Vermögen der Montgomerys, wenn sein Gedächtnis ihn nicht trog.

Spontan drehte er sich um. Sein erster Instinkt drängte ihn, ihr die Schuldscheine, an denen ihr so sehr gelegen war, einfach zu überlassen. Dann zögerte er. *Sie musste sie verzweifelt haben wollen, wenn dieses Verlangen sie zu mir brachte!*, dachte er zynisch.

Doch ehe er etwas tun konnte, richtete Arabella sich steil auf ihrem Sessel auf und öffnete die Mappe. »Ich weiß, dass Greenleigh sich mit Highview nicht vergleichen kann«, sagte sie entschlossen, »aber ich möchte es dir für Jeremys Schuldscheine überlassen.« Als seine Miene sich verfinsterte, setzte sie tapfer hinzu: »Es ist kein ausgewogenes Geschäft, stellt aber wenigstens eine gewisse Kompensation dar.« Ihr Blick war ungewollt flehentlich, als sie ihm mit zitternder Hand die zusammengefalteten Papiere reichte.

In Tony brodelte es. Glaubte sie wirklich, er wäre so charakterlos, zuzulassen, dass sie sich zur Bettlerin machte, nur um ihre Familie zu retten? Nun, warum nicht?, rief er sich verletzt in Erinnerung. Hatte sie sich nicht vor fünf Jahren geweigert, ihn zu heiraten, weil sie ihn für den größten aller Bösewichte hielt?

»Steck deine verdammten Urkunden ein!«, stieß er hervor. »Ich will sie nicht – und ich werde sie nicht annehmen.«

Seine Worte trafen die bereits aufgebrachte und erniedrigte

Arabella zutiefst. Ehe sie sich beherrschen konnte, brach es verbittert aus ihr hervor: »Ich hätte wissen müssen, dass du so reagierst! Dir war es immer schon einerlei, wen du kränkst, wenn du nur erreichst, was du willst. Du hast dich nicht verändert, wie ich merke.« Sie erdolchte ihn mit einem zornigen Blick. »Wird es dir Genugtuung bereiten, wenn man uns von Highview vertreibt? Wirst du kommen und zusehen, wie wir ausziehen? Oder schickst du nur einen deiner Handlanger, der alles erledigt?« Ihr Auflachen hörte sich wie ein Schluchzen an. »Oder wirst du wieder mit deinem Freund Blackburne wetten? Wirst du wetten, wie lange wir zum Auszug brauchen?«

Tony beugte sich mit einer leise geknurrten Verwünschung zu ihr hinunter, packte sie an den Schultern und schüttelte sie grob. »Das wagst du mir zu sagen?«, stieß er heiser hervor.

Unbeweglich hielt sie seiner Attacke stand. »Warum nicht? Wetten sind für dich ein großer Spaß, zumal solche, die andere persönlich kränken.«

Mit bebenden Nasenflügeln holte er tief Atem, nahm die Hände von ihren Schultern und richtete sich auf. Offene Abneigung spiegelte sich in seinen Augen, als er grollend sagte: »Trotz meiner zahlreichen Sünden, die ich nicht leugne, habe ich noch nie im Zorn Hand an eine Frau gelegt. So wie du mich provoziert hast, kannst du von Glück reden, dass ich dich nur geschüttelt habe.«

»Gut, dann habe ich halt mal Glück gehabt«, spöttelte sie, wobei sie sich der schändlichen Wonne bewusst war, die sie bei seiner Berührung durchzuckt hatte. Ebenso bewusst war sie sich der Hitze und Vitalität, die von ihm ausging, während er in einem weißen Batisthemd mit lässig geöffnetem Kragen vor ihr stand. Der aufreizende Anblick seiner kraftvollen braunen Kehle, auf die sie einst leidenschaftliche Küsse gedrückt hatte, und der vertraute Duft seines Körpers waren fast unerträglich.

Tony wurde von ebenso mächtigen Erinnerungen bedrängt,

und verzehrte sich nach allem, was er durch seine Torheit verloren hatte. Sie würde ihm nie vergeben, und er bezweifelte, ob sein eigener beträchtlicher Stolz ihm erlauben würde, um Vergebung zu bitten. Immerhin *war* er diese verdammte Wette mit Blackburne eingegangen.

Aus Angst, sie würde den mächtigen Gefühlen, die in ihr tobten und sie bedrängten, nachgeben, fragte Arabella mit dünner Stimme: »Wann sollen wir Highview verlassen?« Sie verschluckte ein Schluchzen. »Meine Stiefmuter braucht einige Tage zum Packen.«

Tony ballte die Hände zu Fäusten. Mit einem tiefen Atemzug versuchte er sich zu beruhigen. »Ich habe nie gesagt, dass ihr Highview verlassen müsst«, knurrte er mit rasenden Pulsen.

Arabella sprang auf, und aus ihren goldbraunen Augen sprach Hoffnung. »Du gehst also auf meinen Vorschlag ein?«, fragte sie atemlos.

Tony verschluckte einen Fluch, nahe daran, die Schuldscheine zu nehmen und sie ihr in die Hand zu drücken, als ihm ein verwerflicher Gedanke durch den Kopf schoss. Wenn er ihn äußerte, verwerflich oder nicht, würde er ihm etwas verschaffen, was er sich so verzweifelt und leidenschaftlich wünschte wie sonst nichts auf der Welt – Arabella noch einmal in den Armen zu halten.

Voller Verlangen und gleichzeitig schlechtem Gewissen sah er sie an. Bin ich wirklich verworfen, wenn ich ihre unglücklichen Umstände für meine Sehnsucht nutze?, fragte er sich. Doch wenn er es nicht tat und ihr einfach die Schuldscheine übergab, würde sie sich bedanken und wieder aus seinem Leben verschwinden. Ja, sie würde gut von ihm denken und zweifellos Dankbarkeit empfinden. Aber Dankbarkeit war das Letzte, was er sich je von Arabella Montgomery gewünscht hatte.

Während Arabella gespannt wartete und ihn mit ihren ausdrucksvollen Augen anblickte, überlegte Tony rasch seinen nächsten Schritt. Sie hielt ihn bereits für einen verdorbenen Kerl, und wenn er nun mit seinem empörenden Vorschlag herausrückte, würde es lediglich ihre schlimmste Meinung bestätigen. Was also habe ich zu verlieren?, fragte er sich zynisch.

Also schluckte er und begann: »Ich bin gewillt, mit dir einen Handel abzuschließen.«

Ein strahlendes Lächeln erhellte Arabellas fein gemeißelte Züge. »Greenleigh für Highview?«

Tony schüttelte den Kopf. »Ich sagte zwar *einen* Handel, aber meinte nicht diesen.«

Erstaunt musterte sie ihn. »Was dann? Ich besitze sonst nichts von Wert.«

Ein unverkennbar sinnlicher Funke blitzte in seinen blauen Augen auf. »Ach, Elfchen, da irrst du dich aber. Du hast mir etwas sehr Wertvolles zu bieten – deine eigene reizende Person.«

Arabella sah ihn ratlos an. »W-w-was? Du möchtest mich heiraten?«

Tony schürzte nachdenklich die Lippen. Wenn er der Meinung gewesen wäre, sie durch Erpressung zu einer Ehe zwingen zu können, hätte er es getan. Aber er bezweifelte, dass sie sich für den Rest ihres Lebens an ihn binden würde, selbst wenn sie damit ihre Familie rettete. Nein. Sie würde ihn nicht heiraten, doch war sie vielleicht bereit, sich für eine gewisse Zeit in seine Hände zu begeben. Es war gemein und unehrenhaft, doch war er gewillt, es zu riskieren, da sie dann wenigstens eine Zeit lang ihm gehören würde.

Aus reiner Neugierde konnte er sich die Frage nicht verkneifen: »Würdest du mich denn heiraten, um Jeremys Schuldscheine zu bekommen?«

Arabella, die ihren Ohren nicht traute, starrte ihn fassungslos an. Wäre sie tatsächlich im Stande, ihn zu heiraten? Den Rest ihres Lebens als seine Frau zu verbringen? Die Erinnerung an den Schmerz und die Demütigung, die ihre letzte Begegnung für sie gebracht hatten, überfiel sie jäh, und sie streckte die Hand aus, als gelte es, ein grausames Los abzuwehren. Nein, diese Pein konnte sie nicht ein Leben lang auf sich nehmen.

»Verlange das nicht von mir«, flüsterte sie. »Ich könnte es nicht ertragen.«

Barsch sagte Tony: »Keine Angst, eine Ehe kommt nicht in Frage. Diesen Weg wollten wir einmal gehen, und er brachte uns nur Unglück. Nein, diesmal schlage ich dir ein ganz anderes Arrangement vor.«

Arabella wurde totenblass. Ihre Haut kontrastierte gespenstisch weiß mit dem flammend roten Haar, ihre Augen verdunkelten sich vor Angst. Was er meinte, war klar, doch hätte sie es nie für möglich gehalten, dass Tony dazu im Stande war.

Offenbar war er es sehr wohl, da er auf sie zutrat und sie in seine Arme zog. Er ließ seinen warmen, wissenden Mund über ihre Lippen gleiten und raunte: »Werde meine Geliebte, und diese Schuldscheine werden niemals eingelöst.«

4

Von Tonys starken Armen umfangen, seine warmen Lippen an ihren, sein Geschmack und Duft, die die Erinnerung an vergangene Leidenschaft weckten: Ihr schwindelte, und Arabella vergaß einen gefährlichen Augenblick lang, was damals passiert war. Wie besinnungslos ließ sie sich von ihm küssen. Ihr Mund war weich und süß, die Mappe fiel achtlos auf den Boden, und sie schlang ihre Arme um seinen Nacken.

Tony ließ einen erstickten Laut hören, als ihre Arme sich um ihn legten. Seine Umarmung wurde fester. Er reizte sie beide durch Zurückhaltung, indem er den Mund verführerisch über ihren gleiten ließ und seine Zähne erregend an ihrer Unterlippe knabberten. Sehnsüchtig seufzte Arabella. Erst als sie sich dabei ertappte, dass sie inbrünstig seinen dunklen Kopf näher an sich zog, begann die schreckliche Gegenwart erneut Gestalt anzunehmen.

Wie von einer Schlange gebissen, zuckte sie zurück und entzog sich seinen Armen. Hochrot und mit schiefem Strohhut funkelte sie ihn finster an. »Du hinterhältiges, eselsohriges falsches Ungeheuer. Wie kannst du es wagen!«, zeterte sie.

Tony, der eine sonderbare Zufriedenheit verspürte, lehnte sich an den Mahagonitisch. Er verschränkte die Arme über der Brust und spottete: »Ach komm, Elfchen, das kannst du besser! Ich kann mich vage erinnern, dass du mich bei deiner letzten Beschimpfung ein ›verlogenes, falsches, verdorbenes, verkommenes Schwein‹ nanntest.«

Arabella, die sich sofort fasste, senkte den Blick und sagte züchtig: »Du irrst dich. Damals nannte ich dich nicht Schwein, sondern einen verlogenen, falschen, verdorbenen, verkommenen Mistkerl.«

Tony verkniff sich ein Lachen und erwiderte mit einem Blitzen in seinen blauen Augen: »Ich glaube, du hast sogar Recht. Es war Mistkerl – mein Gedächtnis lässt schon nach.«

Arabella fixierte ihn. »Ich glaube nicht, dass dein Gedächtnis gelitten hat.«

Tony nickte mit undeutbarer Miene. »Von dir ist mir alles in Erinnerung geblieben«, sagte er leise.

»Wenn dem so ist«, zischte sie, »dann müsstest du auch noch wissen, wie sehr ich dich verabscheue. Ich kann mir nicht denken, dass du eine Geliebte möchtest, der bei deiner Berührung schaudert.«

Tony runzelte die Stirn. »Schauderte dir eben jetzt, meine Süße? Mir fiel eine solche Reaktion deinerseits nicht auf.«

Arabella malmte mit dem Unterkiefer. »Du hast mich überrumpelt.«

»Ach ... und wenn ich dich vorwarne und sage, dass ich dich in meine Arme nehmen und küssen werde, würde dir vor Abscheu schaudern?« Er lächelte. »Sollen wir es probieren?«

Als er eine Bewegung auf sie zumachte, quietschte Arabella: »Bleib, wo du bist, und rühr mich nicht an!«

Tony ließ sich in seine vorherige Position zurücksinken und schien mit sich selbst höchst zufrieden. »Das ist ein Experiment, das wir bald machen müssen, aber nicht jetzt. Im Moment haben wir einen Vorschlag vorliegen.« Er griff um sie herum nach Jeremys Schuldscheinen. »Ich tue sie in meinen Safe, wo sie bleiben, bis ... sollen wir sagen, bis ich deines Schauderns überdrüssig bin?«

»Du bist unbestritten der schlechteste, gemeinste ...«

»Mistkerl?«, half Tony freundlich aus.

»Schlimmer!«

»Das mag ja stimmen, meine Süße, doch hast du mir noch immer nicht geantwortet.«

Unentschlossen starrte sie ihn an.

»Bist du sicher, dass du nicht Greenleigh für Jeremys Schuldscheine nehmen möchtest?«, fragte sie.

Tony schüttelte den Kopf und sah sie unverwandt an. »Nein, ich möchte nicht Greenleigh, sondern dich.«

»Als deine Geliebte«, erwiderte sie knapp.

Er nickte. »Als meine Geliebte.« Leise setzte er hinzu: »Da unsere Beziehung geheim bleiben würde, wie es sicher in deinem Sinn wäre, brauchst du um deinen Ruf nicht zu fürchten – nur wir beide würden von unserer intimen Beziehung wissen. Ich habe nicht die Absicht, dich zu ruinieren oder gar wieder einen Skandal zu schaffen.« Er lächelte grimmig. »Du kannst mich weiterhin in aller Öffentlichkeit nach Herzenslust verachten und verabscheuen ... vorausgesetzt, dass du in meinen Armen liegst, wenn wir allein sind.«

Arabella konnte seinem Blick nicht begegnen. Sie war so wütend und so verletzt von seinem Vorschlag, dass sie ihm am liebsten in sein arrogantes Gesicht geschlagen hätte und hinausgestürmt wäre. Doch war dies nicht das einzige Gefühl, das in ihr tobte. Der Vorschlag reizte sie auch gegen ihren Willen. Er wollte sie ... als seine Geliebte.

Sie drehte sich weg von ihm und starrte aus dem Fenster. Wie sie sich entscheiden sollte, wusste sie nicht, doch war sie sicher, dass sie nicht so einfach gehen wollte, egal ob Tony ein Ungeheuer war. Sie wandte sich wieder um und sagte: »Gibst du mir Bedenkzeit?«

»Nein«, sagte er prompt. Seine blauen Augen gaben nichts preis. Er wollte ihr keine Zeit lassen, die Folgen seines Angebots zu überlegen. Und er wollte ihrem klugen Verstand ganz gewiss keine Zeit geben, die Möglichkeit in Betracht zu ziehen, dass er bluffte. Im Moment hatte er sie in der Falle und davon überzeugt, dass er ihre Familie eiskalt aus dem Haus werfen würde. Er gedachte, diese Situation voll zu nutzen.

Arabella zeigte ihm den Rücken, während sie angestrengt überlegte. Tonys Geliebte zu werden, bot einige Vorzüge, wie sie sich widerstrebend eingestand.

Es war eine schockierende Vorstellung, doch Arabella war nicht schockiert. Tatsächlich faszinierte sie die Idee immer mehr. Eine Geliebte besaß viel mehr Freiheit als eine Ehefrau. Als Tonys Frau hätte sie ihm gehört wie eines seiner Besitztümer. Ihre Ländereien und ihr Vermögen wären in sein Eigentum übergegangen; er konnte mit ihnen und ihr machen, was er wollte. Als seine Geliebte aber ...

Ihr wurde klar, dass sie mit seinem schmählichen Handel schon halb einverstanden war. Wenn Tony nicht betont hätte, dass ihre Beziehung geheim bleiben würde, wäre ihr die Entscheidung viel schwerer gefallen. Konnte sie ihm vertrauen, dass er sein Wort hielt?

Sie hatte ihm einmal vertraut, und wozu hatte es geführt? In diesem Fall aber war es ebenso in seinem Interesse, wenn ihre Beziehung geheim blieb, wie in ihrem. Er mochte den meisten Skandalen gleichgültig gegenüberstehen, doch einer in dieser Größenordnung würde sogar seine treuesten Freunde gegen ihn aufbringen. Außerdem wäre er eventuell sogar gezwungen, sie zu heiraten, dachte sie ironisch. Und das würde er nicht wollen! Deshalb konnte sie darauf vertrauen, dass er ihren Namen nicht in den Schmutz zog.

Nachdenklich tippte sie an ihre Lippen. Sie und Tony waren sich einig, dass eine Ehe für sie nicht in Frage käme. Sie war kein dummes junges Mädchen mehr. Sie war zweiunddreißig und hatte diesem Mann bereits ihre Jungfräulichkeit geschenkt. Da es sehr unwahrscheinlich war, dass sie jemals heiraten würde, gab es für sie nicht das Problem, einem Ehemann eine Frau aus zweiter Hand zuzumuten.

Als Tonys geheime Geliebte würde sie ihr bisheriges Leben weiterführen. Geld und Plantagen würden ihr Eigentum bleiben. Für die Welt und ihre Familie würde sie einfach Miss Arabella Montgomery von Highview sein. Daneben aber würde es geheime Verabredungen geben, und sie würde Tonys Bett teilen. Sie würden sich im Verborgenen treffen, und er würde ihr wieder zeigen, welche Wonnen es zwischen Mann und Frau geben konnte. Ein komischer kleiner Knoten ballte sich in ihrem Inneren zusammen, und sie spürte eine plötzliche Hitze zwischen den Beinen.

Ich bin wollüstig, musste sie sich eingestehen – und vermutlich war es ein sündhaftes Übereinkommen. Aber sündhaft oder nicht, sie glaubte, dass es ihr Spaß machen würde, Tonys Geliebte zu sein. Zusätzlich konnte sie stets ihr Gewissen beruhigen, indem sie sich sagte, dass sie sich für die Familie geopfert hätte.

Sie nahm Haltung an und drehte sich zu ihm um. »Also gut«, sagte sie. »Ich werde deine Geliebte.«

Mit einem schiefen Lächeln murmelte er: »Eine kluge Entscheidung, Elfchen.« Sein Blick verdunkelte sich. »Ich werde mir große Mühe geben, dass es eine ist, die dir Freuden bescheren wird.«

Er stieß sich mit eindeutiger Absicht vom Tisch ab und ging auf sie zu.

Von plötzlicher Nervosität erfasst und unsicher, auf was sie sich eingelassen hatte, wich Arabella einen Schritt zurück und fragte unbehaglich: »Moment, müssen wir denn sofort damit anfangen?«

Tony grinste. »Ich wollte dich nur zur Besiegelung unseres Abkommens küssen, nicht dich auf den Boden werfen und lieben.« Sein Blick glitt anerkenend über ihre reizvolle zierliche Gestalt. »Obwohl es keine schlechte Idee wäre.«

»Bitte, warte!«, protestierte Arabella, die entdeckte, dass sie leider nicht so abgebrüht und kühl war, wie sie angenommen hatte. »Ich bin einverstanden, deine Geliebte zu werden. Reicht dir das nicht für heute?« Ihr Blick schoss durch den Raum. »Sollten wir nicht die Bedingungen des Handels besprechen?«

»Es gibt nur eine Bedingung – du in meinem Bett«, antwortete Tony rundheraus.

»Aber du sagtest, mein Ruf sollte unversehrt bleiben«, wand Arabella ein. »Du sagtest, ich könnte dir vertrauen! Ich meine, ich kann nicht …! Ich muss an meine Familie denken.« Sie ballte die Hände zu Fäusten. »Deinetwegen nehme ich nicht noch einen zusätzlichen Skandal auf mich!«

Tony war zur Großzügigkeit bereit. Es war klar, dass sie Gewissensbisse hatte, und er wollte sie nicht so verstören, dass sie es sich überlegte – und er hatte fest versprochen, dass er ihrem Ruf nicht schaden würde.

Er nahm ihren Arm und führte sie zurück zum Sessel. Nachdem er sich ihr gegenübergesetzt hatte, sagte er freundlich: »Ich werde unser Abkommen geheim halten. Um Klatsch und Skandal zu vermeiden, werden wir sehr diskret vorgehen.«

Arabella nickte. »Sehr diskret«, hauchte sie inbrünstig, in Gedanken bei Stiefmutter und Geschwistern.

Tony hatte zwar zahlreiche Geliebte unterhalten, doch sah er sich nun einer ganz anderen Situation gegenüber. Früher hatte er nach Bedarf ein hübsches kleines Haus in einem schönen Viertel gemietet, seine momentane Angebetete dort untergebracht und sie besucht, wann immer es ihn danach gelüstete. Wenn seine Geliebte ihm gesellschaftlich ebenbürtig war, hatte es sich um eine erfahrene verheiratete Frau oder Witwe gehandelt, die genau wusste, worauf sie sich einließ. Arabella war keines von beiden. Wurde ihr Verhältnis bekannt, war sie ruiniert. Sie braucht Schutz, dachte er mit einem Anflug von Beschützerinstinkt. Es galt vor allem, ihren Ruf zu wahren.

Die Aussicht, womöglich jeden Mann töten zu müssen, der eine abfällige Bemerkung über sie machte, gefiel ihm ganz und gar nicht, doch er würde es im Zweifelsfall tun.

»Wir werden uns nachmittags treffen müssen, da es auffallen würde, wenn du abends allein ausgehst. Wir brauchen also einen anständigen Treffpunkt. Eine Absteige kommt nicht in Frage – und allzuoft kannst du dich hier nicht zu einem diskreten Stelldichein verabreden«, formulierte er laut seine Überlegungen. »Und ich kann nicht auf Highview auftauchen, wenn ich dich in deinem Schlafzimmer besuchen möchte.«

Arabella schloss die Augen und murmelte: »Guter Gott, nein!«

»Deshalb müssen wir einen Ort finden, der für uns beide leicht zugänglich, aber diskret ist.«

Tony überlegte rasch und verwarf mehrere Örtlichkeiten. »Ach, jetzt habe ich es«, sagte er plötzlich mit sonderbarem Blick. »Die Jagdhütte auf Greenleigh. Sicher kannst du dich erinnern.«

»Du bist ein grausames Scheusal, weißt du das?«, flüsterte Arabella. Ihre Augen hatten sich vor Schmerz verdunkelt, den sie nicht verbergen konnte. In dieser Jagdhütte hatten sie sich getroffen, und dort hatte er sie verführt. Als sie ihn in derselben Jagdhütte dann im Bett mit einer anderen angetroffen hatte, hatte es das Ende all ihrer Träume bedeutet.

Er zuckte die Schultern mit undurchdringlicher Miene. »Es ist der geeignetste Ort – einsam, abgelegen und überaus behaglich, wenn ich mich recht erinnere. Und da das Haus dir gehört, wird es niemand sonderbar finden, wenn du hinfährst.«

Nicht willens, ihm die Genugtuung zu verschaffen, dass die Jagdhütte auch noch nach fünf Jahren unerträglich schmerzhafte Erinnerungen für sie barg, sagte sie steif: »Sehr gut. Die Jagdhütte auf Greenleigh. Und wie willst du mich wissen lassen, wenn …«, ihr Gesicht brannte, und sie räusperte sich, ehe sie hinzufügte, »…wenn du mich brauchst.« Sie konnte kaum glauben, was sie da aussprach, fand die ganze Situation unglaublich. Es erschien ihr unfassbar und wie ein böser Traum … ruhig hier zu sitzen und kaltblütig Ort und Umstände zu besprechen, die die Prinzipien eines ganzen Lebens über Bord warfen, wenn sie Tonys Geliebte wurde. Nicht seine Frau, sondern seine Geliebte.

Tony ergriff plötzlich über die kurze Distanz, die sie trennte, ihre Hand. Er führte sie an die Lippen und drückte einen sanften Kuss auf die Handfläche. Vor ihr auf die Knie sinkend, sagte er heiser: »So übel wird es nicht werden, Elfchen. Ich werde dich gut behandeln und schwöre dir, dass ich nicht dulden werde, dass dir Schande widerfährt.«

»Du hast mir einmal ewige Liebe geschworen ... wie soll ich dir jetzt glauben?«, fragte Arabella misstrauisch.

Er verkniff den Mund. »Ich entsinne mich, dass du selbst Schwüre geleistet hast – so hast du gelobt, dass du mich liebst und achtest und mich heiraten würdest.«

Arabella entzog ihm jäh ihre Hand und sprang auf, wobei sie ihn in ihrer Erregung fast umkippte. Sie musterte ihn finster und stieß hervor: »In Anbetracht der damaligen Umstände war es nur klug und vernünftig, dass ich meine Absicht änderte. Kaum jemand würde widersprechen, dass ich guten Grund hatte, die Verbindung zu lösen, als ich meinen Verlobten in den Armen seiner ehemaligen Geliebten antraf.«

Tony richtete sich auf. Seine Miene war hart und angespannt. »Ich war so betrunken, dass ich nicht einmal weiß, wie sie dorthin gelangte. Schon Monate vorher hatte ich mit ihr gebrochen.«

Arabella lachte bitter, während ihr Herz sich gepeinigt zusammenzog, als das Bild von Tony im Bett mit dieser ... *dieser* Person durch ihr Gedächtnis schoss. »Betrunken – das ist deine Rechtfertigung dafür, dass du es mit Molly Dobson getrieben hast. In dem Bett, in dem ich dir meine Unschuld opferte, wie ich hinzufügen darf.«

Matt erwiderte Tony: »Es ist die Wahrheit.«

Da nichts damit gewonnen war, alte Wunden aufzureißen, sagte Arabella: »Es spielt keine Rolle mehr. Es ist aus und vorbei. Wir beide sollten froh sein, dass wir zur Besinnung kamen, ehe es zu spät war.«

Tony schnaubte kurz. »Ja, natürlich«, sagte er trocken. »Man sollte uns zu unserem knappen Entkommen gratulieren.«

Sie hätte erleichtert sein sollen, dass er es so sah wie sie. Seine Worte aber hinterließen in ihr ein merkwürdig unbefriedigtes Gefühl. Sie hob die Aktenmappe auf, die zu Boden gefallen war, als Tony sie geküsst hatte. »Ich muss gehen. Bald wird es dunkel«, murmelte sie.

Tony musterte sie. »Ich nehme an, du wirst vehement ablehnen, wenn ich dir meine Begleitung anbiete.«

»Erraten«, erwiderte Arabella zuckersüß und unternahm den halbherzigen Versuch, ihren Strohhut zurechtzurücken.

Tony trat auf sie zu, löste die grüne Satinschleife unter ihrem Kinn und setzte ihr den breitkrempigen Hut gerade, ehe er die Bänder wieder zu einer kecken Schleife band. »So«, sagte er mit schiefem Lächeln, »jetzt siehst du wieder präsentabel aus.«

Sie standen dicht beisammen. Unglücklich betrachtete Arabella sein Gesicht und wünschte, er würde auf sie nicht noch immer so faszinierend wirken. Sie hätte ihn verabscheuen sollen. Doch sie wusste, dass sie sich selbst belog, wenn sie so was behauptete.

Die Erinnerung an jene zauberhafte Zeit, als sie felsenfest geglaubt hatte, dass er sie liebe und dass aller Klatsch und alle haarsträubenden Geschichten über ihn grobe Übertreibung wären, drängte sie zu der Frage: »Wirst du mich wirklich zwingen, deine Geliebte zu werden?«

Tony hob sanft ihr Kinn an. »Mir wäre lieber, ich müsste dich nicht zwingen, da du mir aber keine andere Wahl lässt, ja, ich werde dich zwingen«, sagte er leise. »Ich würde es vorziehen, wenn du aus freien Stücken zu mir kämest. Da dies aber höchst unwahrscheinlich ist … gibt es nur einen Weg, Jeremys Schuldscheine in die Hand zu bekommen. Und du kennst ihn, Liebling. Du hast die Wahl.«

Mit einem Ruck entzog sie ihm ihr Kinn. »Ich habe keine Wahl, und das weißt du«, sagte sie voller Bitterkeit.

»Nun, du könntest warten, bis ich meine Karten ausspiele«, sagte er, ohne zu überlegen.

Arabellas Augen wurden schmal. »Du meinst, ich solle dein

infames Angebot zurückweisen und warten, ob du deine Drohung wahr machst und meiner Familie das Dach über dem Kopf raubst?«

Trotz des gähnenden Abgrunds, der sich unvermittelt vor ihm auftat, nickte Tony. »Möchtest du es riskieren?«, fragte er gleichgültig. »Wenn du willst, können wir es so machen.«

Arabella schüttelte den Kopf. Es hatte eine Zeit gegeben, da hätte sie ihn eines so grausamen Tuns nicht für fähig gehalten, doch das war vor dem Debakel mit Molly Dobson.

»Nein, ich werde deine Geliebte.« Sie zögerte und sah ihn unsicher an: »Aber ehe unsere … Affäre beginnt, sollst du mir schriftlich zusichern, dass nach einer angemessenen Zeit«, ihre Mundwinkel zogen sich nach unten, »nachdem ich gewissenhaft meine Buße als deine Geliebte hinter mich brachte, Jeremys Schuldscheine an mich übergeben werden.«

Tony musste sich mit Mühe zurückhalten, nicht mit der Faust auf den Tisch zu schlagen. Für so gemein hielt sie ihn! Sie glaubte, er würde sie zwingen, seine Geliebte zu werden und ihr dann die Schuldscheine vorenthalten. Steif sagte er: »Natürlich. Ich werde schriftlich festhalten, dass die Schuldscheine dir gehören … nach einer angemessenen Zeit.« Er warf ihr einen verbitterten Blick zu. »Da meine Affären bekanntlich nie von langer Dauer sind, sagen wir in einem halben Jahr? Natürlich darf die Klausel nicht fehlen, dass die Schuldscheine im Falle meines Todes ebenfalls an dich übergehen – für mich nicht ganz ungefährlich, falls dir meine Annäherungen schon vor Ablauf eines halben Jahres unerträglich werden sollten. Das Dokument werde ich dir bei unserem nächsten Treffen aushändigen.«

»Ich würde dich nicht umbringen«, schoss Arabella zurück, wütend und gekränkt, dass er sie einer solchen Untat für fähig hielt. »Obwohl es ein Wunder ist, dass dich nicht schon längst jemand ins Jenseits befördert hat.«

Er verbeugte sich mit ironischem Lächeln. »Also gut. Wir sind uns einig. Jetzt müssen wir nur entscheiden, wann wir uns in der Jagdhütte treffen. Gibt es Tage, an denen es dir unmöglich ist?«

Arabella schluckte. Dies alles passierte wirklich. Sie würde Tonys Geliebte werden! Und sie sprachen darüber so sachlich wie über eine Einladung zum Tee. »An Sonntagen wäre es für mich schwierig«, brachte sie schließlich heraus. »Die Familie verbringt den Tag stets gemeinsam.«

»Sehr gut, dann kommen Sonntage nicht in Frage.« Er überlegte. »Freitags. Wir treffen uns kommenden Freitag um zwei Uhr. Wahrscheinlich ist es einfacher, wenn wir Tag und Uhrzeit nicht für länger festsetzen. Am Freitag entscheiden wir den nächsten Termin. Einverstanden?«

Ihre Kehle war wie zugeschnürt, als sie nickte und die Mappe an sich drückte. Gütiger Himmel! Was tat sie da? War die Rettung der Familie es wert, worauf sie sich eingelassen hatte … seine Geliebte zu werden? Hatte sie den Verstand verloren?

Diese Fragen schwirrten ihr noch im Kopf herum, als Tony sie wenig später in ihren Wagen hob und sich verabschiedete. Halb benommen griff sie nach den Zügeln und veranlasste die Stute zu einem gemächlichen Trab. *Sie hatte eingewilligt, Tony Daggetts Geliebte zu werden!*

Tony sah ihr nach, bis sie die Auffahrt passiert hatte und den langen gewundenen Weg zur Hauptstraße entlangrollte. Dann drehte er sich um und sprang die Stufen hinauf. Im Haus rief er dem in der Nähe wartenden Billingsley zu: »Ich muss kurz fort. Wie lange ich ausbleibe, weiß ich nicht.«

Keine zehn Minuten später saß er auf einem kraftvollen Braunen mit Blesse, den er scherzhaft Sugar nannte. Tony lenkte sein Pferd in den Wald, der sich in östlicher Richtung an die Stallungen anschloss. Vor ihm lag nur noch eine kleine Aufgabe und danach …

Arabella registrierte nervös, dass es rasch dunkelte, und trieb die Stute mit einem Zungenschnalzen und einer leichten Berührung mit der Peitsche zu einer schnelleren Gangart an. Gehorsam griff Sable, die kleine Rappstute, weiter aus.

Bis nach Hause waren es keine vierzig Minuten, doch nun war es schon fast ganz finster. Sie biss sich auf die Lippen. Sie hätte einen Diener mitnehmen sollen, schon aus Gründen des Anstands, ganz zu schweigen davon, dass die Dunkelheit ihr weniger Angst eingejagt hätte, wenn sie nicht allein unterwegs gewesen wäre.

Im schwindenden Licht warf sie einen Blick auf die Lampe, die seitlich am schwarzen Spritzbrett hing, und entschied, dass es klüger wäre, sie anzuzünden, solange man noch etwas sehen konnte. Sie zügelte das Pferd und verlor kostbare Minuten, bis sie die Kutschlaterne angezündet hatte.

Der flackernde gelbe Kerzenschein in der Laterne vermittelte ihr sofort ein besseres Gefühl, wenn auch der schwache, tanzende Lichtstrahl lediglich die unmittelbare Umgebung von Wagen und Pferd erhellte. Nachdem sie sich Mut gemacht hatte, indem sie sich einredete, sie hätte nichts zu befürchten, feuerte sie doch vorsichtshalber das Pferd zur Eile an.

Die Geschichten von Samuel Masons Mörderbande oder von den berüchtigten Harpe-Brüdern und den Gräueln, die sie ihren unglücklichen Opfern zufügten, schossen ihr nun ungebeten durch den Kopf. Ihr Unbehagen ließ auch nicht nach, als sie sich die Tatsache ins Gedächtnis rief, dass sie meilenweit vom Natchez Trace entfernt war, an dem diese Verbrecher vorzugsweise ihr Unwesen trieben.

In diesem Moment ertönte ein lautes, Furcht erregendes Krachen im Unterholz zu ihrer Rechten, und ein Pferd mit

Reiter brach direkt vor dem Wagen aus dem Dickicht. Sable scheute und bäumte sich auf.

Erschrocken, aber ganz davon in Anspruch genommen, ihre Stute zu zügeln, dauerte es einige Sekunden, ehe Arabella die Gefahr einschätzen konnte. Nachdem sie das Pferd wieder in ihre Gewalt gebracht hatte, spähte sie in die Dunkelheit, während ihr Herz raste.

Im flackernden Laternenschein konnte sie undeutlich eine Gestalt ausmachen, die ihr riesenhaft erschien. Ein rotes Tuch bedeckte die untere Gesichtshälfte des Mannes, sein schwarzer Hut war tief in die Stirn gezogen. Er ritt ein großes, dunkles Pferd, das nun quer zu ihr stehend den Weg blockierte.

»Ihre Wertsachen!«, forderte der Reiter laut. »Her damit!«

Arabella, die kaum glauben konnte, dass sie wirklich ausgeraubt werden sollte, starrte den Mann vor sich wie vom Donner gerührt an. Das Licht reichte aus, dass sie die schwarze Pistole mit dem langen Lauf sah, die auf sie gerichtet wurde. Die Waffe schwenkend stieß er hervor: »Los, die Wertsachen!«

Nicht bereit, einem Mann, der eine Pistole auf sie richtete, zu widersprechen, nahm Arabella sofort die Zügel und Peitsche in eine Hand, um mit der anderen nach Ridikül und Aktenmappe zu greifen, die auf dem Boden zu ihren Füßen lagen. Kaum berührte sie die Mappe, als ihr mit einem Anflug von Panik einfiel, dass sie wichtige Dokumente enthielt.

Hatte ihr Herz bislang wie wild in ihrer Brust geschlagen, fühlte es sich nun an, als wäre es klaftertief gesunken. Sie konnte doch die Schuldscheine nicht ausliefern! Ganz ausgeschlossen!

Sich aufrichtend blitzte sie den Räuber an und sagte atemlos: »Ich habe nichts. Ich trage weder Schmuck noch führe ich Geld mit mir.«

Der Mann fluchte. »Wenn Sie nicht wollen, dass ich Ihnen eine Kugel verpasse, Madam, werden Sie mir Ihre Sachen aushändigen, damit ich mich selbst vom Inhalt überzeugen kann«, schnarrte er.

»Nein«, erwiderte Arabella eigensinnig, während ihre Finger unbewusst die Zügel strafften und die Stute nervös zu tänzeln anfing. »Verschwinden Sie, und lassen Sie mich in Ruhe«, sagte sie mit mehr Zuversicht, als sie verspürte.

»Bei Gott, was für ein stures Weibsstück! Her mit dem Zeug, rasch!«

Plötzlich schlug Sable gegen das vor ihr stehende größere Pferd aus, das wiehernd auswich. Der Räuber erschrak so sehr, dass sich ein Schuss aus seiner Pistole löste. Es knallte, unverkennbarer Schießpulvergeruch wurde spürbar.

Arabella schenkte dem Schuss keine Beachtung – sie hatte genug damit zu tun, Sable daran zu hindern, sich in den Strängen des Pferdegeschirrs zu verheddern.

Das andere Pferd bäumte sich auf und vollführte eine Drehung, der Reiter zerrte fluchend an den Zügeln. Just als Arabella sah, dass sich nun eine ideale Fluchtchance bot, bekam er sein Pferd unter Kontrolle, wendete es und bezog seitlich an Arabellas Wagen Aufstellung. Er starrte sie böse an und knurrte drohend: »Die nächste Kugel wird nicht vergeudet. Geben Sie mir alles, sonst töte ich Sie und raube Ihren Leichnam aus. Wie Sie wollen …«

Es war mehr Wut als Verstand, was sie zu ihrem nächsten Schritt bewog. An diesem Tag hatte sie bereits eine Welt erschütternde Entscheidung treffen müssen, und sie wollte verdammt sein, wenn sie sich von diesem gemeinen Räuber zu einer zweiten zwingen ließ. Außerdem stellte der Inhalt der Aktenmappe ihren gesamten irdischen Besitz dar.

Sie holte blindlings mit der kleinen Peitsche aus, deren Riemen eine Gesichtshälfte des Räubers traf. Mit einem unflätigen Fluch zuckte er zurück, als er den brennenden Schmerz spürte. Arabella holte sofort zum nächsten Schlag aus und legte ihre ganze Kraft hinein. Diesmal war ihr Ziel die Hand mit der Pistole. Ein Aufschrei ertönte, die Pistole wirbelte zu Boden.

»Dafür werden Sie büßen, Sie kleines …!«, knurrte er und wollte nach ihr greifen.

»Wenn du die Dame anfasst«, ließ sich hinter ihm eine Stimme gedehnt vernehmen, »wird es leider das Letzte sein, was du tust.«

Der Räuber erstarrte, und Arabella fuhr herum und starrte hinter sich. In der Dunkelheit konnte sie nur mit Mühe die weiße Blesse eines Pferdes und den Reiter ausmachen, doch hätte sie die Stimme überall erkannt. »T-Tony«, stammelte sie.

5

Sein Herzschlag setzte wieder ein, als er erkannte, dass Arabella in Ordnung war und er nicht zu spät eingegriffen hatte. Nach einem kurzen, alles umfassenden Blick sah Tony den verhinderten Räuber an, als er trocken sagte: »Ja, ich bin es. Hattest du einen anderen erwartet?«

Trotz des Ernstes der Situation musste Arabella das irre Verlangen zu lachen unterdrücken. »N-nein«, stieß sie erstickt hervor, zwischen Angst und nervöser Belustigung schwankend.

Arabellas Züge trugen eindeutige Zeichen von Aufregung, die goldbraunen Augen wirkten riesig in ihrem bleichen angespannten Gesicht, doch Tony sah deutlich, dass ihr nichts passiert war. Er wandte nun seine volle Aufmerksamkeit dem Räuber zu. Er ritt dicht an ihn heran, um ihm das Tuch vom Gesicht zu reißen. Der Räuber aber hatte anderes im Sinn, entzog sich ihm mit einer heftigen Kopfbewegung und warf den Arm mit einem Furcht erregenden Schrei hoch.

Die bereits verängstigte Sable tat einen Satz nach vorne, und Arabella griff automatisch nach den Zügeln, die schlaff in ihrem Schoß gelegen hatten. Sugar, Tonys Hengst, schnaubte und warf den edlen Kopf hin und her, während er ein halbes Dutzend kurzer rascher Schritte rücklings tänzelte. Das alles geschah in Sekundenbruchteilen, die jedoch reichten, dass der Räuber seinem Pferd die Fersen in die Flanken grub und davonstob.

Mit einem verhaltenen Fluch feuerte Tony hinterher, doch der Schuss ging daneben, da durch Sugars fortgesetztes Scheuen korrektes Zielen unmöglich wurde. Als der Schuss durch die Nacht hallte, tänzelten Sugar und die kleine Stute panisch, und Tony und Arabella mussten ihre Aufmerksamkeit zwischen den Tieren und dem flüchtenden Räuber teilen. Doch der Zwischenfall war vorüber, ehe er begonnen hatte. Bis sie ihre Pferde wieder beruhigt hatten, waren Ross und Reiter im Wald verschwunden, und Tony und Arabella befanden sich allein auf der Straße.

Einen Moment herrschte Schweigen, als Tony wütend in die Dunkelheit starrte, wo der Räuber verschwunden war. »Dieser Teufel! Ich hätte auf dergleichen gefasst sein müssen!«

»Das macht doch nichts«, sagte Arabella tief durchatmend. »Wir sind unverletzt, und er ist mit leeren Händen auf und dvon.«

Tony nickte und ritt näher an ihren Wagen heran. »Er hat dir doch nichts angetan?«, fragte er. »Du bist hoffentlich nicht verletzt?«

Sie lächelte ihn erleichtert an und schüttelte den Kopf. »Nein, das Schlimmste war die Angst.«

»Dann schlage ich vor, dass wir dich sicher nach Highview bringen, ehe dir noch weiß Gott was zustößt.«

Arabella, die aufgewühlter war, als sie zugeben wollte, zeigte sich einverstanden, und gleich darauf rollte sie in Tonys Begleitung rasch die Straße entlang. Zwischen Tonys Augen grub sich eine Falte, während er den temperamentvollen Sugar dicht neben dem Wagen hielt. Nach einer Weile sagte er: »Ich war zwar jahrelang außer Landes, doch kann ich mich nicht entsinnen, dass diese Straße Räuber und Banditen angelockt hätte. Gibt es hier öfter solche Zwischenfälle?«

Arabella schüttelte den Kopf. »Nein. Überfälle und Morde gibt es vor allem am Trace. Da wimmelt es vor diesem Gesindel. Hin und wieder passiert auch bei uns etwas, doch ist es in der Umgebung von Natchez einigermaßen sicher. Diese Straße wird nur von jenen befahren, die hier draußen wohnen. Ich glaube nicht, dass es sich hier lohnt, jemandem aufzulauern.« Sie furchte die Stirn. »Das gerade war schon sehr merkwürdig.«

Verdammt merkwürdig, dachte er, als er sie betrachtete, den Wagen, die Stute, Arabellas Aufmachung … nichts davon hätte einen Räuber reizen können. Es sei denn, der Dieb hatte etwas gewollt, das nicht so offensichtlich war. »Er ist nicht sehr schlau vorgegangen«, sagte er langsam. »Selbst ein Dummkopf hätte sehen können, dass du vermutlich nichts Wertvolles bei dir hast.«

Arabella nickte mit schuldbewusstem Lächeln. »Ich muss gestehen, dass mir Mason und die Harpes im Kopf herumgingen, trotzdem hätte ich nie erwartet, auf diese Weise behelligt zu werden. Ich kann mir nicht vorstellen, was er sich erhoffte.«

»Es sei denn«, sagte Tony nachdenklich, »er wusste bereits, dass du etwas bei dir hattest, das er wollte.«

Arabella schnappte nach Luft, ihre Augen wurden groß. »Du meinst, er hätte es speziell auf mich abgesehen?«

»Es ist eine Möglichkeit, die man nicht außer Acht lassen darf. Wir müssen davon ausgehen, dass es ihm nicht um Schmuck ging, da du keinen trägst. Und es gibt außer deiner begehrenswerten Person nur noch etwas von Wert, an dem ihm gelegen haben könnte.«

Tonys Anspielung ließ Arabella erröten, doch hielt sie erschrocken den Atem an, als sie die Bedeutung seiner Worte erfasste. »Meine Besitzurkunden!«, stieß sie fast schrill hervor.

»Das ist meine Vermutung, und wenn wir sie weiter verfolgen, wird die Liste der möglichen Täter sehr eingeengt. Wer außer mir wusste, dass du die Besitzurkunde von Greenleigh bei dir hast?«

»Nun, Mr. Haight, mein Anwalt, doch kann ich mir nicht vorstellen, dass er überhaupt fähig ist, einen Raub zu planen. Er wusste außerdem gar nicht, wohin ich heute wollte.« Ihre Augen wurden schmal. »Außerdem war der Räuber zu groß. Haight ist eher klein und trägt eine Brille. Bleibt nur Daniel Leyton. Er wusste von der Urkunde, weil ich ihm denselben Vorschlag machte wie dir. Jeremys Schuldscheine für die Besitzurkunde von Greenleigh.«

»Nach allem, was mir von Leyton in Erinnerung geblieben ist, bewegt er sich ständig am Rande des Ruins«, sagte Tony. »Und er hat die richtige Größe für unseren Möchtegern-Dieb.«

Schweigend ließen sie sich diese Möglichkeit durch den Kopf gehen. »Aber die Urkunde allein würde ihm nichts nützen«, gab Arabella schließlich zu bedenken. »Er könnte mir Greenleigh nicht wegnehmen, ohne damit preiszugeben, dass er mir die Urkunde raubte.«

Tony schnaufte verächtlich und fragte trocken: »Ist dir nicht der Gedanke gekommen, dass es ihm um Erpressung gehen könnte? Sobald er die Papiere hat, könnte er dich damit unter Druck setzen und dir Geld entlocken, ehe er sie dir wieder zurückgibt. Und da Leyton seinen Gläubigern stets nur einen winzigen Schritt voraus ist, würde ich mich nicht wundern, wenn sein Plan derart hätte funktionieren sollen.«

»O ja, daran hatte ich nicht gedacht.«

»Nicht alle Bürger sind so blauäugig wie du … es wird höchste Zeit, dass du das begreifst.«

Damit war die Kameradschaft zwischen ihnen verflogen, und Arabella konterte eisig: »Natürlich hast du völlig Recht. Mir hätte diese Tatsache von vornherein klar sein sollen – zumal nach diesem Nachmittag und dem jämmerlichen Handel, den du mir aufzwangst.«

»Ich habe dir nichts aufgezwungen, Elfchen. Du hast dich entschlossen, meine Geliebte zu werden.«

Ihr Temperament schäumte über, und sie funkelte ihn an. »Du hast mir doch keine andere Wahl gelassen, wenn ich nicht zusehen möchte, wie meine Familie aus ihrem Zuhause vertrieben wird und sich bitterer Armut gegenübersieht.«

Tony lachte auf, in seinen dunkelblauen Augen tanzten Kobolde. »Ach, Süße, nur du nennst es Armut, auf Greenleigh zu wohnen und vom ansehnlichen Vermögen deiner Mutter zu zehren.«

»Weißt du, dass du der abscheulichste, verachtenswerteste Kerl bist, den ich kenne?«, fragte sie trügerisch sanft. »Und erkläre mir nicht wieder die Alternative – ich könnte meine Absicht ändern.«

Tony schlang ihr plötzlich den Arm um die Taille und hob Arabella mühelos aus dem Wagen. Ungeachtet ihrer Proteste setzte er sie geschickt vor sich auf den Sattel und küsste sie leidenschaftlich. Einen langen, Schwindel erregenden Moment später starrte er in ihre verschleierten Augen. »Aber du wirst es nicht tun, oder?«, fragte er leise.

Arabella, in deren Kopf sich alles drehte und deren Lippen noch vom warmen Abdruck seines Mundes prickelten, verneinte. »Du hast mein Wort.«

Nachdem er sie wieder in den stehen gebliebenen Wagen gesetzt hatte, bedachte er sie mit einem betörenden Lächeln.

»Wie gut, dass wenigstens einer von uns moralische Prinzipien hat.«

»Ach, halt den Mund, du verdammter Bastard«, herrschte sie ihn ungehalten an und griff nach den Zügeln, um Sable mit leisem Zungenschnalzen erneut anzutreiben.

Tony, der unbeirrt neben dem Wagen ritt, beobachtete sie verstohlen. Im fahlen flackernden Licht der Kutschenlampe war zu sehen, dass sich ihre Wangen gerötet hatten, vor Zorn vermutlich, und dass ihre Lippen eine trotzige Linie bildeten. Sie war wütend auf ihn. Er lächelte. Sehr gut! Er hatte ihr schon genügend die Federn gezaust. Nachdem sich der bleiche verängstigte Ausdruck verflüchtigt hatte, überließ er sie ihrem zornigen Schweigen. Es war besser, sie war wütend als ängstlich. Sein Mund wurde schmal. Was Daniel Leyton betraf, so war dies eine ganze andere Sache, und sobald er Arabella auf Highview abgeliefert hatte, wollte er ihm einen Besuch abstatten. Einen Besuch, den Mr. Leyton als nicht sehr angenehm empfinden würde.

Arabella war mit ihren eigenen Gedanken beschäftigt. Tony hatte Recht gehabt. Sie war fuchsteufelswild auf ihn, und die Angst war total verschwunden. Er war der verwirrendste und empörendste Mann, den sie kannte. Doch vermutete sie, dass sie für sein zeitgerechtes Auftauchen dankbar hätte sein sollen. Wäre er nicht gekommen, hätte die Situation eskalieren können. Sie runzelte die Stirn. Aber wie kam es, fragte sie sich argwöhnisch, dass er zufällig zur richtigen Zeit am richtigen Ort aufgetaucht war?

Abrupt fragte sie: »Was hat dich im richtigen Moment hierher geführt?«

»Ich folgte dir«, erwiderte er leichthin. Er hatte erwartet, dass sie diese Frage stellen würde, sobald sie Zeit gehabt hatte, die Lage zu überdenken. »Und ich kann dir gar nicht sagen, wie sehr ich die Tatsache bedauere, dass ich dich nicht vor deinem Zusammenstoß mit dem Räuber einholte.« Seine Miene wurde ernst. »Nie wieder möchte ich erleben, was ich empfand, als ich den Schuss hörte und wusste, dass du allein warst.«

Sie ignorierte eigensinnig seine Besorgnis um ihre Sicherheit. Schließlich kam sie zu einem Schluss und nickte. »Ich lehnte deine Begleitung ab«, sagte sie resigniert, »und du warst in deiner gewohnt überheblichen arroganten Art ohnehin entschlossen, mich nach Highview zu begleiten.«

»Ja, so war es, meine Süße.«

Arabella begnügte sich, empört zu schnauben, und enthielt sich einer Antwort. Unwillig rief sie sich in Erinnerung, dass es zu Tonys ärgerlichsten Eigenschaften gehörte, ohne Rücksicht auf die Wünsche anderer unbekümmert seinen Weg zu verfolgen – dies und sein Mangel an Reue oder Einsicht. Arabella knirschte fast hörbar mit den Zähnen. Er war in der Tat der empörendste und aufreizendste Mann, dem sie je begegnet war. Sie warf ihm einen schrägen Blick zu. Und der liebste, flüsterte ihr Herz.

Der Lichtschein des Hauptgebäudes von Highview drang zwischen den Bäumen hindurch, und als sie die lange, sanft geschwungene Allee entlangfuhr, zügelte Tony Sugar. »Ich könnte mir denken«, sagte er, »dass du lieber allein ankommst. Ich werde hier draußen warten, bis ich dich die Stufen hinaufgehen sehe.«

Sie hatte ihre Stute zum Anhalten gebracht und sah ihn forschend an. »Wie kannst du so umsichtig sein und im nächsten Moment so …«

»… so aufreizend? Empörend?«, half er nach. Um seine Mundwinkel zuckte es leicht.

»Alles zusammen.«

Er bückte sich und hauchte einen Kuss auf ihren Mund. »Das ist Teil meines unwiderstehlichen Charmes, Elfchen!«

Da sie lieber gestorben wäre, als ihm Recht zu geben, flötete sie spitz: »Heute muss ich sogar einem abscheulichen Schuft wie dir für seine Mühe danken.«

»Akzeptiert«, erwiderte er mit spöttischem Aufblitzen der Augen.

Sie nickte ihm steif zu, unentschlossen, was sie lieber getan hätte – ihn ohrfeigen oder seinen lockenden Mund küssen. »Also dann ...guten Abend.«

»Bis Freitag um zwei«, mahnte er sie leise. »Denk daran.«

»Bestimmt«, schnappte sie. Ihm in sein aufreizendes Gesicht zu schlagen, hätte eine große Genugtuung bedeutet. Sie wollte eben losfahren, als ihr voller Unbehagen ein weiterer Wesenszug Tonys einfiel. Sie zügelte Sable wieder und drehte sich zu ihm zurück.

»Du wirst doch hoffentlich nicht so dumm sein und Daniel Leyton besuchen?«

Sein Lächeln war keine Beruhigung. »Warum sollte ich?«, fragte er seidenweich.

»Weil du vermutlich der sonderbaren Meinung bist, er müsste für das bestraft werden, was er tat, falls er es tat – und dass du der Einzige bist, der dies kann.«

»Beweg dich ins Haus, Arabella«, bat er nicht gerade höflich. »Und mach dir keine übertriebenen Sorgen um Leytons Haut.«

Es war nicht die Antwort, die sie wollte, doch wusste sie sehr gut, dass es die Einzige war, die er ihr geben würde. »Ich würde mir wünschen«, stieß sie hervor, als sie sich umdrehte und die Zügel gegen Sables Kruppe schnalzen ließ, »dass du auf jemanden stößt, der dir gewachsen ist und den du nicht bezaubern, einschüchtern oder kaufen kannst!«

»Das habe ich bereits, Liebste«, murmelte er, während er ihr nachschaute, wie auf der Allee das Licht ihrer Wagenlampe in der Dunkelheit hüpfte und blinkte. Er wartete noch so lange, bis er sah, dass sie vor dem Haus anhielt und die breite Treppe von Highview hinauflief. »Glaube mir«, wiederholte er seufzend, »das habe ich bereits.«

Als er Sugar wendete, bekam er einen Ausdruck ins Gesicht, der Arabella etlichen Grund zur Besorgnis geliefert hätte. *Und jetzt,* sagte Tony sich grimmig, *zu Mr. Leyton.*

Mr. Leyton hatte auch ohne Tony Daggett schon genug Ärger. Sein Gesicht brannte von Arabellas Peitschenhieb, und der missglückte Überfall hatte ihn so erbittert, dass er äußerst gereizt nach Hause kam. Er warf die Zügel seines schäumenden Pferdes einem mürrischen Sklaven zu, der ihn an der Stalltür empfing, und schritt wortlos zum Haupthaus. Er betrat es durch einen Nebeneingang und ging in den großen Raum, in dem Arabella ihn früher am Tag angetroffen hatte. Trotz der frühen Stunde hatte er die wenigen Dienstboten fortgeschickt, ehe er zu seiner Mission aufbrach. Zu meiner fehlgeschlagenen Mission, stellte er finster fest.

Noch immer lag das rote Tuch um seinen Hals. Mit einer zornigen Bewegung riss er es herunter, warf es auf den Boden und ließ den Hut folgen. *Verflucht!*, dachte er wütend. Schlimm genug, dass die kleine Hexe ihn in Schach gehalten hatte, aber dass auch noch Daggett auftauchen musste! Er konnte von Glück reden, dass er mit heiler Haut davongekommen war.

Der Raum lag in fast völliger Dunkelheit da. Einzige Lichtquelle waren zwei in Messingständern auf dem vorderen Schreibtischrand flackernde Kerzen. Seine Gedanken waren so finster wie der Raum, als er an einen langen schmalen Tisch mit Flaschen und Gläsern ging und sich ausmalte, was er diesem unverfrorenen Luder Arabella am liebsten angetan hätte. Er goss sich einen Schwenker Brandy ein und schüttete ihn hinunter, um sich sofort den zweiten einzugießen.

Hatte Daggett ihn erkannt? Er bezweifelte es. In der Finsternis hätte er selbst Daggett nicht erkannt, wären da nicht

Arabellas Ausruf und die auffallenden Merkmale seines Pferdes gewesen. Obwohl erst ein paar Wochen in der Gegend, wurde Sugar dank der breiten Blesse und der vier weißen Fesseln überall erkannt – was er bei seinem eigenen Pferd nicht befürchten musste, da er einen flinken, unauffälligen Fuchswallach geritten hatte.

Dennoch war ihm nicht wohl zu Mute. Es war unwahrscheinlich, dass Daggett den Zwischenfall ungeahndet lassen würde, und er verwünschte sich, weil er vergessen hatte, dass Tony sich gern in Sachen einmischte, die ihn nichts angingen. Mit wachsender Unruhe rief er sich in Erinnerung, dass Arabella sehr wohl Daggetts Sache war – eine unerledigte zumal.

Er fühlte sich relativ sicher. Falls Tony ihn zur Rechenschaft ziehen sollte – nun, er war für seine Bluffkünste bekannt. Und was den verräterischen Peitschenstriemen in seinem Gesicht betraf, würde er in ein, zwei Tagen verblassen und bis dahin würde er einer Begegnung mit Tony ausweichen.

Als er sich ein wenig besser fühlte, schlüpfte Leyton aus seiner dunkelgrauen Jacke und ließ sie achtlos auf einen Sessel fallen. Sein Blick fiel auf das Tuch und den Hut, die auf dem Boden lagen, wo er sie hatte fallen lassen. Er stopfte sie in eine Lade des hübschen Sideboards an einer Wand. Bis auf den roten Striemen auf der Wange, für dessen Vorhandensein er etliche harmlose Günde anführen konnte, gab es nichts, was ihn mit dem versuchten Überfall in Verbindung brachte.

Seine Stimmung hatte sich gebessert, als er sich den dritten Brandy innerhalb von fünf Minuten einschenkte und sich getröstet in einen Sessel fläzte. Nun ja, es hatte nicht geklappt, doch was war schon ein Fehlschlag. Er konnte immer noch einen Versuch wagen. Obwohl es nun schwieriger sein würde.

Das leise, scharrende Geräusch der Glastüren, als sie sich öffneten, um eine vermummte Gestalt einzulassen, ließ ihn erschrocken herumfahren. Als er seinen Besucher erkannte, lachte er nervös auf. »Zum Teufel, ich wünschte, du würdest nicht so hereinschleichen.«

Der Besucher zuckte mit den Achseln und schenkte sich lässig einen Brandy ein, nachdem er seinen Umhang auf Leytons Jacke geworfen hatte. Er ließ die bernsteinfarbige Flüssigkeit im Glas kreisen und schnupperte genüsslich das Bouquet ein, als er sich Leyton gegenüber auf einen Sessel sinken ließ. Er trank einen Schluck und sagte gedehnt: »Ich hatte eben ein sehr ... interessantes Erlebnis. Soll ich dir davon berichten?«

Leyton beschlich höchstes Unbehagen. »Warum sollte ich mich für deine Aktivitäten interessieren?«, fragte er mit mehr Gleichmut, als er empfand.

»Ach, ich dachte, du würdest wissen wollen, dass deine kleine Maskerade von heute Abend nicht unbemerkt blieb.« Er lächelte, als die Farbe aus Leytons Gesicht wich. Mit einem Nicken setzte er hinzu: »Ja, ich folgte dir. Hast du etwa geglaubt, ich würde es nicht tun?«

»Du bist mir gefolgt?«, wiederholte Leyton dumpf.

»Allerdings, und wie ich erwähnte, war dein Vorgehen sehr aufschlussreich.« Sein Lächeln war so, dass Leyton ein Schauer über den Rücken lief. »Also, würdest du mir nicht sagen, was du von Miss Montgomery so verzweifelt haben wolltest, dass du sogar einen Überfall riskiert hast? Meinen Brief vielleicht? Hast du die Wegbeschreibung nach Sweet Acres auf der Rückseite notiert? Hast du dich schon beglückwünscht, weil du ihn praktisch vor meiner Nase loswurdest?« Er lachte böse. »Ich bin sicher, dass Tonys Einschreiten dir zu denken geben muss.«

Leyton, der in einem Sessel zusammensank, murmelte: »Ich weiß nicht, wovon du redest.«

»Nein?«

Etwas im Ton des anderen machte ihn nervös, und Leyton beeilte sich zu sagen: »Ich schwöre dir, dass ich keine Ahnung von irgendeinem Brief habe!«

»Na, ich weiß nicht … Du warst doch nicht so dumm zu glauben, du könntest deine momentanen finanziellen Probleme lösen, indem du ihre Besitzurkunden an dich bringst?«

Er kniff die Augen zusammen, als ihm etwas einfiel. Belustigung huschte über seine Züge, als er amüsiert fragte: »Sag bloß nicht, du hast geplant, Geld für ihre Rückgabe zu fordern?«

»Ich weiß nicht, wovon du redest«, beharrte Leyton finster. »Mehr noch, ich finde deine Haltung äußerst beleidigend.«

»Wirklich? Na, ich vermute, dass du Tonys Haltung noch weitaus beleidigender finden wirst als meine.« Er nahm wieder einen Schluck. »Was glaubst du, wie lange es dauern wird, bis Tony klar wird, dass es nur einen Menschen gibt, der wissen konnte, dass Arabella heute allein unterwegs sein würde?« Er lachte verächtlich, als er Leytons Gesichtsausdruck sah. »Daran hast du wohl nicht gedacht, wie? Es wird Zeit, dass du dir Gedanken darüber machst. Ich wette, dass Tony jetzt schon einen Besuch bei dir erwägt – heute noch.«

Leyton, der einsah, dass es nutzlos war vorzugeben, er hätte Arabella nicht zu berauben versucht, fragte aggressiv: »Und wenn er es tut? Er kann mir nichts nachweisen.«

»Du bist ein Dummkopf, mein Freund«, stellte der Besucher rundheraus fest. »Und du begehst einen schweren Fehler, wenn du Daggett unterschätzt. Leider besitzt Tony die unheimliche Gabe, Dinge zu entdecken, die besser unentdeckt blieben, glaube mir. Und was den Verdacht gegen dich betrifft – wer sonst hätte wissen können, wo man ihr auflauern kann?« Er seufzte. »Mir scheint, dass du zunehmend zu einer Belastung für mich wirst. Wenn Tony erst anfängt herumzuschnüffeln, wird ihn seine Spürnase Gott weiß wohin führen.«

Leyton stand auf und goss sich mit fahrigen Bewegungen ein weiteres Glas voll. »Mit Daggett werde ich fertig«, lallte er.

»So wie gestern Abend?«, spottete der andere. »Es war

dumm, gegen ihn zu spielen – das hätte ich dir sagen können.« Kalt setzte er hinzu: »Du weißt ja, dass du dich in letzter Zeit etliche Male verkalkuliert hast, das Schlimmste aber war dein Erpressungsversuch.«

»Und ich sage dir, dass du dich irrst«, beharrte Leyton. »Ich habe nicht versucht, dich zu erpressen.«

»Und ich glaube dir nicht«, entgegnete der andere.

Leyton nahm einen tiefen Schluck Brandy. Leugnen nützte jetzt nichts mehr, wie ihm voller Verbitterung klar wurde. Er kannte den anderen zu gut. Da er beobachtet hatte, wie er mit anderen umgesprungen war, wusste er, dass ihn sein Besucher in der Gewalt hatte wie eine Schlange, die sich um eine Ratte windet. Er würde ihn nicht loslassen – das tat er nie.

Seufzend gestand Leyton seine Niederlage schließlich ein: »Na schön, du hast Recht, ich versuchte dich zu erpressen.« Gleich darauf setzte er in jammerndem Ton hinzu: »Was blieb mir denn in meiner Verzweiflung übrig?«

»Und die Schuldscheine von Montgomery? War deine Not so groß, dass du erwogen hast, dir dieses Vermögen ebenso anzueignen wie einen Teil des meinigen?«

»Ich hatte alles in die Wege geleitet, um dich zu erpressen, ehe mir klar wurde, wie gründlich man den jungen Montgomery ausnehmen konnte«, gestand Leyton gezwungen.

»Aber jetzt hast du die Schuldscheine nicht mehr?«

Leytons Mund wurde schmal. »Nein.«

»Und jetzt sind wir wieder dort, wo wir am Anfang standen?«

Leyton gab keine Antwort. Er hatte von Anfang an gewusst, wie gefährlich es war, diesen Mann zu erpressen. Als ihm der Brief in die Hände gefallen war, hatte es jedoch ganz so ausgesehen, als würde ein Versuch sich lohnen. Nie war ihm der Gedanke gekommen, der Erpresste könnte ihn zur Rede stellen. Nachdenklich musterte er sein Gegenüber. Alles war total schief gegangen … und dass sich jemals wieder eine so günstige Chance bieten würde, war unwahrscheinlich. Da war es am besten, er versuchte, den Schaden zu begrenzen, den sein unbedachter Plan verursacht hatte.

Es sah aus, als wäre sein Besucher zu demselben Schluss gelangt, da er plötzlich mit freundlichem Lächeln sagte: »Da dein Plan fehlschlug, bin ich geneigt, dir zu vergeben. Aber ich möchte dich warnen. In Zukunft werde ich nicht so gnädig sein.«

Leyton nickte erleichtert, da sein Besucher als Gegner höchst gefährlich war.

»Und jetzt wollen wir die Sache vergessen«, sagte der Mann. »Gieß mir noch einen Brandy ein, dann wollen wir überlegen, was man gegen Tony unternehmen könnte.«

Leyton kam der Aufforderung gern nach und nahm seinem Besucher den leeren Schwenker aus der Hand. Dann drehte er sich zum Sideboard um und griff nach der Kristallkaraffe mit dem Brandy. »Du kannst sicher sein, dass du in Zukunft keinen Grund haben wirst, an mir zu zweifeln. Mein Vorgehen war dumm und unwürdig.«

Auf sein Tun konzentriert, wandte er dem Raum den Rücken zu und nahm die rasche lautlose Annäherung des anderen nicht wahr. Erst als der andere direkt an seinem Ohr sprach, erschrak er.

»Das war es in der Tat«, schnurrte der. »Leider.«

Leyton blieb keine Zeit zur Reaktion, als das schmale, todbringende Stilett zwischen seine Rippen stieß und mit unbeirrbarer Sicherheit sein Herz traf. Mit einem leisen erstickten Laut und großen verwunderten Augen sank er in Zeitlupe zu Boden und verschüttete den Brandy aus dem Glas, das er noch in der Hand hielt.

In die Betrachtung seines Werkes vertieft, wischte sein Besucher fast geistesabwesend das Blut mit der verblassten Golddraperie ab und steckte das Stilett in seinen Stiefel. Er nahm das Glas aus Leytons schlaffen Fingern, trank den spärlichen Rest aus, der nicht verschüttet worden war, und wischte das Glas ebenfalls am Vorhang ab. Er stellte den Schwenker wieder auf das Tablett und ließ den Blick aufmerksam durch den Raum wandern. Es hatte keinen Sinn, ihn nochmals zu durchsuchen. Das hatte er früher schon getan, und er war sicher, dass der Brief sich nicht hier befand.

Bis auf seinen Umhang – und natürlich den armen Leyton – gab es keine Spur seiner Anwesenheit. Er ging prüfenden Schrittes durch den Raum, legte dann den Umhang um seine Schultern und schlüpfte zur Glastür hinaus.

Sein Pferd hatte er in einem nahen Waldstück versteckt, und er verschmolz mit ihm wenig später in der Nacht.

Tony traf eine halbe Stunde nach diesen Ereignissen ein. Seine Annäherung war vorsichtig, obwohl er keine Schwierigkeiten erwartete. Der Mondschein war spärlich, doch gestattete ihm das fahle, silbrige Licht einen Blick auf das Haupthaus und die Nebengebäude. Er erreichte das Haus von vorne und fand alles dunkel vor. Das wunderte ihn nicht, obwohl angesichts der Uhrzeit ein oder zwei erhellte Fenster zu erwarten gewesen wären.

Als er lautlos um das Haupthaus ritt, bemerkte er schwachen Lichtschein in einem der Räume im rückwärtigen Teil. Gut. Sicher beglückwünschte sich Leyton dort jetzt zu seinem knappen Entkommen. Ehe er ihm jedoch gegenübertrat, wollte Tony etwas Handfesteres als eine Ahnung und einen bloßen Verdacht, mit dem er sein Opfer konfrontieren konnte.

Vor dem dunklen Stallgebäude zügelte er Sugar und trat leise ein. Lautlos wie eine Katze bewegte er sich dank seines Tastsinns durch die undurchdringliche Finsternis. Zum Glück standen nur vier Pferde in dem einstmals gut bestückten, großen Stall, ein Umstand, der ihn angesichts von Leytons bedrängten finanziellen Verhältnissen nicht überraschte.

Auch gut, dachte Tony, während er dem sanften Schnauben und den nervösen Bewegungen lauschte; andernfalls seine Aufgabe eine halbe Nacht in Anspruch genommen hätte. Er betrat eine Box nach der anderen und strich mit ruhiger Hand über jedes der Tiere. Das dritte Pferd lieferte ihm die gewünschte Information. Obwohl schon einige Zeit vergangen war, fühlte sich die Decke des Pferdes rau und klebrig an, wo Schaum und Schweiß eingetrocknet waren. Die Stelle, die unter dem Sattel gelegen hatte, war noch feucht, Anzeichen dafür, dass es vor kurzem scharf geritten worden war.

Ein angestrengtes Pferd war nicht viel, verstärkte aber Tonys Gewissheit, dass Leyton hinter dem Überfall steckte. Er stieg wieder auf Sugar und ritt nun von hinten auf das große Haus zu. Nachdem er sein Pferd an einem kleinen, gestutzten Strauch unweit der Glastüren, aus denen der flackernde Lichtschein drang, angebunden hatte, trat Tony behutsam ein.

Auf den ersten Blick erschien der Raum leer. Müßig glitt sein Blick über die dunkelgraue Jacke, die achtlos auf dem Sessel lag. Die Kerzen blakten in ihren Ständern, im Rauch lag ein unangenehmer Geruch.

Tony verharrte. Er hatte noch nicht viele Tote gesehen, erkannte aber den Geruch sofort. Als er der einzigen Stelle zustrebte, die seinem Blick entzogen war, nämlich dem Bereich hinter dem Schreibtisch, war er nicht weiter erstaunt, einen Toten auf dem Boden vorzufinden.

Obwohl kaum Blut zu sehen war – nur ein kleiner Fleck an der Einstichstelle –, verrieten ihm der Geruch und die unheimliche Reglosigkeit des Körpers, dass der Mann tot war. Vorsichtig drehte Tony ihn um. Wie erwartet, war es Leyton, und der Striemen auf seinem Gesicht verriet Tony, dass er den Mann gefunden hatte, der Arabella überfallen hatte.

Umsichtig brachte er den Toten wieder in die Position, in der er ihn vorgefunden hatte, und ließ den Blick durch den Raum wandern. Bis auf Leytons Leichnam war alles in Ordnung. Einen Moment stand er unentschlossen da und überlegte blitzschnell. Unter normalen Umständen hätte er das Haus alarmieren müssen, eingedenk seines Rufes aber wollte Tony nicht derjenige sein, der den Toten gefunden hatte. Seine Lippen wurden schmal. Es gab genug Menschen, die überzeugt waren, dass er zwei Ehefrauen auf dem Gewissen hatte. Er konnte gut darauf verzichten, dass man ihm auch noch Leytons Tod in die Schuhe schob.

Ein stiller Rückzug war in diesem Fall das Beste, entschied Tony und verzog sich umgehend. Gleich darauf ließ er Oakmont hinter sich.

Tony empfand wenig Bedauern über Leytons gewaltsamen Tod. Der Mann war ehrlos, ein Parasit, dem allgemein ein böses Ende prophezeit worden war. Er verzog das Gesicht. Ein solches sagte halb Natchez auch ihm voraus.

Sorgen bereitete ihm vor allem das, was Leyton mit Arabella verbunden hatte. Es war ein zu großer Zufall, dass Leyton unmittelbar nach dem versuchten Überfall ermordet worden war.

Leytons Tod und der Peitschenstriemen bestärkten Tony nur in seiner Überzeugung, dass Leyton der Bandit gewesen war. Außer ihm und Arabella war Leyton der Einzige, der wusste, dass sie die Dokumente Greenleigh betreffend bei sich hatte und von Sweet Acres nach Hause fahren würde. Gewiss hatte der Anwalt gewusst, dass sie die Papiere bei sich hatte, doch wenn er ihr nicht gefolgt war oder jemanden bezahlt hatte, ihr zu folgen – in welchem Fall er sich stark geändert haben müsste, seit Tony ihn kannte –, hatte der Anwalt ihr Ziel nicht kennen können.

Als er an den bebrillten, viel bewunderten Mr. Haight dachte, verwarf Tony jeden Verdacht, er könnte etwas mit den Ereignissen des Abends zu tun haben. Nein. Der Räuber konnte nur Leyton gewesen sein. Aber wer hatte Leyton getötet, und warum?

6

Dass Arabellas Ankunft zu Hause unbemerkt bleiben würde, war nicht zu erwarten. Dennoch war sie erstaunt, von der gesamten Familie und einigen Dienstboten begrüßt zu werden, als sie das Haus betrat. Als sie den Hut abnahm, starrte sie verwundert die Schar an, die sich in der Mitte der eleganten, in Rosa und Creme gehaltenen Halle zusammengefunden hatte. Die ängstlichen Mienen ließen sie befürchten, dass ein Unheil über das Haus gekommen war. War Jeremy auf dem Weg nach Greenleigh etwas zugestoßen?

Arabellas Stiefmutter Mary, die mit einem Ruck den blonden Kopf gewendet hatte, als sich die Tür öffnete, stieß bei ihrem Anblick einen erleichterten Schrei aus, ehe sich alle auf Arabella stürzten. Von der Familie umgeben, in den Ohren lautes Durcheinander, wurde sie fest an den Busen ihrer Stiefmama gedrückt. »Meine Liebe«, rief Mary bewegt aus, »du bist am Leben und wohlauf! Dem Himmel sei Dank! Als es dunkelte und ich erfuhr, dass du noch nicht zu Hause wärest, war ich vor Angst außer mir. Wo warst du bloß?«

Arabella, der es peinlich war, den Ihren Kummer bereitet zu haben, löste sich sanft aus Marys gefühlvoller Umarmung und lächelte den besorgten Gesichtern, die sie umdrängten, beruhigend zu. Neben ihrer hoch gewachsenen schlanken Stiefmutter hatten sich alle anderen eingefunden: die golden und ätherisch wie ihre Mutter wirkende Sara, die eher nüchterne

Jane und der ausgelassene und spitzbübische George. John, der engelsgesichtige Jüngste der Familie, klammerte sich fest an ihre Röcke. Hinter ihnen wartete der normalerweise ernste Butler Lawrence, dessen runzliges Gesicht sich zu einem breiten Lächeln verzogen hatte. Knapp hinter ihm stand seine als Haushälterin tätige Frau, deren beleibte Gestalt noch umfangreicher als sonst wirkte, da sie neben der Köchin Mrs. Hickman stand, die dünn wie eine Hopfenstange war, obwohl sie für die Familie tagaus, tagein die köstlichsten Mahlzeiten zubereitete.

John zupfte ungeduldig an Arabellas Rock. »Bella«, rief er, »George sagte, dich hätte ein Bär gefressen. Hast du einen Bären gesehen, Bella?«

Arabella bückte sich lachend und drückte John einen Kuss auf die rosige Wange. »Aber nein! George hat dich nur necken wollen«, sagte sie voller Wärme.

John warf mit blitzenden blauen Augen seinem neunjährigen Bruder einen triumphierenden Blick zu. »Siehst du, ich sagte es ja! Ich wusste, dass Bella zu klug ist, um sich von einem Bären fressen zu lassen.«

»Aber möglich wäre es«, beharrte George und schob schmollend die Unterlippe vor.

»Sei nicht albern«, mischte Jane sich ein. »Dass Bella sich an einen Ort begibt, wo Bären vorkommen, ist höchst unwahrscheinlich.«

»Kinder, Kinder«, schalt Mary sie sanft. »Wollen wir den Bär nicht in Ruhe lassen und uns freuen, dass unsere Bella wohlbehalten zurück ist?«

»Wir waren so in Sorge um dich«, sagte Sara, deren himmelblaue Augen in dem feinen Gesicht noch verschreckt wirkten. »Niemand wusste, wohin du verschwunden warst, und als es dunkelte und du dich noch immer nicht blicken ließest, bekamen wir alle es mit der Angst zu tun. Sogar die Lawrences und

Mrs. Hickman. Mutter war nahe daran, einen Diener nach Onkel Richard zu schicken und ihn anzuflehen, er solle nach dir suchen.«

Arabella verzog keine Miene, denn Marys Bruder Richard Kingsley gehörte nicht zu denen, die sie schätzte. Tatsächlich fragte sie sich oft, wie ein so eitler und intriganter Mensch wie Richard mit ihrer reizenden Stiefmama verwandt sein konnte. Und die Vorstellung, Richard hätte sie bei Tony aufgespürt, jagte ihr Schauer über den Rücken.

Richard Kingsley hatte vor fünf Jahren zu den entschiedensten Gegnern ihrer Verlobung mit Tony gehört, und sie war sicher, dass die Einwände, die ihr Vater und Mary vorbrachten, auf den üblen Geschichten gründeten, die Richard nicht müde wurde ihnen aufzutischen. Arabella seufzte. Aber die meisten Geschichten, die sich um Tony rankten, enthielten ein Körnchen Wahrheit.

Unglücklich, weil sie ihren Lieben so viel Ungemach bereitet hatte, murmelte Arabella: »Ich muss mich entschuldigen, weil ich euch in so große Unruhe versetze. Meine Erledigung dauerte länger als erwartet. Doch es gab keinen Grund zur Besorgnis. Schließlich bin ich eine erwachsene Frau. Und nicht«, sagte sie und kniff Sara liebevoll ins Kinn, »ein dummes kleines Ding wie manch andere.«

Sara kicherte, doch war es Mary, die die Frage stellte, der Arabella gern ausgewichen wäre. »Aber wo warst du?«, fragte Mary sichtlich ratlos. »Es sieht dir nicht ähnlich, einfach ohne Begleitung zu verschwinden und niemandem zu sagen, wohin du fährst.«

Arabella, die nicht vorgehabt hatte, so spät zurückzukommen, hatte gehofft, ihre Abwesenheit damit zu erklären, dass sie sich spontan zu einer Ausfahrt entschlossen hätte. Aber ohne rasche Improvisation würde dieser Vorwand offenbar nicht der Kritik standhalten.

Sie zog ihre Handschuhe aus und sagte obenhin: »Ach, eigentlich nirgendwo. Ich wollte mit Mr. Haight ein paar Dinge besprechen und fuhr deshalb in die Stadt. Als ich bei ihm fertig war, war es ein so schöner Tag, dass ich das Ufer entlangfuhr und die Aussicht genoss.« Sie lachte missbilligend. »Stellt euch vor, der Wagen blieb stecken, als Sable vor einem Blauhäher scheute. Ich weiß nicht, was ich gemacht hätte, wenn nicht ein paar nette Leute zufällig des Weges gekommen wären und das Rad befreit hätten, das zwischen einem halb verfaulten Holzprügel und einem hartnäckigen Schößling feststeckte.« Arabella merkte, dass sie zu phantasievoll wurde, und beendete ihr Lügenmärchen. »Das war alles ... nichts Aufregendes und vor allem nichts, weswegen ihr euch Sorgen hättet machen müssen.«

Die nicht zu Argwohn neigende Mary akzeptierte Arabellas Geschichte bereitwillig. »Du musst sehr erschrocken sein«, bemitleidete sie ihre Stieftochter. Die Zuneigung zu ihr war offenkundig.

»Allerdings«, erwiderte Arabella. Mit einem Blick zum Personal bat sie liebenswürdig: »Liebe, liebe Mrs. Hickman, könnten Sie wohl etwas für mich zurechtmachen? Ich weiß, dass alle schon gegessen haben, aber ich bin halb verhungert.«

Auf ihre Pflichten hingewiesen, schlüpfte die Dienerschaft rasch wieder in die gewohnten Rollen. »Wie Sie wünschen, Miss«, sagte Mrs. Hickman sofort. Mrs. Lawrence, die merkte, dass es nun keinen Grund mehr gab, herumzustehen und zu gaffen, setzte entschlossen hinzu: »Und ich sehe oben nach, ob Ihr Bett schon bereit ist.«

Als die zwei Frauen davongeeilt waren, verbeugte Lawrence sich und murmelte: »Wenn Sie mir Hut und Handschuhe geben wollen, Miss ...«

Durchaus im Stande, die Sachen selbst wegzutun, lächelte Arabella ihm zu und übergab ihm gehorsam Hut und Handschuhe. »Ach, vielen Dank. Ich wüsste gar nicht, was ich ohne Sie alle täte. Sie verwöhnen mich maßlos.«

Viele der Dienstboten der Montgomerys waren Briten, eine Seltenheit in den Häusern der reichen Pflanzer im Gebiet um Natchez. Als William Montgomery sich entschloss, England zu verlassen und sich in der Neuen Welt anzusiedeln, waren viele seiner Dienstboten gefolgt – was nicht weiter verwunderlich war, da sie schon in der dritten und vierten Generation im Dienst der Familie standen. Die ehrliche Anteilnahme der beiden Lawrences und Mrs. Hickmans war verständlich, da sie Arabella vom pausbäckigen Baby zur jungen Frau hatten heranwachsen sehen.

Als das Personal gegangen war, begaben Arabella und die anderen sich sofort in den großen, im Oberstock gelegenen Wohnsalon, in dem die Familie sich an ruhigen Abenden zusammenfand. Es war ein angenehm hoher und luftiger Raum, der der großen Familie genügend Platz bot und doch ein Gefühl der Intimität vermittelte. Bei der Auswahl der Einrichtung hatte man mehr auf Bequemlichkeit als auf Stilreinheit geachtet. Die lockere Anordnung der einzelnen Möbelstücke wirkte durchaus einladend und gemütlich.

Arabella, die sich auf eines der langen Sofas vor dem gemauerten Kamin setzte, blickte um sich und lächelte. Die verstreuten Klötzchen verrieten, dass George und John vor kurzem mit ihnen gespielt hatten. Janes kleine Staffelei und die Palette mit den Wasserfarben standen vor einem der hohen Fenster, die auf einen schmalen Balkon am anderen Ende des Raumes führten. Ein Stickrahmen lag auf einem mit Chintz bezogenen Sessel und daneben, auf dem bunten Teppich, ein Schauerroman der englischen Autorin Ann Ward Radcliffe mit dem Titel ›Geheimnisse von Udolpho‹. Sara hatte also gestickt und Mary gelesen.

Sich zurücklehnend fragte Arabella: »Gab es etwas Interessantes in meiner Abwesenheit?«

»Ich entdeckte nachmittags ein Vogelnest«, rief George eifrig und ließ sich unweit des Sofas auf den Boden plumpsen. »Darin waren vier Eier.«

»Hoffentlich hast du sie nicht angerührt«, bemerkte Arabella trocken. Georges Neigung, alles Mögliche aus der freien Natur nach Hause zu bringen, war höchst beunruhigend, seitdem er einmal ein kleines Stinktier angeschleppt und es im Kinderzimmer freigelassen hatte.

Nach einigen Minuten belangloser Konversation war es, als wäre Arabella nie fort gewesen. Sara hatte zu ihrer Stickerei gegriffen und stichelte emsig, Jane widmete sich wieder ihrer Malerei, und die Jungen hatten sich wieder in ihr Klötzchenspiel vertieft. Nur Mary hatte noch nicht zu ihrem Roman gegriffen.

Sie fixierte ihre Stieftochter streng und fragte leise: »Was soll dieser Unsinn, dass Jeremy für dich nach Greenleigh fahren musste? Er ließ sich nicht näher darüber aus, als er sich heute Morgen von mir verabschiedete.«

Arabella seufzte. Als sie am Morgen Highview verlassen hatte, war ihr Plan einfach gewesen: Sie wollte die Besitzurkunden von Mr. Haight holen, sich mit Leyton einigen und zu Hause sein, ehe jemand ihre Abwesenheit bemerkte. Sie hatte auch gehofft, genug Zeit zu haben, sich einen Vorwand für Jeremys plötzlichen Besuch auf Greenleigh auszudenken. Nichts war gelaufen wie erhofft.

Während sie rasch ein Dutzend mehr oder weniger glaubwürdige Notlügen ersann und verwarf, um Mary von der richtigen Fährte abzulenken, verfiel sie plötzlich auf etwas, das wenigstens einen Teil Wahrheit enthielt. Mit beiläufigem Achselzucken sagte sie: »Ich weiß, dass er erwachsen ist und tun und lassen kann, was er möchte, aber neuerdings hat er etliche unnütze Beschäftigungen entdeckt. Um ihn eine Zeit lang von gefährlicheren Tätigkeiten fern zu halten, hielt ich es für günstig, ihn nach Greenleigh zu schicken, wo er nach dem Rechten sehen soll.«

Mary nickte. »Das dachte ich mir. Mir gefiel es auch nicht, dass er immer so spät nach Hause kam, doch hatte ich das Gefühl, jede Bemerkung hätte nur bewirkt, dass er sich aufplustert und mir umso entschlossener beweist, wie erwachsen er ist.« Sie lächelte Arabella liebevoll zu. »Du bist so klug, Bella, immer siehst du Verdruss voraus, ehe er eintritt. Ich wüsste nicht, was wir ohne dich täten. Dein Vater wäre stolz auf dich und deine Art, immer über uns zu wachen.«

Arabella errötete und senkte die Augenlider. Sie kam sich gemein vor, dass sie Mary so hinterging. Dabei ahnte sie, dass dieses hässliche Gefühl sich noch steigern würde, wenn sie Tonys Geliebte wurde. Beklommen dachte sie daran, dass ihr in den nächsten Monaten ein perfides Versteckspiel bevorstand und ihr das Lügen zweifellos zur zweiten Natur werden würde. Wie sonst sollte sie ihre Beziehung zu Tony geheim halten?

Die enorme Tragweite dessen, worauf sie sich eingelassen hatte, war ihr noch nicht ganz aufgegangen. Erst als sie sich schlaflos in ihrem Bett mit dem hellgelben Baldachin hin und her wälzte, erkannte sie die Falle, die sie für sich aufgestellt hatte. Heute war erst der Beginn des immer größer werdenden Betruges, den sie zu bewältigen hatte.

Ihr blieb nicht einmal der Trost, ihrem Vorgehen das Mäntelchen des Edelmuts umzuhängen, wie sie sich mit brutaler Offenheit eingestand. Ihre ersten Instinkte waren eventuell in diese Richtung gegangen – schließlich war sie willens gewesen, ihr Vermögen aufzugeben, um jenes der Familie zu retten. Doch als dieser Plan sich nicht verwirklichen ließ … Sie schluckte. Tonys spöttische Bemerkung, der Vergleich des Lebens auf Greenleigh mit absoluter Armut sei typisch für sie, wurmte sie, da er fast ins Schwarze getroffen hatte.

Hätte sie sein schändliches Angebot zurückgewiesen, wäre

das Familienvermögen verloren, und die Jüngeren würden es schwer haben, wenn sie erwachsen waren. Aber es war beileibe nicht so, als würde man sie zu einem Leben auf der Straße verdammen, wo sie um ihr Brot betteln mussten. Sie zog eine Grimasse. Und natürlich würde Richard seine Schwester nicht im Stich lassen.

Das Problem aber war, dass sie lieber sterben würde, als die Familie diesem aufgeblasenen Esel auszuliefern. Richard war sechsunddreißig, überzeugter Junggeselle und gewohnt, nur seinen Neigungen zu leben. Seine Nichten und Neffen tolerierte er, seiner Schwester begegnete er mit liebevoller Herablassung. Arabella wusste, dass er es Mary nie vergessen lassen würde, wenn er ihr und den Kindern finanziell unter die Arme greifen müsste. Das Geld würde in seiner Hand eine mächtige Waffe sein, die einzusetzen er nicht zögern würde. Nein. So klug und richtig es war, dass sie sich nicht an Richard Kingsley um Hilfe gewandt hatte, so unklug war es, Tonys Geliebte zu werden.

Ruhelos drehte sie sich auf die linke Seite, dann auf die rechte und wieder zurück. Mit der Entscheidung konfrontiert, das Familienvermögen zu verlieren oder Geliebte eines Mannes zu werden, der sie betrogen hatte, aber nach wie vor eine geradezu hypnotische Faszination auf sie ausübte, hatte sie letzteren Weg gewählt, da er ihr gar nicht so übel erschien. Tony Daggett war ihr erster und einziger Liebhaber gewesen. Sie hatte ihn einmal geliebt und liebte ihn im hintersten Winkel ihres Herzens vielleicht immer noch. Daher war es nicht so, als würde sie sich einem Mann hingeben, der ihr Abscheu einflößte. Und das war der springende Punkt, wie sie zugeben musste.

Nur Tony hätte ihr dieses schändliche Abkommen abringen können, und dieses Wissen erfüllte sie wiederum mit Abscheu. Denn in Wahrheit wollte sie nichts weiter, als in Tonys Armen liegen. In ihren Augen brannten ungeweinte Tränen.

Arabella, die sich wie das elendste Geschöpf auf Gottes weiter Welt fühlte, warf sich hin und her. Sie hatte Tony Scheusal genannt und war doch selbst eines. Dass sie Highview und das Vermögen der Montgomerys auf diese Weise gerettet hatte, war wenig tröstlich. Sie sah nur ihren garstigen Handel mit einem Teufel in der viel zu anziehenden Gestalt Tony Daggetts.

Am Mittwochmorgen erwachte Arabella erschöpft und mit brennenden Augen. Nachdem sie sich gewaschen hatte, fasste sie ihr rotes, gelocktes Haar energisch zu einem altjüngferlichen Knoten am Hinterkopf zusammen und wählte ein schlichtes Kleid aus gelblichbraunem Musselin.

Sie wollte so rasch wie möglich nach Greenleigh fahren – sobald sie sich eine neue Lüge für Mary ausgedacht hatte. Ihr Mut sank. Würde das Lügen irgendwann mal ein Ende haben?

Niedergeschlagen schritt sie die breite, geschwungene Treppe hinunter, während ihr einfiel, dass sie auch Jeremy belügen musste. Wenn er nur die leiseste Ahnung bekäme, was sie vorhatte, würde er auf Sweet Acres erscheinen und Tonys Blut fordern, ehe sie wusste, wie ihr geschah. Leider würde es wahrscheinlich Jeremys Blut sein, das bei einem Duell fließen würde, wie sie sich düster in Erinnerung rief. Tonys Geschicklichkeit im Umgang mit Klinge und Pistole war legendär.

Als sie das Frühstückszimmer betrat, wusste sie noch nicht, was sie Mary vorflunkern würde, um ihr plötzliches Verlangen, für ein paar Tage nach Greenleigh zu fahren, zu erklären. Sie war erleichtert und enttäuscht zugleich, als sie sah, dass die gesamte Familie schon vor ihr aufgestanden war und in lockerer Sitzordnung beide Seiten des langen Tisches säumte.

Das Frühstück war auf Highview eine zwanglose Angelegenheit. Weder Speisenfolge noch Uhrzeit waren festgelegt. Man ging hinunter, wenn einem danach zu Mute war, und ein schwarzer Diener oder Lawrence übermittelte die Wünsche eines jeden der Küche und Mrs. Hickman. Eine schwere Silberkanne mit Kaffee stand immer auf dem Mahagonisideboard bereit, ebenso Obst und frisches Gebäck, für jene, die etwas Handfesteres nicht wollten.

Nachdem sie allen einen guten Morgen gewünscht hatte, begnügte Arabella sich mit ein paar Erdbeeren und einer Tasse Kaffee. Es gab das übliche Morgengeplauder. George erklärte, er wolle mit seinem Pony zu dem Bach reiten, der die Plantage durchfloss, um dort nach Kröten zu suchen. John bestand sofort darauf, mitzumachen. Sara und Mary wollten sich nach Natchez fahren lassen, um Material und Schnitt für Saras Ballkleid auszuwählen; Jane beabsichtigte, am Freitag zu ihrer besten Freundin Edith Gayle auf die Plantage der Gayles zu fahren.

Arabella hörte zu, trank ihren Kaffee und naschte an ihren Erdbeeren. Verdrossen fragte sie sich, was sie sich Mary zuliebe ausdenken sollte, um ihre plötzliche Sehnsucht nach Greenleigh zu erklären, zumal sie schon Jeremy dorthin geschickt hatte, damit er dort angeblich nach dem Rechten sehen sollte.

»Hast du schon Pläne für heute?«, fragte Mary sie leichthin und riss damit Arabella aus ihrer Grübelei.

Arabella gaffte sie an. Ihr Kopf war absolut leer.

Mary lächelte. »Und ich dachte, du würdest dir inzwischen eine Begründung für einen Besuch auf Greenleigh ausgedacht haben.«

Arabella wäre an ihrem Kaffee fast erstickt und krächzte schließlich: »W-wirklich? Warum das?«

Sara und Mary wechselten einen Blick und brachen in Gelächter aus. In ihren blauen Augen blitzte es, als sie Arabella ansahen.

»Du hast es vergessen«, krähte Sara.

Während Arabella noch immer völlig verdattert dreinsah, fragte Mary belustigt: »Weißt du nicht, dass Kusine Agatha kommt? Sie taucht doch regelmäßig um diese Jahreszeit auf und bleibt ein paar Monate. In ihrem letzten Brief schrieb sie, dass sie heute oder morgen einzutreffen hoffe, wenn die Fahrt flussaufwärts gut verliefe. Ich weiß, dass ich es dir letzte Woche erzählte, als ihr Brief eintraf.« Sie fand die Sache sichtlich komisch. »Seit damals warte ich, dass du plötzlich einen Grund erfindest, der dich für ein paar Wochen von Highview fern hält. Sag bloß nicht, dass du deine Meinung über Kusine Agatha geändert hast.«

Arabellas mangelnde Zuneigung zu Marys einziger Kusine Agatha Rutledge konnte sich mit Agathas unverblümter Art gegen Arabella messen. Einige Jahre älter als Mary und Richard, war die kinderlose Agatha seit langem Witwe und besaß die Neigung, ihre Nase in Dinge zu stecken, wo dies unerwünscht war. Da sie ihren eigenen Haushalt mit eiserner Hand regierte, war sie der Meinung, dass es nur eine richtige Art gab, die Dinge zu tun – die ihre. Zu ihren Gunsten muss gesagt werden, dass sie Mary und Richard sehr lieb hatte und dass ihr vor allem die Kinder ans Herz gewachsen waren. Insgeheim war man sich einig, dass Agatha es gut meinte.

Zwei Jahre zuvor, als sie zu Hause auf Walnut Hills von Williams Tod erfahren hatte, war Agatha sofort flussaufwärts geeilt, um ihrer armen Kusine Trost zu spenden. Es bedurfte Marys ganzer Überredungskunst, um sie daran zu hindern, für immer nach Highview zu ziehen, da sie der irrigen Überzeugung anheim gefallen war, Mary und die Kinder brauchten sie, um ihr Leben zu bewältigen. Sie hatte es ihnen sehr verübelt, dass sie sich stattdessen in der Stunde der Not lieber an Arabella gehalten hatten.

Dass Agathas herrschsüchtige Art Arabella auf die Nerven ging, war kein Wunder. Sie versuchte für Marys Kusine allerlei Rechtfertigungen zu finden, die Wahrheit aber war, dass sie und Agatha einfach nicht miteinander auskamen. Arabella hatte wenig Geduld mit Agathas strikter Art, und Agatha wiederum lehnte es ab, wie Arabella auf die Familie einwirkte.

Arabella ergriff den Rettungsanker, den Mary ihr unwissentlich zuwarf, und machte ein beschämtes Gesicht. »Erst heute Morgen versuchte ich mir einen Grund auszudenken, der nicht zu verlogen klingen würde«, murmelte Arabella, die die Wahrheit und doch nicht die Wahrheit sprach.

»Mach dir keine Sorgen«, lachte Mary. »Fahr nach Greenleigh und sieh nach, wie mein Ältester deinen Auftrag ausführt. Kusine Agatha wird enttäuscht sein, dass Jeremy sie nicht begrüßen wird – du weißt ja, wie sehr sie ihn liebt –, doch das Wissen, dass sie Highview ohne ein Einmischen deinerseits beherrschen kann, wird sie für seine Abwesenheit mehr als ausreichend entschädigen.«

Arabella, die nun plötzlich mit Marys Segen nach Greenleigh fahren konnte, fühlte sich wie der winzigste Erdenwurm. »Wird es nicht womöglich zu lästig für dich?«, fragte sie ernst. »Kusine Agatha schubst dich zuweilen unbarmherzig hin und her. Bist du sicher, dass du es allein mit ihr aufnehmen kannst?«

»Agatha kommandiert mich nicht so viel herum wie dich, meine Liebe. Aber wenn sie darauf besteht, dass ich etwas tue, was ich nicht möchte, werde ich sagen«, setzte sie augenzwinkernd hinzu, »dass du es mir verboten hast und ich dir versprach, es nicht zu tun.«

Arabella unterdrückte ein Kichern. »Du würdest dich auf mich ausreden?«

»Bedenkenlos«, erwiderte Mary prompt und mit funkelnden blauen Augen. »Fahr nach Greenleigh, Arabella. Du kannst es ja kaum erwarten. Soll Kusine Agatha sich hier häuslich niederlassen und ruhig Zeit haben, mir und den Kindern zu zeigen, dass wir alles falsch machen. Sobald sie uns aufgeklärt hat, in welchen Irrtümern wir befangen sind, wird sie sich beruhigen und nicht mehr so dringend geneigt sein, alles zu bekritteln. Du weißt, wie sie ist.« Sie lächelte Arabella gütig zu. »Sie ist kein schlechter Mensch, nur ein wenig herrschsüchtig.«

Arabella nickte finster. »Ich weiß, dass sie es gut meint, doch ich ertrage ihre Art nicht. Wir sind wie Feuer und Wasser.«

»Ach, das würde ich nicht sagen«, wandte Mary ein. »Ihr beide habt mein Wohl im Auge, doch während du Vorschläge machst, stellt Agatha Forderungen. Dafür kann sie nichts.«

Mit dem Vergleich nicht ganz einverstanden, verzog Arabella das Gesicht. Diesen Gedanken würde sie lieber später eingehender verfolgen. Sie setzte ihre Tasse ab und sagte mit Entschiedenheit: »Nun, wenn du nichts dagegen hast, werde ich packen und so bald wie möglich aufbrechen. In ein paar Tagen schicke ich Jeremy zurück. Ich selbst möchte während Agathas Besuch meist auf Greenleigh bleiben.«

»Ich dachte mir, dass dein Plan so aussehen würde. Agatha will ich erklären, dass du das Haus renovieren lässt und das Projekt sich nicht verschieben ließ.« Sie zwinkerte Arabella schelmisch zu. »Ich werde auch sagen, dass du sehr bedauerst, bei ihrer Ankunft nicht zugegen zu sein.«

Sara und Jane, die alles mit angehört hatten, prusteten laut.

»Ach Mama«, rief Sara aus. »Was für eine Lüge! Du solltest dich schämen!«

»Das tue ich«, setzte Mary artig hinzu. »Doch ist es viel netter, Kusine Agatha eine kleine Notlüge aufzutischen, als ihr Gelegenheit zu liefern, Arabella ständig irgendwelche Vergehen in die Schuhe zu schieben.«

Agathas drohende Ankunft verlieh Arabella Flügel. Keine zwei Stunden später fuhr sie von Highview mit einem kräftigen Fuchswallach vor der Kutsche fort, hinter sich auf dem Wagen aus Gründen des Anstands einen schwarzen Diener. Ihre Zofe würde ihr Sachen packen, die später nach Greenleigh geschafft würden. Vor ihrem Aufbruch aber hatte sie noch etwas zu erledigen. Sie musste ihre Besitzurkunden wieder bei Mr. Haight deponieren.

Eingedenk des versuchten Raubüberfalls vom vergangenen Abend wollte Arabella kein Risiko eingehen, obwohl sie es für sehr unwahrscheinlich hielt, dass sie heute in die gleiche Situation geraten würde, noch dazu am hellichten Tag. Die kostbaren Dokumente, die sich nach wie vor in der Aktenmappe befanden, waren unter dem Sitz verstaut.

Der Besuch bei Mr. Haight dauerte nur ein paar Minuten. Sie händigte ihm die Mappe aus, als sie in sein Büro gebeten wurde, und sagte: »Sie sehen, dass Ihre Befürchtungen unbegründet waren. Hier bringe ich die Papiere zurück. Ich schlage vor, wir lassen sie in der Aktenmappe.«

Mr. Haight legte die Mappe an den Schreibtischrand und sah sie über die Brillenränder hinweg an. »Ich nehme nicht an, dass Sie mir anvertrauen, warum Sie die Papiere benötigten?«

Arabella schenkte ihm ein Grübchenlächeln. »Nein, werter Herr. Sie würden ja doch nur schimpfen.«

»Zweifellos.« Er stand auf und ging an einen großen stählernen Safe in der Ecke des Raumes. Er entriegelte ihn und legte die Mappe in eines der Fächer. Dann schloss er die schwere Tür wieder und versperrte sie.

Mit einem Blick zu Arabella lächelte er. »Jetzt sind sie wirklich sicher.«

Nachdem sie die Dokumente in bestem Gewahrsam wusste, war ein Teil von Arabellas Sorgen verflogen. Vergnügt lenkte sie ihr Pferd auf den von Jasminsträuchern gesäumten Straßen stadtauswärts in Richtung Greenleigh.

Die Straße war ziemlich belebt, und sie passierten viele Natchez zustrebende Fußgänger, Fahrzeuge und Reiter, während sie aus der Stadt rollten. Doch je weiter sie sich von der Stadt entfernten, desto ruhiger wurde es. Arabella ließ ihrem Wallach nun die Zügel schießen, damit er sich sein eigenes Tempo suchen konnte, und lehnte sich zurück, um die vorüberziehende Landschaft zu genießen. Sorgfältig vermied sie es, an Tony Daggett zu denken.

Greenleigh lag fast zwei Stunden von Natchez entfernt, in denen Arabella genügend Zeit hatte, sich für Jeremy eine glaubwürdige Geschichte zurechtzuzimmern. Diesmal war sie froh über Agathas alljährliche Heimsuchung, da dies ein idealer Vorwand für den plötzlichen Rückzug nach Greenleigh lieferte. Ihr fehlte lediglich eine Begründung, mit der sie die Rückgabe von Jeremys Schuldscheinen erklären konnte.

Sie rümpfte die Nase. Zwar hatte sie die Schuldscheine noch nicht zurück, doch bestand keine Gefahr mehr, dass die Familie das Dach über dem Kopf verlor. Jeremys Vermögen war gesichert, und damit Marys Zukunft und jene der Kinder.

Diese Probleme waren gelöst ... sobald Tony ihr den Brief übergab, in dem er seine Rechte an den Schuldscheinen für null und nichtig erklärte. Ihr Herz tat einen schmerzlichen kleinen Sprung. Solange sie diesen Brief nicht sicher in Händen hielt, bestand für ihre Familie noch immer ein gewisses Risiko, und plötzlich kam ihr ein unangenehmer Gedanke. Falls Tony etwas zustieß, ein Unfall oder eine schreckliche Tragödie, ehe er den Brief schrieb ... Sie verspürte Leere in ihrem Inneren, und ihr schwindelte.

Arabella beruhigte sich damit, dass ihre Reaktion nicht von dem Gedanken an eine Welt ohne den unverschämten Tony Daggett ausgelöst worden war, sondern von der Sorge um die Zukunft ihrer Familie. Tony würde schon nichts zustoßen, zumindest nicht in den nächsten Tagen. Und sobald er ihr den Brief gegeben hatte, konnte er ihretwegen zur Hölle fahren!

7

Es war Nachmittag, als Arabella mit Diener, Pferd und Wagen die baumbestandene Zufahrt von Greenleigh erreicht hatte. Wie so viele Plantagen in der Gegend um Natchez erhob sich das Haupthaus auf einem Steilabfall über dem reißenden Mississippi.

Greenleigh war kein prunkvolles, aber ein sehr anmutiges und einladendes Haus mit graziösen Bogenfenstern und breiten, schattigen Veranden, an denen sich duftendes Geißblatt emporrankte. Eine große, mit Magnolien und Eichen bestandene Rasenfläche umgab den in Hellgrün und Creme gehaltenen zweigeschossigen Bau auf drei Seiten. Von der vorderen Veranda aus bot sich eine herrliche Aussicht über den Fluss. An der Rückseite lagen die zahlreichen Nebengebäude; Kontor, Küche, Molkerei, Sklavenquartiere und Stallungen. Dahinter erstreckten sich die mit rosaweißen Blüten gesprenkelten Baumwollfelder bis zur ungezähmten Wildnis der Wälder.

Als Arabella ihr Pferd auf dem Rondell der Auffahrt zügelte, sah sie enttäuscht, dass Pferde an den eisernen Haltepflöcken vor dem Haus festgebunden waren. Jeremy hatte Freunde bei sich und wurde vom Besuch seiner Schwester gewiss überrascht. Sie hätte froh darüber sein sollen, da damit die Notwendigkeit einer sofortigen Erklärung wegfiel. Doch irgendwie missfiel ihr das.

Samuel, der schwarze Diener, den sie mitgebracht hatte, schirrte das Pferd vom Wagen und führte es zum Stall. Arabella stieg langsam die breite Eingangstreppe hinauf.

Da Greenleigh mit einem kleinen Dienstbotenstab auskommen musste, war Arabella nicht weiter erstaunt, dass sie niemand empfing, als sie die große, nach vorne gelegene Halle betrat. Ein rascher Blick in die Runde zeigte ihr, dass das ältere

Ehepaar, das sie hier mit der Haushaltsführung beauftragt hatte, seine Sache gut machte. Der Eichenboden schimmerte, und der zierliche Messing- und Kristallluster in der Mitte der hohen Decke blitzte. Mehrere Türen öffneten sich von der Halle aus, und am entgegengesetzten Ende führte eine gewundene Treppe ins Obergeschoss. An dieser Stelle wurde die Halle enger und setzte sich an der linken Seite der Treppe bis in den rückwärtigen Teil des Hauses fort.

Arabella blieb in der Mitte der Halle stehen, unsicher, in welcher Richtung sie Jeremy suchen sollte. Lautes Lachen und Männerstimmen drangen hinter einer Doppeltür zu ihrer Rechten hervor. Dort klopfte sie sacht an, da sie schließlich unerwartet kam. Ohne jedoch eine Antwort abzuwarten, öffnete sie einen Türflügel und trat ein.

Sechs Herren in verschiedenen Posen der Entspannung waren im großen Salon verteilt. Bei Arabellas Eintreten verstummte das Gespräch.

»Bella!«, rief Jeremy aus, verließ seinen Platz unweit des Kamins aus grauem Marmor und eilte auf sie zu. »Was für eine Überraschung!«

Arabella streifte lächelnd ihre Kutscherhandschuhe ab und sagte neckend: »Nun, immerhin ist es mein Haus.«

»Verdammt! So war es nicht gemeint, und das weißt du. Ist auf Highview alles in Ordnung?«, fragte er ängstlich und mit fragendem Blick. »Ist es etwas Dringendes, das dich hierher führt?«

Arabella schüttelte den Kopf. »Eigentlich nicht.« Mit einem tiefen Seufzer setzte sie hinzu. »Oder doch. Nämlich Kusine Agatha.«

Jeremy lachte auf. »O Gott! Ich vergaß, dass sie jetzt jeden Tag erwartet wird.«

»Ja, heute oder morgen. Da dachte ich, dass es für alle einfacher sei, wenn ich Greenleigh besichtige und mich selbst davon überzeuge, wie die Tidmores sich hier machen.« Sie warf einen Blick hinter Jeremy und bedachte Tom Denning und James Gayle mit einem warmen Lächeln. Es waren Jeremys engste Freunde, die sich bei ihrem Eintreten erhoben hatten. Sie kannte beide jungen Männer recht gut und begegnete ihnen ähnlich ungezwungen und herzlich wie ihrem Bruder. Es war James' Schwester Edith, die Jane am Freitag besuchen wollte.

Nachdem sie die hastigen Verbeugungen Dennings und Gayles zur Kenntnis genommen hatte, fiel ihr lächelnder Blick auf einen jungen Mann, den sie ebenfalls kannte, obwohl Morgan Slade mit fünfundzwanzig ein wenig älter als Jeremy und seine Freunde war. Wenn sie recht überlegte, war er verheiratet und hatte einen kleinen Sohn. Was wollte Morgan hier?, fragte sie sich. Er gehörte nicht zu Jeremys üblichem Freundeskreis.

Morgan kam auf sie zu und beugte sich über ihre Hand. »Miss Montgomery. Es ist mir wie immer ein Vergnügen.« Mit einem Lächeln in seinen durchdringenden blauen Augen setzte er hinzu: »Sie gestatten, dass ich Ihnen meinen Freund Jason Savage und seinen Gefährten Blood Drinker vorstelle.«

Arabella machte große Augen, als die zwei Männer vortraten. Savage war ein großer, breitschultriger junger Mann mit den hinreißendsten smaragdgrünen Augen, die sie jemals gesehen hatte. Während Blood Drinker ... Sie schluckte. Blood Drinker war Indianer, wie sie an seiner dunklen Haut und dem undeutbaren Blick der schwarzen Augen erkannte, nicht zuletzt aber an den zwei dicken schwarzen Zöpfen, die ihm über den halben Rücken hingen. Beide Männer trugen fransengeschmückte Lederkleidung und Mokassins und wirkten im eleganten Salon von Greenleigh völlig fehl am Platz.

»W-wie geht es Ihnen«, erwiderte Arabella höflich. Erneut fragte sie sich, was hier vorging. »Es ist mir ein Vergnügen.«

Jasons gut geschnittenes Gesicht zeigte Belustigung über

ihre Zurückhaltung. Manch eine wohlerzogene Dame wäre in Ohnmacht gefallen, hätte sie sich in ihrem Salon zwei rau aussehenden Burschen wie er und Blood Drinker gegenübergesehen.

»Sie fragen sich sicher, was wir hier machen«, sagte Jason amüsiert.

Arabella zog eine schmale Braue hoch und fixierte ihn.

Jason lachte über ihre Miene. »Die Erklärung ist ganz harmlos. Wir trafen Ihren Bruder und seine Freunde bei ihrem morgendlichen Ausritt auf der Straße. Als Morgan uns bekannt machte und erwähnte, dass Blood Drinker und ich mit Philip Nolan auf einer seiner Wildpferde-Expeditionen über den Sabine River ins Territorium von Texas ritten, bestanden sie darauf, dass wir unbedingt mitkommen und von unseren Abenteuern berichten sollten.«

»Bella, Savage sagt, dass man in Texas ein Vermögen machen kann«, unterbrach Jeremy ihn aufgeregt. »Dort gibt es riesige Wildpferdeherden, die nur darauf warten, eingefangen und in Natchez oder New Orleans verkauft zu werden. Tom und James und ich erwägen, uns Nolan anzuschließen, wenn er wieder in den Westen zieht. Es wäre ein großes Abenteuer, und ich könnte ein Vermögen mit den Pferden gewinnen.«

Wie gut, dass ich die Sache in die Hand genommen und das Familienvermögen gerettet habe, dachte Arabella ironisch. Sie zweifelte nicht daran, dass Jeremy bei erster Gelegenheit in die weglose, unwirtliche Wildnis von Spanisch-Texas hinausgezogen wäre und seinen Hals riskiert hätte. Schaudernd dachte sie an die Gefahren, die dort lauerten – vor allem an das Risiko, in die Hände wilder Indianerstämme zu fallen, die das Hochland durchstreiften. Die Kunde von ihren Gräueltaten gelangte sogar bis Natchez.

»Wie aufregend. Plant Mr. Nolan bald eine neue Expedition?«, fragte sie, wie sie hoffte, mit entsprechend begeisterter

Miene für ein Projekt, das sie mit Furcht und Schrecken erfüllte.

Jason schüttelte den Kopf. »Nolan hält sich im Moment in New Orleans auf, und Blood Drinker und ich sind erst vor ein paar Tagen aus Texas zurückgekommen.« Er sah Morgan lächelnd an. »Ehe wir nach New Orleans heimkehren, wollen wir uns Morgan für einen kurzen Besuch aufdrängen.«

»Ihr hattet Glück, mich auf Bonheur und nicht auf Thousand Oakes anzutreffen«, erwiderte Morgan grinsend.

»Ja, richtig«, sagte Arabella, die sich nun Morgan Slade fast erleichtert zuwandte. »Ich habe von Thousand Oakes gehört – Ihr Vater vererbte Ihnen das Land vor Jahren anlässlich Ihrer Heirat, nicht?« Auf Morgans Nicken hin setzte sie hinzu: »Aber ist das Anwesen nicht ziemlich entlegen?«

Wieder nickte Morgan. »Allerdings. Es liegt auf zirka dem halben Weg zwischen Natchez und Baton Rouge. Zurzeit ist es eine wilde Gegend, das kann ich Ihnen versichern! Stephanie, meine Frau, ist über den bevorstehenden Umzug von Bonheur nicht sehr glücklich. Sie lebt gern in der Nähe von Natchez.« Er lächelte. »Hoffentlich kann ich sie umstimmen. Das Land zu kultivieren, ist eine befriedigende Aufgabe, aber sehr einsam. Sie und mein Sohn Phillipe fehlen mir sehr.«

Jeremy, der für Morgans häusliche Belange nicht das geringste Interesse aufbrachte, sagte obenhin: »Ach, sobald das Haus fertig ist, wird sie dort sicher sehr glücklich sein.« An Jason gewendet fragte er neugierig: »Weißt du, wann Nolan wieder nach Texas geht?«

Jason zuckte mit den Schultern. »Nolan ist in New Orleans, um bei den spanischen Behörden die Bewilligung für eine neue Expedition nach Texas zu erwirken.« Jason verzog das Gesicht. »Ich glaube aber, dass sein Ausflug nach Texas davon abhängen wird, wie rasch die Lage hier in Natchez einer Lösung zugeführt wird.«

Nun trat gespanntes Schweigen ein.

Spanien hatte in dem 1796, also dem Jahr zuvor, unterzeichneten Vertrag von San Lorenzo zwar eingewilligt, alle Ansprüche auf das Gebiet östlich des Mississippi oberhalb des einunddreißigsten Breitengrades, und damit auch auf den Distrikt Natchez, aufzugeben. Aber es legte ein aufreizendes Zögern an den Tag, sich tatsächlich zurückzuziehen.

Andrew Ellicott, der von Präsident Washington vor dessen Ausscheiden aus dem Amt beauftragt worden war, die neue Grenze zwischen dem spanischen Territorium und den Vereinigten Staaten zu überwachen, war im Februar in Natchez eingetroffen und vom spanischen Distriktsgouverneur Manuel Gayoso herzlich empfangen worden. Ellicotts Forderung, Gayoso und seine Garnison von sechzig Mann sollten aus New Orleans abziehen, war jedoch bei den Spaniern auf taube Ohren gestoßen. Momentan hatten Ellicott und seine kleine Truppe ihr Lager auf einer Anhöhe über der Stadt aufgeschlagen. In den Wochen nach seiner Ankunft hatte Ellicott keinen offenen Versuch mehr unternommen, die sturen Spanier zu vertreiben, und begnügte sich damit, über Connelly's Taverne trotzig das Sternenbanner zu hissen, das die Spanier von ihrem Fort am südlichen Ende der Esplanade aus deutlich sehen konnten. Natürlich hatte Gayoso ihn aufgefordert, die Flagge einzuholen, was Ellicott ablehnte.

Da niemand wusste, wohin diese gespannte Situation führen würde, stieg die Spannung mit jedem Tag. Weder Gayosos Appell an die Loyalität der Büger noch Ellicotts jüngstes Rundschreiben, in dem er die Bewohner von Natchez aufforderte, ihn zu unterstützen und Druck auf die Spanier auszuüben, damit sie endlich aus der Stadt abzogen, vermochten die Lage zu entschärfen. Als vor wenigen Wochen ›Crazy‹ Percy Smith Pope mit seinen Truppen angerückt war und Ellicotts kleine Abteilung verstärkte, wuchsen Unsicherheit und Spannung, obwohl man hoffte, die eine oder andere Seite würde nachgeben, ehe es zum offenen Kampf käme.

Als wäre die momentane Pattsituation zwischen Gayoso und Ellicott nicht schon schlimm genug, existierte daneben noch eine Clique von Pflanzern und Landspekulanten, die für eine Separatistenbewegung eintrat. Sie wollten weder die Spanier noch die Vereinigten Staaten und hofften, sich als dritte Macht zu etablieren. Ihre Machenschaften lieferten der Gerüchteküche noch zusätzliche Nahrung und steigerten die Unruhe in dem Gebiet.

»Vermutlich hast du Recht«, sagte Jeremy finster und brach das Schweigen.

»Ich glaube, das ist das passende Stichwort für unseren Aufbruch«, sagte Morgan. Jason stimmte zu, und wenig später hatten Morgan, Jason und Blood Drinker das Haus verlassen und waren davongeritten.

Arabella plauderte mit den anderen noch eine Weile, dann verabschiedeten sich auch Tom und James.

Kaum waren sie gegangen, als Jeremy sagte: »Bella, meinst du nicht auch, dass es ein guter Weg wäre, wieder zu Vermögen zu kommen, wenn ich mich Nolan anschlösse?«

Arabella, die Philip Nolan nur ein- oder zweimal begegnet war, mochte den Mann nicht. Er war ein Abenteurer, dem sie nicht über den Weg traute, wenn sie auch keine Gründe dafür anführen konnte. Er schien über gute Beziehungen zu verfügen und pflegte engen Kontakt zu Gouverneur Gayoso und zu Baron de Carondelet, dem Gouverneur von New Orleans, sowie anderen mächtigen Männern. Er galt auch als Protegé von General James Wilkinson, einem der ranghöchsten Offiziere der Armee der Vereinigten Staaten. Da Arabella aber auch von Wilkinson nichts hielt, war diese Beziehung in ihren Augen für Nolan kein Pluspunkt. Und wenn auch nur entfernt die Möglichkeit bestand, dass Nolan Jeremy überreden konnte, die Sicherheit von Natchez aufzugeben und mit ihm Jagd auf Wildpferde zu machen, würde er sofort ihre Liste der ihr missliebigsten Personen anführen.

Da ihr Abkommen mit Tony sämtliche Pläne Jeremys zur Wiedererlangung des Familienvermögens unnötig machte, sagte sie nach einem tiefen Atemzug ganz ruhig: »Es ist nicht nötig, dass du so extreme Schritte in Betracht ziehst. Ich war gestern sehr fleißig und kann dir nun sagen, dass deine Schuldscheine in Sicherheit sind. Dein Vermögen und die Familie sind gerettet. Sei also unbesorgt. Ich habe alles geregelt.«

»Bella! Was hast du gemacht?«, wollte Jeremy wissen. Sein junges Gesicht zeigte Anspannung und Besorgnis.

»Ach, nichts, worüber du dir Sorgen machen müsstest«, erwiderte sie. Sich abwendend, setzte sie beiläufig hinzu: »Meine Unterredung mit Leyton brachte nichts, da er die Schuldscheine bereits an einen anderen verloren hatte.«

Jeremy erbleichte. »Allmächtiger! An wen?«

»Nun … an Tony Daggett.«

»Tony Daggett! Und du sagst, die Scheine wären gesichert? Bist du verrückt geworden?«

Sie drehte sich zu ihm um und sagte ruhig: »Nein. Tony ist nicht so ganz der ehrlose Schuft, wie allgemein behauptet wird.« In Anbetracht dessen, was er von ihr als Gegenleistung forderte, eine gewaltige Lüge, wie sie zugeben musste.

Jeremy war bestürzt. Er war in dem Sommer, als die Verlobung von Bella und Tony geendet hatte, erst sechzehn gewesen, doch konnte er sich noch lebhaft an die hitzigen Streitgespräche zwischen Bella und seinen Eltern erinnern. Besonders Bellas bleiche, abgezehrte Gestalt auch noch Wochen nach Lösung der Verbindung war ihm im Gedächtnis geblieben. Wie ein Gespenst war sie durch das Haus geschlichen, ihr unbeschwertes Lachen war verstummt, und der Ausdruck ihrer Augen rührte ihn bis ans Herz an.

Damals war er zu jung, um alle Einzelheiten zu wissen, doch hatte er im Laufe der Jahre einiges erfahren. Aus eigener Beobachtung wusste er, dass Daggett seiner Schwester das Herz grausam gebrochen hatte und dass sie lange gebraucht hatte, um darüber hinwegzukommen. Wie ganz Natchez kannte auch er Daggetts Ruf. Und viele, darunter ihr Onkel Richard, hatten sich mit Vehemenz gegen die Verbindung ausgesprochen. Um seine Lippen zuckte es. In Anbetracht der Umstände, unter denen die Affäre ihr Ende gefunden hatte, hatten sie wohl gute Gründe gehabt, sich gegen Bellas Wahl zu stellen.

»Willst du damit sagen«, fragte er, »dass er dir die Schuldscheine einfach aushändigte, als du bei ihm erschienen bist und ihn darum batest?«

Sie wich seinem Blick aus. »Genauso war es. Als ich erklärte, unter welchen Umständen Leyton sie gewann, zeigte er großes Verständnis.« Auf seinen skeptischen Blick hin erklärte sie trotzig: »Tatsächlich benahm er sich in der Sache wie ein perfekter Gentleman.«

»Das glaube ich dir nicht«, sagte er leise. Ton und Gesichtsausdruck erinnerten sie unangenehm an ihren Vater.

Sie schob ihr Kinn vor. »Willst du mich einer Lüge bezichtigen? Aus welchem Grund sollte ich lügen?«

Er zögerte. »Das weiß ich nicht. Aber nach allem, was ich von Daggett weiß, erscheint es mir höchst unwahrscheinlich, dass er dir so selbstlos ein großes Vermögen überlässt.« Mit Absicht setzte er hinzu: »Besonders dir. In Anbetracht dessen, was zwischen euch war, hat er keinen Grund, dir einen Gefallen zu tun.«

Arabella beachtete den Stich nicht, den sie bei seinen Worten verspürte. Aber ihr war dabei eine Idee gekommen. »Von Gefallen kann keine Rede sein. Aber ist dir nicht der Gedanke gekommen, dass er vielleicht ein schlechtes Gewissen hat, ja dass er sogar bereut, was geschah? Und dass er gewillt sein könnte, etwas zu tun, um dieses Schuldgefühl zu mindern?«

Es war ein Gedanke, der Jeremy offenbar nicht gekommen war, und er blinzelte sie verdutzt an. »Willst du damit sagen, dass er dir die Schuldscheine gab, weil er ein schlechtes Gewissen hatte?«

Arabella zog die schmalen Schultern hoch. »Vielleicht. Ich weiß es nicht, auch kümmert es mich nicht. Ich weiß nur, dass er mir anbot, die Schuldscheine zurückzugeben, als ich ihm sagte, wie Leyton dich ausgetrickst hätte.«

Jeremy starrte sie an. Sein Unbehagen war ihm deutlich anzusehen. Er wünschte sich jedoch nichts mehr, als ihr zu glauben, und hatte keinen Grund anzunehmen, dass sie log. Es konnte immerhin möglich sein, dass Daggett Gewissensbisse plagten. Und doch war da etwas faul.

»Bella, hat er dir die Papiere wirklich zurückgegeben?«

»Ja, lieber Bruder, er gab sie zurück.«

»Du hast sie bereits?«

»Nun, das nicht. Noch nicht«, gab Arabella widerstrebend zu. »Er hat es nur versprochen.«

Jeremy kniff die Augen zusammen. »Höre ich richtig? Du traust dem Wort eines Mannes, der nicht nur eine, sondern zwei Frauen getötet haben soll? Einem Mann, der dich schon einmal hinterging?«

»Er hat Mercy nicht getötet!«, sagte Arabella scharf. »Wäre sie nicht so dumm gewesen und hätte versucht, mit James Terrell durchzubrennen, hätte Tony sie nicht verfolgt, und ihr Wagen wäre nicht über das Steilufer in den Fluss gestürzt. Es war nicht Tonys Schuld, dass sie ertrank. Er versuchte, sie und James zu retten.«

»Das sagt er«, erwiderte Jeremy trocken. »Wir haben nur sein Wort. Außerdem glauben viele, dass sie durch sein Verhalten in die Flucht getrieben wurde.« Als er merkte, dass Bella sich zu Daggetts Verteidigung aufschwingen wollte, setzte er hastig hinzu: »Aber ganz abgesehen vom Tod seiner ersten Frau – was ist mit seiner zweiten, der armen Elizabeth Fenton? Glaubst du wirklich, dass ein Räuber ins Haus eindrang und sie erschoss? Ich weiß, dass es damals behauptet wurde, aber niemand glaubte tatsächlich, dass ein *Unbekannter* sie tötete. Alle sagen, dass sie und Tony heftig miteinander stritten. Und vergiss nicht, dass er sie nur wegen einer Wette heiratete – zwischen den beiden gab es keine Liebe.«

Als er Arabellas zutiefst getroffene Miene sah, verwünschte Jeremy sich. Er ging auf sie zu und legte den Arm um ihre Schulter. »Ach Gott, das tut mir Leid. Ich vergaß. Das hätte ich nicht sagen sollen.«

Mit verdächtig glänzenden Augen sagte Arabella: »Macht nichts. Tony scheint eine Vorliebe für dumme Wetten zu haben. Erst Elizabeth und dann ich.« Mit einem schiefen Lächeln sagte sie: »Ich kann mit dir nicht über Tonys Vergangenheit diskutieren, aber ich glaube nicht, dass er Elizabeth kaltblütig erschoss – vergiss nicht, dass sie damals sein Kind trug. Mag er sie auch gehasst haben, so hätte er nie sein eigenes Kind getötet.«

In weitaus reiferem Ton, als sie von ihm gewohnt war, sagte Jeremy: »Wenn es sein Kind war. Und wenn nicht, hatte er guten Grund, ihren Tod zu wünschen.«

Müde sagte Arabella: »Du scheinst über Tonys Vergangenheit viel gehört zu haben. Ich möchte dich daran erinnern, dass vieles davon Klatsch ist und dass niemals etwas bewiesen wurde.« Sie hielt Jeremys Blick stand. »Ich hätte nie geglaubt, in ihn verliebt zu sein, wenn ich nur den leisesten Verdacht gehabt hätte, dass er Elizabeth oder auch Mercy ermordete. Niemand wird mich davon überzeugen können, dass Mercys Tod kein tragischer Unfall war. Er war erst einundzwanzig, so wie du jetzt, und sie waren erst ein halbes Jahr verheiratet, als sie versuchte, mit Terrell durchzubrennen.« Sie lächelte traurig. »Es ist nicht zu leugnen, dass Tony sein Leben lang verwöhnt und verhätschelt wurde und dass er ein Furcht erregendes Temperament hat. Sicher raste er vor Wut, als sie ihn verließ. Es wundert mich nicht, dass er sie verfolgte – allein sein Stolz hätte es gefordert. Aber ich bin mir auch sicher, dass er ihren und James' Tod nicht wollte.«

Arabella hielt inne und holte tief Atem, ehe sie leise fortfuhr: »Und was Elizabeth betrifft, so schwor er mir, dass er mit ihrem Tod nichts zu tun hatte. Außerdem war er an jenem Abend bei den Blackburnes. Es war sein Butler, der den Schuss hörte und die Tote fand. Ich glaube Tony. Er mag ein Schuft, ein Spieler und Taugenichts sein, und ich kann nicht leugnen, dass er sich scheußlich benahm, aber ein Mörder ist er nicht. Aufbrausend, eingebildet, ungestüm, gelegentlich unbedacht, ja töricht, aber kein Mörder.«

Jeremy wollte nicht mit ihr streiten. Es war klar, dass ihr diese Dinge sehr nahe gingen, doch konnte er nicht umhin zu sagen: »Selbst wenn ich dir Recht geben würde – und ich tue es nicht –, was lässt dich so sicher sein, dass wir bezüglich der Schuldscheine sein Wort für bare Münze nehmen können?«

Arabella seufzte und schlüpfte unter seinem Arm hervor, um zu einer Glastür zu gehen, die sich auf einen kleinen Rosengarten seitlich vom Haus öffnete. Sie zog die dünne Gardine beiseite und sagte: »Ihr Gentlemen vergebt einander so manches, aber wenn ein Mann sein Wort nicht hält, ist er für ewig als ehrlos gebrandmarkt.« Sie lächelte leicht. »Darin sind sich alle einig. Trotz all seiner Fehler würde Tony Daggett nie sein Wort brechen. Glaube mir, du wirst die Schuldscheine bekommen.«

Jeremy war über die Situation nicht glücklich. Er spürte, dass seine Schwester ihm etliches verschwiegen hatte. Sie aber schien zuversichtlich, dass Daggett sein Wort halten würde, und im Moment musste er ihr glauben.

Da weitere Diskussionen über Moral und Verhalten von Tony Daggett zu nichts führten, fragte er: »Sagte er auch, wann er die Papiere zurückgeben wird?«

Arabella nickte. Ihr Blick hing an den Rosen jenseits der Glastür. »In einem halben Jahr. Aber …«

»Ein halbes Jahr!«, rief Jeremy mit flammendem Blick aus. »Nicht zu fassen! Warum händigt er uns die Schuldscheine nicht sofort aus, wenn es ihm Ernst ist?«

Sie hatte gehofft, Jeremy würde diese Frage nicht stellen, da sie sie aber vorausgeahnt hatte, sagte sie kühl: »Er will, dass es dir eine Lehre ist. Wenn du deine Schuldscheine einfach so zurückbekommst, würdest du womöglich nicht einsehen, wie unbesonnen du gehandelt hast.« Sie wich Jeremys empörtem Blick aus und fuhr lahm fort: »Wir kamen überein, dass dir die sechs Monate eine Lehre sein sollten, in Zukunft mehr auf der Hut zu sein.«

»Und wenn ihm vor Ablauf der Frist etwas zustößt? Was dann?«

»Er legt schriftlich fest, dass die Schuldscheine dein Eigentum sind und dir unverzüglich ausgehändigt werden sollen, falls ihm vor Ablauf eines halben Jahrs etwas Unvorhergesehenes passieren sollte.« Sie musterte ihn spöttisch. »Jeremy, ich bin nicht dumm«, sagte sie. »Ich verließ mich nicht nur auf sein Wort.«

»Na dann«, murmelte Jeremy unglücklich, »dann sieht es so aus, als lägen unsere Schwierigkeiten hinter uns. Oder zumindest in einem halben Jahr.«

Arabella nickte. »Es sieht so aus – und ich hoffe, du hast daraus eine Lehre gezogen.«

»Ich habe ein halbes Jahr Zeit, um es herauszufinden«, erwiderte Jeremy beleidigt.

Ärgerlich, dass sie ihm diese Predigt gehalten hatte, sagte Arabella: »Es wird schon nicht so arg. Außer uns dreien weiß niemand, dass Tony deine Schuldscheine hat. Oberflächlich gesehen, bleibt alles, wie es war – die Bankkonten werden weiterhin auf deinen Namen lauten. Tony wird nichts antasten.«

»Ja, vermutlich«, gab Jeremy unglücklich zu, »aber es gefällt mir nicht. Ich werde einfach das Gefühl nicht los, dass ein Damoklesschwert über mir hängt. Und ich sage dir, Bella, ehe ich die Schuldscheine nicht in Händen halte, werde ich keine Ruhe finden.«

»Sobald wir den Brief haben, kannst du ganz beruhigt sein. Damit haben wir den Beweis, dass Tony zu seinem Wort steht. Selbst wenn er seine Absicht ändern sollte, wird er sein Wort nicht zurücknehmen können.«

Jeremy nickte schon ein wenig besser gestimmt. »Richtig. Sein Brief ist fast so viel wert wie die Schuldscheine selbst.« Mit einem Anflug von Angst in den blauen Augen fragte er: »Und wann bekommen wir seinen Brief?«

»Freitagnachmittag.« Sie wollte nicht daran denken, was an diesem Tag noch passieren würde.

Jeremy durchmaß aufgeregt den Raum. »Bis dahin werde ich mich höllisch fühlen, das kann ich dir sagen.«

»Ich kann es mir gut vorstellen«, antwortete Arabella mit hohler Stimme. Sie konnte nur hoffen, ihre Entscheidung in günstigerem Licht zu sehen, sobald sie Tonys Geliebte geworden war.

»Und was sollen wir in der Zwischenzeit tun?«, fragte Jeremy ratlos.

»Wir werden weitermachen«, sagte sie leichthin, »als hätte sich nichts geändert.« Nach einem tiefen Atemzug fuhr sie fort: »Da wir die Schuldscheine zurückbekommen und keine Gefahr besteht, Highview zu verlieren, gibt es keinen Grund mehr für dich, länger auf Greenleigh zu bleiben. Angesichts von Kusine Agathas bevorstehendem Besuch halte ich es für besser, wenn du nach Hause fährst und sie bei ihrer Ankunft begrüßt. Sollte sie bereits eingetroffen sein«, in Arabellas Augen tanzten helle Fünkchen, »kannst du ihr sagen, dass dich hier nichts mehr halten konnte, als dir einfiel, dass sie vielleicht heute kommen würde. Du wärest in größter Eile nach Hause geritten, um sie zu begrüßen.«

Jeremy lachte. »Ach, Bella! Niemand kann so gut schwindeln wie du.«

»Das ist kein Talent, auf das man stolz sein könnte«, erwiderte sie augenzwinkernd.

Sie sprachen noch eine Weile über Belanglosigkeiten, ehe sich Jeremy auf den Weg machte. Arabella versprach, seine Sachen mit seinem Diener nach Highview nachzuschicken.

Nach Jeremys Abschied hatte Arabella eine Besprechung mit den Tidmores, die keine Anzeichen von Verwunderung zeigten, dass der junge Master Montgomery nach Hause zurückgekehrt war und Miss Montgomery auf unbestimmte Zeit bleiben würde.

Die Tidmores, Ann und Thomas, hatten Angehörige unter dem Personal auf Highview und waren wie die anderen der Familie Montgomery nach Amerika gefolgt. Da sie Arabella und die jüngeren Montgomerys von klein auf kannten, bestand ein Grad von Vertraulichkeit zwischen ihnen, wie er zwischen Herrschaft und dienendem Stand ungewöhnlich war.

Als Arabella erklärte, dass sie einen längeren Aufenthalt plane, rief Ann Tidmore, deren liebes rundes Gesicht vor Freude strahlte, aus: »Ach Miss! Da freue ich mich aber! Thomas und ich waren uns schon lange einig, dass es für Sie am besten wäre, einen eigenen Hausstand zu haben.«

»Allerdings, Miss, erst unlängst kam die Rede darauf.« In Thomas' grauen Augen leuchtete es auf, seine gedrungene drahtige Gestalt signalisierte, wie sehr ihn die Neuigkeit erregte. »Werden Sie mehr Personal einstellen, Miss? Meine Frau hat schon lange ein Auge auf eine tüchtige junge Person geworfen, die sie gern als Köchin hätte, und ich wüsste mindestens ein halbes Dutzend Sklaven, die für die Feldarbeit zu schade sind und sich hervorragend als Hausdiener eignen würden. Sollen wir uns darum kümmern?«

Arabella lächelte liebevoll. Ann Tidmore war über viele Jahre Haushälterin ihres Großvaters gewesen und Thomas sein Butler. Ihr graues Haar und die faltigen Gesichter verrieten, dass keiner unter fünfundsechzig war. Arabella hatte ihnen Greenleigh praktisch als Ruhestand zugedacht, doch spürte sie, dass ihnen daran lag, ihren Pflichtenkreis zu erweitern. Ihre erwartungsvollen Mienen ließen sie sofort vergessen, dass sie erwogen hatte, andere Leute einzustellen und die Tidmores in einem hübschen eigenen Häuschen auf der Pflanzung unterzubringen.

»Aber ja, wenn es Ihnen nichts ausmacht.«

»Ausmachen? Kindchen, es wird mir ein Vergnügen sein«, erwiderte Thomas Tidmore. »Meiner Frau und mir war sterbenslangweilig … nur wir beide in diesem Haus. Unsere einzigen Zerstreuungen waren der Frühjahrs- und der Herbstputz, wenn wir für einige Wochen ein paar zusätzliche Helfer im Haus hatten.«

»Ja, ich habe Sie schamlos ausgenutzt«, scherzte Arabella. »Gehen Sie und suchen Sie sich an Personal aus, was Sie für nötig halten.«

Der darauf folgende Nachmittag war sehr betriebsam. Mrs. Tidmore bestand darauf, dass Arabella die köstliche, leichte Mahlzeit verzehrte, die sie zubereitet hatte. Kaum hatte sie gegessen, als ihre Garderobe und ihre Zofe auf Highview eintrafen. Nachdem sie sich ein Zimmer ausgesucht und dafür gesorgt hatte, dass Kleider und andere persönliche Dinge untergebracht waren, konnte sie nicht anders, als mit den Tidmores einen Rundgang durch Haus und Garten zu machen.

Sie hatten das Haus in tadellosem Zustand gehalten und waren mit Recht stolz auf ihr Werk. Bis Arabella alles vom Speicher bis zur Küche und den riesigen Vorratsräumen besichtigt hatte, dunkelte es. Sie sehnte sich nach ihrem Bett. Mr. Tidmore aber überredete sie, ein wenig Brühe und ein leckeres Schinkensandwich zu verzehren, ehe sie sich für die Nacht zurückzog.

Obwohl sie oft auf Greenleigh gewesen und das Bett, in dem sie lag, sehr bequem war, konnte sie in jener Nacht nur schwer einschlafen. Es erschien ihr unglaublich, dass Jeremy ihr seine explosive Neuigkeit erst am Morgen des Vortages präsentiert hatte und ihre Welt aus den Fugen geraten war. So viel war geschehen seither. Aber am beunruhigendsten war die Tatsache, dass sie in ungefähr achtundvierzig Stunden Tony Daggetts Geliebte sein würde!

Entschlossen lenkte Arabella ihre Gedanken von dieser Tatsache ab und bemühte sich einzuschlafen. Doch durch ihren Kopf geisterte alles, was passiert war, nicht zuletzt ihr Umzug nach Greenleigh. Sie war auf Highview immer glücklich gewesen; es war ihr Zuhause. Und doch spürte sie nach nur wenigen Stunden auf Greenleigh den Unterschied. Highview gehörte eigentlich Jeremy. Es war das Heim ihres Vaters und Marys gewesen. Und Greenleigh gehörte ihr ganz allein.

Zum ersten Mal in ihrem Leben würde sie bei Entscheidungen frei vorgehen können. Sie brauchte an niemanden anderen zu denken, musste niemanden fragen, ganz egal, was sie mit ihrem Besitz vorhatte. Sie kicherte leise. Selbst wenn sie das Haus bunt gestreift streichen wollte, konnte es ihr niemand verwehren. Es hat Vorteile, wenn man ein eigenes Haus führt, dachte sie schläfrig.

Obwohl überzeugt, dass sie kein Auge zumachen würde, schlief Arabella schließlich ein, von dem Gedanken beseelt, Greenleigh zu ihrem ständigen Zuhause zu machen. Wie lange sie geschlafen hatte, wusste sie nicht. Sie wusste nur, dass sie voller Entsetzen erwachte.

Ihr Herz hämmerte, ihr Atem kam stoßweise, und sie benötigte einen Moment, um sich zu orientieren und zu erfassen, dass sie sich auf Greenleigh befand. Dann wurde sie zu ihrem Entsetzen gewahr, dass neben ihr auf dem Bett ein Gewicht lastete und jemand leise und doch hörbar atmete. *Neben ihr lag jemand.* Sie öffnete den Mund zu einem Schrei. Sofort legte sich eine harte, brutale Hand auf ihre Lippen und verschloss sie fest.

»Nicht«, raunte eine fremde Männerstimme an ihrem Ohr. »Kein Laut – dann wird dir nichts passieren.« Sie spürte die Spitze eines Messers an der Kehle. »Ich glaube, du hast etwas, das mir gehört«, fuhr die Stimme seidenweich fort. »Ich möchte es zurückhaben.«

8

Ihr Herz schlug wie eine große Trommel, während Arabella wie erstarrt dalag und das Messer an ihrer Kehle spürte – ein unerträgliches Gefühl. Ihr Verstand arbeitete fieberhaft und versuchte den Worten des Mannes einen Sinn zu geben. Sie hatte etwas, das ihm gehörte? Was? Und was war so dringend an dem Ding, dass er sie nicht einfach um die Rückgabe bitten konnte?

»Also«, sagte der Mann, »ich werde dich nur einmal darum bitten. Du sagst, wo es ist, und sobald ich es in Händen habe, sind wir quitt. Wenn du mich aber reinlegst, wirst du es bereuen.« Die Klinge ritzte ihre Kehle ein wenig an. »Verstanden?«

Stumm nickte Arabella, während Angst sie mit eisernen Klauen würgte. Sie hatte keine Ahnung, was er meinte, und es sah nicht so aus, als würde er ihr Glauben schenken, wenn sie dies äußerte.

Als der neben ihr auf dem Bett liegende Eindringling ihr Nicken spürte, lächelte er. Für ihn stellte die Sache ein Risiko dar, doch hatte er entschieden, dass es noch riskanter war, sich vorzustellen, dass der Brief einfach verschwinden würde. Er hatte dies schon einmal geglaubt, und das verdammte Ding war trotzdem aufgetaucht und hatte ihm einen Schrecken eingejagt, den er nicht vergessen würde. Leyton hatte er erledigt, doch hatte er noch immer ein ungutes Gefühl, wenn er daran dachte, wie hilflos er sich gefühlt hatte, als Leyton das erste Mal versucht hatte, ihn zu erpressen. Er musste den Brief finden, und diesmal würde er dafür sorgen, dass er vernichtet wurde.

Er war sicher, dass Arabella den Brief besaß, auch wenn sie es nicht wusste. Leytons versuchter Überfall hatte ihn davon überzeugt. Außerdem hatte er ihn auch bei einer gründlichen Durchsuchung von Leytons Sachen nicht gefunden. Er glaubte nicht, dass Arabella eine Gefahr für ihn darstellte, auch wenn sie den Brief las. Wenn sie die Einzige gewesen wäre, wegen der er sich Sorgen zu machen brauchte, hätte er die Sache auf sich beruhen lassen. Es war die Angst, Tony könnte den Brief zu Gesicht bekommen, die ihn zu seinen Handlungen trieb. Arabella würde den Zusammenhang eventuell nicht herstellen, Tony aber würde er zweifellos auffallen. Sein Lächeln erlosch, als er überlegte, was dies bedeuten konnte: Sein geduldiges Warten und Planen wären umsonst gewesen.

Leise fragte er: »Also, wo ist er?«

Wieder schluckte Arabella. »Sie müssen mir glauben«, flehte sie ihn an. »Ich schwöre Ihnen, dass ich nicht weiß, was Sie suchen.«

Schweigend ließ er sich ihre Worte durch den Kopf gehen. Gut möglich, dass sie die Wahrheit sprach. Momentan fragte er sich, ob er sich irrte. Es war möglich, dass sie den Brief nicht besaß, dass Leyton ihn anderswo versteckt hatte, doch verwarf er die Idee rasch. Sie musste ihn haben – er war davon überzeugt. Doch gab es einen vernünftigen Grund für ihr Leugnen. Er war nicht sicher, wie sie in den Besitz des Briefes gelangt war, so dass es vorstellbar war, dass sie ihn noch nicht gefunden hatte. Aber andererseits war es auch möglich, dass sie log. Was also? Wahrheit oder Lüge?

Als ihr erster Schreck abgeflaut war und Arabella klarer denken konnte, fasste sie einen Entschluss. Sie hatte nicht die Absicht, einfach dazuliegen und sich wie ein Lamm abschlachten zu lassen. Doch so sehr sie sich den Kopf zermarterte, ihr wollte nichts einfallen. Dann aber kam ihr eine zündende Idee: der schwere mit Wasser gefüllte Krug, der auf dem Tischchen neben dem Bett stand. Als sie sich zurückzog, hatte Mrs. Tidmore – Gott segne sie – ihr den Krug und ein Glas für den Fall aufgedrängt, dass sie nachts durstig werden könnte.

Verstohlen schob Arabella ihren Arm zum Tisch und dem kostbaren Krug. Sekunde für Sekunde, Zoll um Zoll näherten sich ihre tastenden Finger ihrem Ziel.

Plötzlich seufzte der Mann auf, und Arabella erstarrte.

»Ich befinde mich in einer sehr eigenartigen Situation«, gestand er. »Sagst du die Wahrheit, habe ich meine Zeit verschwendet. Ebenso möglich ist es, dass du lügst. Aber mein wirkliches Problem besteht darin, dass ich nicht weiß, was ich mit dir machen soll, wenn wir dieses kleine Gespräch zu Ende geführt haben. Ich könnte dich vielleicht an einen abgeschiedenen Ort bringen und dafür sorgen, dass du mit der Wahrheit herausrückst.«

Die Klinge ritzte brennend ihre Kehle, und Arabella spürte warmes Blut. In ihren Ohren brauste es, sie spürte, wie Wut in ihr hochkochte. Er hatte sie geschnitten! Wie konnte dieser feige Schuft sie bedrohen! Wie konnte er!

Ohne etwas von Arabellas Wut zu ahnen, seufzte er wieder.

»Es wird viel komplizierter, als ich dachte«, sagte er mehr zu sich als zu ihr. »Ich fürchte, dass ich mich leider auf dein Wort nicht verlassen kann, meine Liebe. Du wirst mit mir kommen müssen. Anderswo können wir uns besser unterhalten.«

Arabella hatte absolut nicht die Absicht, mit ihm irgendwohin zu gehen, zumal sie sich denken konnte, dass er nicht die Absicht hatte, sie am Leben zu lassen. Sie konzentrierte sich darauf, die einzige für sie erreichbare Waffe, den schweren Glaskrug, in die Finger zu bekommen.

Um Zeit zu gewinnen und sich an den Krug heranzutasten und nicht, weil sie sein Gerede interessierte, fragte Arabella: »Was meinen Sie damit?«

Überzeugt, dass sie vollends eingeschüchtert war, milderte er den Druck der Klinge an ihrer Kehle und sagte: »Ich meine damit, meine Schöne, dass du jetzt zu viel weißt – ob du nun weißt, wovon ich rede oder nicht. Mir ist jetzt klar, dass es ein Fehler war, herzukommen, doch ist es einer, den ich leicht korrigieren kann. Also, los komm und mach mir keinen Ärger.«

Arabella hörte kaum hin. Da sie das Messer nicht mehr spürte, konzentrierte sie sich darauf, nach dem Henkel des Kruges zu fassen. Sich zu bewegen, war gefährlich, doch wusste sie, dass sie jetzt oder nie handeln musste – und in diesem Moment streiften ihre Finger den Krug.

Für Raffinesse war keine Zeit. Den Krug in der Hand fuhr sie jäh hoch, holte weit aus und ließ ihn mit aller Kraft gegen den Kopf des Eindringlings prallen. Er stach zu, verfehlte jedoch sein Ziel und fiel aufstöhnend zurück.

Vom Wasser durchnässt, das sich aus dem Krug ergoss, schubste Arabella den schweren Mann von sich. Sie raffte sich vom Bett auf und rannte durch den Raum zur Tür. Halb schluchzend riss sie die Tür auf und lief hinaus in den Flur. Dort holte sie tief Luft und stieß einen grellen Schrei aus. Er hörte sich höchst befriedigend an.

Sie taumelte die Stufen hinunter, wobei sich ihre Angst mit der Wut mischte, die in ihr kochte. Darauf gefasst, die Hand des Angreifers jeden Moment an sich zu spüren, floh sie Hals über Kopf, so dass ihre Füße kaum jede dritte Stufe berührten. In ihrer wahnsinnigen Flucht nicht innehaltend, hetzte sie, kaum in der Eingangshalle angekommen, zu den Räumen der Tidmores und schrie, so laut sie konnte. Es war nicht der Zeitpunkt, sich um Würde zu scheren.

Das ersehnte Geräusch ängstlicher Stimmen und ein flackernder Lichtschein kamen näher. Gleich darauf lag sie an Mrs. Tidmores Busen.

»Schon gut, Liebes«, beschwichtigte die Frau sie. »Was ist los?«

»Ein Mann«, stieß Arabella hervor. »In meinem Schlafzimmer. Er wollte mich töten!«

»Nicht möglich!«, rief Mr. Tidmore entsetzt. Seine Miene war geschockt, als er seine Kerze höher hob, um mehr von Arabella erkennen zu können.

»Es stimmt aber!«, beharrte Arabella mit schreckgeweiteten Augen. »Er hielt mir ein Messer an die Kehle.«

Mrs. Tidmore unterdrückte einen Aufschrei, als sie Arabelle genauer ansah, deren Nachtgewand nass war und Blutflecken aufwies. An ihrem Hals war ein dünner, Furcht einflößender Schnitt zu sehen.

Die Tidmores brauchten eine Weile, um sich zu vergewissern, dass Arabella keine tödlichen Wunden davongetragen hatte. Der Schnitt war nur oberflächlich, kaum mehr als ein Kratzer, doch blutete er stark, und das Blut verlief sich mit dem Wasser aus dem Krug, so dass es nach viel mehr Blut aussah, als tatsächlich floss. Mrs. Tidmore wollte die Wunde sofort reinigen und versorgen, Arabella aber wedelte ungeduldig ihre Besorgnis beiseite.

»Ich werde weder sterben noch in Ohnmacht fallen«, versprach sie, denn ihr war bewusst, dass die Sekunden sich verflüchtigten ... wie zweifellos auch der Angreifer. »Es ist nur ein Kratzer, und in der Zwischenzeit flieht der Verbrecher. Wir dürfen keine Sekunde verlieren.«

Sekunden später stieg Mr. Tidmore, eine veraltete Feuersteinflinte in Händen, die Treppe zu Arabellas Schlafzimmer hinauf. Arabella folgte ihm auf den Fersen, eine Lampe in der einen, eine der Duellpistolen ihres Großvaters in der anderen Hand. Nach Arabella kam Mrs. Tidmore mit einem massiven Nudelholz aus Ahorn. Das Schlusslicht bildeten Arabellas Zofe Martha mit einer Lampe und zwei junge Hausmädchen, die im Haus schliefen.

Mr. Tidmore riss die Tür zu Arabellas Zimmer auf und rief: »Kommen Sie heraus oder ich schieße!«

Als seinen Worten nur Schweigen begegnete, bedeutete er Arabella, mit ihrer Lampe in den Raum hineinzuleuchten. Vorsichtig wagten sie sich hinein.

»Er ist fort!«, rief Arabella enttäuscht aus, als eine rasche Durchsuchung des Raumes keinen versteckten Angreifer zu Tage förderte. Die offene Glastür, die auf die obere Veranda führte, verriet seinen Fluchtweg.

»Mag sein«, erwiderte Mr. Tidmore grimmig, »doch ließ er sein kleines Spielzeug zurück.«

Das »Spielzeug« war ein bösartig gekrümmtes Messer von beängstigenden Ausmaßen. Arabella, die die lange, im Kerzenlicht schimmernde Klinge anschaute und daran dachte, wie sie sich an ihrem Hals angefühlt hatte, schluckte.

Da die Gefahr überstanden war, legte Mrs. Tidmore ihr Nudelholz aus der Hand und trug den Mädchen auf, das durchnässte Bettzeug zu wechseln. Unter gedämpften Ausrufen der Entrüstung hob sie den Glaskrug auf, der wie durch ein Wunder unversehrt geblieben war. »Am Rand ist eine Blutspur. Sie müssen ihn fest erwischt haben.«

»Nicht fest genug«, stieß Arabella unwirsch hervor, während sie einen gelben Baumwollschlafrock über ihr nasses Nachtgewand anzog.

Eine gründlichere Inspektion des Raumes brachte keine neuen Spuren, eine Durchsuchung des Hauses und des umliegenden Geländes verlief ebenso erfolglos. Nachdem sie die anderen Dienstboten zu Bett geschickt hatten, richteten sich die Tidmores und Arabella im kleinen Salon der Tidmores im rückwärtigen Teil des Hauses gemütlich ein.

Arabellas Wunde war zu Mrs. Tidmores Zufriedenheit versorgt worden, und angesichts der Umstände öffnete Mr. Tidmore eine Flasche Brandy, die Arabellas Großvater über ein Jahrzehnt zuvor eingelagert hatte.

Als der Alkohol durch ihre Kehle glitt und ihren Magen wärmte, spürte Arabella, wie die letzten Reste von Angst und Wut sich auflösten. Außerdem konnte man im Salon der Tidmores kaum Angst empfinden, während die beiden dasaßen und selig ihren ungewohnten Brandy tranken.

Nach einer Weile sah Arabella Mr. Tidmore an und sagte: »Sobald es hell wird, sollen vier unserer kräftigsten Männer ausgewählt werden, die in den Nächten um das Haus patrouillieren, bis ich die Anweisung widerrufe.« Ihr Gesichtsausdruck zeigte Anzeichen von Anspannung. »Ich möchte nicht noch einmal aufwachen und einen Fremden mit einem Messer in meinem Bett vorfinden.« Sie schnitt eine Grimasse. »*Irgendjemanden* mit einem Messer.«

»Ich kann es einfach nicht verstehen«, sagte Mrs. Tidmore ängstlich. Ihr zerdrücktes Nachthäubchen war ein wenig verrutscht. »So etwas ist hier noch nie passiert, weder bei uns noch bei den Leuten, die wir kennen. Wäre nicht das Messer, das wir auf dem Bett vorfanden, und die Wunde an Ihrem Hals, man würde meinen, Sie hätten schlecht geträumt.«

»Das war kein Traum«, erwiderte Arabella voller Ingrimm.

»Aber wie Sie finde ich es nahezu unvorstellbar, dass so etwas passieren konnte. Mir wäre es bei weitem lieber, es wäre nur ein Alptraum gewesen.«

Mr. Tidmore schüttelte bedrückt sein graues Haupt. »Ich darf gar nicht daran denken, dass eine ehrbare junge Dame wie Miss Arabella nicht einmal in ihrem eigenen Bett sicher ist. Einfach schockierend!«

»Ich begreife nicht, was er suchte«, sagte Mrs. Tidmore nachdenklich. »Warum griff er Sie an, wenn er nur ein gewöhnlicher Dieb war?«

Arabella schüttelte ihre rot-blonde Lockenmähne. Sie hatte den Tidmores nicht alles gesagt. Solange sie sich nicht in Ruhe alles durch den Kopf hatte gehen lassen, hielt sie es für klüger, nicht zu verraten, dass der Eindringling etwas Bestimmtes gesucht hatte, das ihm gehörte, einen Gegenstand, von dem er überzeugt war, dass sie ihn hatte. Es war besser, wenn sie glaubten, es wäre Zufall gewesen.

»Ich habe keine Ahnung, warum er es tat«, sagte Arabella schließlich. »Ich bin nur glücklich, dass ich ihm entkommen konnte.«

Dies war das Stichwort für Mrs. Tidmore, Arabellas Beherztheit zu rühmen und sich in eine aufgeregte Schilderung von allem, was hätte schief gehen können, zu stürzen. Es folgten weitere Spekulationen über die Motive des Mannes, so dass es eine Weile dauerte, bis Arabella wieder allein mit ihren Gedanken sein konnte.

Dass Arabella wieder das Schlafzimmer bezog, in dem der Überfall stattgefunden hatte, kam nicht in Frage. Trotz der Tapferkeit, die sie so schlagkräftig bewiesen hatte, brachte sie es nicht über sich, allein im Obergeschoss zu schlafen. Sie ließ sich von Mrs. Tidmore ein paar Steppdecken geben und machte sich ein Nachtlager auf dem Sofa des großen Salons zurecht, nachdem sie die beiden hinausgescheucht hatte.

Es dauerte lange, bis sie sich entspannen konnte. Ihre Nerven flatterten noch lange, nachdem die Tidmores sich zu Bett begeben hatten und im Haus wieder Ruhe eingekehrt war. Arabella fuhr bei jedem Geräusch auf. Die Duellpistole ihres Großvaters lag neben ihr und spendete ihr handfesten Trost. Sollte es ein nächstes Mal geben, würde sie für jeden, der sie im Schlaf überfallen wollte, eine unliebsame Überraschung bereithalten.

Schließlich schlummerte sie ein, wenn auch mit wiederholten Unterbrechungen. Sie erwachte beim ersten Tageslicht und fühlte sich wie schon am Morgen zuvor nicht ganz wohl. Doch nach einem heißen Bad und einem schmackhaften Frühstück – und nachdem Mrs. Tidmore und Martha viel Aufhebens um sie gemacht und sie gebührend verhätschelt und verwöhnt hatten – ging es ihr schon viel besser. Sie war sogar im Stande, Marthas Besorgnis wegzuwedeln.

»Der Mann muss schlicht verrückt gewesen sein«, spielte Arabella das Ganze herunter. »Ich kann mir keinen anderen Beweggrund denken. Sei unbesorgt, es wird kein zweites Mal geben. Tidmore hat veranlasst, dass das Haus in der Nacht bewacht wird. Denk nicht mehr daran, ich tue es auch nicht.« Was nicht ganz stimmte, doch schien die Erklärung Martha zu genügen. Ihrem eigenen Rat folgend, gestattete Arabella sich nicht, allzu viel über das Geschehene nachzudenken. Trotzdem nagte der unheimliche Zwischenfall an ihr und lauerte den ganzen Tag im Hintergrund ihres Bewusstseins.

Von den Dienstboten abgesehen als einzige Bewohnerin auf Greenleigh zu leben, war für sie eine völlig neue Erfahrung, eine, die sie sehr merkwürdig berührte. An den Trubel von Highview gewöhnt, erschien ihr Greenleigh im Vergleich dazu geradezu fade. Ihr fehlte die gewohnte Routine, das aufgeregte Geplapper der Kinder, Jeremys Lachen und Geplänkel und Marys Unbeschwertheit. Kurzum, sie litt ein wenig unter

Heimweh und war doch erst vierundzwanzig Stunden von Highview fort.

Arabella mahnte sich zur Vernunft und stellte sich den Anforderungen des Tages. Nach dem kurzen Rundgang des Vortages machte sie sich nun gründlicher mit der Führung des Haushalts und der Pflanzung vertraut. Sie billigte die neuen, von den Tidmores präsentierten Dienstboten und legte eine Liste der Dinge an, die angeschafft werden mussten, um Greenleigh als ständige Bleibe wohnlicher zu gestalten. Sie stellte sogar Überlegungen an, wie sie die verschiedenen Räume in Zukunft nutzen wollte und wie sich die Erträge der Plantage steigern ließen.

Als sie um ein Uhr reif für eine Verschnaufpause war, bat sie Mrs. Tidmore, einen Picknickkorb zu packen. Sie wollte zur Jagdhütte fahren, in der sie Tony am nächsten Tag treffen würde. Den ganzen Morgen über hatte sie versucht, alle Gedanken an Tony und ihr Abkommen zu verdrängen, doch wusste sie, dass es vergebliche Liebesmühe war. Mit dem Verstreichen der Zeit wurde es zunehmend schwieriger, sich auf die vorliegenden Dinge zu konzentrieren. Bilder von Tony und die Erinnerungen an frühere intime Begegnungen in der Jagdhütte ihres Großvaters verdrängten die Gegenwart.

Wenn ich an Tony denke, denke ich wenigstens nicht an die vorige Nacht, überlistete sie sich selbst. Doch konnte sie die Furcht erregenden Ereignisse der Nacht nicht so weit verdrängen, dass sie keine Angst beschlichen hätte, als sie den schmalen, fast völlig verwachsenen Pfad entlanglief, der zum Jagdhaus führte.

Es war schwül. Insekten summten schläfrig im grünen Wald und hin und wieder zwitscherte ein Vogel. Arabella hätte diesen Tag, an dem eine goldene Sonne von einem nahezu wolkenlosen, strahlend blauen Himmel schien, unter normalen Umständen sehr genossen. Doch heute waren ihre Gedanken mit Unerfreulicherem beschäftigt. Ihre Aufmerksamkeit ging nur so weit, dass sie darauf achtete, nicht über eine Wurzel zu stolpern oder auf eine Schlange zu treten.

Der Überfall von vergangener Nacht war ihr ein absolutes Rätsel. Den ganzen Morgen hatte sie jeden Gedanken an die ausgestandene Angst und an ihre Wut verdrängt. Oder an das Wissen, dass es einen Menschen gab, dessen Identität ihr unbekannt war, und der überzeugt war, sie hätte etwas, das ihm gehörte, etwas, das er selbst um den Preis eines Mordes zurückhaben wollte. Sie gab sich nicht der Täuschung hin, dass dies sein letzter Versuch sein würde. Die Duellpistole ihres Großvaters begleitete sie. Sie lag griffbereit auf dem säuberlich gepackten Picknickkorb.

Es war gut möglich, dass sie sich irrte, was das Interesse des Mannes an ihr betraf. Nach dem Fehlschlag von letzter Nacht und ihrer aufrichtigen Ahnungslosigkeit hinsichtlich des gesuchten Gegenstandes war er eventuell zu der Einsicht gelangt, dass es klüger wäre, sie in Frieden zu lassen. Bis auf den Umstand, dass er nun wusste, dass ihre Neugierde erwacht war und sie wissen wollte, was es war, das er bei ihr vermutete.

Sie schnitt eine Grimasse. Es war das zweite Mal in zwei Tagen, dass jemand versucht hatte, sie zu berauben. Beide Zwischenfälle waren irrwitzig und wahrscheinlich von derselben Person inszeniert. Was konnte so wichtig sein, dass jemand so große Risiken auf sich nahm? Und was war es, das er bei ihr vermutete? Und wieso wusste er, dass ich letzte Nacht auf Greenleigh verbringen würde, dachte sie und spürte, wie ihr Magen sich bedrohlich verknotete.

Ein Geheimnis war es nicht, doch wusste nur eine Hand voll Menschen, dass sie auf Greenleigh bleiben würde. Den Gedanken, Jeremy hätte sie angegriffen, tat sie als lächerlich ab, und es war schwierig, wenn nicht gar unmöglich, sich Tom Denning oder James Gayle vorzustellen, wie sie sie mit einem

Messer bedrohten. Und was Morgan Slade, Jason Savage oder Blood Drinker betraf … die Falte auf ihrer Stirn wurde tiefer. Sie waren für sie Fremde, doch es schien ihr unmöglich, sie zu den Verdächtigen zu zählen. Sie hatte sie erst am Nachmittag kennen gelernt. Und sie hatte mit Sicherheit nichts, das einem von ihnen gehörte.

Aber wer dann?

An dem Mann, der sie bedrohte, war ihr nichts bekannt vorgekommen, weder seine Stimme noch etwas anderes. Und das Messer? Nein, auch das nicht. Den Tidmores ging es ebenso. Was natürlich nichts bewies.

Plötzlich wurde sie ihrer Umgebung gewahr – sie war an ihrem Ziel angelangt. Vor ihr stand auf einer kleinen Lichtung die Hütte.

Es war ein geduckt wirkender, nicht sehr großer Bau aus roh behauenem Zedernholz unter einem steilen, weit überhängenden Dach. Verblüfft entdeckte sie, dass die Fensterläden der zwei Fenster auf der ihr zugewandten Seite offen waren, ebenso die breite Tür dazwischen.

Aus dem Unterstand hinter der Hütte war Wiehern zu hören. Arabellas Herz pochte heftig. Ganz klar, sie war nicht alleine hier.

Sie öffnete den Korb und entnahm ihm die Duellpistole. Sie musste auf der Hut sein … zumal nach dem Überfall von vergangener Nacht. Die Situation mochte völlig harmlos sein, andererseits …

Ein großer Mann mit aufgerollten Hemdsärmeln tauchte auf einmal im Eingang auf, und als sie ihn erkannte, zeigte Arabellas Miene eine Mischung aus Erstaunen und Wachsamkeit.

»Was machst du denn hier?«, fragte sie und senkte die Pistole.

Tony lächelte ihr zu, und sie ärgerte sich, dass es ihr dabei heiß wurde.

Tony, der in das schattengesprenkelte Sonnenlicht trat, antwortete obenhin: »Ach, ich wollte ein paar Sachen bringen und nachsehen, ob sich hier nicht womöglich Getier eingenistet hat.« Sein Blick fiel auf die Pistole. »Ist die für mich bestimmt?«, fragte er und zog eine Braue hoch.

Arabella schüttelte den Kopf. »Nein, obwohl ich nicht leugne, dass ich sie manchmal gern auf dich gerichtet hätte.«

Tony kam langsam auf sie zu. Seine Bewegungen glichen jenen einer Dschungelkatze, die ihr Revier abschreitet. Dicht vor ihr blieb er stehen und hob mit warmen starken Fingern ihr Kinn. »Aber nicht heute«, stellte er gelassen fest und streifte mit seinem Mund ihre Lippen.

Arabella umklammerte unwillkürlich die Pistole, als sie den lockenden Druck seiner Lippen spürte, doch schaffte sie es mit beispielhafter Ruhe zu erwidern: »Nein, heute nicht.«

Lächelnd schob er ihre Hand unter seinen Arm. »Ausgezeichnet! Ich wusste, dass auf deinen Verstand Verlass ist. Und jetzt wollen wir unser künftiges Boudoir inspizieren.«

»Für dich ist das alles nur ein Scherz, nicht wahr?«, fauchte sie. »Eine angenehme Art, ein paar Stunden zu vertändeln.«

Tony hielt inne. Der Ausdruck seines dunklen Gesichts war plötzlich verbissen. »Was dich angeht, war mir nie nach Scherzen zu Mute«, sagte er barsch.

»Es wird dir nie gelingen, mich davon zu überzeugen«, schoss sie zurück. Tony Daggett würde sie nie wieder hintergehen! Niemals! »Du hast mir den Hof gemacht und dich mit mir verlobt, und alles nur wegen einer Wette! Tu jetzt nicht so, als ob ich oder meine Gefühle für dich jemals von Bedeutung gewesen wären.«

»Diese verdammte Wette!«, knurrte er und seine blauen Augen blitzten sie zornig an. »Wirst du sie nie vergessen können? Wirst du mir je die Chance geben, Fehler und Irrtümer einer Zeit, auf die ich nicht stolz bin, gutzumachen?«

Arabella, die es auskostete, ihn gereizt zu haben, hob ihre Nase hoch. »Nein. Das werde ich nicht.«

Tonys Mund wurde schmal. »Weißt du, dass ich mich manchmal frage, ob dein unbestreitbarer Charme es wert ist, dass ich deine böse Zunge ertrage?«

»Du könntest ja die Bedingungen unseres Abkommens ändern«, schlug Arabella vor. »Ich komme dir gern entgegen.«

»Nein«, sagte Tony tonlos. »Es bleibt dabei.« Er überrumpelte sie, indem er sie in die Arme nahm. Sein Mund fand ihre Lippen, und als er sie diesmal küsste, war es nicht sanft oder lockend, sondern hungrig und fordernd. So küsste ein Mann die Frau, die er begehrte und besitzen wollte.

Arabella konnte sich ihm nicht widersetzen, und in den geheimsten Winkeln ihres Herzens wollte sie es auch gar nicht. Ihr Körper erbebte von seinem verlangenden Kuss, vom Druck seiner Lippen, dem fordernden Eindringen seiner Zunge und dem Geschmack, den sie einzig mit Tony in Verbindung brachte. An seinen muskulösen Leib gedrückt, wurde sie von einer mächtigen Woge schieren Verlangens erfasst. Ihre Brustspitzen schmerzten, ihre Arme sehnten sich danach, ihn zu umfangen, ihn festzuhalten, und das heiße, fast schmerzhafte Pulsieren zwischen ihren Schenkeln machte klares Denken unmöglich. Als sie sich hilflos an ihn schmiegte, fiel die Pistole unbeachtet zu Boden.

Unter unverständlichen, geflüsterten Liebesworten umfasste Tony ihr Gesäß, presste sie fest gegen seine Erektion und bewegte sie so aufreizend, dass der rhythmische Druck ihres weichen, warmen Körpers ihn trotz der Stoffschichten zwischen ihnen fast zum Höhepunkt brachte.

Unfähig, es noch einen Moment länger zu ertragen, löste er seinen Mund und murmelte: »Zum Teufel damit!« Er hob sie schwungvoll hoch und ging rasch zur Hütte. Ein heftiger Tritt mit der Ferse ließ die Tür ins Schloss fallen.

Arabella, deren Sinne in hellen Aufruhr geraten waren, wurde auf ein Durcheinander von Decken geworfen und lag im nächsten Moment unter Tony. Er fand ihre Lippen, als hätte es keine Unterbrechung gegeben, und fuhr fort, wo er abgebrochen hatte, indem er ihren Mund mit seiner Zunge unverschämt in Besitz nahm.

Das Innere der Hütte war düster und dunkel, winzige Staubkörnchen schwebten in den spärlichen Strahlenbündeln, die den Raum durchdrangen. Schwacher Modergeruch hing in der Luft, die Kissen und Decken aber waren rein und frisch, und für Arabella löschten Tonys fordernder Mund und seine Hände die Umgebung aus. Verlangen, das sie vergessen hatte, erwachte mit Heißhunger nach der Berührung dieses einen Mannes. Erinnerungen an Tonys Liebesspiel und die süße Ekstase, die sie einst in seiner Umarmung erlebt hatte, erreichten, dass sie sich wie von Sinnen an ihn klammerte und ihr Körper sich seinen Händen und seinem Mund hingab.

Tony war für seine Umgebung ebenso blind wie Arabella. Alle seine Sinne, jede Faser seines Seins konzentrierten sich auf die hingebungsvolle, zarte Gestalt unter ihm. Er hatte dies nicht geplant, hatte nicht beabsichtigt, sich wie ein Verhungernder auf sie zu stürzen, und doch tat er genau dies. Sein Mund zehrte von ihrem, Lippen und Zunge schmeckten und kosteten seine Süße aus, seine Hände schwelgten im festen, prallen Fleisch ihres willigen Körpers.

Seine Lippen glitten zu den vollen, noch immer vom Kleid bedeckten Brüsten und blieben trotz des hindernden Stoffes an ihnen haften. Er sog so heftig daran, dass er feuchte Flecken auf dem Kleid hinterließ, was ihm nicht genug war. Ein fester Ruck nach unten, und ihre Brüste quollen über den oberen Rand. Mit einem tiefen Aufstöhnen umschloss sein Mund eine bloße Brustspitze und ergötzte sich daran.

Arabella schnappte nach Luft, als sie die versengende fordernde Berührung seines Mundes spürte. Sie griff in sein Haar, als sie sich unter seiner Liebkosung ungehemmt aufbäumte und ihn unbewusst ermunterte. Er enttäuschte sie nicht.

Benommen wurde sie plötzlich gewahr, dass er die Hände ihre Beine hinaufgleiten ließ und die hinderlichen Röcke beiseite schob. Als er sie berührte und seine Finger das weiche, feuchte Fleisch liebkosten und teilten, überlief Arabella ein Schauer heftigen Verlangens.

»Ach bitte«, stöhnte sie und schlug unter seinen streichelnden Fingern wild um sich. »Bitte, Bitte. *Bitte.*«

Sie wusste gar nicht, um was sie flehte. Sie wusste nur, dass sie sich verzweifelt Erlösung von der süßen Pein ersehnte, die sich unter seinen Fingern aufstaute.

Tony küsste sie heftig, während er seine Breeches öffnete. An ihrem Mund raunte er: »Liebling, ich werde uns beiden Lust bereiten.«

Als sein erigiertes Glied hervorschnellte, sank er aufseufzend auf sie nieder. Sein Seufzer ging in ein leises, bebendes Stöhnen schierer Lust über, als sein Schaft das seidige Fleisch zwischen ihren Schenkeln durchstieß. Sie war eng und heiß, so dass Tony vermeinte, schon im Moment des Eindringens zu bersten. Er tat es nicht. Das süße sinnliche Gefühl, wieder in ihr zu sein, immer wieder in diese seidigen Tiefen vorzustoßen, ließ ihn erbeben, und Tony kämpfte darum, die Lust hinauszuzögern. Es war ein Kampf, den er verlieren würde.

Arabella glaubte zu wissen, wie die Liebe mit Tony war, musste jedoch entdecken, dass die Erinnerung sie trog und sich mit der Wirklichkeit nicht vergleichen ließ.

Ihr ganzer Körper schien in seinem Besitz zu sein. Sein wunderbarer Geruch war in ihrer Nase, sein Fleisch warm unter ihren liebkosenden Fingern, sein Mund mit ihrem verbunden, so wie ihre Körper verschmolzen waren. Gefühle, Empfindungen, uralt und primitiv wie der Vorgang selbst durchströmten sie, doch war es die unsagbare Süße, wieder in Tonys Armen zu sein, die Freude, von neuem zu erleben, die Seine zu werden, die sie an den Gipfel brachte und sie in ihrer Ekstase aufschreien ließ.

Tony brachte ihren Aufschrei mit dem Mund zum Verstummen, von einer Lust erschüttert, so wild und mächtig wie ihre, als er sich in sie ergoss. Und daneben die Süße. Die Süße, sie träge zu küssen, als die Leidenschaft verebbte, ihren weichen freigebigen Körper festzuhalten und voller Befriedigung neben ihr zu liegen.

9

Tony hätte ewig an Arabellas Seite ruhen können, doch allzu rasch rührte sie sich in seinen Armen. Er verzog zynisch den Mund. Jetzt hatte sie ihm wieder eine Sünde anzulasten.

Wenn Arabella an Sünde dachte, dann gewiss nicht an jene Tonys. Sie war entsetzt über ihr eigenes Verhalten, erschrocken, als sie merkte, wie rasch Leidenschaft einen blenden konnte und nur drängendes Verlangen nach Erlösung von den fleischlichen Gelüsten zuließ. Verlegen und beschämt, erschüttert auch, dass sie so hemmungslos sein konnte, entzog sie sich der warmen Umarmung Tonys und setzte sich auf.

Mit zitternden Händen schob sie ihr zerknittertes Kleid züchtig über die Schenkel und stopfte mit unsicheren Bewegungen ihre nackte Brust in das züchtige Leibchen ihres Kleides. Sie war sich Tonys glühend bewusst, doch konnte sie ihn nicht anschauen, da die Scham es ihr nicht erlaubte.

Ich habe mich Tony hingegeben!, dachte sie benommen. Sie hatte sich ihm so bereitwillig wie ein gewöhnliches Flittchen hingegeben, so zügellos wie eine freche Hure, und sie konnte ihr Verhalten nicht leugnen oder gar vorgeben, es sei allein Tonys Schuld. Wie gern hätte sie die Schuld an dem Geschehenen Tony zugeschoben, doch ihre angeborene Ehrlichkeit ließ es nicht zu.

Sie warf ihm unter gesenkten Wimpern hervor einen reuigen Blick zu. Es war wirklich nicht fair, dass er so attraktiv war – mit seinem langen, schlanken Körper und den spottlustigen blauen Augen. Abgesehen von seiner körperlichen Anziehungskraft, war es auch höchst unfair, dass er dieses gewisse Etwas an sich hatte, das durch einen Blick, eine Berührung von ihm ihren dummen, sehnsüchtigen Körper in ein zitterndes Häufchen Elend verwandelte. *Mit entsprechend weichem Rückgrat*, dachte sie gereizt.

Sie stand auf, wobei sie es hartnäckig vermied, ihn anzusehen. Wortlos machte sie sich daran, sich zurechtzumachen. Ihr Kleid ließ sich gut ausschütteln, ihr Haar aber war völlig zerzaust und widersetzte sich ihren Bemühungen, es zu einem ähnlich kleinen Knoten zusammenzufassen wie vorher.

Tony, der beobachtete, wie sie sich abmühte, ihre feurigen Locken zu bändigen, erhob sich aus dem Deckenberg. Gelassen knöpfte er seine Breeches zu, trat an den Tisch aus blank geschrubbtem Kiefernholz in der Mitte des Raumes und suchte aus dem dort verstreuten Durcheinander etwas heraus. Dann kam er zu ihr zurück.

»Du gestattest?«, fragte er, wobei er eine Bürste mit versilbertem Rücken hochhielt.

Arabella nickte und wandte ihm den Rücken zu. »Du hast alles geplant, nicht wahr?« Ihr Ton war abweisend.

Tony seufzte. »Nein, Liebling, das habe ich nicht. Und schon gar nicht das, was zwischen uns geschah.« Als Arabella daraufhin schwieg, setzte er sanft hinzu: »Ärgere dich nicht, Elfchen. Wir haben unser Abkommen nur einen Tag eher begonnen – und spontaner als geplant.«

Durstig nahm sie seine Worte auf. Indem sie sich sagte, dass Tony Recht hatte und sie nur getan hatten, was für den nächsten Tag vorgesehen war, kämpfte Arabella um ihre Fassung. Leicht war es nicht. Nicht wenn Tony so dicht hinter ihr stand und ihr Körper noch von der gerade genossenen Leidenschaft prickelte.

Nachdem sie sich zur Ordnung gerufen hatte, dass sie schließlich eine erwachsene Frau war und keine wehleidige Jungfer nach dem ersten Mal, brachte sie mit beispielhafter Gelassenheit heraus: »Diesen Aspekt hatte ich nicht beachtet.«

Tony, der hinter ihr mit dem Lockengewirr kämpfte, grinste. »Das hättest du aber tun sollen«, neckte er sie. »Tatsächlich solltest du mir dankbar sein.«

Empört fuhr Arabella herum. »Dir dankbar sein?«, stieß sie hervor. Ihre goldbraunen Augen blitzten zornig. »Warum sollte ich das?«

Er feixte und strich ihr liebkosend über ihr gerades Näschen. »Weil du in der Nacht nicht schlaflos daliegen und dir Sorgen wegen morgen machen musst.«

»Du schmeichelst dir aber gewaltig!«

»Ja, vielleicht. Aber ich glaube, dass es so auch gut ist. Unser Abkommen wurde erfüllt, ein Zurück gibt es nicht.«

»Bis auf den Umstand«, säuselte Arabella zuckersüß, »dass ich den Preis bezahlte, du aber nicht – es sei denn, du hast den Brief bei dir, in dem du auf alle Rechte an Jeremys Schuldscheinen verzichtest?«

»Du weißt, dass das nicht der Fall ist«, entgegnete Tony trocken. »Ich glaube, wir waren uns einig, dass das, was geschah, nicht geplant war. Ich hatte keinen Grund, den Brief mitzubringen. Ich wusste gar nicht, dass du hier sein würdest. Keine Angst, Arabella, du sollst deinen verdammten Brief bekommen.« Er wölbte eine Braue. »Und warum bist *du* hier?«

Arabella verzog das Gesicht. »Aus demselben Grund, der dich herführte … um nachzusehen, wie es hier aussieht und was gebraucht wird.« Sie ließ den Blick wandern. »Ich sehe, dass du dich bereits betätigt hast.«

Es stimmte. Die nackten Streben und die Winkel waren von Spinnweben und Schmutz befreit. Die schwere hölzerne Kaminumrahmung sah aus, als wäre sie frisch abgestaubt worden. Die Feuerstelle war sauber, in der Mitte lagen Späne zum Feuermachen. Aber Tony hatte sich nicht damit begnügt. Unwillkürlich errötete sie. Das Bett war frisch bezogen und ordentlich gemacht worden … ehe sie alles durch ihre Aktivitäten wieder in Unordnung gebracht hatten. Der Haufen Unrat neben der Tür und der Reisigbesen daneben verrieten, dass sie ihn beim Fegen unterbrochen hatte.

»Im Allgemeinen«, sagte Tony spöttisch, »versuche ich, meinen Damen ein gewisses Maß an Komfort zu bieten.«

Arabella funkelte ihn an. »Weißt du, dass du der hassenswerteste Mann bist, dem jemals zu begegnen ich das Pech hatte?«

Tony lachte und zog sie an sich. »Und sicher auch der faszinierendste.«

Er beugte sich über ihren Mund und küsste die Beleidigung fort, die sich gerade über ihre Lippen drängen wollte. Es dauerte eine Weile, ehe Arabella sich aus seiner Umarmung befreien konnte. In ihrem Kopf drehte sich alles, und ihr Herz hämmerte, als sie auf Distanz ging und murmelte: »Ja, entschieden faszinierend, wenn man bedenkt, dass man auch eine Klapperschlange faszinierend finden kann.«

Er lachte amüsiert und wehrte mit ausgestreckter Hand ab. »Komm, lassen wir die Sache auf sich beruhen. Ich bin nicht gekommen, um mich von deiner scharfen kleinen Zunge zermetzeln zu lassen. Sehen wir lieber, was man noch tun könnte, um unser Liebesnest behaglicher zu gestalten.«

Es war einfacher nachzugeben als zu streiten, zumal es der

Grund war, warum sie eigentlich gekommen war. Eine Zeit lang arbeiteten sie Seite an Seite. Arabella machte das in Unordnung gebrachte Bett, während Tony den Boden fegte. Er hatte Kerzen und Zinnständer mitgebracht, die er nun auf den Kaminsims stellte, und verstaute zwei langstielige Gläser und ein halbes Dutzend Weinflaschen in dem rohen Kiefernschrank, der an der Wand dem Bett gegenüberstand. Auf dem Tisch befanden sich sogar eine Waschschüssel und ein Krug. Sie presste die Lippen zusammen. Er hatte an alles gedacht. Sie griff nach der Bürste mit dem versilberten Rücken und dem dazu passenden Kamm und Spiegel und musterte die Dinge nachdenklich. Entweder war Tony sehr umsichtig oder er besaß Erfahrung in der Vorbereitung diskreter Liebesnester. Sofort fiel ihr die Nacht ein, als sie ihn in diesem Raum, auf diesem Bett nackt mit einer ebenso nackten Molly Dobson angetroffen hatte.

Tony entging ihre Miene nicht. Er stellte den Besen fort und kam zu ihr. Die Hände auf ihre Schultern legend sagte er scharfsichtig: »Nicht, Liebling. Denk nicht an die Vergangenheit. Vergiss, was hinter uns liegt. Lass uns von vorne beginnen.«

Sie schenkte ihm ein trauriges Lächeln. »Ich kann nicht. Ich glaubte dir einmal. Ich kann mir nicht denken, dass ich es je wieder tun werde.«

»Dann werde ich einfach deine Meinung ändern müssen, oder?«, sagte er, ohne ihren Blick loszulassen.

»Glaubst du, dass du das könntest?«, fragte sie, ungewollt neugierig und gleichzeitig ärgerlich, weil sich in ihr Hoffnung regte.

»Ich weiß nur, dass ich es mit aller Kraft versuchen werde«, gelobte Tony leise. Er beugte sich über sie in der Absicht, sie zu küssen, doch hielt er jäh inne, als er ihre Halswunde entdeckte.

»Was ist denn das?«, fragte er alarmiert und strich mit dem

Zeigefinger darüber. »Wenn ich es nicht besser wüsste, würde ich sagen, dass es ein Messerschnitt ist.«

Instinktiv bedeckte Arabella den Schnitt mit der Hand. Am Morgen hatte sie beim Ankleiden einen weichen Schal um den Hals gelegt, um die Spuren des grausigen Angriffs von letzter Nacht zu verbergen. Als sie in der Hütte ankam, hatte sie ihn noch immer getragen, doch war er Tonys Leidenschaft zum Opfer gefallen.

Sich abwendend sagte sie: »Es ist einer. Jemand drang letzte Nacht auf Greenleigh ein und bedrohte mich mit einem Messer.«

Tony umklammerte grob ihren Arm und drehte sie zu sich um. Seine wilde Miene erschreckte sie, ihr Mund war wie ausgetrocknet.

»Jemand bedrohte dich?«, knurrte er.

Stumm nickte Arabella. Ihre Augen waren groß vor Staunen. So hatte sie ihn noch nie erlebt, so gefährlich und voll tödlicher Entschlossenheit.

Tony, der Arabellas Verwunderung spürte, kämpfte gegen die blinde Wut, die ihn erfüllte. Jemand hatte gewagt, sie zu bedrohen! Normalerweise rühmte er sich seines kühlen Kopfes und eisernen Willens. Wenn es aber um Arabella ging, hatte er sich nie beherrschen können, nicht seitdem er sie zum ersten Mal gesehen hatte. Zu wissen, dass jemand sie bedroht hatte, ihr tatsächlich etwas angetan hatte, erfüllte ihn mit einer wechselnden Mischung aus nackter Angst und eisigem Zorn. Das wird jemandem noch sehr Leid tun, dachte er wild. Sehr, sehr Leid.

Mit einem tiefen Atemzug zwang er sich zur Beherrschung und führte sie zu den zwei Stühlen aus massiver Eiche.

»Erzähl mir mehr«, sagte er, nachdem sie sich beide gesetzt hatten.

Das tat Arabella und ließ nichts aus. Es war eine Erleichterung, ihre Ängste und die ganze schreckliche Geschichte mit Tony zu teilen.

Als sie geendet hatte, hatte sich Tonys anfänglicher Zorn etwas gelegt, so dass er den Vorfall mit einiger, wenn auch nicht völliger Objektivität sehen konnte.

»Das ist eine echte Räuberpistole, die du mir da erzählst, meine Liebe«, gestand Tony, der jetzt vor ihr auf und ab tigerte. »Eine Geschichte, die ich kaum glauben könnte – wäre da nicht der Schnitt an deinem Hals.«

»Vielen Dank«, raunzte Arabella trocken, irritiert, dass es nur die Wunde war, die ihn von der Wahrheit ihrer Worte überzeugte. »Damit hast du so gut wie eingestanden, dass du mich andernfalls für eine Lügnerin halten würdest.«

Tony zuckte zusammen. »Das war nicht meine Absicht. Ich meinte nur, dass es so unwahrscheinlich ist, einfach unglaublich, dass jemand das alles riskierte, nur um etwas in die Hände zu bekommen, das du angeblich besitzt. Du hast keine Ahnung, was er gesucht haben könnte?«

Arabella schüttelte den Kopf. »Nein. Abgesehen von meinen Besuchen bei Leyton und dir war ich am Dienstagnachmittag nirgends außer auf Highview und Greenleigh. Ich habe von Leyton nichts mitgenommen, und« – sie fixierte ihn scharf – »ich glaube nicht, dass du es warst, der mir das Messer an die Kehle hielt.«

Tony ließ den Seitenhieb unbeachtet. »Nun, dein ungebetener Besucher war gewiss nicht Leyton«, murmelte er.

»Wie meinst du das? Woher willst du das wissen?«

Seine ungeschickte Zunge verwünschend sagte Tony unverblümt: »Leyton ist tot. Er wurde Dienstagnacht ermordet.«

Arabella erbleichte. Mit einer Hand an der Kehle fragte sie: »Und woher weißt du das?«

»Weil ich«, sagte Tony matt, als er sich in den Sessel neben Arabella setzte, »seinen Leichnam sah.«

»Du bist nach Oakmont geritten, nachdem du mich nach Highview begleitet hast?«

Tony nickte und überhörte ihren anklagenden Ton. »Nachdem du unterwegs überfallen wurdest, erschien es mir der logische Schritt.« Ihre Miene ließ ihn hastig hinzusetzen: »Ich wollte ihm nichts antun. Ich wollte mich nur überzeugen, dass Leyton nicht derjenige sein konnte, der versuchte, dich auszurauben.«

»Und? Wurdest du überzeugt?«, fragte sie düster.

Tony schüttelte den Kopf. »Nein. Was ich vorfand, überzeugte mich tatsächlich davon, dass ich Recht hatte, Leyton zu verdächtigen.«

»Du fandest den Beweis, dass er mich auszurauben versuchte?«

»Ja«, berichtete Tony, »ich fand den Beweis, dass Leyton oder zumindest jemand von Oakmont nachts unterwegs und kurz vor mir eingetroffen war. Eines der Pferde war scharf geritten worden, da es noch mit Schaum und Schweiß bedeckt war. Und Leyton hatte einen Striemen im Gesicht, wo deine Peitsche ihn traf.«

Arabella runzelte die Stirn. Wäre sie von einem Unbekannten zufällig überfallen worden, hätte sie es nicht als so schrecklich empfunden. Aber von jemandem, den sie kannte, zumal von jemandem, der nun tot war, angegriffen worden zu sein ... Als ihr ein noch beängstigenderer Gedanke kam, fasste sie sich erschrocken an die Kehle.

Atemlos fragte sie: »Glaubst du, der Mann, der mich gestern bedrohte, könnte Leyton ermordet haben?«

Tony nickte voller Ingrimm. »Ich halte es für eine logische Folgerung. Natchez ist zwar berüchtigt für seine zahlreichen Gewaltverbrechen, doch spielen sich die meisten in dementsprechend berüchtigten Milieus ab. Ich halte es für unwahrscheinlich, dass der Raubversuch, die Ermordung Leytons und dein Erlebnis von letzter Nacht nicht zusammenhängen.« Er sah sie mit undurchsichtiger Miene an. »Du bist offenbar der Schlüssel zu all diesen Vorfällen, meine Liebe.«

»Wie ist das möglich? Ich weiß doch nichts.«

»Vielleicht weißt du etwas oder hast etwas gesehen, das von Bedeutung ist, ohne dass du es ahnst«, meinte er nachdenklich.

Arabella wollte protestieren, schloss den Mund aber sofort wieder. »Als ich bei Leyton war, war noch ein Besucher zugegen«, sagte sie stirnrunzelnd. »Er hielt sich versteckt, doch sah ich seine Stiefel unter dem Vorhang in Leytons Arbeitszimmer hervorlugen.«

Tony fuhr auf. Mit eindringlichem Blick fragte er: »Bist du sicher? War wirklich jemand da – war es nicht nur ein Paar Stiefel, die hinter dem Vorhang standen?«

Arabella brummte missbilligend. »Nein, Tony. Das war kein leeres Stiefelpaar! Außerdem benahm Leyton sich sehr sonderbar. Er war auffallend nervös und wollte mich rasch loswerden. Damals dachte ich, mein Besuch und mein Anliegen seien daran schuld, jetzt aber habe ich meine Zweifel. Und als ich die Stiefel sah und wusste, dass jemand uns belauschte, bin ich sowieso so schnell wie möglich gegangen.« Ein kleiner Schauer überlief sie. »Es war Furcht erregend.«

Tony, dem immer mehr missfiel, was er da hörte, nahm seinen nervösen Spaziergang wieder auf. »Wir müssen annehmen«, überlegte er, »dass Leyton mit jemandem zusammenarbeitete – mit deinem Stiefelmann – und dass die beiden aus irgendeinem Grund Streit hatten und der Stiefelmann – ich nenne ihn vorerst so – Leyton tötete.«

»Und sie gerieten in Streit«, spann Arabella den Gedanken weiter aus, »weil Leyton etwas hatte, das der Stiefelmann haben wollte und das Leyton nicht herausrückte. Denn wenn er es getan hätte …«, sie senkte entsetzt ihre Stimme, »… hätte der Stiefelmann ihn getötet!« Sie schluckte. »Ich muss ihre

Unterredung gestört haben, und nachdem ich mich empfahl, war Leyton überzeugt, ich hätte dieses Etwas, über das sie in Streit geraten waren. Deswegen versuchte er, mich später zu überfallen. Er musste das Ding unbedingt zurückbekommen, um sich vor dem Stiefelmann zu schützen.« Wieder furchte sie die Stirn. »Er muss geplant haben, es sicher zu verwahren, sobald es in seine Hände gelangte, und es als Druckmittel gegen den Stiefelmann zu verwenden. Nur glückte ihm das nicht.« Sie wurde noch blasser. »Und der Stiefelmann wusste es!«

»Und deshalb stattete dir der Stiefelmann letzte Nacht einen Besuch ab«, beendete Tony die Geschichte.

Arabella sprang erschrocken auf. »Ach, Tony«, rief sie aus, »glaubst du wirklich, dass es so war? Dass dieser Stiefelmann glaubte, ich hätte, was dieser Leyton hatte?«

Tony nahm sie in die Arme und seufzte. »Das alles hängt irgendwie zusammen, Liebste. Und es ergibt mehr Sinn, als zu glauben, dass die Vorfälle nicht miteinander in Verbindung stünden und es sich nur um Zufälle handle.«

Arabella, die ihr Gesicht an seine Schulter drückte, fragte in ersticktem Ton: »Dann wird er wiederkommen. Er wird es erneut versuchen, nicht wahr?«

Tony drückte sie fest an sich. »Nicht«, sagte er eindringlich, »wenn ich dabei etwas zu melden habe.«

»Aber wie kannst du ihn davon abhalten? Wir wissen nicht, wer er ist – nicht einmal, was er will!«

»Und das muss unser erster Schritt sein – wir müssen herausfinden, was es ist, das er bei dir vermutet.«

Arabella warf ihm einen gereizten Blick zu und löste sich widerstrebend aus seinen Armen.

»Ich sagte schon, dass ich absolut nichts habe.«

»Vergewissern wir uns lieber, ja?«, schlug Tony mit so viel vernünftiger Ruhe vor, dass es Arabella in den Fingern juckte, ihm eine Ohrfeige zu geben.

»Und wie sollen wir das deiner Meinung nach anfangen?«, fragte sie ätzend. »Soll ich ein Inventar von Highview und Greenleigh zusammenstellen?«

Tony schüttelte grinsend den Kopf. »Nein, das wäre übertrieben. Die ganze Sache scheint mit deinem Besuch bei Leyton ihren Anfang genommen zu haben. Dort können wir beginnen. Berichte mir also genau, was sich zugetragen hat.«

Das tat Arabella in aller Kürze, ohne aus ihrem Ärger ein Hehl zu machen.

»Du siehst also«, sagte sie aufgebracht, »es ist ausgeschlossen, dass ich etwas von Leyton mitnahm, das nicht mir gehörte.«

»Bist du sicher? Was war, als du die Urkunden vom Boden aufgelesen hast? Könnte sich unter ihnen etwas befunden haben, das ihm gehörte?«

Arabella wollte verneinen, musste nach kurzer Überlegung aber zugeben: »Es wäre möglich – als ich eintraf, lagen bereits einige Papiere auf seinem Schreibtisch. Wenn es sich um etwas Kleines handelte, ein Stück Papier etwa, wäre es mir vielleicht nicht aufgefallen, als ich alles in die Aktenmappe tat.«

»Wo sind die Urkunden jetzt?«

»Bei Mr. Haight. Ich ließ sie in der Aktenmappe und übergab sie ihm gestern zur Aufbewahrung, ehe ich nach Greenleigh fuhr.«

»Heute ist es zu spät, daher schlage ich vor, dass du morgen nach Natchez fährst und in der Mappe nachsiehst, ob etwas zwischen deine Dokumente geriet.«

Arabella verzog verärgert ihr Gesicht. Tonys Vorschlag war sinnvoll, doch hatte sie es satt, schon wieder die lange Strecke nach Natchez zu fahren und Mr. Haight aufzusuchen. Doch zweifellos würde es ein für alle Mal die Frage beantworten, ob sich in der Aktenmappe etwas befand, das nicht ihr gehörte. Wenn sie etwas fanden, konnte das Objekt ihnen einen Hinweis auf die Identität des Stiefelmannes liefern. Fand sich aber nichts zwischen ihren Papieren, galt es, die Situation neu zu überdenken. Ich habe keine andere Wahl, dachte Arabella und seufzte tief.

»Na schön«, sagte sie wenig begeistert. »Ich fahre hin.«

»Soll ich dich begleiten?«

»Wird es dich daran hindern, wenn ich ablehne?«

Tony lachte. »Wahrscheinlich nicht.«

»Dann bleibt mir wohl nichts anderes übrig«, grummelte sie, »als mich morgen mit deiner Gesellschaft abzufinden.«

Nachdem er Arabella eingeschärft hatte, entsprechende Vorsichtsmaßnahmen gegen einen weiteren nächtlichen Besuch des Stiefelmannes zu unternehmen, verabredeten sie sich für den Freitagmorgen. Sie machten noch ein wenig Ordnung in der Hütte und verließen sie dann. Sein Pferd am Zügel führend, begleitete er sie und wartete im Schutz des Waldes, bis er wusste, dass sie das Haus erreicht hatte und in Sicherheit war. Erst dann wendete er Sugar und machte sich auf den Weg nach Sweet Acres.

Die Situation bereitete ihm größere Sorgen, als er Arabella gegenüber zugegeben hatte. Das alles ergab keinen Sinn, und ihm war klar, dass ihre Spekulationen nicht völlig aus der Luft gegriffen waren, sie aber ebenso gut in einem Irrtum befangen sein konnten. Vielleicht bestand zwischen den Ereignissen gar kein Zusammenhang. Schlimmer noch, es war möglich, dass sich unter ihren Papieren nichts fand, was nicht hingehörte. In diesem Fall wird in unser Verdachtsgewebe ein arges Loch gerissen, dachte er missmutig.

Erhitzt, staubbedeckt und gereizt war Tony nicht in Stimmung für Besuch, als er eine halbe Stunde später auf Sweet Acres eintraf. Beim Anblick eines schönen, vor dem Haus an einen eisernen Pflock angebundenen Fuchswallachs stieß er einen leisen Fluch aus. Wer überfiel ihn denn da unangemeldet?

Als Billingsley ihm beim Betreten des Hauses meldete, ein junger Mann wolle ihn sprechen, wedelte er unwillig mit der linken Hand.

»Wer es auch ist«, knurrte er, »er kann warten, bis ich mich gewaschen und mein Hemd gewechselt habe.«

Nachdem er sich gesäubert hatte, schritt Tony zehn Minuten später die Treppe herunter.

»Also – wer ist es, und wo steckt er?«, fragte er seinen hakennasigen Butler.

Billingsley schnaufte leicht pikiert über Tonys Barschheit. »Es ist ein Mister Jeremy Montgomery. Ich sagte ihm, dass Sie nicht da wären, er aber wollte unbedingt warten. Ich hatte ja keine Ahnung«, sprach er würdevoll, »wohin Sie geritten waren oder wann Sie zurückkommen wollten. Ich bat ihn in den grünen Salon und brachte ihm ein paar Erfrischungen.«

Falls Tony erstaunt war, dass Arabellas Bruder ihn aufsuchte, merkte man es ihm nicht an, als er die Tür öffnete und den grünen Salon betrat. Doch erstaunt war er. *Sehr sogar.* Und er war auf der Hut. Wusste der junge Montgomery womöglich, welch infamen Bedingungen er Arabella unterworfen hatte? Er seufzte. Eine Duellforderung dieses jungen Dachses wäre das Allerletzte, was er brauchte.

Die zwei Männer wechselten einen Händedruck und machten sich bekannt. Tony war Jeremy nie begegnet. Zur Zeit seiner Verlobung mit Arabella hatte deren Bruder als erst Sechzehnjähriger noch nicht als erwachsen gegolten. Und da Tony auf Highview trotz Arabellas erklärter Absicht, ihn zu heiraten, nicht eben gern gesehen war, hatte es zwischen Tony und dem Rest der Familie wenig Beziehung gegeben.

Tony war zunächst nicht geneigt, Jeremy spontan nett zu finden, nur weil er Arabellas Halbbruder war. Immerhin hatte der dumme Junge sein Erbe verspielt und seine Familie gefährdet. Andererseits musste Tony zugeben, dass jeder Mensch ein Recht auf Jugendtorheiten hatte. Er selbst hatte weiß Gott jede Menge begangen – weitaus schwerwiegendere und weniger entschuldbare als Jeremy. Und er hatte es Jeremy zu verdanken, dass eine Situation entstanden war, die ihm Arabella wieder zugeführt hatte. Alles dies in Rechnung gestellt, war Tony denn doch geneigt, Jeremy nicht von vornherein zu verurteilen.

Jeremys Händedruck war fest, und der offene, direkte Blick von Jeremys blauen Augen sowie sein Auftreten nahmen Tony für ihn ein. Nachdem er ihm Platz angeboten hatte, setzte Tony sich in einen bequemen, mit dunkelgrün gemusterter Seide bezogenen Sessel ihm gegenüber.

Nachdem er jahrelang Geschichten über Tony Daggetts zahlreiche Eskapaden gehört hatte und wusste, dass ihm Morde und andere abscheuliche Untaten nachgesagt wurden, war Jeremy nicht darauf gefasst, den Mann sympathisch zu finden. Den Klatsch hätte er abtun können, nicht aber das, was Daggett Arabella angetan hatte – das durfte Jeremy dem Mann nicht verzeihen.

Und nun sah Jeremy sich einem großen Dilemma gegenüber. Er hatte einen mörderischen, ehrlosen, verkommenen Menschen erwartet und hätte sich nicht gewundert, auf Sweet Acres in eine Lasterhöhle zu geraten und Daggett betrunken in Gesellschaft schlimmster Schurken und liederlicher Frauenzimmer anzutreffen. Stattdessen befand er sich in einem wohnlichen, gut geführten Haus und sah sich einem untadelig gekleideten Gentleman gegenüber, dessen Benehmen und Haltung gute Erziehung und höfliches Interesse verrieten. Der gut aussehende weltgewandte Mann, der da saß, hatte nichts mit dem von ihm erwarteten Unhold gemein. Er rief sich aber in Erinnerung, dass Daggett seinerzeit auch Arabella für sich gewonnen hatte und die äußere Erscheinung trügen konnte. Er wollte mit seinem Urteil warten, entschied er.

Jeremy räusperte sich nervös. »Zweifellos wundern Sie sich über meinen Besuch, Sir.«

»Ja, allerdings«, entgegnete Tony leichthin und kreuzte die Beine. »Die Beziehung unserer beiden Familien ist nicht die wärmste.«

Jeremys Miene nahm einen gespannten Ausdruck an. Wiewohl er sich vorgenommen hatte, die Vergangenheit nicht zur Sprache zu bringen, ließ es sich jetzt nicht vermeiden. Vorwurf glomm in seinen blauen Augen, als er murmelte: »Unsere Haltung ist angesichts der Umstände verständlich.«

Tony seufzte. Wenn er ein Duell mit Jeremy vermeiden wollte, musste er seine Worte mit Bedacht wählen. »Ich kann Ihnen nicht widersprechen«, sagte er leise. »Es war eine beklagenswerte Situation.«

Jeremy lag es auf der Zunge, von Tony eine Erklärung für sein grausames Verhalten zu fordern, doch rief er sich in Erinnerung, dass sie in der Schuld dieses Mannes standen, und verschluckte eine Entgegnung.

Er begnügte sich mit einem abrupten Nicken und sagte kühl: »Ich bin nicht gekommen, um zu diskutieren, was vor fünf Jahren geschah. Ich möchte mit Ihnen über das Abkommen reden, das Sie mit meiner Schwester bezüglich meiner Schulden trafen.«

Tony erstarrte. »Sie hat Ihnen davon berichtet?«, fragte er wachsam und mit wild klopfendem Herzen.

»Ja, und Sie sollen wissen, dass ich Ihnen für Ihren Großmut ewig Dank schulden werde«, erklärte Jeremy rundheraus, »auch wenn ich nicht weiß, weshalb Sie sich uns gegenüber so gütig und großzügig zeigen. Wie Sie von Arabella zweifellos erfuhren, legte ich geradezu kriminelle Torheit an den Tag, als ich mich betrunken mit solchen Schuften wie Leyton und Walcott an den Spieltisch setzte.« Er errötete. »Ich möchte nicht zu Ausflüchten greifen. Was geschah, war allein meine Schuld.

Auch möchte ich mich nicht hinter den Röcken meiner Schwester verstecken.« Verlegen setzte er hinzu: »Hätte ich gewusst, was sie vorhat, hätte ich sie daran gehindert. Obschon ich jetzt für das Ergebnis ihres Einschreitens dankbar bin, gebe ich zu, dass ich entsetzt war, als ich erfuhr, was sie tat.« Er beugte sich vor und sagte ernst: »Sie müssen sich vorstellen, dass ich keine Ahnung hatte und erst im Nachhinein von ihrem Übereinkommen erfuhr. Ich weiß, dass ein Manneswort bindend ist, und Sie müssen mir glauben, wenn ich sage, dass ich mich nie um meine Schulden gedrückt hätte.«

»Ich glaube Ihnen«, nickte Tony. Es war zu vermuten, dass Arabella ihrem Bruder die Bedingungen ihres Handels nicht verraten hatte. Seine Annahme, es könnte anders sein, war voreilig gewesen. »Und ich bewundere Ihre Gefühle.« Er lächelte Jeremy gewinnend zu. »Ihre Schwester ergreift wohl gern die Initiative?« Tonys Umschreibung fiel bei Jeremy auf fruchtbaren Boden.

Zwischen Loyalität zu seiner Schwester und Tonys netter Art hin- und hergerissen, plagte Jeremy die Unsicherheit, ob er Daggetts Vertraulichkeit ablehnen oder froh sein sollte, dass er sich ihm gegenüber so offen zeigte. Tatsächlich gefiel ihm der ungezwungene Charme des Mannes, der ganz anders war, als er ihn sich vorgestellt hatte. Er war nun eher geneigt anzunehmen, dass man Daggett Unrecht getan hatte.

Verleitet von dem leichten Lächeln, das um Daggetts Mundwinkel spielte, und eingedenk der zahlreichen Gelegenheiten, bei denen Arabella Tony in Schutz genommen hatte, ließ Jeremy von seiner vorgefassten Meinung über Tonys angebliche Schurkereien ab und antwortete vehement: »Allerdings, Sir, das tut sie.«

Tony lachte. »Als ihr Verlobter fand ich sie erschreckend impulsiv. Als ihr Bruder sind Sie nicht zu beneiden.«

Jeremy ignorierte einen Anflug von Schuldgefühl und erwiderte Tonys Lächeln. »Vater behauptete immer, sie hätte vom ersten Tag an immer nur ihren Kopf durchsetzen wollen.«

»Nun, im vorliegenden Fall«, gestand Tony, »tat sie wohl das Richtige. Wie Sie schon sagten, ist das Wort eines Mannes verpflichtend. Da die persönliche Ehre jedoch ein hohes und unantastbares Gut ist und Leyton und Walcott sich unehrenhaft gegen Sie verhielten, hat Ihre Schwester auf die Situation richtig reagiert, mag ihr Verhalten auch noch so ungewöhnlich und unkonventionell gewesen sein.«

»Hätten Sie sich in meiner Lage von Ihrer Schwester retten lassen?«, fragte Jeremy nun offenkundig verlegen.

»Ich habe leider keine Schwester, doch würde ich mich sehr geehrt fühlen, wenn ich eine hätte, die so treu und fürsorglich für mich einsteht«, sagte Tony ausweichend. »Sie hat nur Ihr Bestes im Sinn.«

»Ich weiß«, sagte Jeremy, dessen Züge weich wurden. »Aber zuweilen kann das teuflisch sein, Sir.«

Sie lächelten einander wissend zu. »So, und nun sagen Sie endlich, was Sie zu mir führt«, forderte Tony ihn auf.

Jeremy zupfte unbehaglich an seinem Halstuch. »Es geht um die Schuldscheine, Sir.« Wieder räusperte er sich nervös. »Mich … mich würde interessieren, wann ich sie zurückbekomme. Arabella war in diesem Punkt recht vage.«

Das lässt sich denken, dachte Tony belustigt. Er wollte Jeremy aus seiner Ungewissheit erlösen und stand auf, um an einen samtenen Glockenzug in einer Ecke des eleganten Raumes zu ziehen. Dann setzte er sich wieder.

»Ich war einverstanden, ihr die Schuldscheine zurückzugeben, doch kamen wir überein, dass ich sie vorerst für ein halbes Jahr behalten soll.« Leise fügte er hinzu: »Das wird Ihnen Zeit geben zu überdenken, wie verheerend Ihr Verhalten war.«

Jeremy verzog das Gesicht. »Ich verstehe, Sir. Ich soll nicht völlig ungeschoren davonkommen.«

Billingsley erschien umgehend und holte weisungsgemäß aus Tonys Arbeitszimmer den auf dem dortigen Schreibtisch liegenden Ordner. Als der Butler ihm den Ordner übergeben hatte und wieder gegangen war, suchte Tony das Papier heraus.

Er überreichte es Jeremy mit den Worten: »Ich glaube, das wird Sie ruhig schlafen lassen.«

Rasch überflog Jeremy das Dokument, wobei sein ausdrucksvolles Mienenspiel zeigte, wie erleichtert er war, dass Tony die Wahrheit gesprochen hatte. Hier war alles schriftlich vor Zeugen festgelegt und besiegelt. Tony Daggett verpflichtete sich, am 17. Oktober 1797 alle Schuldscheine mit dem Datum 16. April 1797 auf den Namen Jeremy Montgomery rückzuerstatten. Für den Fall des Ablebens von Tony Daggett vor dem 17. Oktober sollten die Schuldscheine unverzüglich in Jeremy Montgomerys alleinigen Besitz übergehen. Anthony Daggett wollte besagte Schuldscheine nur vorübergehend bei sich behalten, ohne in irgendeiner Weise Nutzen aus ihnen zu ziehen.

Seine blauen Augen glänzten verdächtig, als Jeremy Tony anblickte und stammelte: »D-danke, Sir! Sie wissen ja nicht, wie sehr mich das freut. Mir wird eine große Bürde abgenommen. Ich weiß nicht, was ich getan hätte, wären Sie nicht so großzügig gewesen. Meine ewige Dankbarkeit ist Ihnen gewiss.«

»Wenn Sie daraus etwas lernen«, sagte Tony trocken, »ist das Dank genug.«

Jeremy verweilte nicht länger. Das kostbare Dokument fest in Händen haltend, gelobte er noch mal ewigen Dank und schwor, nie wieder so töricht zu sein. Tony lächelte, als er ihm von den Eingangsstufen von Sweet Acres aus nachwinkte, doch sein Lächeln erlosch, als er zurück ins Haus ging.

Obwohl er sich nichts hatte anmerken lassen, war ihm Jeremys Besuch höchst unangenehm. Er hatte ihm vor Augen geführt, wie gemein die Bedingungen seines Abkommens mit Arabella waren. Von einem nagenden Schuldgefühl erfüllt, erwog er tatsächlich, auf seine Abmachung mit Arabella zu verzichten. Es wäre das einzig Ehrenhafte, wie er verdrießlich zugeben musste, und Ehrenhaftigkeit war für Tony überaus wichtig. Aber nicht, wenn es um Arabella ging, dachte er voller Ingrimm. Für sie war er gewillt, sich auf ein Abkommen einzulassen, das er bei anderen als schäbigen Schurkenstreich verdammt hätte. Diese Erkenntnis bohrte in ihm, und er schnitt eine Grimasse. Er stellte sich ehrlich seinem Problem, das darin bestand, dass er Arabella zu heftig begehrte, um jetzt eine Kehrtwendung zu vollführen. Sie hatte sich mit den Bedingungen einverstanden erklärt. Die innere Stimme, die ihm zuflüsterte, dass sie keine andere Wahl gehabt hatte, ignorierte er einfach.

Sie ist ja kein junges unschuldiges Mädchen, und ich kein lüsternes, fettes, altes Ungeheuer, versuchte er seinen Skrupeln beizukommen. Sie waren einmal ein Liebespaar gewesen, und sie hatte warm und willig in seinen Armen gelegen. Und so sollte es wieder sein. Dieser Gedanke erleichterte sein Gewissen, wenn schon nicht gänzlich, so doch in einem Ausmaß, dass er sich dem zweiten Problem zuwenden konnte, das sich mit Arabella ergeben würde.

Sie würde nicht erfreut sein, dass er den Brief Jeremy und nicht wie geplant ihr gegeben hatte. Aber verdammt noch mal! Jeremy war ein erwachsener Mann, und es handelte sich um seine Schuldscheine. Was hätte er sonst tun sollen?

10

»Du hättest ja sagen können, dass die Übereinkunft zwischen uns beiden geschlossen wurde und ich eigentlich das Dokument hätte bekommen sollen«, spuckte Arabella beleidigt, als sie am nächsten Morgen nach Natchez fuhren und Tony ihr eröffnete, was sich zwischen ihm und Jeremy zugetragen hatte. Arabella reagierte äußerst ungehalten.

Noch ungehaltener war sie gewesen, als er, ohne ihren Plan für Donnerstagnachmittag zu berücksichtigen, kühn am Vordereingang von Greenleigh hoch zu Ross erschienen war, um sie zu besuchen.

»Noch etwas«, knurrte sie nun und warf ihm, der neben ihr im Wagen saß, einen giftigen Blick zu. Sein Pferd hatte er auf Greenleigh zurückgelassen. »Ich dachte, wir wären uns einig, dass du mich auf der Straße erwartest und nicht zu Hause abholst.«

»Das ist deine Auffassung, nicht meine«, sagte Tony freundlich. Er musterte ihr bezauberndes Profil. »Ich glaube, bislang habe ich mich sehr zurückhaltend betragen, doch ist es nur fair, wenn ich dich darauf aufmerksam mache, dass ich mich von dir nicht in die Schattenbereiche deines Lebens abdrängen lassen möchte.«

Arabella platzte schier vor Empörung. Sie fasste die Zügel fester und zischte: »Ich dachte, wir wollten unser Verhältnis geheim halten!«

»Das Verhältnis schon, nicht aber jede andere Beziehung, die wir vielleicht haben.«

»Wir haben keine andere Beziehung«, knirschte sie zurück.

»Wie willst du dann heute Mr. Haight meine Anwesenheit erklären?«, gab Tony vernünftigerweise zu bedenken und lehnte seine breiten Schultern bequem an die mit schwarzem Leder bespannte Rückenlehne.

»Da ich nicht die Absicht hatte, mit dir bei Mr. Haight zu erscheinen, muss ich keine Erklärung abgeben«, setzte sie ihn in Kenntnis.

»Hm, mal sehen, ob ich das richtig verstanden habe«, rekapitulierte Tony heiter. »Ich sollte nicht nur heute auf Greenleigh nicht in Erscheinung treten, ich soll mich zudem in Natchez in abruptes Nichts auflösen, bis du bei Mr. Haight alles erledigt hast?« Mit hörbarem Sarkasmus setzte er hinzu: »Und anschließend soll ich mich wohl artig wie ein Hund an die Fersen seines Frauchens heften? Hast du dir so den Ablauf des heutigen Morgens vorgestellt?«

Arabella öffnete den Mund, um zu protestieren, klappte ihn jedoch sofort wieder zu. Tony hatte die Lage leider richtig erfasst. Verdammter Kerl! Genauso hatte sie sich nämlich alles vorgestellt, war aber nun doch entsetzt, wie kalt und gefühllos es sich anhörte.

Entschlossen, ihr schon einmal gebrochenes Herz zu schützen und ihn auf Distanz zu halten, hatte sie nicht bedacht, wie ihr Verhalten auf ihn wirken würde. Was er empfindet, sollte mir gleichgültig sein, dachte sie verbittert. Doch das war es nicht. Ganz und gar nicht.

Ihre goldbraunen Augen schimmerten bekümmert, als sie ihn anschaute. »Tony, diese Situation ist für mich sehr schwierig«, sagte sie heiser. »Wir trennten uns unter den schlimmsten nur denkbaren Umständen, und wir sind jetzt nur wegen des Handels zusammen, auf den wir uns einigten.« Sie wandte den Kopf ab. »Wenn wir uns so einträchtig in der Öffentlichkeit zeigen, wird es zu allem nur möglichem Klatsch führen.« Sie errötete. »Das möchte ich nicht von neuem durchmachen müssen. Nachdem unsere Verlobung gelöst wurde, bist du sofort nach England gegangen und weißt daher nicht, was es bedeutet, Gegenstand merkwürdigster Spekulationen zu sein. Du weißt auch nicht, was es heißt, wenn alle Gespräche verstummen, sobald man einen Raum betritt. Du hast keine Ahnung, wie es ist, wenn man auf der Straße von allen angestarrt wird.« Es war eine große Untertreibung, als sie schloss: »Es war nicht angenehm.«

Ihm war unbehaglich. *Wie hat sie es nur geschafft?*, fragte er sich betroffen. Er war auf Streit gefasst, hatte sich sogar darauf gefreut, doch mit wenigen Worten hatte sie ihn völlig entwaffnet und ihm das Gefühl vermittelt, der größte Schurke auf Gottes Erdboden zu sein. Und doch hatte sie in einem wichtigen Punkt nicht Recht. Er wusste sehr wohl, was es hieß, wenn sich alle Blicke auf einen richteten, wenn alles, was man tat, jede Handlung, wichtig oder nicht, sofort daraufhin unter die Lupe genommen wurde, ob sie erneuten Grund für boshaften Tratsch lieferte.

Matt sagte er: »Du vergisst wohl, was man in Natchez von mir hält. Ich war schon von Kindesbeinen an für alle Klatschbasen ein saftiger Leckerbissen.« Er warf ihr einen scharfen Blick zu. »Was du ausstehen musstest, bedauere ich«, sagte er leise, »vor allem, dass du dem allein ausgeliefert warst.«

Sie lächelte zynisch. »Mit dir an meiner Seite hätte ich es kaum ausstehen müssen, also spar dir dein Mitgefühl. Rückblickend ist mir klar, dass es das Beste war, was passieren konnte, also dass du mich verlassen hast. Wärest du geblieben, hätte es die Situation nur verschlimmert.« Sie atmete tief durch. »Es war sehr unangenehm, doch liegt es jetzt hinter mir, und ich hoffe, dass ich nun besser dran bin.«

»Wie edel«, sagte Tony trocken. »Dir war es völlig einerlei, was die Leute sagten – wäre es anders gewesen, hättest du dich gar nicht erst mit mir verlobt.«

Den Blick auf die Straße richtend, sagte sie leise: »Und wir sind uns einig, dass ich einen großen Fehler beging.«

»Nein«, murmelte Tony, »es war mein Fehler. Ich hätte wissen müssen, dass das Schicksal einen Weg finden würde, meine einzige Hoffnung auf Glück zu verhindern.«

Darauf wollte Arabella keine Antwort einfallen, nichts, was sie der Exhumierung ihrer toten Liebe nicht noch näher brachte. Meiner toten Liebe, ermahnte sie sich energisch. Tonys Gefühle waren nie ganz beteiligt gewesen. Wäre es anders gewesen, hätte sie ihn niemals mit Molly Dobson im Bett ertappt.

Den Rest des Weges nach Natchez hing jeder seinen Gedanken nach, wenngleich sie noch ein paar belanglose Bemerkungen austauschten.

Am Stadtrand von Natchez angelangt, sagte Tony abrupt: »Du kannst mich hier absetzen. Fahr zu Haight, und hole mich etwa in einer Stunde wieder ab. Sicher finde ich hier eine Möglichkeit der Zerstreuung.«

Arabellas fein geschwungener Mund war verkniffen. »Nein, das ist nicht nötig. Was du vorhin sagtest, machte mir deutlich, dass ich albern – und ungefällig bin. Ich werde nicht versuchen, den Anschein zu erwecken, wir hätten nichts miteinander zu tun. Und natürlich wirst du mit mir zu Mr. Haight gehen.« Unter der Krempe ihres kecken Strohhutes hervor begegnete sie ernst seinem Blick. »Hüte dich aber, daraus etwas abzuleiten, Tony. Zwischen uns ändert sich nichts.«

Tony hätte sich in diesem Punkt gern mit ihr angelegt, da diese Runde aber an ihn gegangen war, sah er keinen Grund, seinen Vorteil auszunützen. Seine Laune hatte sich beträchtlich gehoben, als er mit einem Nicken leise sagte: »Wie du meinst, Liebling. Wie du meinst.«

Als sie die breite, baumbestandene Esplanade unweit des Hauptplatzes entlangfuhren, begegneten ihnen einige Leute, die sie beide kannten. Hätte sie sich nicht so ungeschützt gefühlt, Arabella hätte den Witz der Situation zu würdigen gewusst. Einige schafften es, sie nur mit höflichem Nicken zur Kenntnis zu nehmen, andere aber blieben abrupt stehen, um sie mit lächerlichem Erstaunen, ja schockiert, anzugaffen.

Arabella brachte ihr Pferd vor Mr. Haights Kanzlei zum Stehen und sagte resigniert: »Jetzt sind wir das Gesprächsthema in jedem Haus im Umkreis von zehn Meilen.«

»Zwanzig Meilen«, berichtigte Tony sie mit einem schiefen Lächeln.

Nachdem er heruntergesprungen war und das Pferd am Geländer festgebunden hatte, drehte er sich um und half ihr beim Aussteigen.

Arabella schüttelte die Röcke ihres lavendelblau geblümten Musselinkleides aus und wappnete sich mit einem tiefen Atemzug. »Gut, wollen wir nachsehen, was zwischen meine Papiere gerutscht sein könnte?«

»Und Mr. Haight? Wie gedenkst du ihm meine Anwesenheit plausibel zu machen?«

Arabella hob ihr Kinn. »Ich hab es nicht nötig, Mr. Haight Erklärungen zu liefern. Er ist mein Anwalt und nicht mein Vormund.«

Tony grinste. Seine blauen Augen funkelten, die weißen Zähne blitzten. »Ach Bella, ich wusste ja, dass deine unbezähmbare Vitalität nicht ganz verschüttet sein kann – sie war es vor allem, die bewirkte, dass ich mich in dich verliebte.«

In ihrer Verlegenheit sagte Arabella gar nichts. Sie drehte sich stattdessen um und eilte auf die Tür von Mr. Haights Kanzlei zu, als wären ihr Dämonen auf den Fersen.

Mr. Haight verbarg sein Missfallen, Arabella Montgomery und Tony Daggett erneut zusammen zu sehen, sehr gut. War sein Benehmen etwas kühl, gab Arabella sich ebenso zurückhaltend. Er kam ihrer Bitte nach und händigte ihr die Aktenmappe aus, worauf er sie in einen Raum führte und sie allein lassen wollte.

Die Hand am kristallenen Türknauf, starrte Mr. Haight sie jedoch noch an und fragte: »Ich nehme an, alles ist in Ordnung?«

»Aber ja«, gab Arabella zurück und rief sich in Erinnerung, dass er nur ihr Bestes wollte.

Nach kurzem Zögern sagte Mr. Haight: »Neuerdings sehe ich die Montgomerys ziemlich oft. Ihr Bruder war heute schon da. Er wollte, dass ich ein wichtiges Papier für ihn im meinem Safe aufbewahre.«

Es war klar, dass Mr. Haight sie aushorchen wollte, doch Arabella lächelte ihn nur sonnig an. »Wenn es wichtig war, ist Ihr Safe offenkundig der beste Aufbewahrungsort. Es freut mich, dass Jeremy so viel Vernunft zeigt.«

»Und ich wäre froh, wenn Sie so viel Verstand beweisen würden!«, entfuhr es Mr. Haight, ehe er sich zügeln konnte.

Arabella musterte ihn frostig. »Danke, Mr. Haight. Das wäre alles.«

Mit grimmiger Miene schloss Mr. Haight geräuschvoll die Tür.

»Ist es nur meinetwegen«, fragte Tony, »oder ist er immer so herzlich?«

»Du weißt sehr gut, dass Mr. Haight dich nicht mag. Er mochte dich nie«, erwiderte Arabella zerstreut, als sie die Mappe aufschlug und die Papiere durchblätterte.

Wenig später sah sie Tony indigniert an. »Hier ist nichts, was nicht hineingehört.«

Tony kontrollierte rasch den Inhalt.

»Du hast Recht«, murmelte er enttäuscht. »Es wäre ein so logischer Ort gewesen.«

»Ich weiß«, stimmte Arabella mit besorgter Miene zu. »Ich hatte so sehr gehofft, wir könnten das Rätsel damit lösen.« Sie seufzte, als sie die Dokumente wieder in die Mappe legte und diese mit einem schwarzen Band zuknotete. »Ich habe noch immer keine Ahnung, was der Stiefelmann wollte, schlimmer noch, wir können den einzigen logischen Ort, an dem es gelandet sein könnte, ausschließen – falls das, was er wollte, sich überhaupt in meinem Besitz befindet!«

Mr. Haight nahm die Mappe wortlos in Empfang, doch als sie sich zum Gehen wandten, fragte er unvermittelt: »Haben Sie schon von Daniel Leyton gehört?«

Arabella erschien es klüger, sich unwissend zu stellen, als zuzugeben, dass sie die Neuigkeit bereits von Tony kannte ….

Sie hoffte, entsprechend geschockt dreinzuschauen, als Mr. Haight sie von der Ermordung Leytons in Kenntnis setzte.

»Hat man schon eine Ahnung, wer es getan haben könnte?«, fragte sie mit gebührend entsetzter Miene. »Schrecklich, sich vorzustellen, dass sich unter uns ein Mörder befindet.«

»Noch wurde niemand als Täter identifiziert. Doch die Behörden sind der Meinung, dass Leyton seinen Mörder gekannt haben muss. Vermutlich ein Spieler und Frauenheld wie er selbst«, sagte Mr. Haight mit einem anzüglichen Blick, der Tony galt.

Arabella versteinerte. Aus ihren Augen sprühte der Zorn, als sie ihn eisig zurechtwies: »Sie klatschen, Mr. Haight? Wie schockierend! Glauben Sie, dass dies für jemanden in Ihrer Position klug ist? Denken Sie doch, was die Leute sagen werden, wenn es sich herumspricht, dass Sie Ihre Zunge nicht im Zaum halten können.«

Mr. Haight, der sich sichtlich ertappt fühlte, funkelte sie finster an. Arabella nickte knapp und segelte empört hinaus, dicht gefolgt von einem erheiterten Tony.

Wenig später saßen sie im Wagen und fuhren aus der Stadt hinaus. Sie passierten weitere Bekannte, und diesmal nahm Arabella deren Blicke gelassener hin und amüsierte sich sogar über den Ausdruck einzelner Gesichter. Vielleicht ist es ganz gut, sagte sie sich, dass alle sehen, dass Tony und ich nicht auf Kriegsfuß stehen. Wilden Spekulationen, was passieren würde, sollten sie anderen unerwartet begegnen, wurde damit der Wind aus den Segeln genommen.

Sie ließen eben das letzte Haus von Natchez hinter sich, als sie einer Gruppe von Reitern begegneten, die der Stadt zustrebten. Als sie sie erkannte, sank Arabellas Herz. Wunderbar. Onkel Richard. Tonys schärfster Kritiker.

Richard Kingsley war nicht allein, und die anderen waren Arabella ebenso wenig genehm. Sie war erstaunt, als sie Vincent Walcott erkannte, der zusammen mit Leyton ihrem Bruder das Fell über die Ohren gezogen hatte. Doch wusste Richard nicht, was Leyton und Walcott mit seinem Neffen angestellt hatten. Zudem spielte Richard selbst gern. Alfred Daggett, Tonys Onkel, und seine zwei Söhne Franklin und Burgess sowie Tonys Zechkumpan Patrick Blackburne bildeten den Rest der Gruppe.

Beim Anblick von Tonys Freund überspielte sie eine Woge der Bitterkeit. Der liebe Patrick Blackburne, dachte sie zähneknirschend. Derselbe liebe Patrick, der jene berüchtigte Wette mit Tony abgeschlossen hatte, die Wette, die ihr so viel Schmerz zugefügt hatte.

Einer Begegnung auszuweichen, war unmöglich. Die Männer hatten sie bereits erkannt und zügelten nun mit verschiedenen Graden von Missbilligung, Erstaunen und schierer Neugierde ihre Pferde neben ihrem Wagen, so dass Arabella gezwungen war anzuhalten.

Alfred Daggett bemühte sich erst gar nicht, höflich zu sein. Mit einem knappen Nicken nahm er Arabellas Anwesenheit zur Kenntnis und murmelte dann: »Wenn ihr mich entschuldigt, ich warte ein Stück weiter.« Und bezog prompt diskreten Abstand zwischen sich und den anderen.

Richard Kingsley, blond und blauäugig wie seine Schwester Mary, gab sich ebenfalls wenig Mühe, sein Missvergnügen zu verbergen. Seine recht gut geschnittenen Züge waren unbeweglich, als er Tony knapp zunickte und zu Arabella sagte: »Ich hatte nicht erwartet, dass du heute in der Stadt bist.« Unausgesprochen blieben die Worte ›… mit ihm‹.

»Ich auch nicht«, konterte Arabella. »Aber ich hatte in Mr. Haights Kanzlei etwas zu erledigen.«

Mit einem Blick, der den anderen Gentlemen galt, die sich um den Wagen scharten, sagte sie zuvorkommend: »Guten Tag alle miteinander.«

Es folgte höfliches Begrüßungsgemurmel, die flachen Hüte wurden gezogen. Die Konversation war gestelzt, und es war klar, dass die Situation alle verlegen machte.

Patrick war noch der Lockerste und murmelte mit einem spöttischen Lächeln im auffallend hübschen Gesicht: »Tony, schön, dich wieder in Gesellschaft zu sehen. Ich fürchtete schon, du würdest auf Sweet Acres vermodern.«

»Allerdings«, äußerte Franklin Daggett gedehnt. In seinen indigoblauen Augen, die jenen Tonys so ähnelten, lag Ironie. »Seit deiner Rückkehr aus England hast du dich sehr zurückgezogen.« Er feixte schief. »Du hörst sicher nicht gern, dass du dich versteckt hast, oder?«

Tony lächelte voller Ingrimm. Er mochte seinen Vetter Franklin nicht sonderlich, und dessen Bruder Burgess brachte er nur herablassende Duldung entgegen. Mit siebenunddreißig war Franklin nur ein Jahr jünger als Tony. Burgess war fünfunddreißig. Da sie alle drei fast gleich alt waren und zusammen aufgewachsen waren, hätten sie viel gemeinsam haben sollen. Leider war das nicht der Fall. Meist fand Tony Burgess und sein stutzerhaftes Getue erträglich und oft sogar amüsant, Franklins Sticheleien aber und sein unverhohlener Neid weckten bei ihm keinerlei Sympathien.

Die Disharmonie zwischen Tony und Franklin ging zurück über die gegenwärtige Generation in die Vergangenheit. Alfred war zwar keinesfalls als arm zu bezeichnen, doch hatte er von früher Jugend unter dem Gefühl gelitten, Ramsey hätte ihn betrogen. Er hatte Ramsey seine Stellung als Erstgeborener erbittert geneidet und immer das Gefühl gehabt, es sei absolut unfair, dass Ramsey, nur weil er als Erster aus dem Mutterleib gekommen war – noch dazu nur Minuten früher! – mit Stellung, Vermögen und Macht gesegnet sein sollte, die dem Erben von Sweet Acres gebührten. Leider hatte er etliches von dieser Haltung an seinen eigenen Sohn Franklin weiter vererbt.

Auch hatte es nicht zur Verbesserung der Situation beigetragen, dass der tragisch verwaiste Tony das Entzücken seiner Daggett-Großeltern war. Ihre Liebe zu Tony hatte glühende Eifersucht in ihm entfacht, da er sie als Beleidigung seiner eigenen zwei Söhne empfand. So war es kein Wunder, dass Franklin, der dies alles im Laufe der Jahre oft zu hören bekam, diese Ansichten übernommen hatte.

Burgess verhielt sich in diesem Konflikt neutral. Als Alfreds jüngerer Sohn konnte ihm das alles einerlei sein. Anders wäre es gewesen, wenn er wie Franklin von seinem Vater abhängig gewesen wäre. So aber war Burgess zufrieden mit dem hübschen kleinen Vermögen, das er einige Jahre zuvor von einer Großtante mütterlicherseits geerbt hatte. Zu sehr mit Mode und seiner guten Erscheinung beschäftigt, brachte er für etwas, das ihm ohnehin keinen Nutzen beschert hätte, nur wenig Interesse auf.

Burgess war es, der bewundernd den Schnitt von Tonys flaschengrüner Jacke beäugte und begeistert fragte: »Stammt die Jacke von Weston? Er soll momentan in London die gefragteste Adresse sein.«

Tony nickte belustigt. »Du bist zwar nicht der Klügste, Vetter, aber ein gutes Auge hast du. Meine Jacke ist tatsächlich von Weston.«

Hocherfreut über seinen Scharfblick strahlte Burgess ihn an. »Dachte ich mir's doch, dass ich seine Arbeit erkennen würde. In Anbetracht der Künste unserer Provinzschneider nicht weiter verwunderlich – ein Meisterwerk ist unverkennbar.«

Franklin warf seinem Bruder einen angewiderten Blick zu und murmelte: »Blödmann.«

Walcott, der am äußeren Rand der Gruppe geblieben war und selbst ein wenig zur Geckenhaftigkeit neigte, bemerkte: »Wie man hört, soll ein Offizier namens Brummell sich auf modischem Gebiet einen Namen gemacht haben.«

Tony reagierte mit einem Achselzucken. »Kann schon sein. Ich weiß es nicht. Mode hat mich nie sonderlich interessiert.«

»Nicht interessiert!«, rief Burgess entrüstet aus. Seine blauen Augen waren ernst, als er hinzusetzte: »Mein Lieber, ich muss dich ein wenig unter meine Fittiche nehmen. Mode ist alles!«

Mit einem Blick auf Burgess' Aufmachung – grün gemusterte Weste aus indischer Köperbaumwolle, pflaumenblaue Jacke und hellgelbe Breeches – schüttelte Tony den Kopf. »Nicht für mich, Vetter«, sagte er auflachend. »Nicht für mich.«

»Nein«, schnurrte Richard, »dein Vetter sucht größere Herausforderungen ... Mord und Verführung Unschuldiger ...«

»Ich glaube nicht, dass du diese Feststellung zu Ende führen möchtest«, unterbrach Tony ihn sanft und mit charmantem Lächeln. »Ich habe im Gegensatz zu dir nicht vergessen, dass eine Dame zugegen ist.«

Richard, auf dessen Wangen zwei rote Flecken blühten, fuhr ihn an: »Vor fünf Jahren hätte dir diese Besorgnis besser angestanden!«

»Das reicht!«, sagte Arabella scharf, auch weil sie befürchtete, dass im nächsten Moment Duellforderungen geäußert würden. Ohne Rücksicht auf die anderen fixierte sie Kingsley mit wütendem Blick. »Onkel, ich kann sehr gut selbst auf mich aufpassen und allein Entscheidungen treffen. Weder schätze ich es, noch habe ich es nötig, dass du Partei in einer Sache ergreifst, die als vergangenes Unrecht anzusehen ist.«

Sie nickte knapp, ergriff die Zügel und sprach hoheitsvoll: »Guten Tag, Gentlemen, ich würde gern sagen, es war angenehm, doch leider kann ich das nicht.«

Ein Zügelschnalzen, und der braune Wallach zog an und hinterließ eine rote Staubwolke in seinem Gefolge.

Als sie davonpreschten, ließ ein erstickter Laut sie zu Tony hinsehen, und sie merkte erstaunt, dass er lachte.

Frostig fuhr sie ihn an: »Ich kann der Situation nichts Lustiges abgewinnen. Richards Verhalten war höchst bedauerlich.«

»Du warst es auch nicht, zu dessen Verteidigung sich eine feuerhaarige Elfe wacker aufschwang, Liebste.«

»Ich habe dich nicht verteidigt!«

»Nein? Dann sollten deine hehren Worte mich und Richard nicht daran hindern, uns Duellforderungen an den Kopf zu werfen?«

»Und wenn es so wäre?«, knurrte sie. Röte stieg ihr in die Wangen, während ihr Blick unverwandt auf der Straße haftete.

»Bella, Richard kann mich nicht ausstehen«, setzte Tony an. »Er mochte mich nie, nicht seitdem ich …« Er hielt inne, da ihm klar wurde, dass der Ursprung der Feindseligkeit zwischen ihm und ihrem Onkel kein gutes Licht auf ihn oder Richard werfen würde, und sagte hastig: »Die Gründe sind belanglos – wir mögen einander halt nicht. Ich musste seine Sticheleien fast so lange wie jene Franklins ertragen, und wenn ich mich bis jetzt nicht von ihm zu einem Duell herausfordern ließ, werde ich es auch künftig nicht tun.«

Arabella bedachte ihn mit einem kurzen, nachdenklichen Blick. »Weißt du, dass es mir zuvor nie auffiel – trotz der zahlreichen Provokationen, denen du gewiss ausgesetzt warst, hast du dich nicht oft duelliert. Es sei denn«, setzte sie neugierig hinzu, »du hast es in England getan?«

Tony schüttelte den Kopf und lächelte verhalten. »Nein, leider nicht. Mindert diese Tatsache meine Anziehungskraft?«

Arabella, die Tonys Lächeln und neckendem Ton nicht widerstehen konnte, schaute streng geradeaus. »Natürlich nicht.«

»Ach, du findest mich also anziehend?«

»Tony …«, sagte sie warnend.

Er lachte. »Also gut, meine Süße. Ich werde dich nicht mehr aufziehen. Im Moment nicht.«

Tony lachte, doch dem Gentleman, den er und Arabella ›Stiefelmann‹ getauft hatten, war nicht nach Lachen zu Mute. Er sah dem davonfahrenden Wagen aus zusammengekniffenen Augen nach. Die beiden zusammen zu sehen, war höchst unangenehm – und ein Schock. Er hatte gehofft, Tonys Einschreiten bei Leytons Raubversuch am Dienstagabend wäre eine Ausnahme gewesen. Nach dem heutigen Tag zu schließen, war das jedoch nicht der Fall.

Tony und Arabella hatten zu vertraut miteinander getan, als sie gemeinsam im Wagen saßen, und das gefiel ihm ganz und gar nicht. Er verzog das Gesicht. Ihre Verlobung vor fünf Jahren war nur nach langwierigen Bemühungen seinerseits in die Brüche gegangen, und er konnte sich des Eindrucks nicht erwehren, dass sie so verliebt ineinander waren wie damals. Wenn es der Fall war, und er befürchtete es, dann war seine Mühe vergebens gewesen.

Ich hätte sie gestern umbringen sollen, als ich die Möglichkeit hatte, überlegte er ärgerlich.

Unauffällig führte er die Finger an die Schläfe. Er zuckte zusammen, war aber froh, dass die Wunde, die Arabella ihm mit dem Glaskrug zugefügt hatte, fast zur Gänze unter dem Haar verborgen war und man an der Schläfe nur eine kleine Abschürfung sehen konnte. Geschickte Anwendung von Reispuder hatte alle äußeren Anzeichen des Angriffs fein säuberlich verdeckt.

Teils lächelte und scherzte er mit den anderen, als sie vor einem der Hotels absaßen, teils dachte er angestrengt nach. Offenbar war Arabella noch nicht auf den Brief gestoßen. Und es bedurfte keines sonderlich scharfen Verstandes, um zu folgern, dass sie Mr. Haight vermutlich aufgesucht hatte, um nachzusehen, ob sich unter ihren Dokumenten etwas verbarg. Da weder sie noch Tony ihn argwöhnisch angesehen hatten, musste er annehmen, dass sie nichts gefunden hatten.

Er runzelte die Stirn. Wo steckte dann der Brief? Er war sicher gewesen, dass er unter ihre Papiere geraten war, aber anscheinend hatte er sich geirrt. Und doch musste Arabella ihn haben. Warum sonst hätte Leyton versucht, sie auszurauben, wenn er es nicht auf den Brief abgesehen hätte?

Mehr beunruhigt, als er sich eingestehen wollte, folgte er den anderen in den einladenden Schatten der Hotelhalle. Sie wollten Madeira trinken und Karten spielen, bis die Hitze des Tages nachgelassen hatte. Bei Einbruch der Dunkelheit planten sie ›unter die Linie‹ zu gehen und die Nacht mit Karten und Huren in ›Natchez unter dem Hügel‹ zu verbringen.

Es war ein Plan, der ihm nun nicht mehr zusagte – seit der Begegnung mit Arabella und Tony. Er wollte, brauchte Zeit, um in Ruhe seinen nächsten Schritt überlegen zu können.

Ein zweiter Überfall auf Arabella schien im Moment nicht geraten. Außerdem kam es ihm rückblickend allmählich immer dümmer vor, dass er sie überhaupt überfallen hatte. Wenn sie von dem Brief nichts gewusst hatte – jetzt wusste sie es, und daran war er allein schuld. Er presste die Lippen zusammen. Natürlich wusste sie nicht genau, was es war, das er haben wollte, doch hatte er sie offensichtlich zum Nachdenken gebracht. Und Tony ebenso. Verdammt!

Tonys Anwesenheit an ihrer Seite störte ihn zutiefst. Tony war flinker und klüger, als gut war, und Tony zu töten, war das Letzte, was er wollte, wenigstens zu diesem Zeitpunkt. Aber Arabella war eine andere Sache.

Zerstreut griff er nach dem vor ihm stehenden Glas Madeira und trank einen Schluck. Vor dem Hintergrund der Gespräche, die man um ihn herum führte, während Karten gemischt und ausgeteilt wurden, brütete er über der Situation.

Wahrscheinlich war alles gar nicht so schlimm, wie er befürchtete. Wahrscheinlich hatte Arabella den Brief nie gehabt. Wahrscheinlich jagte er nur einem Horror-Gedanken nach.

Kurz erwog er die Möglichkeit, dass Leyton nur geblufft hatte, als er behauptete, den Brief zu haben. Es war eine angenehme Vorstellung, doch sicher konnte er sich nie sein. Nein, Leyton musste den Brief gehabt haben – andernfalls er nie versucht hätte, ihn zu erpressen. Außerdem war Leyton zu Tode erschrocken, als er Dienstagnachmittag unerwartet zu Besuch gekommen war. Leytons Blick, der ständig zu seinem Schreibtisch gewandert war, und seine fahrigen Handbewegungen ließen vermuten, dass der verdammte Brief sich direkt vor seiner Nase in Reichweite befunden hatte. Wenn Arabella, dieses dumme Ding, sie nicht gestört hätte, würde er den Brief jetzt haben. Stattdessen musste er sich fragen, wer den Brief hatte und wo.

Frustriert verzog er das Gesicht. Er hatte alles von Anfang an falsch angepackt. Er hätte sich den Brief verschaffen und dann Leyton töten sollen. Vor lauter Überheblichkeit hatte er seinem Zorn freien Lauf gelassen und musste nun den Preis dafür bezahlen. Daniel Leyton war tot, der Brief war verschwunden, und er konnte nicht einmal sicher sein, dass Arabella ihn hatte.

Als Leytons Name fiel, wurde er wieder in die Wirklichkeit zurückversetzt.

»Ein Jammer ist das mit Daniel«, sagte jemand.

»Mich hätte fast der Schlag getroffen, als ich davon hörte«, rief ein anderer aus.

»Alle wussten, dass es mit ihm ein böses Ende nehmen würde«, sagte Patrick, als er nach seinen Karten griff und sie prüfte.

»Schon, schon«, gab Burgess ihm Recht und schluckte seinen Madeira. »Aber *ermordet,* mein Lieber! Noch dazu in seinen eigenen vier Wänden. Das passiert unsereinem nicht.«

Franklin schnaubte. »Es könnte jedem zustoßen. Leyton wusste, welche Risiken er einging – wie ich hörte, ließ er sich in letzter Zeit mit ausgesprochen berüchtigten Typen ein.«

»Was nur zeigt, was passieren kann, wenn man sich mit Schuften und Nichtsnutzen herumtreibt«, mahnte Alfred Daggett mit einem strengen Blick, der seinen Söhnen galt.

»Ach, das würde ich nicht sagen«, meinte Walcott darauf und zupfte nervös an seiner locker gebundenen Krawatte. »Ich kenne einige dieser Burschen, die zwar nicht ... hm ... anständig sind, aber doch nicht so verkommen, wie man meinen würde, wenn man den Klatsch über sie hört.«

»Tun wir nicht genau das?«, fragte Richard Kingsley trocken. »Klatschen?«

Patrick lachte mit blitzenden grauen Augen. »Aber nein, mein Freund. Wenn Männer klatschen, nennt sich das Gesellschaftskritik!«

Die Tischrunde brach in Gelächter aus, dann setzte man sich gemütlich zurecht und fing ernsthaft mit der Kartenpartie an. Der Rest des Nachmittags und Abends verlief wie gewünscht.

Es war zwei Uhr am nächsten Morgen, ehe der Stiefelmann sich unbemerkt von den anderen entfernen konnte. Er ließ sie in einem Freudenhaus an der Silver Street zurück und begab sich schnurstracks zu seinem Haus.

In seinem Arbeitszimmer konnte er dem nagenden Problem des Briefes endlich seine ganze Aufmerksamkeit zuwenden. Es war möglich – und Arabellas Reaktion auf seinen Angriff sowie ihr Besuch bei Haights heute Morgen bestätigte es –, dass sie ihn nicht hatte oder nicht wusste, worauf er aus war. Er verzog spöttisch den Mund. Dass jetzt *sie* etwas suchte, hatte er sich allein zuzuschreiben. Er verwünschte seine Unbesonnenheit.

Zumindest weiß sie nicht, dass es ein Brief ist, dem ich nachjage, beruhigte er sich. Ein schwacher Trost, denn wenn sie den Brief fand und ihn las, würde sie sofort wissen, dass er das war, was er gesucht hatte, ebenso wie sie wissen würde, dass in jener folgenschweren Nacht Mollys Anwesenheit in der Hütte arrangiert worden war – und zwar nicht von Tony.

Darüber grübelte er eine Weile, schließlich aber wandte er sich einer anderen, verheißungsvolleren Spur zu: Woher hatte Daniel den Brief eigentlich bekommen?

Er fuhr auf und verfluchte seine Kurzsichtigkeit. Natürlich! Es gab nur einen Menschen, von dem Daniel den Brief bekommen haben konnte … von Molly Dobson.

Nun lächelte er, als er sich zurücklehnte. Die liebe liederliche Molly. Wenn er es recht bedachte … hatte er nicht vor einigen Monaten gehört, Leyton wäre ihr Beschützer?

Ein Besuch bei Molly würde eine seiner Fragen klären. Er würde erfahren, ob Leyton den Brief hatte oder nicht. Da kam ihm ein anderer, noch angenehmerer Gedanke. Es war möglich, dass sich der Brief noch immer bei Molly befand … dass Leyton ihn ihr zur Aufbewahrung überlassen hatte.

Das erklärte Leytons Nervosität bei seinem Besuch zwar nicht, aber Leyton hatte nie viel Mumm gehabt. Möglich, dass er so reagiert hatte, weil ihn Gewissensbisse wegen seines geplanten Erpressungsversuches plagten.

Ein Besuch bei Molly ist dringend geboten, dachte er erleichtert. Ein paar Klapse und ein wenig Silber, und sie würde ihm sagen, was er wissen wollte.

Sehr klug, dass ihm Molly eingefallen war. Man könnte sie benutzen, um alle aufkeimende Vertrautheit zwischen Tony und Arabella ein für alle Mal zu ersticken, entschied er boshaft, als er aufstand, um zu Bett zu gehen. Nein, nicht so wie vor fünf Jahren, sondern eine andere Variante. Ihm fiel etwas ein, und er lächelte breit. Natürlich. Das wäre perfekt und würde alle zärtlichen Gefühle töten, die Arabella für Tony noch hegen mochte. Sein Lächeln war grausam. Tony würde in eine Lage geraten, wie sie peinlicher nicht sein konnte. Köstlich.

Äußerst zufrieden mit sich, ging er hinauf und zu Bett.

Morgen gab es viel zu tun, und gleich als Erstes wollte er Molly Dobson aufscheuchen und ihr notfalls handgreiflich klarmachen, warum sie gut daran tat, genau das zu befolgen, was er verlangte. Er seufzte. Ein Jammer, aber wenn sie diesmal ihren Zweck erfüllt hatte, würde er sie natürlich töten müssen.

Er lächelte wieder. Vielleicht ließ es sich so einrichten, dass wieder einmal der Verdacht auf Tony fiel. Nur ein Verdacht. Er wollte Tony nicht hängen sehen. Zumindest noch nicht.

11

Die Rückfahrt nach Greenleigh brachten Tony und Arabella vor allem damit zu, Spekulationen über mögliche Zusammenhänge zwischen dem Raubversuch, Leytons Ermordung und dem nächtlichen Überfall anzustellen. Bei der Frage, was der Eindringling gesucht haben mochte, waren sie sich nach eingehender Erörterung einig, dass es ein Brief oder eine Nachricht, etwas in dieser Richtung, sein musste.

Mit einem tiefen Stirnrunzeln sagte Tony: »Es muss etwas Geschriebenes sein – weil ein Gegenstand, auch wenn er als Eigentum deines Angreifers identifiziert werden könnte, an sich noch kein Beweis ist – es sei denn, er würde neben einer Leiche gefunden.«

»Aber wir fanden nichts unter meinen Papieren bei Mr. Haight. Und wenn es bei Leyton unter meine Sachen geriet, hätte es in der Mappe sein müssen.«

Tony verzog finster das Gesicht. »Da wir bei deinem Anwalt nichts Nützliches fanden, muss es unser nächster Schritt sein, die Identität des Stiefelmannes zu lüften – wenn man davon ausgeht, dass er hinter allem steckt.« Sein Blick verhärtete sich. »Ich möchte zu gern wissen, wer dein Besucher war.«

Den Rest der Fahrt wälzten sie dieses Problem, keinem aber wollte jemand einfallen, dem der Mord an Leyton und der heimtückische Überfall auf Arabella zuzutrauen war.

»Es gibt viele«, sagte Tony schließlich, »die Leyton nicht ausstehen konnten – so sehr, dass sie vor einem Mord nicht zurückschreckten. Jeremy ist nicht der erste junge Mann, der durch ihn leiden musste, und niemandem ist es bisher geglückt, ein an Leyton verlorenes Vermögen zurückzugewinnen. Er hat den Ruin mancher Familie auf dem Gewissen.« Er warf Arabella einen spöttischen Blick zu. »Wüsste ich nicht genau, dass Jeremy keinen Grund hatte, Leyton zu töten, wäre er für mich der Verdächtigste.«

Arabella schnaubte empört. »Nimm zur Kenntnis, dass mein Bruder kein Mörder ist – auch wenn er seine Schuldscheine nicht zurückbekommen hätte. Wie kannst du es wagen, so etwas zu sagen!«

Tony lächelte. »Du bist sehr loyal, wenn du jemanden liebst.«

»Loyalität gehört zur Liebe«, sagte sie schroff.

Nun trat gespanntes Schweigen ein, und sie fuhren mehrere Meilen wortlos dahin, ehe Tony eine Bemerkung über die vorübergleitende Szenerie machte und Arabella ihm oberflächlich antwortete. Danach floss das Gespräch ungezwungener dahin, doch wurden persönliche Themen peinlichst vermieden.

Drei Uhr Nachmittag war längst vorbei, als Arabella schließlich mit dem Fuchswallach in die gewundene Auffahrt von Greenleigh einbog. Ihr war bewusst, dass der verabredete Zeitpunkt, um ihr Abkommen einzuhalten, verstrichen war, da sie sich mit Tony schon um zwei Uhr in der Hütte hätte treffen sollen. Nun war sie ratlos, wie sie das Thema zur Sprache bringen sollte.

Es war nicht nötig. Als sie das Pferd über die elegant geschwungene Zufahrt vor das Haus lenkte, sagte Tony unvermittelt: »Ich glaube, wir müssen unser heutiges Stelldichein verschieben.« Mit einem Blick auf seine goldene Taschenuhr fuhr er fort: »Der verabredete Zeitpunkt ist verstrichen, und ich bin sicher, dass du nach der langen Fahrt müde und nicht in Stimmung bist. Wir werden uns auf einen anderen Zeitpunkt einigen.«

Arabella wusste nicht, ob sie erleichtert oder enttäuscht sein sollte. Seitdem sie mit Tony dieses Abkommen getroffen hatte, hatte sie genug Gelegenheit gehabt, sich zu überlegen, worauf sie sich eigentlich eingelassen hatte. Damals war es ihr nicht erniedrigend erschienen, und sie hatte sich sogar eingestanden, dass sie aus Gründen, die nichts mit Jeremy zu tun hatten, Tonys Geliebte sein wollte. Leider hatten Tonys Gründe, diesen Handel vorzuschlagen, nur mit Jeremys Schulden zu tun, und sie konnte die Tatsache nicht leugnen, dass sie, egal welche Miene sie zu dem Spiel machte, ihren Körper verkaufte, aus welchem Grund auch immer. Dieses Wissen weckte in ihr ein Gefühl der Minderwertigkeit.

Es stimmte zwar, dass sie sich am Tag zuvor geliebt hatten und sie sich herrlich und wundersam lebendig in Tonys Armen fühlte, doch erschien ihr dieses Ereignis völlig losgelöst von dem getroffenen Abkommen. Diese Episode war ungeplant gewesen und nicht befleckt von dem Gedanken, sie würde ihren Körper für Jeremys Schuldscheine feilbieten. Heute war es anders. Das für heute geplante Treffen erschien ihr im Vergleich dazu kalt und nüchtern, und ihr war das Gefühl zuwider, dass sie ihre Gunst so schamlos verkaufte wie irgendein Frauenzimmer zweifelhafter Tugend. Und doch konnte sie ihr Wort nicht brechen. Das Abkommen galt, und Jeremy hatte bereits das Papier in Händen, das ihm die Rückgabe der Schuldscheine garantierte. Sie hatte keine andere Wahl, als ihren Teil der Vereinbarung zu erfüllen.

Mit abgewendetem Gesicht murmelte sie: »Wie du willst. Schließlich stehe ich dir ein halbes Jahr zur Verfügung.«

Mit einem halblauten Fluch packte er sie und drehte sie zu sich um. »Das ist es, was ich nicht möchte, das du empfindest«, fuhr er sie an und stieß sie von sich. »Ich muss verrückt gewesen sein, mich auf eine so hirnrissige Vereinbarung einzulassen«, grollte er.

»Heißt das, dass du unser Abkommen bereust?«, fragte sie steif.

Er bedachte sie mit einem schiefen Lächeln. »Ich soll die Liebe mit dir bereuen? Niemals, Liebling, niemals.«

Seine Worte ließen ihr Herz hüpfen, doch ehe sie ihm weitere Fragen stellen konnte, kam Tidmore die Stufen herunter und näherte sich dem Wagen. Damit wurde jedes vertrauliche Gespräch unmöglich.

Tony lehnte Arabellas Einladung ab, auf eine Erfrischung ins Haus zu kommen. Tatsächlich lehnte er es rundweg ab, einen Fuß ins Haus zu setzen, und verabschiedete sich kühl von ihr, um auf den Eingangsstufen ungeduldig zu warten, dass ihm sein Pferd gebracht wurde. Mit verwirrter Miene sah sie ihm nach und fragte sich, ob sie ihn jemals begreifen würde … oder jemals aufhören würde, ihn zu lieben.

So. Sie hatte es zugegeben. Sie liebte Tony Daggett, und das würde wohl so bleiben. Dass er ihre Liebe nicht verdiente, wusste sie, doch änderte dies nichts an der Tatsache, dass sie ihn liebte und nie aufgehört hatte, ihn zu lieben.

Es war eine unangenehme Erkenntnis und nicht dazu angetan, die Situation zwischen ihnen zu erleichtern. Tatsächlich war sie nun umso entschlossener, jedem Versuch ihres rebellischen Herzens, Entschuldigungen für ihn zu finden oder sich von ihm wieder verführen zu lassen, mit Widerstand zu begegnen. Sie mochte ihn lieben, *dies* konnte sie nicht beeinflussen, doch würde sie nicht zulassen, dass ihr dummes Herz ihm von neuem Glauben schenkte. Er war nur ein charmanter Schuft, hübscher und reicher, als für ihn bekömmlich war, und sie war gut beraten, es nicht zu vergessen! Auch nicht den Schmerz, den sie empfunden hatte, als sie ihn in Molly Dobsons Armen ertappte.

Sie war nicht die Einzige, die an Molly Dobson dachte. Der Stiefelmann erwachte am nächsten Morgen mit dem Entschluss, Molly ausfindig zu machen. Er hatte ihre Spur verloren, doch bedurfte es nur eines kurzen Gespräches mit ein paar Freunden, um ihre Adresse herauszubekommen. Es wunderte ihn nicht, dass das Haus, in dem Molly lebte, der berüchtigten Silver Street in ›Natchez unter dem Hügel‹ näher war als den eleganten Herrenhäusern, die hoch über dem Steilabfall des Ufers thronten. Sie ist im Abstieg begriffen, dachte er, als er die abgetretenen Holzstufen hinaufstieg und an die ungetünchte Tür klopfte.

Eine alte Vettel mit schäbigem Häubchen und ebensolcher Schürze öffnete auf sein Pochen. Als sie einen Gentleman auf der Veranda sah, knickste sie und ließ ihn ein. Molly schien nicht mehr exklusiv von einem Gönner ausgehalten zu werden und musste offenbar jeden empfangen, der gewillt war, für ihre Dienste zu bezahlen.

Er wurde in einen Raum gebeten, der als Empfangssalon dienen mochte. Mit seinem flachen Hut in der Hand lief er auf und ab. Ein paar hübsche Stücke standen da, das mit blauem Satin bezogene Sofa, zwei zierliche Seidenholztische und ein schöner Teppich auf dem rauen Boden, doch verströmte der vollgestopfte Raum insgesamt eine Aura von Hoffnungslosigkeit. Er fragte sich, was aus dem netten Sümmchen geworden war, mit dem er sie fünf Jahre zuvor ausgestattet hatte.

Lange brauchte er nicht zu warten. Molly kam in einem blauen Seidenkleid hereingerauscht, das viel von ihren üppigen Reizen preisgab. Auf ihrem noch immer hübschen Gesicht lag ein Lächeln, das sofort erlosch, als sie sah, wer der Besucher war.

Ihr Mund verzog sich verdrossen, und sie schloss die Tür hinter sich. In den himmelblauen Augen flackerte es wachsam, als sie vor ihn hintrat und angriffslustig fragte: »Was willst du hier?«

»Aber, Molly, meine Liebe, weshalb sollte ich wohl kommen, wenn nicht deiner süßen Reize wegen?«

»Ach, redegewandt wie eh und je«, spöttelte sie und verschränkte die Arme vor ihrem prächtigen Busen.

Er hatte sie fünf Jahre lang nicht gesehen und stellte nun fest, dass die Zeit es mit ihr nicht gut gemeint hatte. Gewiss, verführerisch war sie nach wie vor, aber ihrem fünfunddreißigsten Jahre näher als dem dreißigsten. Die Zeichen der Zeit und ein ausschweifendes Leben – ihr Markenzeichen – machten sich allmählich bemerkbar. Das goldene Haar war nicht mehr so leuchtend wie früher, und die schmachtenden blauen Augen blickten nun merklich berechnender. Ihre feinen Züge zeigten eine Härte, die zuvor gefehlt hatte. Doch die hinreißende Figur hatte sich wenig verändert und war womöglich noch besser geworden. Ihre Taille war noch mädchenhaft schmal, doch darüber und darunter zeigte sich nun eine Reife, die er köstlich und anziehend fand.

Er lachte über ihre Worte. »Komm schon, Süße, wir wollen nicht streiten.« Er senkte den Blick und grätschte leicht die gestiefelten Beine. »Ich komme mit einem Vorschlag. Und ich bin bereit, gut zu zahlen.«

Ihre abwehrende Miene verflog sofort. »Wie gut?«, fragte sie begierig.

Er ließ den Blick verächtlich durch den Raum wandern. »Gut genug, dass du dir eine bessere Bleibe suchen kannst.«

Interessiert bot sie ihm nun einen Platz an, und sie setzten sich einander gegenüber. »Was muss ich dafür tun?«

»Erst ein paar Fragen beantworten«, begann er. Er stützte die Fingerspitzen gegeneinander und betrachtete Molly. »Vor einigen Monaten kam mir ein Gerücht zu Ohren – Daniel Leyton soll dein Gönner sein. Stimmt das?«

Die Erwähnung von Leytons Namen ließ sie zusammenfahren. Ihre Miene verriet Unsicherheit. »Und wenn schon?«, sagte sie. »Das Geld, das ich von dir hatte, war verbraucht, und ein Mädchen muss sich irgendwie durchbringen. Ich wüsste nicht, was es dich anginge.«

»Das Geld verbraucht? Wenn ich mich recht erinnere, hätte es für dich und den Bengel unendlich reichen müssen – vorausgesetzt, man geht vernünftig damit um.«

Molly schnüffelte und zuckte mit den Achseln.

»Du hast es hinausgeworfen?«

»Ich hatte Spielschulden«, gestand sie halblaut und warf ihm einen koketten Blick zu. »Nie hätte ich gedacht, dass du eifersüchtig bist. Auch nicht, dass es dich kümmert, wenn ich mich mit jemandem zusammentue.«

»Nun, da irrst du dich, meine Liebe«, sagte er leise. »Sogar sehr, wenn der fragliche Gentleman mit einem Brief zu mir kommt, den er nur von dir haben kann.«

Sie erbleichte. »Was … was meinst du damit?«

»Ich meine den Brief, den ich dir vor fünf Jahren schrieb – den Brief, den zu vernichten ich dich ausdrücklich bat.«

»Ach, dieser Brief!«, plapperte sie nervös. Sie strich ihr Kleid mit ruhelosen Fingern glatt. »Ich wollte ihn vernichten, wirklich, aber damals ging alles drunter und drüber … du weißt sicher noch, wie es war. Ich … vergaß es einfach.« Sie lächelte verführerisch. »Da alles wie geplant lief, erschien es mir nicht so wichtig. Ich tat ihn einfach in ein Schubfach und dachte nie wieder daran. Ehrlich.«

»Ich verstehe. Wie konnte er dann in Leytons Hände gelangen? Fand er ihn zufällig? Zum Beispiel, als er deine Sachen durchsuchte?«

Sie schluckte. Sie hatte ihn immer schon ein wenig gefürchtet – sogar als sie kurz seine Geliebte gewesen war. Kurz, weil seine Gelüste auch für eine Frau ihrer Profession grausam und erniedrigend waren; Grund genug für sie, die Beziehung trotz seines guten Aussehens und seiner Großzügigkeit zu beenden. Damals hatte er gern seine Fäuste eingesetzt, und sie hatte keine Lust, sie wieder zu spüren zu bekommen.

Während sie ihr Gegenüber nervös beobachtete, schätzte Molly die Situation ab. Von Leyton hatte sie seit nahezu einer Woche nichts mehr gehört … und vor ihr saß ein Gentleman, dessen Vermögen solider war als jenes Leytons. Ein Gentleman, der in ihrer Schuld stand, einer, der trotz aller seiner Fehler sehr großzügig sein konnte, wenn er wollte. Viel großzügiger, als es Leyton jemals in den Sinn gekommen wäre.

Ihr Entschluss stand fest. »Wie viel zahlst du, wenn ich dir etwas über Leyton sage?«, fragte sie gedehnt.

Seine Lippen wurden schmal. »So viel mir die Information wert ist.«

Es war nicht die Antwort, die sie erwartete, da ihr aber Geld lieber war als Schläge, gestand sie mit einem Achselzucken: »Er entdeckte den Brief zufällig und wollte wissen, wer ihn geschrieben hatte. Ich sagte es ihm.«

»Ach? Und warum? Hatte ich dir nicht genug bezahlt, damit du den Mund hältst? Du hast Schweigen gelobt und mir geschworen, nie wieder mit mir in Verbindung zu treten – in keinem Fall. Es sieht aus, als hätte ich mein Geld schlecht angelegt.«

»Es war ein Zufall, schwöre ich dir! Ich wollte nie, dass er oder ein anderer davon erfährt«, versicherte sie hastig und mit verängstigtem Blick. »Er besuchte mich, kurz nachdem ich hier eingezogen war, und er zog mich mit dem Kram auf, der überall herumlag – ich war mit dem Auspacken noch nicht fertig. Als er einen meiner Koffer durchwühlte, stieß er auf den Brief – ich wusste gar nicht mehr, dass er sich darin befand!«

Ungeachtet seiner wenig ermutigenden Miene fuhr sie hastig fort: »Er zog mich auf, als er ihn fand, weil er glaubte, es sei ein Liebesbrief von einem verflossenen Liebhaber. Er begann laut vorzulesen ...«

»Und entdeckte, dass es sich um einen sehr merkwürdigen Liebesbrief handelte?«

Sie nickte. »So war es.«

»Und so kam es, dass du alles ausgeplaudert hast«, stellte er mit einer äußerlichen Ruhe fest, die vom Zorn in seinem Blick Lügen gestraft wurde.

Sie schüttelte den goldenen Kopf. »Nicht alles.« Sie senkte den Blick und murmelte: »Aber genug.«

»Genug, dass er mich zu erpressen versuchte«, herrschte er sie an, seiner Wut freien Lauf lassend. »Und was hattest du dabei zu gewinnen?«, wollte er wissen.

Zu verängstigt, um zu lügen, offenbarte sie: »Genug, dass ich nach New Orleans ziehen und mich dort niederlassen kann.«

Mit Mühe unterdrückte er das Verlangen, sie zu schlagen. Dämliches Luder! Er beruhigte sich mit einem tiefen Atemzug. Momentan brauchte er sie noch. Sie musste etwas für ihn erledigen.

Er zupfte ein nicht vorhandenes Staubkörnchen von seinem makellosen Jackenärmel und sagte lässig: »Ich erhöhe sein Angebot. Ich werde dir nicht nur den Weg nach New Orleans ebnen, meine Liebe, du wirst so viel bekommen, dass du dich in einem viel schöneren Haus einrichten kannst, als Leyton es sich hätte je leisten können. Du sollst auch ausreichend Mittel zur Verfügung haben, bis du einen neuen Beschützer findest. Und da ich heute in Spendierlaune bin, werden auch ein paar neue Kleider für dich herausspringen.« Er lächelte gewinnend. »Du wirst also deine Reize vorteilhaft zur Geltung bringen können.«

Mollys Blick erhellte sich. Zu ihrer Verwunderung reagierte er auf ihren Wortbruch sehr gelassen. Schon fragte sie sich, warum sie ihn so gefürchtet hatte. Ich hätte mich zuerst an ihn wenden und Leyton gar nicht am Gewinn beteiligen sollen, dachte sie reuig. Beim Gedanken an Leyton erschien eine kleine Falte auf ihrer Stirn.

»Hm … was ist mit Leyton?«, fragte sie. »Er könnte Ärger machen – und er hat den Brief. Vor Wochen hat er ihn mir weggenommen.«

Nun, damit war eine äußerst wichtige Frage beantwortet, ohne dass er sie überhaupt gestellt hatte. »Zerbrich dir nicht deinen hübschen Kopf über Leyton. Er wird dir keinen Ärger machen … dir nicht und niemandem anderen.«

Molly erstarrte. »Was heißt das?«

»Du weißt es noch nicht? Der Ärmste wurde gestern ermordet. Tragisch. Sehr tragisch.«

Molly starrte ihn an wie ein von einer Schlange hypnotisiertes Kaninchen. Obwohl seine Züge nur höfliches Bedauern zeigten, lief ihr ein eisiges Prickeln über den Rücken.

»Ermordet?«, brachte sie schließlich heraus.

Er nickte. »Ja. Sehr traurig. Aber so geht es eben zu auf der Welt. Heute rot, morgen tot.« Er lächelte sanft. »Da ist es doch eine feine Sache, dass ich eben jetzt mit meinem Vorschlag komme. Da Leyton tot ist, hast du doch keinen Gönner mehr, oder?«

Ein schwaches Lächeln huschte über ihr Gesicht. Er hatte doch Leyton hoffentlich nicht ermordet? Es war eine Furcht erregende Vorstellung, doch beruhigte sie sich damit, dass es ihr egal sein konnte, was sich zwischen den Gentlemen so abspielte, die für ihre Gunst bezahlten, solange Geld in ihre offene Hand fiel. Mit einem Achselzucken verdrängte Molly alle unangenehmen Gedanken.

»Dein Angebot ist günstiger als jenes Leytons und« – sie warf ihm ein verlockendes Lächeln zu – »hätte zu keinem besseren Zeitpunkt kommen können. Also, was soll ich für dich tun?«

Rasch erklärte er ihr alles.

Sie verzog ihr Gesicht, als er geendet hatte, gab aber mit einem Nicken ihr Einverständnis zu erkennen.

Er stand auf und blieb vor ihr stehen. Dann kniff er sie heftiger ins Kinn als nötig und sagte: »Molly, sorge dafür, dass es klappt. Ich bin als Gegner sehr unangenehm.«

Sie schluckte, plötzlich wieder von Furcht erfüllt. »Ich weiß. Ich schwöre, dass es klappen wird.«

Er lächelte. »Ich wusste, dass ich mit dir rechnen kann, meine Liebe. Hol den Jungen, und ich werde dich wissen lassen, wann wir Tony unsere kleine Überraschung bereiten werden.«

An diesem Morgen sollte auch Arabella eine Überraschung erleben, und zwar eine, auf die sie gern verzichtet hätte. Am Freitag waren die Stunden nach ihrer Rückkehr aus Natchez ereignislos verlaufen. Sie hatte sich in ihr Schlafzimmer begeben und sich auf ihr Bett gefreut, weil sie sich ausschlafen wollte, was ihr auch vergönnt war.

Sie erwachte am Samstagmorgen bei strahlendem Sonnenschein und klarem, blauem Himmel. Da sie zum ersten Mal seit langem tief geschlafen hatte, erhob sie sich erquickt und war bereit, den Tag tatkräftig zu beginnen. Nach einem gemütlichen Frühstück im sonnigen Morgenzimmer überlegten sie und Mrs. Tidmore, welche Veränderungen auf Greenleigh unbedingt nötig waren.

Greenleigh war nach den Angaben ihres Großvaters mütterlicherseits vor dreizehn Jahren erbaut worden, als er und seine Frau England verlassen hatten und nach Natchez gezogen waren, um Arabella, ihrem einzigen Enkelkind, nahe zu sein. Es war kein so repräsentatives Haus wie Highview, doch waren die vorhandenen Räume groß und geräumig.

Arabella hatte sich zu Lebzeiten ihrer Großeltern stets gern auf Greenleigh aufgehalten, ohne einen Gedanken an die Zeit zu verschwenden, wenn es ihr gehören würde. Ihre Großmutter war drei Jahre zuvor an einem Fieber gestorben, wie es in der Gegend häufig auftrat, und Arabella hatte diesen Verlust kaum verwunden, als im Winter darauf ihr Großvater überraschend einer Lungenblutung erlag.

Beide fehlten ihr sehr, und lange Zeit hatte sie nur mit großer Wehmut an Greenleigh denken können. Und nie war es ihr wirklich zu Bewusstsein gekommen, dass das Anwesen ihr Eigentum war. Seit sie die Tidmores dort schalten und walten ließ, hatte sie an das Haus und die Pflanzung nur gedacht, wenn es unumgänglich nötig war.

Das alles hatte sich geändert, und sie staunte, wie rasch ihr Leben sich den Veränderungen anpasste. Sie hatte nie erwogen, Highview den Rücken zu kehren, doch binnen weniger Tage hatte sie es nicht nur erwogen, sondern war aus dem einzigen Zuhause ausgezogen, das sie kennen gelernt hatte, seitdem sie England vor fast fünfzehn Jahren verlassen hatte.

Gewiss, der Abschied von Highview war ursprünglich nur als vorübergehend geplant, bis Cousine Agatha ihren Besuch beendete. Doch mit jedem Tag, den sie fern von Highview verbrachte, wurde Arabellas Meinung bestätigt, dass es Zeit war, sich selbstständig zu machen – allerhöchste Zeit sogar.

Nach Highview war ihr Greenleigh zu still und klein erschienen, doch waren es just diese Aspekte des Ortes, die sie nun genoss, und sie freute sich sehr darauf, das Haus ein wenig verjüngen zu können. Sie malte sich schon aus, wie sich fließende, zarte Gardinen an den hohen Fenstern des großen Salons machen würden, und stellte sich auf dem blank polierten Dielenboden einen Webteppich in hellen Grün- und Rosatönen vor.

Sie sprach eben mit Mrs. Tidmore darüber, als deren Mann

eintrat und sagte: »Miss, eben ist ein Wagen vorgefahren. Es ist Ihre Stiefmutter.«

»Mary? Was …« Arabella verzog das Gesicht. In der Hoffnung, ihre Annahme sei falsch, sagte sie lächelnd: »Würden Sie uns Limonade bringen, nachdem Sie sie hereingebeten haben?«

Er verbeugte und entfernte sich.

Mrs. Tidmore stand auf. »Ich sehe nach, ob die Köchin die Pfundkuchen fertig hat, die ich ihr heute zu backen auftrug. Einen lasse ich aufschneiden und schicke ihn mit eingeweckten Himbeeren herein.« Arabella lächelte ihr dankbar zu.

Nachdem Mrs. Tidmore gegangen war, stand sie auf und strich nervös die Röcke ihres bernsteinfarbenen Kleides aus satiniertem Batist glatt. Sie hatte eines ihrer älteren Kleider gewählt, da sie nach der Besprechung mit Mrs. Tidmore einige Vorratsräume hatte kontrollieren wollen. Vorausblickend hatte sie daher ihr Haar zu einem adretten Nackenknoten zusammengefasst und trug ein gelbes Chintzhäubchen. Sie kam sich sehr hausbacken vor und war nicht in Stimmung für Besuch, doch konnte sie ihrer eigenen Stiefmutter durch Tidmore nicht ausrichten lassen, sie sei nicht zu Hause.

Seufzend wartete sie, dass Mary einträte. Die ersten Worte aus dem Mund ihrer Stiefmutter zeigten ihr auch prompt, dass sie den Grund für den unerwarteten Besuch richtig erraten hatte.

Als Mary hereinstürzte, drückten ihre ebenmäßigen Züge Verzweiflung aus. Sie zog Arabella heftig an ihre Brust und rief aus: »Ach Bella, sag mir, dass es nicht wahr ist! Sag mir, dass du dich nicht wieder *mit diesem Mann* eingelassen hast!«

Arabella befreite sich sanft aus Marys bebender Umarmung und sagte mit der Andeutung eines Lächelns: »Wie ich sehe, verlor dein Bruder keine Zeit und berichtete dir, dass er Tony und mich zusammen in Natchez sah.«

»Dann stimmt es also?«, stieß Mary hervor. Enttäuschung und Abscheu prägten ihr Gesicht. »Bella! Wie konntest du nur? Nach allem, was er dir angetan hat!«

Arabella öffnete den Mund, um etwas zu sagen, schloss ihn aber jäh, als Agatha Rutledge majestätisch in den Raum segelte. Kaum hatte sie Arabella entdeckt, drohte sie ihr mit dem Finger und tönte mit ihrer hallenden Stimme: »Schäm dich! Sieh doch, wie du deine liebe Stiefmama aufregst. Seit der gute Richard uns gestern die Neuigkeit brachte, ist sie völlig außer sich. Nur mit Mühe konnte ich sie davon abhalten, sofort zu dir zu fahren. Der arme Engel hat in der Nacht kaum ein Auge zugetan – und alles ist deine Schuld.«

Mit über einsachtzig Meter Körpergröße war Agatha eine höchst eindrucksvolle Erscheinung. Sie hatte die schönen blauen Augen der Kingsleys, obwohl sie bei ihr ein wenig vortraten, eine markante Nase, einen breiten Mund und ein ausgeprägtes Kinn. Erstaunlicherweise wirkten ihre Züge sehr harmonisch und mit ihrer wohlgeformten Figur, der eleganten Haltung und den blonden Locken hatte sie in ihrer Jugend als hübsches Mädchen gegolten. Jetzt war sie fast sechzig und eine hinreißende Frau. Die Jahre hatten ihre Amazonengestalt etwas fülliger werden lassen, und die einst blonden Locken schimmerten silbrig, doch ihre Züge hatten der Zeit getrotzt. Kinn und Wangen waren noch fest, die Augen hell und voller Leben.

Arabella hatte sich von klein auf bemüht, Agatha sympathisch zu finden. Ehrlich. Aber irgendwie schafften sie es nicht, auch nur fünf Minuten zusammen zu sein, ohne sich in die Haare zu geraten. Dieser Morgen war typisch dafür, und Arabella spürte bereits, wie sich in ihr alles sträubte und ihr eine scharfe Antwort auf der Zunge lag, als ihr etwas einfiel. Agatha war nicht wütend, weil sie mit dem berüchtigten Tony Daggett zusammen gewesen war, sondern weil sie Mary Aufregung bereitet hatte ... Es war eine bestürzende Erkenntnis. Und als ihr klar wurde, dass sie selbst ebenso zornig gewesen wäre, wenn Agatha Mary Kummer bereitet hätte, versuchte Arabella es auf andere Weise.

Matt sagte sie: »Guten Morgen, Kusine Agatha. Wie ich sehe, bist du wohlbehalten eingetroffen.« Nach einem tiefen Atemzug fuhr sie fort: »Es tut mir Leid, dass mein Verhalten dir so kurz nach deiner Ankunft eine unangenehme Störung bereitete.«

Agatha, die aufgebrachte Widerworte erwartet hatte, blinzelte sie an, als wäre ihr plötzlich ein zweiter Kopf gewachsen. Arabella hielt den Atem an, während die alte Dame sie lange und argwöhnisch beäugte. Offenbar entschied sie, das Friedensangebot anzunehmen, denn sie schnaubte: »Du weißt doch, wie Mary sich um dich sorgt. Du solltest darauf bedacht sein, sie nicht zu verletzen. Selbstsucht ist kein erstrebenswerter Zug – das müsstest du in deinem Alter schon wissen.«

Nur mit Mühe behielt Arabella ihre lächelnde Miene bei, doch ballte sie ihre Hände in den Rockfalten zu Fäusten.

Tidmore trat ein und brachte ein großes Tablett mit Erfrischungen. Auf Arabellas Bitte hin stellte er es auf einen länglichen Mahagonitisch, der vor dem Sofa stand. Die Damen schwiegen, bis er hinausgegangen war.

Als sich die Tür hinter ihm geschlossen hatte, ließ sich Mary in einen mit gestreifter Seide bezogenen Sessel sinken. »Bella«, fing sie nun vorwurfsvoll an. »Ist es denn wahr? Du warst wirklich gestern mit Tony Daggett in Natchez?«

Arabella, die Agatha mit einer höflichen Geste Platz anbot, schenkte ihren Gästen Limonade ein. Indem sie ihre Aufmerksamkeit auf diese Aufgabe konzentrierte, antwortete sie mit viel mehr Ruhe, als sie empfand: »Ja, ich war gestern mit Tony in Natchez.«

Mary stieß einen schmerzlichen Schrei aus. »Ach, Liebling!

Du wirst doch nicht zulassen, dass dieser *Unhold* dir wieder das Herz bricht?«

»Er ist kein Unhold«, sagte Arabella und servierte den Damen Limonade.

»Ach, ich wusste es ja! Ich wusste, dass seine Rückkehr Ärger ohne Ende bedeuten würde. Siehst du! Schon hat er dich wieder bezaubert – du verteidigst ihn. Und das, nachdem er dir letztes Mal so viel Schmerz zufügte und einen Skandal heraufbeschwor. Ich kann nicht glauben, dass du so … so …«

»… so dumm? So töricht«, half Arabella mit spöttischem Lächeln nach.

»Ja.«

»Eventuell solltest du dir erst anhören, was Arabella zu sagen hat, ehe du dich wieder in Zustände hineinsteigerst«, ließ Agatha sich überraschend vernünftig vernehmen. »Es könnte ja einen guten Grund für ihr Treffen mit diesem Mann gegeben haben.«

Arabella und Mary starrten sie verblüfft an. Noch nie hatte Agatha sich auf die Seite Arabellas gestellt. Darüber leicht verlegen labte sich Agatha an der Limonade und grummelte: »Es ist ja nur eine Idee.«

Mary zwinkerte und sah Arabella an. »Nun? Lag ein triftiger Grund vor?«

Arabella überlegte, wie viel sie Mary sagen sollte. Ihre Besuche bei Leyton und Tony mussten unerwähnt bleiben, das stand fest, ebenso der Überfall auf der Heimfahrt. Doch die nächtliche Attacke in ihrem Schlafzimmer konnte sie nicht verschweigen – zu viele wussten davon, so dass es nur eine Frage der Zeit war, bis Mary die Sache zu Ohren käme.

Zögernd setzte sie an: »Mittwoch nachts ertappte ich einen Angreifer mit einem Messer in meinem Zimmer.«

Mary gaffte sie offenen Mundes und mit aufgerissenen Augen an. Agatha zeigte nur lebhaftes Interesse.

»Niemand kam zu Schaden«, setzte Arabella hastig hinzu, »doch war ich mit den Nerven ziemlich am Ende, nachdem ich ihn ertappte.«

»Ein Dieb?«, rief Mary aus. »Ein Einbrecher drang tatsächlich in dein Schlafgemach ein und griff dich an? Ach, meine Liebe, warst du nicht zu Tode erschrocken?«

Arabella lächelte. »Nein, ich war wütend!«

Agatha nickte. »Das wäre ich auch gewesen. Dreistes, widerwärtiges Pack!« Sie musterte Arabella erwartungsvoll. »Ich nehme an, du hast es ihm tüchtig gezeigt?«

Arabella, die ihre Meinung von Agatha weiter revidierte, sagte finster: »Allerdings, das habe ich. Ehe er entkommen konnte, gab ich ihm mit einem Krug tüchtig eins über den Schädel.« Zufrieden setzte sie hinzu: »Als Tidmore und ich mit den anderen wieder ins Zimmer kamen, aus dem ich geflüchtet war, hatte er Reißaus genommen, doch wies der Krug Blutspuren auf, so dass erwiesen ist, dass ich ihn verletzte.«

»Arabella!«, rief Mary aus, offensichtlich entsetzt, dass ihre Stieftochter sich so gewalttätig benommen hatte. »Du hast dir mit diesem Schurken einen Kampf geliefert?«

»Braves Mädchen!«, dröhnte Agatha. »Bei Gott, genau das hätte ich auch getan! Diese Burschen sollen nicht glauben, sie könnten unschuldige gottesfürchtige Frauen in ihrem eigenen Haus in Angst und Schrecken versetzen. Das würde sie nur ermutigen.«

»Na ja«, sagte Mary schon ruhiger, nachdem sie sich die Sache durch den Kopf hatte gehen lassen, »aber hast du denn gar keine Angst gehabt?«

»Zuerst schon«, gestand Arabella. »Aber dann wurde ich so wütend, dass ich nur dachte ›Wie kann er es wagen, mir das anzutun!‹« Reumütig fügte sie hinzu: »Du kennst mein Temperament – deshalb hast du mir oft genug Vorhaltungen gemacht.«

Mary lächelte liebevoll. »Diesmal ist dir dein Temperament aber sehr zugute gekommen. Aber was hat der Einbrecher mit deiner Zusammenkunft mit Tony Daggett zu tun?«

»Wie du dir denken kannst, war mir anschließend nicht sehr wohl zu Mute.« Da sie in aller Eile improvisieren musste, fuhr sie ein wenig lahm fort: »Und am Freitag musste ich nach Natchez zu Mr. Haight. Ich sah der Fahrt mit Bangen entgegen, da ich noch immer etwas nervös war. Als zufällig Tony kam und von meiner geplanten Fahrt erfuhr, bot er mir seine Begleitung an, und ich willigte erleichtert ein.«

Mary, die nicht zu Argwohn neigte, nickte ihr verständnisvoll zu, da sie es sehr vernünftig fand und selbst nie ohne Begleitung, bevorzugt männlicher, aus dem Haus gegangen wäre. Agatha aber war aus anderem Holz geschnitzt, und der Blick, mit dem sie Arabella bedachte, verriet, dass sie den Schwindel durchschaute. Sie zog eine Braue hoch, schniefte, enthielt sich aber eines Kommentars.

»Ja, ich verstehe«, sagte Mary schließlich. »Unter diesen Umständen hattest du wohl guten Grund, sein Angebot anzunehmen.« Besorgt fragte sie: »Du wirst ihm doch nicht wieder Zutritt in dein Leben gewähren?«

Arabella war keine Lügnerin. Sie hätte Mary nie mit Absicht gekränkt oder ihr Schmerz zugefügt, hatte aber in diesem Fall keine andere Wahl. Die gestrigen Ereignisse hatten gezeigt, dass Tony sich nicht in den Hintergrund drängen ließ, wenn es ihr gefiel – und sie schämte sich, dass sie es jemals erwogen hatte. Tony war ein treuloser Schuft, verdiente es aber nicht, wie ein schmutziges Geheimnis behandelt zu werden. Zwar würde sie ihr intimes Verhältnis nicht ausposaunen, doch würde sie auch nicht so tun, als wolle sie mit dem berüchtigten Mr. Daggett nichts zu tun haben.

Arabella holte tief Atem. »Ich habe nicht die Absicht, ihn wieder in mein Herz einzulassen«, sage sie leise, »doch werde ich ihm nicht ausweichen oder ihn schneiden, sollten wir einander in der Öffentlichkeit begegnen.«

»Aber Bella, das darfst du nicht tun!«, rief Mary aus, neuerlich von Kummer überwältigt.

»Sie hat keine andere Wahl«, trompetete Agatha seelenruhig. »Ganz sonnenklar – das Mädchen ist noch immer in ihn verliebt!«

12

Fast hätte Arabella laut geprustet, als sie den Ausdruck blanken Entsetzens in Marys Gesicht sah. Fast. Doch die Situation war zu ernst für einen Lachanfall, und Arabella sah sich einem unangenehmen Dilemma gegenüber: Sollte sie lügen oder die Wahrheit sagen?

Ihre Gefühle für Tony ihrer Stiefmutter oder anderen gegenüber zu gestehen, hatte sie nie erwogen. Was sie empfand, war ihre Sache und ging niemanden etwas an. Leider erzwangen aber Agathas unverblümte Worte eine Antwort. Arabella seufzte. Es war so einfach zu lügen und Mary glauben zu lassen, dass ihr Tony nichts bedeutete, doch in ihrem Inneren regte sich Widerstand. Schämte sie sich ihrer Liebe? Sie verzog die Lippen. Nein, doch konnte sie nicht leugnen, dass ihr Leben viel einfacher gewesen wäre, wenn sie ihn nicht geliebt hätte.

Arabella beruhigte sich mit einem tiefen Atemzug und sagte, indem sie Marys Blick begegnete: »Sie hat Recht. Ich liebe ihn noch immer.«

»Aber das darfst du nicht! Er ist ein schrecklicher Mensch! Man sagt, er hätte seine beiden Frauen umgebracht. Wie kannst du ihn nur lieben?«

Das war das Argument, das sie vor fünf Jahren von ihrem Vater und Mary bis zum Überdruss zu hören bekommen hatte. Leider konnte sie nach wie vor nicht begründen, warum Tony Daggett ihr Herz so fest im Griff hatte. Sie wusste nur, dass es so war und dass sie befürchten musste, es würde für ewig der Fall sein.

Schuldbewusst gestand sie: »Mein Verstand gibt dir in allem Recht, aber mein Herz ...« Sie sprach nicht weiter, ihre Gesichtszüge wurden weich. »Mein Herz«, sagte sie schließlich, »hört oft nicht auf den Verstand, wenn es um Tony geht.«

Natürlich bekam Mary prompt einen hysterischen Anfall. Sie weinte und hörte nicht auf zu klagen, Arabella würde ihr Leben ruinieren, da Tony als Ehemann schrecklich sein würde – man bedenke seine Vergangenheit – und wenn sie in dieser Torheit fortführe, würde Tony zweifellos auch sie ermorden, und was sollte dann aus allen werden?

Marys heftiger Ausbruch wich allmählich herzzerreißendem Schluchzen, das Arabella bis ins Herz traf – umso mehr, als sie wusste, dass ihre Stiefmutter nur aus Liebe zu ihr so reagierte. Sie konnte Mary nicht böse sein, weil sie nur ihr Bestes wollte, doch gleichzeitig fand sie ihre Reaktion übertrieben. Ich bin ja keine junge Unschuld, die ihre Zukunft an einen unverbesserlichen Tunichtgut wegwirft, dachte Arabella ärgerlich, auch wenn Mary dieser Meinung ist!

Arabella befand sich in einer schwierigen Situation, die nicht erleichtert wurde, da zudem Agatha ihr die Leviten las und sie schalt, weil sie Mary so unglücklich machte. In die Enge getrieben, versuchte sie Mary zu beruhigen und sich gleichzeitig von Agathas herber Kritik nicht aus der Ruhe bringen zu lassen. Eine wahre diplomatische Leistung.

Als Marys Tränen nahezu versiegt waren, war sie völlig erschöpft und am Ende ihrer Geduld, doch behielt Arabella ihre Beherrschung, bis sie die beiden hinausbegleitete. Sie winkte ihnen nach, wobei sie der Anblick von Marys verhärmtem, unglücklichem Gesicht mitten ins Herz traf. Jemanden zu kränken, den sie liebte, war das Allerletzte, was sie wollte, doch musste sie auch sich selbst treu bleiben. Mit einem tiefen Seufzer ging sie langsam die Stufen hinauf und betrat das Haus. Der Kopfschmerz, der sich während des gefühlsintensiven Besuches von Mary und Agatha angedeutet hatte, überfiel sie nun mit voller Wucht. Der Schmerz in ihren Schläfen pochte so stark, dass sie gegen den heftigen Schwindel ankämpfen musste. Nicht daran zu denken, die Vorratsräume zu kontrollieren. Als sie auf ihrem Zimmer Zuflucht suchte und dort den Rest des Nachmittags matt auf dem Bett liegend verbrachte, kam sie sich vor wie die alberne, exaltierte Heldin eines Groschenromans.

Nach einem ausgiebigen Bad, das Martha ins Ankleidezimmer neben ihrem Schlafzimmer hatte bringen lassen, fühlte Arabella sich am Abend wieder einigermaßen hergestellt. Anschließend nahm sie ein paar leichte Köstlichkeiten allein im großen Speisezimmer zu sich und spazierte dann geruhsam über ihr Grundstück. Es war noch nicht dunkel, vom Fluss her wehte eine leichte Brise, die den schweren Duft von Magnolienblüten mit sich trug.

Sie wollte nicht an Tony oder an die unangenehme Szene mit Mary und Agatha denken, doch ihre Gedanken ließen sich nicht einsperren. Da sie sich selbst schon eingestanden hatte, dass es dumm und unklug war, Tony zu lieben, hatten Marys Argumente nicht die gewünschte Wirkung gezeitigt und nur dazu beigetragen, ihre Gefühle zu klären. Gott stehe mir bei, ich liebe Tony Daggett tatsächlich, dachte sie.

Aber auch wenn sie ihn liebte, hieß das noch lange nicht, dass sie blind für seine Fehler war. Er hatte sie einmal betrogen, und sie würde nicht zulassen, dass er es wieder tat. Lieber würde sie sterben, als ihn merken zu lassen, dass ihr Herz nach wie vor ihm gehörte. Denn das hätte bedeutet, eine große Torheit weiter zu komplizieren.

Eigentlich war es ganz gut, dass es Richard war, der Mary von seiner Begegnung mit ihr und Tony berichtet hatte. Mary hätte es ohnehin erfahren, da Natchez trotz der bunten Vielfalt seiner Bevölkerung eine sehr eng verwobene Gemeinschaft bildete. Arabella schmunzelte. Vermutlich hätte sogar Mr. Haight es ihr zugetragen.

Das Gesumm der Moskitos, die sie umschwärmten, ließ sie ins Haus flüchten, das leidlichen Schutz bot. Nachdem sie die Tidmores und Martha für die Nacht entlassen hatte, wanderte sie müßig durch die Räume und überlegte flüchtig die künftigen Veränderungen.

Sie war jedoch nicht mit dem Herzen dabei und ging hinauf, um sich früher als sonst zu Bett zu begeben. Nachdem sie in ihr Nachthemd geschlüpft war, griff sie nach einem Gedichtband von William Wordsworth und machte es sich im Bett mit ihrer Lektüre gemütlich. Vor Ablauf einer Stunde war sie über den höchst anschaulichen Schilderungen italienischer und französischer Szenerien fast eingenickt und legte das Buch beiseite. Sie blies die Kerze neben ihrem Bett aus, zog die Decke hoch und schlief mühelos ein.

Sie träumte von Tony – von seinem Mund, der lockend ihr Ohr streifte, während er ihr Liebesworte zuflüsterte und seine Hände verführerisch über ihren Körper glitten. Es war ein wundervoller Traum, so real, dass sie sich im Bett hin und her warf und sich seinen liebkosenden Händen entgegenwölbte, die sie streichelten und ihren Körper höchst angenehm prickeln ließen. Als seine Lippen an ihrem Mundwinkel zu knabbern begannen, seufzte sie selig, da die Verzückung so echt und intensiv war, dass sie sicher war, nicht zu träumen. Sie träumte nicht?

»Aufwachen, Elfchen«, raunte Tony, als seine Lippen da und dort über ihr Gesicht strichen. »Ich möchte dich nicht lieben, während du schläfst.«

Sie riss die Augen auf. In der Dunkelheit konnte sie nichts sehen, doch spürte sie ihn, seinen langen, schlanken Körper, der dicht neben ihr auf dem Bett lag. Seine Hände liebkosten sie sanft, und seine Lippen streiften ihre Wange.

»T-Tony?«, fragte sie benommen im Halbschlaf, als sie blind nach ihm fasste.

Seine Hand umschloss ihre und hob ihre Finger an den Mund, um einen nach dem anderen zu küssen.

»Hast du jemanden anderen erwartet?«, murmelte er an ihren Fingerspitzen.

Endlich war sie hellwach. Sie setzte sich auf und schob ihn von sich. Dann machte sie sich daran, die Kerze neben ihrem Bett anzuzünden, und als sie brannte, drehte sie sich um und blinzelte ungläubig den Mann an, der da so selbstverständlich in ihrem Bett lag.

Er war da. In ihrem Schlafzimmer. Auf ihrem Bett. Sein schwarzes Haar war malerisch zerzaust, da er den Kopf an eines ihrer spitzenbesetzen Kissen lehnte. Er trug nur ein weißes Batisthemd mit lässig offenem Kragen und Breeches. Seine Füße waren bloß.

Sie zwinkerte, überzeugt, sie müsse träumen. Ihr verdutzter Blick fiel auf seine Jacke, die er auf einen Stuhl unweit der offenen Glastür geworfen hatte. Daneben standen ordentlich die schwarzen Stiefel.

Erneut sah sie ihn an. Er war noch immer da und grinste sie an. In seinen blauen Augen tanzten Lachpünktchen.

»W-wie …? Wie bist du …?« Sie hielt mit gerunzelter Stirn inne. »Auf dem Grundstück patrouillieren meine Leute«, umriss sie die Situation und wurde mit jedem Moment wacher. »Wie bist du hereingekommen?«

Tony lächelte. »Du glaubst doch nicht, dass diese vier mich abhalten könnten«, murmelte er und strich träge über ihren Arm.

»Tony«, sagte sie mahnend.

»So schwer war es nicht, Liebling«, erklärte er trocken. »Du vergisst, dass ich von ihrer Anwesenheit wusste. Nach sorgfältiger Erkundung war es nicht schwer, sich zwischen ihren Rundgängen ans Haus heranzuschleichen.« Sein Ton wurde noch trockener. »Jeder hätte das geschafft.«

Arabella schluckte, ein Ausdruck des Unbehagens verdunkelte ihr Gesicht.

Tony, der sich ärgerte, weil er ihr Angst gemacht hatte, sagte rasch: »Genau deshalb bin ich hier – um deine Vorsichtsmaßnahmen zu prüfen. Sehr wirksam scheinen sie nicht zu sein.«

»Soll ich jetzt dankbar sein, dass du mir dies verdeutlichst, indem du in mein Bett kriechst?«, fragte sie spitz.

Tony gluckste nur. Sein Blick hing an der feurigen Aura wirren Haares, das Gesicht und Schultern umgab, ehe er auf ihren vom Mieder befreiten Busen fiel, der sich heftig hob und senkte. Der Stoff ihres Nachtgewandes war fein gewebte Baumwolle, so zart, dass er fast durchsichtig war und ihre rosigen Brustspitzen deutlich sehen ließ.

Er riss den Blick von ihren Brüsten los und sah ihr ins Gesicht. Ihre Lippen waren geöffnet, die Wangen gerötet und ihre Augen glänzten fast golden. Das Begehren, das sich in ihm geregt hatte, brach sich nun drängend Bahn. Er umfasste ihr Kinn und zog ihren Kopf an sich.

Heiser sagte er: »Wenn du willst, kannst du es Dankbarkeit nennen, meine Süße, doch ist es etwas viel Elementareres.«

Als er sie küsste, wanderten seine Lippen sanft und verführerisch über die ihren, und Arabella überlief ein Schauer der Verzückung. Mit einem hilflosen kleinen Aufstöhnen umfing sie ihn und gewährte ihm Einlass, indem sie ihre Lippen öffnete und zuließ, dass er sie tief und gründlich küsste.

Zusammen sanken sie in die Kissen und gaben sich im Moment mit Küsschen und der Umarmung zufrieden, da das wilde Drängen, das ihr Zusammensein in der Hütte geprägt hatte, diesmal nicht spürbar war. Lange Zeit taten sie nichts anderes, als sich zu küssen, während sie einander streichelten, berührten, erkundeten, reizten.

Diese sanften Küsse und Berührungen weckten freilich das Verlangen nach mehr, nach gezielteren, intimeren Liebkosungen. Arabella dachte nicht an Widerstand, auch nicht, als ihr Nachtgewand schwungvoll auf dem Boden neben dem Bett landete und Tony sich seiner Sachen ebenso rasch und achtlos entledigte.

Das schwache gelbe Kerzenlicht flackerte und tanzte über ihre nackten Körper, während sie zusammen auf dem Bett lagen. Für Arabella war dieses träge, köstliche Hinübergleiten in die Leidenschaft eine neue Erfahrung, die sie ungemein genoss.

Während sie träumerisch die süße anhaltende Pein in ihrem Inneren auskostete, schaute sie halb sitzend auf Tony hinunter, voller Bewunderung für seine männliche Schönheit. Geschmeidige Muskelkraft kennzeichnete seinen Körper, von den breiten Schultern abwärts zu den schmalen Hüften und den perfekt geformten schlanken Beinen. Früher hatte sie nie die Muße gehabt, ihn nach Belieben zu betrachten, ihn zu berühren, zu erkunden und die Folgen ihres Tuns zu beobachten.

Die harten winzigen Brustwarzen faszinierten sie; sein lustvolles Aufstöhnen, als sie sich vorbeugte und mit der Zunge zart darüber fuhr, erregte sie wie das pulsierende Anschwellen seines Glieds, als sie es umfasste und darüber strich. Ihn zu erregen, erregte sie. Hitze staute sich in ihren Lenden, ihr Atem kam stoßweise, und das Gefühl zwischen ihren Beinen war von fast schmerzlicher Intensität.

Tony, der es nicht ertrug, berührt zu werden, ohne selbst zu berühren, drückte sie in die Federmatratze. Im goldenen Kerzenschein wirkte sie noch verführerischer als sonst. Ihr prachtvolles Haar war wie eine lebendige Flamme auf den Laken ausgebreitet, Schatten und Senken ihres üppig gerundeten Körpers waren voll sinnlicher Verheißung, während sie ihn durch halb geschlossene Augen betrachtete. Er schluckte schwer, während heißes Verlangen ihn durchfuhr, als er die Aufforderung in ihren goldbraunen Tiefen sah.

Er küsste sie hungrig, umfasste ihre Brüste und liebkoste ihre warme Fülle, indem er die Brustspitzen reizte, bis sie sich aufrichteten. Sie schmeckt so gut, dachte er benommen, wie warmer, würziger Wein an einem Winterabend. Und wie sie sich anfühlte – wie Seide und Samt zugleich.

Mochte ihr Mund auch berauschend sein, andere Teile ihres Körpers lockten ihn sirenengleich, und seine Lippen fanden erneut ihre gereizten Brustspitzen. Er sog jetzt heftiger daran, und seine Zähne beknabberten leicht die steil aufgerichteten Warzen. Arabellas Aufstöhnen und ihre Bewegungen spornten ihn zu umfangreicheren Bemühungen an. Mit geschlossenen Augen und einem dumpfen Kehllaut griff sie in sein schwarzes Haar und drückte seinen Kopf noch enger an ihre Brust. Sie spürte die feuchte Hitze seines Mundes an ihrer Haut, die glühende Wärme seines Körpers, der halb auf ihr lag, der starke beharrliche Druck seiner Erektion an ihrem Schenkel. Sie fühlte sich so lebendig wie nie, voller Vorfreude auf die Lust, die sie teilen würden. Jede Berührung ihrer Brüste, jede Liebkosung, die ihr Körper empfing, steigerte dieses Gefühl.

Als sein Kopf tiefer glitt, seufzte sie und bewegte sich sehnsüchtig unter seinen kostenden, neckenden Küssen. Erst als sein suchender Mund das V zwischen ihren Beinen erreichte, riss sie erschrocken die Augen auf.

»T-Tony?«

Ihre Unsicherheit war unüberhörbar. Tony küsste sie auf ihren Mund und raunte an ihren Lippen: »Nur eine Variante, meine Süße. Nichts, wovor du Angst haben müsstest.«

Und doch ängstigte es sie. Das überwältigende Gefühl, seinen Mund heiß an ihrem intimsten Bereich zu spüren, war fast zuviel für sie. Die primitive Wildheit, die sich in ihr Bahn brach, als seine Zunge über ihr feuchtes pulsierendes Fleisch flatterte, war erschreckend und doch ... Ein unwiderstehlicher, bebender Schrei stieg in ihr empor, während ihr Körper sich zuckend aufbäumte und gleißende Sterne vom Himmelszelt auf sie zu prasseln schienen. Mit vorgehaltener Hand erstickte sie ihren Schrei, während sie unter Tony fast zu vergehen glaubte und Woge um Woge glühender Lust sie überrollte.

Sie zitterte und bebte noch immer, als Tony mit zufriedenem Lächeln langsam höher glitt. Er nahm eine Brustspitze in den Mund und biss sanft zu, was sie erneut erschauern ließ und es bis in den Schoß spürte.

Aufblickend fragte er: »Hat mein Herz es genossen?«

Mit großen feuchtschimmernden Augen starrte Arabella ihn an. Ihre überwältigte Miene sagte alles, und ihr hingerissenes Nicken bestätigte es.

Er lächelte so unglaublich zärtlich, dass Arabellas Herz dahinschmolz.

»Gut«, sagte er einfach und glitt zwischen ihre Schenkel. »Und jetzt noch einmal – aber diesmal zusammen.«

Arabella blieb kurz die Luft weg, als er in sie eindrang. Sie umarmte ihn konvulsivisch, als sie sich mit heftigen Stößen vereinigten und sich der Zauber zwischen ihnen von neuem aufbaute. Diesmal war es noch süßer und wirksamer, da Tony sie ausfüllte, weil sein Mund ihren Aufschrei auffing, und sie das Keuchen seiner Befriedigung vernahm, als er sich in sie ergoss und ihre eigene Befriedigung damit krönte.

Lange lagen sie umschlungen da, Tony küsste sie zärtlich, während er ihre Brüste umfasste und liebkoste. Arabella berührte ihn, strich über seinen langen Rücken, voller Staunen über die Lust, die sie eben geteilt hatten.

Ihre Augen waren geschlossen, sie lächelte selig, als Tony sie auf die Nasenspitze küsste und leise sagte: »Heirate mich, Bella.«

Sie riss die Augen auf, ihr Lächeln war wie weggeblasen. Sie schob ihn von sich und setzte sich auf. »Dich heiraten?«, fragte sie fassungslos und ohne auf das begierige Pochen ihres Herzens zu achten. »Bist du verrückt geworden?«

Er warf sich zurück aufs Bett und verschränkte die Hände hinter dem Kopf. »Nein, bin ich nicht. Warum glaubst du das?«, fragte er ernst.

Errötend und plötzlich verlegen, weil sie nackt war, bückte sie sich nach ihrem Nachthemd und zog es an. Dann erst wandte sie sich ihm wieder zu.

Tony hatte sich nicht bewegt. Er lag wie eine träge Dschungelkatze auf dem Bett. Sein wirres Haar zeigte blaue Glanzlichter im Kerzenschein, seine glatte Haut war golden, während er sie unverwandt musterte.

Seine Nacktheit schien ihn keinen Deut zu scheren. Arabella, die ihre Augenlider vor so viel athletischer Männlichkeit senkte, sagte matt: »Tony, du kannst unmöglich vergessen haben, was geschah, als du mir letztes Mal diese Frage stelltest.«

»Hab ich auch nicht, Elfchen. Meine Erinnerung ist noch ganz deutlich«, sagte er milde. »Du hast Ja gesagt.«

Ihr Mund wurde hart. »Und ich büßte für meine Dummheit.«

Er unterdrückte einen Fluch und erhob sich mit einer einzigen geschmeidigen Bewegung, bückte sich nach seinen Breeches und zog sie an, ehe er in sein weißes Batisthemd schlüpfte. »Musst du mir immer die Vergangenheit vorhalten?«, schnauzte er sie an. »Gestehst du mir nicht zu, dass ich wenigstens etwas aus meinen Fehlern lernte?«

Traurig hielt sie seinem Blick stand. Ihr Herz zersprang in winzige Scherben. In ihren Augen schimmerten Tränen, als sie flüsterte: »Tony, das darfst du nicht von mir verlangen. Ich glaubte dir … einmal. Ich stritt mit meinen Eltern, ich hatte taube Ohren für ihre Bitten, für alle Andeutungen und Belehrungen von Freunden und Verwandten. Ich war so sicher. So sicher, dass du mich liebst. So überzeugt, dass meine Liebe stark genug wäre, um alle Schwierigkeiten, die sich uns in den Weg stellen würden, zu überwinden. So überzeugt, dass alle sich in dir irren … nur um zu entdecken, dass alles gelogen war …« Sie schluckte und konnte nicht weitersprechen.

Tony, der sich beherrschen musste, um nicht etwas zu nehmen und zu zerschmettern, atmete tief durch. »Bella, ich habe dich geliebt. In diesem Punkt belog ich dich niemals. Niemals.«

Unfähig, ihn anzuschauen, wandte sie den Kopf und streckte eine Hand aus, um ihn am Weiterreden zu hindern. Er aber ließ sich nicht zurückhalten.

Er umfasste ihre schlanke, widerstrebende Hand und küsste sie. »Elfchen, belogen habe ich dich nie. Ich bestritt niemals, dass ich so wild und verwöhnt war, wie allgemein angenommen wurde.« Als Bella weiterhin den Kopf abgewendet hielt, fuhr er beharrlich fort: »Meinen zwei Frauen war ich kein guter Ehemann. Auch dies bestritt ich nie. Ich war jung. Ich war selbstsüchtig. Ich war arrogant. Und ich heiratete beide aus den falschen Beweggründen heraus. Ich tat Dinge, für die ich mich heute schäme.« Mit Nachdruck fuhr er fort: »Ich kann meine Vergangenheit nicht ungeschehen machen, und ich kann nicht behaupten, dass mein schlechter Ruf ungerechtfertigt wäre.«

Nun riskierte sie einen Blick, und obwohl sie es besser wusste, musste sie die Worte noch einmal hören, brauchte sie die Versicherung, dass sie keinen Mörder liebte, weshalb sie leise fragte: »Gibst du dann zu, dass es wahr ist, was alle sagen? Dass du sie getötet hast?«

Er schüttelte den Kopf und achtete nicht auf den schmerzlichen Stich, den ihre Worte verursachten. »Nein. Wie ich schon mehrfach sagte, habe ich keine der beiden ermordet.« Er ließ ihre Hand los und strich sich müde über die Stirn. »Ich heiratete Mercy meinen Großeltern zuliebe – auch das weißt du. Sie wollten Enkel, und mir erschien es ein Leichtes, ihnen den Gefallen zu tun.« Schlicht erklärte er: »Ich liebte meine Großeltern – trotz meiner Selbstsucht. Ich bestreite ja gar nicht, dass ich selbstsüchtig war, aber ihnen zuliebe hätte ich alles Mögliche getan. Und als meine Großmutter mir Mercy Dashwood, die Enkelin ihrer besten Freundin, vorschlug, sah ich keinen Grund abzulehnen. Mercy war ein gewinnendes kleines Ding, und ich war eingebildet genug, um zu glauben, dass sie für mich sehr brauchbar wäre. Wie auch nicht? Ich war in der Meinung aufgewachsen, die ganze Welt drehe sich nur um mich, warum also nicht auch Mercy?«

Er bedachte Arabella mit einem zynischen Lächeln. »Das Problem war, dass Mercy ebenso verwöhnt und egoistisch war wie ich. In relativ kurzer Zeit gerieten wir uns in die Haare und konnten nicht begreifen, warum keiner sich nach dem anderen richten wollte. Unsere Ehe war kurz und stürmisch, und nach wenigen Monaten waren wir einander unerträglich. Es war weder meine noch Mercys Schuld. Wir waren jung, sie kaum achtzehn und ich einundzwanzig, und beide über die Maßen verhätschelt. Sie brachte mich in Rage, so wie ich sie ebenfalls, aber getötet habe ich sie nicht.« Er stapfte mit finsterer Miene durch den Raum.

»Ich muss freilich mit der Gewissheit leben, dass ich auf gewisse Weise zu ihrem Tod beitrug – wäre ich ihr nicht auf den Fersen gewesen, als sie mit diesem Mann türmte, wäre ihr Wagen womöglich nicht in den Fluss gestürzt. Das werde ich mir bis an mein Lebensende vorhalten.«

Er betrachtete Arabella offen und ehrlich. »Es gibt vieles, das ich bereue, vieles, das ich jetzt anders machen würde. Aber ich kann die Vergangenheit nicht ändern, kann nicht so tun, als wäre ich nicht wütend gewesen, als ich entdeckte, dass Terrell ihr Liebhaber war. Ebenso wenig kann ich leugnen, dass ich ihre Verfolgung mit der Absicht aufnahm, Mercy zurück nach Sweet Acres zu schaffen, als ich erfuhr, dass sie durchgebrannt waren. Das forderte mein Stolz von mir. Aber Mercy und ihren Geliebten kaltblütig ermorden?« Er schüttelte den Kopf. »Nein. Ich bin zwar wie jeder im Stande, jemanden zu töten – etwas anderes wäre gelogen. Wäre es dazu gekommen, ich hätte Terrell im Zweikampf töten können, ohne dass es mir den Schlaf geraubt hätte. Und hätte ich die beiden erwischt – wir wären einander mit schussbereiten Pistolen gegenübergestanden, auch das ist unbestritten. Und nur einer von uns wäre mit dem Leben davongekommen. Was Mercy betrifft …« Er runzelte die Stirn. »Ich nehme an, dass ich unter gewissen Umständen kaltblütig Hand an sie hätte legen können. Aber dass ich grausam Vorteil aus einem schrecklichen Unfall gezogen hätte? Dass ich in den Fluss zum Wrack des Wagens gewatet wäre und sie unters Wasser gedrückt hätte, bis sie ertranken? Nein, das könnte ich nie und nimmer.«

»Tony, was immer zwischen uns liegt, ich habe nie geglaubt, dass du Mercy ermordet hast«, sagte Arabella leise, von seiner Schilderung bis ins Herz getroffen. Es fiel ihr unsäglich schwer, nicht zu ihm zu gehen und ihn zu trösten. Doch das Bedürfnis, ihr eigenes verletzliches Herz zu schützen, war stärker.

Tony blickte sich nach Arabella um, die neben dem Bett

stand. »Du glaubst mir wegen Mercy, aber hast im Fall von Elizabeth Zweifel?«

Ehe sie antworten konnte, war er bei ihr, umfasste ihre Schultern und schüttelte sie.

»Ich gebe zu, dass ich sturzbetrunken war, als ich meinen fünfundzwanzigsten Geburtstag feierte und mich auf die unglückselige Wette einließ, die erstbeste heiratsfähige Frau zu ehelichen, die mir in jener Nacht über den Weg laufen sollte«, bekannte er wild. »Es war die arme Elizabeth Fenton, Gott sei ihrer Seele gnädig, die es traf. Aber ich tötete sie nicht, um eine Ehe zu beenden, die niemals hätte geschlossen werden dürfen.«

»Es spielt keine Rolle mehr«, sagte Arabella verzweifelt. »Das alles habe ich schon gehört – und es ändert *nichts*.«

Tonys Gesicht spiegelte seine Verbitterung. »Kannst du beschwören, dass dich bezüglich ihres Todes keine Zweifel beschleichen? Dass du dich nicht fragst, ob ich mir nicht, wie viele behaupten, ein Alibi verschaffte, indem ich Blackburne bewog, für mich zu lügen? Fragst du dich nicht, ob ich mich nicht in mein eigenes Haus schlich und sie erschoss?«

»Tony, nicht«, flüsterte Arabella. Sie schämte sich, weil sie diese alte Wunde aufgerissen hatte. »Quäl dich nicht so. Ich weiß, dass du nichts dergleichen getan hast. Wer es behauptet, ist gemein und kleinlich.«

Er stieß ein unerfreutes Lachen aus. »Vielen Dank!« Er fixierte den Boden, bleich und angespannt, von Erinnerung an den vergangenen Schmerz überwältigt. »Sie trug mein Kind unter dem Herzen. Ganz einerlei, was ich für sie empfand, ich hätte der Mutter meines Kindes niemals etwas angetan.« Jetzt sah er Arabella erneut an. »Meine Ehe mit Elizabeth war nicht gut, wie du weißt.« Er lächelte bekümmert. »Alle wussten es, so wie alle wussten, wie die Ehe zu Stande gekommen war. Und doch war es keine Farce, wie Mercy und ich gespielt hatten. Elizabeth gab sich mit der Rolle der Frau und Mutter zufrieden und freute sich auf die Geburt unseres Kindes – so wie ich auch. Obwohl wir völlig verschieden waren und nicht viel füreinander empfanden, kamen wir recht gut miteinander aus.«

In der Hoffnung, ihn abzulenken, fragte Arabella mitfühlend: »Hast du dir je die Frage gestellt, wer sie tötete?«

In den blauen Augen blitzte es gefährlich auf, als er murmelte: »Diese Frage stelle ich mir täglich. Elizabeth verdiente dieses Schicksal nicht. Und mein ungeborenes Kind auch nicht. Wenn es einen gütigen Gott gibt, werde ich eines Tages den Mörder finden und so gnadenlos mit ihm verfahren wie er mit ihnen.«

Arabella, die seine unversöhnliche Miene musterte, glaubte ihm – aus gutem Grund. Sie wusste, dass sein Beschützerdrang stark entwickelt war. Er war zu Leyton gegangen, weil er glaubte, dass dieser versucht hatte, sie zu berauben; und weitaus mehr würde es ihn drängen, den Mörder seiner Frau zu jagen, auch wenn er diese nicht geliebt hatte.

Jähe Angst erfasste sie bei der Vorstellung, Tony könnte einem Menschen gegenübertreten, der schon einmal gemordet hatte, und unwillkürlich platzte sie heraus: »Wenn du ihn findest, dann sei auf der Hut, Tony.«

Er schürzte die Lippen. »Gib Acht, Bella, wenn du so sprichst, könnte ich glatt glauben, dir liegt etwas an mir.«

»So ist es, Tony, doch möchte ich nicht wieder den Schmerz erleben, dich im Bett mit irgendeiner Frau zu erwischen, die dir gefällt.«

Er fluchte leise und umfasste ihre Arme fester. »Ich hatte es nicht mit Molly getrieben«, knurrte er. »Mit ihr hatte ich schon Monate zuvor Schluss gemacht.« Seine Stimme wurde rau. »Als ich dich sah, zählte daneben niemand mehr. Ich wollte keine andere mehr.« Auf Arabellas ungläubiges Keuchen hin schüttelte er sie. »Ich war damals in der Hütte, um auf dich und keine andere zu warten, verdammt! Ich wusste, dass du kommen würdest. Warum hätte ich mich mit Molly zu einem Schäferstündchen treffen sollen? Das erklär mir mal!«

Sie riss sich von ihm los. »Ich weiß es nicht!«, rief sie, wieder wütend und verletzt. »Ich weiß nur, dass ich euch beide nackt im Bett überraschte, als ich kam.« Sie funkelte ihn anklagend an. »Sie hatte sich praktisch um dich geschlungen – und deine Arme lagen um sie. Niemand musste mir sagen, was zwischen euch geschehen war. Ich sah euch beide mit eigenen Augen. Es war die größte Kränkung meines Lebens.« Ihre Stimme bebte, als sie an die Wut und den Schmerz von damals dachte, und sie spie hervor: »Noch mehr kränkte ich mich nur, als ich entdeckte, dass unsere ganze Verlobung ein fauler Zauber war und du mich nur umworben hast, weil es wieder einmal um eine Wette ging.«

Mit verkniffenem Mund setzte Tony sich auf den Sessel an der Glastür und zog ärgerlich seine Stiefel an. »Mit dir kann man nicht reden«, sagte er resigniert. Er stand auf und zog Hemd und Jacke an. Sein Halstuch, das er achtlos zu Boden geworfen hatte, hob er auf und stopfte es in die Jackentasche.

»Was machst du da?«, fragte Arabella unsicher, die neben dem Bett stand.

»Ich gehe jetzt – es hat wenig Sinn, dieses Gespräch fortzusetzen«, sagte er barsch.

Arabella, die gegen Tränen und gegen das Verlangen ankämpfte, ihm ins Gesicht zu schlagen, fauchte ihn an: »Du hast wohl Angst, dich deinen Sünden zu stellen? Angst, vor mir zuzugeben, dass du damals mit Blackburne gewettet hast? Ein Schock wäre es für mich nicht – Richard verriet meinem Vater Monate nach unserer Trennung, Blackburne hätte es ihm in einer durchzechten Nacht gestanden. Soll ich jetzt glauben, Richard hätte meinen Vater angelogen und mein Vater mich? Soll ich so tun, als hätte ich nicht gesehen, was ich sah? Kannst du etwas davon bestreiten?«

»Ja, ich gebe zu, dass ich diese verdammte Wette mit Patrick abschloss«, knurrte Tony. »Als ich aber dir begegnete ..., da vergaß ich sie.« Bekümmert setzte er hinzu: » Patrick und ich schlossen dauernd Wetten ab. Auf die Hälfte konnten wir uns nicht mehr entsinnen, wenn wir am nächsten Morgen wieder nüchtern waren. Keiner von uns beiden ist auf die Wette, die dich betraf, besonders stolz, aber keiner von uns kannte dich richtig, und obendrein waren wir ziemlich weggetreten – seinerzeit für uns der Normalzustand. Damals erschien es uns als toller Witz ... zu probieren, ob man das Interesse der ach so kühlen und sittsamen Arabella Montgomery zu wecken vermochte. Alles sprach von der Treue, die du deinem toten Bräutigam hieltest, wie vorbildlich es wäre, dass du sein Gedächtnis so hochhieltest und deinen würdigen Anbetern nicht die kleinste Ermutigung zuteil werden ließest. Wir dachten, es wäre ungeheuer amüsant, wenn ein *unwürdiger* Anbeter dich von deinem Piedestal stürzen könnte.« Mit traurigem Blick gestand er unverhohlen: »Du warst eine Herausforderung, Liebling. Doch unsere Wette war grausam und lieblos. Wir hätten sie nicht abschließen dürfen.« Er lächelte schmerzlich. »Man möchte meinen, ich hätte dazugelernt, nicht?«

Als Arabella in eisigem Schweigen verharrte, sagte er ruhig: »Ich weiß, dass du mich in einer Situation angetroffen hast, wie sie kompromittierender nicht sein kann. Ich weiß aber auch, dass ich mit Molly Dobson an dem Tag, nachdem ich dir begegnete, Schluss machte und sie mit einer großzügigen Summe abfand.«

Sein Blick hielt ihren fest, als er sagte: »Ich ging damals zur Hütte, um mich mit dir zu treffen. Nur mit dir. Ich kam wie immer rechtzeitig an. Du hattest dich verspätet, und ich schenkte mir ein Glas aus einer der Weinflaschen ein, die wir dort vorrätig hatten. Das«, schloss er finsterer, »ist das *Letzte*, das mir in Erinnerung blieb, bis ich die Augen aufschlug und dein entsetztes Gesicht sah.«

Seine Worte erschütterten sie, weil sie sie glauben wollte, aber auch, weil sie wahr klangen, da ihre Schlichtheit ihnen Glaubwürdigkeit verlieh. Trotzdem: Seine Erklärung war mehr als dürftig.

Skepsis sprach aus ihrer Miene, als sie fragte: »Willst du damit sagen, jemand hätte gewusst, dass wir die Hütte für unsere Zusammenkünfte nutzten? Dass dieser Jemand auch wusste, dass wir uns an jenem Abend treffen wollten? Dass er es einrichtete, dass ich zu spät kam? Und der etwas in den Wein tat? Und Molly Dobson hinaus zur Hütte brachte? Willst du dies damit sagen?«

Er runzelte düster die Stirn. »Ich sage nur, woran ich mich erinnere – mehr kann ich nicht tun.«

»Und ich glaube dir nicht«, beharrte sie.

Er presste die Lippen zusammen und ballte eine Hand zur Faust, so wutentbrannt, dass er hervorstieß: »Wärest du ein Mann, ich würde dich dafür niederschlagen.«

Lange maßen sie einander mit funkelnden Blicken. Beide waren wütend und gekränkt, keiner war gewillt, auch nur ein Quäntchen nachzugeben.

»Unsere Situation ist ausweglos«, sagte Tony schließlich. »Offenbar haben wir einander nichts mehr zu sagen.«

Seine Worte klangen so endgültig, dass eine eisige Klinge durch Arabellas Herz fuhr, doch sagte sie nur leise: »Ich würde meinen, dass du Recht hast.«

Mit gesenktem Kopf, so dass sie seinen Ausdruck nicht erkennen konnte, strich Tony eine nicht vorhandene Falte an seinem Jackenärmel glatt.

»Ich muss ein Narr gewesen sein«, sagte er leise wie im Selbstgespräch, »zu glauben, ich würde es diesmal schaffen, dass wir zusammenkommen.« Er sah sie mit erschreckend entrücktem Blick an. »Da ich für uns kein glückliches Ende voraussehe, möchte ich meine Verluste gering halten.« Um seine Lippen zuckte es. »Das Glücksspiel liegt mir im Blut.«

»Was meinst du damit?«, fragte Arabella mit einem Anflug von Panik.

»Nun, nur dass du gewonnen hast, mein Schatz«, sagte er gedehnt. »Jeremy wird seine Schuldscheine erhalten und ich« – sein Ton wurde hart – »werde dir meine Gesellschaft nicht mehr aufdrängen. Du hast, was du wolltest, Arabella. Die Schuldscheine gehören dir, ohne dass sich Bedingungen daran knüpfen. Gleich morgen früh werde ich sie deinem Bruder bringen lassen. Und was deine Verpflichtung als … hm … Geliebte betrifft, so befreie ich dich davon. Betrachte unsere Vereinbarung als beendet. Ich werde dich nicht mehr durch meine Berührung besudeln.«

Damit drehte er sich auf dem Absatz um und ging zur Glastür. Im offenen Eingang blieb er stehen und warf einen kurzen Blick zurück. Dann war er fort und hinterließ nur schwarze Leere, wo er gestanden hatte. Schwarze Leere, wie sie sich auch in Arabellas Innerem ausbreitete.

13

In den verbleibenden Nachtstunden und am ganzen nächsten Tag dachte Arabella ständig an die Ereignisse des unglückseligen Abends mit Tony. Jedes Wort, jede Geste ließ sie Revue passieren und versuchte den Punkt zu ermitteln, von dem an alles schief gegangen war.

Sie hatte niemals Tonys Version seiner zwei Ehen noch die Umstände, unter denen seine Frauen den Tod gefunden hatten, in Zweifel gezogen – ungeachtet aller Gerüchte, die das Gegenteil wissen wollten. Sie wusste, dass er seine wilde, ausschweifende Jugend bitter bereute, dass er sich schämte, wie er mit Mercy umgegangen war, ebenso wie er sich schämte, weil er verantwortungslos gehandelt hatte, als er Mercy und später Elizabeth heiratete.

Sie hatte ihm seine Vergangenheit nie vorgehalten, da sie wusste, wie beide Großelternpaare ihn verhätschelt hatten. Es wäre erstaunlich gewesen, wäre er nicht arrogant und überheblich geworden. Wichtig war nur, dass er nicht so geblieben war, dass er gereift war und versucht hatte, seine Fehler gutzumachen – das glaubte sie wirklich, andernfalls sie sich niemals so in ihn verliebt hätte.

Die Affäre mit Molly Dobson hatte Arabella freilich vor Augen geführt, dass er noch immer im Stande war, mit rücksichtsloser Überheblichkeit zu handeln. Und das Wissen, dass es eine von zahllosen Wetten gewesen war, die sein Interesse an ihr geweckt hatte, vermehrte die Zahl seiner Sünden.

Das ständige Brüten über der Vergangenheit und ihrem Streit war nicht dazu angetan, ihre Lebensfreude zu wecken. Sie versuchte also, Tony Daggett und ihre kurzfristige Gemeinsamkeit aus ihren Gedanken zu verdrängen. Leicht war es nicht.

Montag Nachmittag kam Jeremy zu Besuch, voller Freude, weil er am Morgen die Schuldscheine bekommen hatte, aber gleichzeitig vor einem Rätsel stehend. Mit glänzenden Augen stürmte er herein, als sie in ihrem Zimmer saß und lustlos ein Tischtuch ausbesserte. »Bella, Tony Daggett ist doch kein so übler Bursche. Ich weiß nicht, was ihn zu der Meinungsänderung bewog, doch kam er heute Morgen nach Highview, verlangte mich zu sprechen und übergab mir zu meiner Verwunderung die Schuldscheine. Das von ihm unterzeichnete Dokument solle ich zerreißen.«

Seine Worte trafen sie tief. Jede Hoffnung, dass Tony es vielleicht doch nicht ernst gemeint hatte, war zerstoben. Er wollte offenbar nichts mehr mit ihr zu tun haben – niemals wieder. Wie sie es fertig brachte, vor Jeremy zu lächeln und erfreut zu tun, wusste sie nicht. Als er fröhlich pfeifend wieder davonritt, atmete sie erleichtert auf.

Zu ihrer Enttäuschung entdeckte Arabella, dass Tony ihr schrecklich fehlte. Er war nur für kurze Zeit in ihr Leben zurückgekehrt, doch als aus einer Woche zwei wurden, musste sie entdecken, dass ihr Herzweh ständig schlimmer wurde. Sie versuchte, sich mit der Neuausstattung von Greenleigh abzulenken, doch war ihre Begeisterung irgendwie verpufft, so dass sie sich die Vorschläge der Tidmores gleichgültig anhörte, zuweilen ihre Einwilligung für Anschaffungen oder Renovierungen gab, ohne eine Ahnung zu haben, was sie angeordnet hatte.

Es kam der Abend, an dem die Crockers ihren Ball gaben, und da sie schon vor Wochen ihr Erscheinen zugesagt hatte, kleidete sie sich widerstrebend an und gab Anordnung, einen Wagen anzuspannen, der sie nach Broadmount, der Plantage der Crockers, bringen sollte. Sie hatte gehofft, dass das Zusammensein mit Freunden ihre Laune heben und ihrem Trübsalblasen ein Ende machen würde, stattdessen aber kam sie niedergeschlagener und verwirrter nach Hause, als sie losgefahren war.

Tony war ebenfalls bei den Crockers zu Gast. Sie war erschrocken, als sie ihn gesichtet hatte, den dunklen Kopf gesenkt, als er aufmerksam Margaret, der ältesten Tochter der Crockers, lauschte. Das Lächeln, das er der strahlenden Margaret schenkte, war nicht dazu angetan, Arabellas Seelenfrieden zu fördern.

Es war natürlich nicht verwunderlich, Tony bei den Crockers zu sehen. Er war reich und aus guter Familie, und sein hübsches Gesicht und seine guten Manieren öffneten ihm manche Tür, die ihm seines Rufes wegen verschlossen geblieben wäre. Mochte man seine Lebensweise beklagen und ihn zum Gegenstand blühenden Klatsches machen, so widerstanden doch nur Pedanten wie ihr Vater und Mr. Haight der Versuchung, die das Vermögen und der Name der Daggetts darstellten.

Die alten Crockers waren herzliche Menschen, bekannt für ihre Gastlichkeit und ihre langwährende Freundschaft mit Tonys Großeltern. Tonys Anwesenheit war daher nicht die Sensation, wie es auf einem Ball in einem anderen Haus der Fall gewesen wäre.

Arabella sorgte mit Absicht dafür, dass sich die ganze Länge des im ersten Stock des anmutigen Crockerschen Hauses gelegenen Ballsaales zwischen ihr und Tony erstreckte. Das war relativ einfach, da Tony von Margaret völlig gebannt schien. Arabella sagte sich, dass sie *nicht* eifersüchtig sei, doch war sie plötzlich der Auffassung, ihre Zuneigung zu Margaret sei vielleicht unangebracht. Das junge Mädchen war einfach zu dreist … unmöglich, wie sie geradezu an Tonys Lippen hing und unverschämt mit ihm flirtete. Es war schändlich!

Als sie entdeckte, dass es ihrer Laune nicht gut tat, Tony und Margaret zu beobachten, bahnte sie sich rasch den Weg durch die dichte Menge zu einem der Tische mit Erfrischungen in einem angrenzenden Raum. Sie ließ sich ein Glas Limonadenpunsch reichen und betrachtete die angebotenen Köstlichkeiten, ehe sie befand, dass sie nicht hungrig war – nicht einmal die verlockenden mit Huhn und frischen Erbsen gefüllten Pastetchen konnten sie reizen.

Sie erspähte Mary und Agatha, die mit ein paar anderen älteren Damen an einer Wand des Ballsaales thronten, und schlenderte zu ihnen. Begrüßungen wurden ausgetauscht, rasch wurde ihr ein Stuhl zurechtgerückt, und sie setzte sich, um sich zu amüsieren – auch wenn es sie umbringen sollte.

Eine Weile amüsierte sie sich tatsächlich. Mary erzählte eine lustige Geschichte von ihren zwei Jüngsten und einem kleinen Waschbär, den sie nach Hause gebracht hatten, und Agatha setzte Arabella erneut in Erstaunen, als sie locker und anschaulich über ihre Reise flußaufwärts nach Natchez berichtete.

»Es verging keine Nacht, in der ich nicht aufzuwachen befürchtete, um zu entdecken, dass wir überfallen worden waren. Gerüchte gingen um, dass diese schrecklichen Harpe-Brüder sich in der Gegend herumtrieben.« Sie schauderte theatralisch. »Man weiß ja, was mit uns geschehen wäre, hätten wir ihren Weg gekreuzt.«

Einige Damen nickten dazu. Schauergeschichten über die von den Brüdern Harpe – Micajah, ›Big Harpe‹ und Wiley, ›Little Harpe‹ – verübten Gräuel waren entlang des Natchez Trace, ihren bevorzugten Jagdgründen, in aller Munde. Obwohl der Trace in Natchez endete, wusste man, dass die Harpes auch die Gegend weiter südlich unsicher machten, so dass Agathas Ängste nicht ganz unbegründet waren. Geschichten von ihren Morden und anderen Schandtaten sorgten für schaurige Unterhaltung, doch im hell erleuchteten Ballsaal von Broadmount, inmitten einer vergnügten Schar von Freunden und Verwandten, genossen die Damen es, grausige Einzelheiten über die ›schrecklichen Harpes‹ auszutauschen.

In Gedanken an die lange, dunkle Rückfahrt, die sie nur in Begleitung Tidmores zurücklegen würde, war Arabella froh, als das Thema gewechselt wurde und man über die Romanze einer langjährigen Witwe und eines älteren Hagestolzes sprach. Da sie an dem Thema nicht wirklich interessiert war, war sie nicht sehr aufmerksam und ließ ihren Blick durch den Raum wandern. Wie der Zufall es wollte, fing sie über die ganze Länge des Saales Tonys Blick auf, und ihr Herz sank jäh.

Er sah sie so eindringlich an, dass seine strahlend blauen

Augen sie festzunageln schienen. Dabei blieb seine Miene ernst und undurchdringlich. Hätte sie es nicht besser gewusst, hätte sie vermutet, dass er unglücklich, ja wütend sei, da sie ihn aber nur Minuten zuvor lachend und mit Margaret scherzend gesehen hatte, war sie sicher, dass sie seinen Ausdruck missdeutete. Außerdem, sagte sie sich, als sie ihren Blick von ihm losriss und blind die Tanzpaare anstarrte, hat er keinen Grund, unglücklich oder gar zornig zu sein – er war es ja, der ihre Beziehung beendet hatte!

Für den Rest des Abends schaute sie unbeirrt geradeaus, um nicht noch einmal Tonys beunruhigenden Blick zu riskieren. Sie lachte und plauderte munter mit Freunden und Verwandten, flirtete freundschaftlich mit Richard Kingsley, tanzte mit Burgess Daggett, später mit Richard und noch später mit Franklin. Sie wechselte sogar ein paar Worte mit Alfred Daggett und brachte für Vincent Walcott ein höfliches Nicken zu Stande. Auch mit Mr. Haight, der mit seiner rundlichen kleinen Frau erschienen war, wechselte sie ein paar belanglose Worte.

Sie schaffte es nicht nur, Distanz zu Tony zu halten, sondern konnte auch Patrick Blackburne ausweichen. Wer sie beobachtete, hätte annehmen können, dass sie sich köstlich amüsierte. Ganz sicher hätte niemand vermutet, dass ihr Herz gebrochen war und sie sich weit fort wünschte.

Wie sie den Rest des schrecklichen Abends hinter sich brachte, wusste sie nicht. Sie erwog zu gehen, sobald es sich einrichten ließ, ohne unhöflich zu sein. Nur das bittere Wissen, dass Tony Zeuge ihres frühen Aufbruchs sein würde, hielt sie davon ab und ließ sie lange, nachdem sie hatte gehen wollen, lächeln und plaudern. Kurz nach ein Uhr morgens sah sie aus dem Augenwinkel, dass Tony sich von den Crockers verabschiedete. Ihre Tortur hatte ein Ende. Tony war kaum verschwunden, als sie auch schon den Crockers Lebewohl sagte und bat, ihren Wagen vorfahren zu lassen.

Einzig darauf bedacht zu enteilen, hatte sie die Tür fast erreicht, als Richard sie einholte. Er lächelte sie an und fragte leise: »Es wäre mir eine Ehre, dich nach Hause zu bringen. Gestattest du?«

Arabella, der die Geschichten über die Harpe-Brüder noch in den Ohren klangen, begab sich gern unter seinen Schutz.

Mit einem höflichen Handkuss bat er sie: »Nur eine Minute – ich muss mich noch von den Crockers verabschieden und mein Pferd bringen lassen.«

Mit ihrem grünen, fein gemusterten Tuch um die Schultern wartete sie vor dem Hauseingang. Vielleicht hatte sie sein Angebot zu voreilig angenommen. Normalerweise hätte sie sich Richard auf Distanz gehalten, wohl wissend, dass er insgeheim erwog, die bestehenden Bande zwischen ihnen durch eine zweckdienliche Heirat zu festigen. Ihr Vater hatte Richards behutsame Werbung gebilligt, und sie selbst konnte nicht behaupten, dass eine Ehe mit Richard so schlimm gewesen wäre. Es gab so vieles, was ihn empfahl: Er war vornehmer Herkunft, sah gut aus, war reich und recht nett. Arabella runzelte die Stirn. Er war aber auch eitel, selbstsüchtig und von sich und seinen Ansichten sehr eingenommen. Obwohl sie oft Grund hatte, sich über ihn zu ärgern, missfiel er ihr nicht völlig, und es war schmeichelhaft, von einem Gentleman in Kingsleys Stellung – wenn auch nur lau – umworben zu werden. Doch war sie vor ihm immer auf der Hut gewesen. Was er gegen Tony vor und während ihrer Verlobung vorgebracht hatte, war nicht dazu angetan, ihre Sympathien für ihn steigen zu lassen, selbst wenn seine Motive lauter gewesen wären, was sie bezweifelte.

Aber an diesem Abend hatte er sie in einem schwachen Moment erwischt, und sie hatte ihm mehr Ermutigung zuteil werden lassen als unter normalen Umständen. Zweifel über die Klugheit ihres Vorgehens nagten zunehmend an ihr, und sie sah seine hoch gewachsene Gestalt mit steigendem Widerstreben näher kommen. Nun, das habe ich mir selbst zuzuschreiben, gestand sie verärgert ein. Und wenn er mit seiner Werbung Druck ausübt oder gar Annäherungsversuche macht, verpasse ich ihm ein paar Ohrfeigen, die er nicht so leicht vergessen wird. Heute bin ich nicht in Stimmung für Tändelei – nicht einmal für ehrbare Tändelei.

Mit einem Lächeln auf den Lippen, das nichts von ihren Gedanken verriet, legte sie die Hand auf Richards Arm. Sie gingen über die breite Veranda und traten hinaus auf die Zufahrt, wo Tidmore mit ihrem Wagen wartete. Richards nervöser Brauner wurde von einem kleinen schwarzen Jungen rückwärts an ihren leichten Wagen angebunden.

Die Veranda und die breiten, zur Zufahrt führenden Stufen wurden von mehreren Laternen erhellt, und sie hatten eben die halbe Veranda hinter sich gebracht, als Arabella Tony bemerkte, der mit dem Rücken zu ihr auf der zweiten Stufe stand. Seine breiten Schultern und die arrogante Kopfhaltung hätte sie überall erkannt. Sie erstarrte aus Abwehr gegen eine mögliche Begegnung.

Richard fühlte ihre Spannung. Als er Tony bemerkte und den Grund für ihre Reaktion ahnte, beugte er sich näher und murmelte: »Du hast nichts zu befürchten, meine Liebe. Ich werde nicht zulassen, dass er eine Szene macht.«

Sie lächelte leicht. Bis zu diesem Moment hätte sie es nicht für möglich gehalten, Richard einmal tatsächlich dankbar zu sein.

Sie änderten leicht die Richtung, um am anderen Ende die Stufen hinunterzugehen, als eine Frauenstimme die Nacht durchdrang und sie und einige andere Gäste, die nach ihnen aufgebrochen waren, innehalten ließ.

»Du skrupelloser Verführer! Mich mittellos und allein zurückzulassen … ohne einen Gedanken an die Zukunft!«

Arabella erkannte Molly Dobsons Stimme und erspähte sie auch sofort, da Molly am Rand der Zufahrt stand und das flackernde Laternenlicht gespenstisch auf ihre blonde Schönheit fiel. Arabella, die das Gefühl hatte, einen Alptraum zu erleben, blieb wie angewurzelt stehen, unfähig, sich zu rühren. Der ganze Schmerz jener letzten, schrecklichen Begegnung, als sie Molly gesehen hatte, überwältigte sie, und fast glaubte sie, in Ohnmacht zu fallen.

Gegen das schwarze Nichts ankämpfend, das sie aufzusaugen drohte, geriet sie ins Schwanken, und Richards Arm legte sich rasch um ihre Taille und umfing und stützte sie. Sie errötete vor Zorn, weil sie Schwäche gezeigt hatte, und fasste sich sofort wieder.

Kerzengerade dastehend, sagte sie leise: »Mir geht es tadellos, danke. Ich brauche keine Hilfe.«

»Richtig – der arme Tony ist es, der Hilfe braucht«, äußerte Richard voller Schadenfreude.

So schmerzlich die Situation für sie auch war, Arabella konnte nicht umhin, Mitleid mit Tony zu empfinden. Auf so peinliche und öffentliche Weise mit der Vergangenheit konfrontiert zu werden, konnte nicht angenehm sein – selbst nicht für jemanden wie Tony Daggett.

»Du hast mich mit leeren Händen zurückgelassen!«, schluchzte Molly in Mitleid erregendem Ton. In ihren blauen Augen standen Tränen, ihre Züge waren bleich und verhärmt. »Hast du dich nie gefragt, was aus mir werden soll?«

Falls Tony etwas empfand, gab er von seinen Gefühlen nichts preis. Hocherhobenen Hauptes und breitbeinig, als gelte es, einen Angriff abzuwehren, sagte er kühl: »Wohl kaum. Meiner Erinnerung nach wurdest du für deine Dienste bezahlt, und zwar Monate, ehe ich Natchez verließ.«

»Du gemeiner Kerl! Du hast mich ruiniert!«, spie Molly hervor. Ihre Wut verlieh den Worten den Anschein von Wahrhaftigkeit. »Ich war ein armes unschuldiges Kind, bis du mich verführt und dann herzlos weggeworfen hast, so dass ich mich auf die einzige mir zu Gebote stehende Weise allein durchschlagen musste!«

Tony lachte aufrichtig erheitert. »Molly, die Tour läuft nicht bei mir, und das weißt du. Du warst nicht unschuldig.« Er belächelte ihre Entrüstung.

»Wie kannst du es wagen, solche Lügen über mich zu erzählen!«, kreischte sie mit geballten Fäusten und vor Wut verzerrtem Gesicht. Dies war nicht die Reaktion, die sie erwartet hatte. Er hätte Scham und Verlegenheit zeigen sollen. Er hätte sich gedemütigt davonschleichen sollen …

Aber Tony tat nichts dergleichen. Wenn überhaupt, schien ihn die Szene zu amüsieren. Die schockierten und angewiderten Mienen der Gäste, die wider Willen Augenzeugen dieser hässlichen Szene geworden waren, schien er nicht wahrzunehmen. Er war von sich eingenommen wie immer und benahm sich, als wären er und Molly allein mit einer kleinen Meinungsverschiedenheit und nicht von einem Dutzend Honoratioren umringt, Männern und Frauen, die seine intimsten Angelegenheiten mitbekamen.

»Von wagen kann nicht die Rede sein«, sagte nun Tony gedehnt. »Dein Beruf ist allgemein bekannt. Ich war nur einer von vielen …« Sein Ton wurde hart. »Ich würde viel dafür geben, um zu erfahren, wer dich zu dieser kleinen Scharade anstiftete.«

»Scharade!«, kreischte Molly. »Nein, das ist keine Scharade – du hast mich verlassen, mich eiskalt meinem Schicksal preisgegeben.« Von ihren Gefühlen überwältigt, geriet ihr üppiger Busen heftig in Bewegung. »Ist dir nie der Gedanke gekommen, dass du mir vielleicht etwas hinterlassen haben könntest, als du fortgingst?«, fragte sie und näherte sich den Stufen, auf denen er stand.

Arabella konnte aus der Entfernung sehen, dass Tony versteinerte.

»Und was soll das heißen?«, fragte er böse.

Erfreut über seine Reaktion, lächelte Molly. »Nun, mein Lieber, als du nach England gingst, hast du mir ... dein Kind hinterlassen!« Sie griff hinter sich und schob einen kleinen, etwa fünfjährigen Jungen vor. An die entsetzten Zaungäste gewendet, schluchzte sie: »Was soll ich tun? Wie soll ich seinen Sohn und mich durchbringen? Was für ein Mensch ist das, der sein eigenes Fleisch und Blut so grausam und lieblos verlässt?«

»Das reicht!«, herrschte Tony sie an. Seine Belustigung war wie weggepustet. Die Stufen überspringend, packte er Mollys Arm und schüttelte sie leicht. »Noch ein Wort und ich drehe dir den Hals um. Aber ehe es dazu kommt, möchte ich wissen, warum du das inszenierst? Wer hat dich angestiftet, diese gemeinen Lügen zu verbreiten? Sag schon, verdammt!«

Molly riss sich los und rief: »Sehen Sie, wie er mich bedroht und misshandelt? Ich frage Sie, benimmt sich so ein Gentleman ... oder ein Schuft?«

Leises, zorniges Gemurmel der Leute von der Veranda war zu hören, und William Crocker, dem Mr. Haight eilig hinterbracht hatte, was sich vor dem Haus zusammenbraute, drängte sich rasch durch. Er legte Tony die Hand auf die Schulter und raunte ihm etwas ins Ohr, worauf dieser nickte.

Leise grollend sagte Tony: »Komm, Molly, wir wollen es unter vier Augen zu einem Ende bringen.«

Molly behauptete sich. Sie sah Mr. Crocker flehentlich an. »Er soll erst schwören! Er soll schwören, dass er mir und unserem Sohn nichts antut. Er soll einen Eid leisten!«

Tony knirschte hörbar mit den Zähnen. »Ich greife Kinder nicht an und schwöre, dass ich dir kein Haar krümmen werden – heute!«, knurrte er. »Darüber hinaus schwöre ich nichts.«

Molly lächelte liebreizend und neigte den Kopf. »Das reicht«, sagte sie leise. Sie umfasste die Schultern des Jungen, als sie sich von Tony ins Haus führen ließ und damit den empörten und zugleich faszinierten Blicken der Zuschauer entzogen wurde.

Kaum war das Trio in der Dunkelheit jenseits des Laternenscheins verschwunden, schienen sich alle zu schütteln. Man rieb sich die Augen, als könne man das eben Erlebte nicht fassen. Gleich darauf war lautes Stimmengewirr zu hören, entrüstet, und nach den wenigen Worten zu schließen, die Arabella aufschnappte, für Tony Daggett nicht sehr schmeichelhaft.

»Ich bedauere, dass du das sehen und hören musstest«, sagte Richard, als er Arabella die Stufen hinunter und zu ihrem Wagen geleitete.

Sie lächelte andeutungsweise. »Warum? Es ist doch ein Beweis für deine oft geäußerte Meinung von Tony, oder?«

Richard seufzte. »Allerdings, doch hätte ich um nichts auf der Welt gewollt, dass du auf so schmerzliche Weise erfahren musst, wie sein wahrer Charakter ist.«

»Nichts könnte schmerzlicher sein als das, was er mir vor fünf Jahren antat«, erwiderte Arabella knapp. »Könnten wir jetzt das Thema fallen lassen?«

»Natürlich. Ich weiß, dass es für dich unangenehm ist.«

Richard war im Begriff, ihr in den Wagen zu helfen, als William Crocker auf sie zukam. Sein zerfurchtes Gesicht wirkte unglücklich, als er eine Hand Arabellas ergriff und sagte: »Es tut mir unendlich Leid, dass du diese hässliche kleine Szene erleben musstest, meine Liebe, doch glaube ich, dass Tony diesmal keine Sünde beging, sondern dass vielmehr an ihm gesündigt wurde.«

»Was heißt das?«, fragte Arabella mit großen Augen, aus denen unwissentlich Hoffnung sprach.

Mr. Crockers Mund wurde schmal. »Es ist kein Thema, das ich normalerweise mit einer jungen Dame besprechen würde. Angesichts deiner vergangenen Beziehung zu Tony glaube ich aber, du solltest wissen, dass er zwar wild und ungestüm und, jawohl, auch gedankenlos gewesen sein mag. Doch kann mich keine Macht der Welt davon überzeugen, dass auch nur ein einziges Wort dieser Furie wahr ist.« Er sah Arabella tief in die Augen. »Sie war seine Geliebte – das steht fest –, doch weiß ich mit Sicherheit, dass er mit ihr brach und sie mit einer großzügigen Summe abfand, ehe ihr beiden euch verlobt habt.« Er lächelte unmerklich. »Die Begegnung traf ihn wie ein Blitz, und binnen Tagen, nachdem er dich kennen lernte, hatte er sich von Molly Dobson getrennt.« Seine Miene wurde ernst. »Aber auch wenn ich das nicht wüsste, würde ich beim Leben meiner Kinder schwören, dass er niemals sein Fleisch und Blut verleugnet oder verlassen hätte.«

»Ach, kommen Sie, Crocker«, unterbrach ihn Richard, dessen blaue Augen vor Ärger blitzten. »Wird Ihre Meinung nicht von Ihrer Zuneigung zu ihm und seinen Großeltern gefärbt?«

Crockers Kinn straffte sich. »Nein. Man ist sich darin einig, dass Tony Daggett kein Lügner ist, und wenn Tony sagt, dass das Kind nicht von ihm ist, glaube ich ihm«, sagte er gemessen und bedachte Richard mit einem Blick, der einen anderen in die Flucht geschlagen hätte. Er sah Arabella an, als er sagte: »Tony wird viel angelastet, was reiner Klatsch und pure Spekulation ist – und leider muss ich sagen, dass Tony nichts unternimmt, um dem entgegenzuwirken. Ich kann nicht abstreiten, dass er in seiner Jugend verwöhnt wurde, doch hatte er stets, auch damals, ein gutes und freundliches Herz. Und gelogen hat er nie, ebenso wenig, wie er versuchte, seine zahlreichen Verfehlungen zu verheimlichen.« Er lächelte schmallippig. »Tony würde es ähnlicher sehen, sich mit seinem Sohn vor den hochnäsigen Matronen und steifleinenen Gentlemen zu brüsten, als das Kind zu ignorieren. Wer Tony auch nur ein bisschen kennt, weiß, dass das die Wahrheit ist.«

Arabella wollte Tony nicht entschuldigen, doch hatte das, was Mr. Crocker sagte, einiges für sich. Es war viel wahrscheinlicher, dass Tony ein illegitimes Kind den Lästerzungen unter die Nase gehalten hätte, anstatt es zu verstecken. Die Tatsache, dass er seine wilden Streiche unverfroren eingestand und die schmählichen Geschichten, die man ihm andichtete, mit Gleichmut hinnahm, war einer der Gründe, weshalb der Klatsch sich so gern seiner bediente.

Arabella entzog Mr. Crocker ihre Hand mit einem kleinen unglücklichen Lächeln. »Danke – aber Tony und ich haben einander nichts mehr zu sagen.«

Mr. Crocker nickte bekümmert. »Was ein Jammer ist – Sie sind wie geschaffen füreinander.«

Mr. Crocker, der Arabella verlegen und elend zurückließ, drehte sich um und ging wieder die Stufen hinauf. Richard half ihr in die Kutsche und kletterte hinterher.

Die ersten paar Meilen wurde wenig gesprochen, da Arabella sich mit Mr. Crockers Worten zu trösten versuchte und doch nicht sehen konnte, wie diese die Situation zwischen ihr und Tony hätten ändern sollen. Tony hatte es klar gemacht, dass er nichts mit ihr zu tun haben wollte. Sie biss sich auf die Unterlippe. Nein, nicht ganz – er hatte ihr die Ehe angeboten, und in ihrer Feigheit war sie davor zurückgeschreckt.

Sie hatte ihn gekränkt, sehr tief sogar, doch welche andere Antwort hätte sie ihm geben können. Die Vergangenheit machte eine gemeinsame Zukunft für sie unmöglich.

Richard, der neben ihr saß, tätschelte plötzlich ihre Hände, die sie im Schoß hielt, und sagte: »Denk nicht mehr daran, meine Liebe. Und halte dir vor Augen, dass die Crockers Tony auch angesichts überzeugender Gegenbeweise ständig verteidigt haben. Er ist ein Schurke schlimmster Sorte und verdient deine Zuneigung und Treue nicht.«

Arabella behielt ihre Gedanken für sich. Mit Richard über Tony zu streiten, hatte keinen Sinn. Richard hatte Tony immer verachtet, und die heutige schändliche Szene würde an seiner Meinung nichts ändern.

Trotz ihrer besten Absichten konnte sie nicht umhin, spitz zu bemerken: »Ist es nicht interessant, dass Tonys Sünden sich wenig von jenen unterscheiden, die du und viele andere Gentlemen in Natchez begehen, und doch wird über euch keiner die Nase rümpfen?«

Richard errötete in der Finsternis des Wageninneren. »Ich weiß nicht, wovon du redest«, sagte er steif. »Ich hab mich nie aufgeführt wie Tony Daggett.«

Mit unschuldiger Miene fragte sie: »Ach so? Du hast also nie eine Geliebte ausgehalten? Wenn ich mich recht erinnere, war sogar Molly einmal deine Geliebte. Hast du nie die Nächte am Spieltisch verbracht oder eine gewagte Wette abgeschlossen? Bist du nie angetrunken nach Hause gekommen?«

Sein Ton wurde hart. »Das sind Themen, die ich mit dir nicht besprechen möchte.«

Arabella lachte auf. »Ach, komm. Ich bin doch kein einfältiges junges Ding, das vom Leben nichts weiß, sondern eine erwachsene, selbstständige Frau. Außerdem bist du nicht irgendjemand – wir kennen einander seit Jahren und sind verschwägert. Ich verspreche dir, dass ich nicht schockiert sein werde. Warum sollen wir solche Themen nicht besprechen dürfen? Es wäre viel interessanter als diese höfliche Konversation.«

»Für eine wohlerzogene Dame schickt es sich in *keinem* Alter, von solchen Dingen zu reden«, maßregelte Richard sie. »Wenn du nicht schockiert bist, dann bin ich es! Und ich möchte bestimmt keine Frau heiraten, die über diese Themen locker plaudert!«

»Dann trifft es sich gut, dass ich als deine Frau ohnehin nicht in Betracht komme«, konterte Arabella kühl.

»Aber Bella«, setzte er nun schmachtend an, »ich wollte dich nicht verärgern, und was das andere …« Er griff nach ihrer Hand, führte sie an die Lippen und drückte einen glühenden Kuss darauf. »Du weißt, was ich für dich empfinde.«

Arabella entriss ihm ihre Hand. »Nein, das weiß ich nicht und möchte es auch gar nicht wissen. Ich weiß deine Begleitung nach Greenleigh zu schätzen, Richard, aber wenn du dich albern benimmst und mir den Hof machst, wäre es mir lieber, du würdest auf dein Pferd steigen und nach Hause reiten.«

»Deinem Vater hätte man gehörig die Meinung sagen sollen, weil er dich so eigenwillig und vorlaut werden ließ«, fuhr er sie beleidigt an. »Weißt du, dass du widernatürlich bist? In deinem Alter sollte die Ehe an erster Stelle deiner Wünsche stehen, damit du nicht als hoffnungslose alte Jungfer endest. Anstatt mich abzukanzeln, solltest du froh über mein Interesse sein.« Inzwischen hatte er sich beruhigt und setzte zuversichtlich hinzu: »Ohne mich dessen rühmen zu wollen, könnte ich dir ein Dutzend junger Frauen nennen, die überglücklich wären, wenn ich um sie anhielte.«

»Warum begleitest du dann nicht eine von ihnen nach Hause?«, fragte Arabella einschmeichelnd.

Richard atmete tief durch. »Bella, ich möchte nicht mit dir streiten.«

»Dann tu es nicht! Schneide ein Thema an, das wir beide friedlich besprechen können, dann werden wir gut miteinander auskommen.«

Es war klar, dass er sich die Fahrt nach Greenleigh anders vorgestellt hatte, doch verbarg Richard seine Enttäuschung und plauderte nun über belanglose Dinge: den Ball bei den Crockers, das Wetter, seine Hoffnung auf eine gute Ernte und andere völlig unverfängliche Themen. Bis der Wagen eine Weile später vor den Stufen von Greenleigh vorfuhr, war Arabella von ganzem Herzen gelangweilt und froh, als sie ihm Abschied nehmend zuwinken konnte.

Der Stiefelmann war mit sich recht zufrieden. Molly hatte ihre Rolle gut gespielt, und die Einführung des Jungen war eine geradezu meisterhafte Pointe. Die Schar der Zaungäste war groß und vielfältig zusammengesetzt, und Arabellas Gegenwart hatte die ganze Szene vollkommen gemacht.

Er runzelte die Stirn. Crockers Einschreiten hatte ihm nicht gefallen – auch sein Gespräch mit Arabella nicht. Dieser wichtigtuerische alte Narr hätte alles vermasseln können. Doch alles in allem war er recht zufrieden. Und seine Sorge, Tony und Arabella könnten erneut Gefallen aneinander finden, war endgültig begraben. Arabella war ein stolzes Geschöpf und würde Tonys offenkundige Grausamkeit Molly gegenüber vermutlich nie verzeihen. Das Kind war natürlich der letzte große Schlag. Auch wenn Arabella sich mit Tonys Weibergeschichten abfinden konnte, über den Jungen würde sie garantiert nicht hinwegkommen. Ja, der Kleine war die Krönung, der Keil, der die aufkeimende Beziehung zwischen Tony und Arabella endgültig sprengte.

Der Stiefelmann befand sich diesbezüglich im Irrtum und hätte sich sehr geärgert, hätte er geahnt, dass sein brillanter Plan, Tony ein für alle Mal zu ruinieren, Arabella dazu bewog, sich ernsthaft durch den Kopf gehen zu lassen, was sie an diesem Abend erfahren hatte, und die Vergangenheit von neuem einer schmerzhaften Betrachtung zu unterziehen.

William Crockers Worte hatten sie sehr beeindruckt und ihr wichtige Züge von Tonys Charakter in Erinnerung gerufen, die sie vor Schmerz und Wut vergessen hatte. Tony war vieles, aber kein Lügner. Es war, wie Mr. Crocker festgestellt hatte, viel wahrscheinlicher, dass er sich mit seinen Sünden brüstete, als dass er sie leugnete. So unglaublich es schien, und es schien so, Tonys Version von jener Nacht in der Hütte mit Molly Dobson war eventuell die Wahrheit. Nach so langer Zeit und nach allem, was sich zugetragen hatte, stellte sich tatsächlich die Frage, warum er so hartnäckig bestritt, sich damals mit Molly verabredet zu haben.

Arabella entließ Tidmore für den Abend und suchte ihr Schlafzimmer auf. Sie schickte auch Martha fort, so dass sie allein war, als sie sich entkleidete und in ihr Nachtgewand schlüpfte. Ihre Bettdecke war einladend zurückgeschlagen, eine Kerze brannte auf dem Tisch daneben, doch trotz der späten Stunde stellte sie fest, dass sie wie aufgedreht war.

Ihr dünnes Batistnachthemd umschwebte ihre nackten Füße, als sie ruhelos auf und ab ging, aufgewühlt von ihren Gedanken. Sie hatte immer geglaubt, Tony hätte gelogen. Was aber, wenn es nicht der Fall war? Angenommen, jemand hatte die Szene inszeniert, die sie angetroffen hatte?

Sie runzelte die Stirn. Aber warum? Wer war so vehement gegen ihre Ehe, dass er sich der Mühe unterzog, ihren Glauben an Tony zu zerstören. Offenbar jemand, der nicht wollte, dass sie heirateten. Und das konnte halb Natchez sein, wie sie resigniert zugeben musste. Ihr Vater und Mary hatten sich mit aller Kraft gegen ihre Heiratspläne ausgesprochen. Richard ebenso. Sogar Tonys Onkel Alfred hatte ihr deutlich zu verstehen gegeben, dass er sie für verrückt hielt, weil sie Tony heiraten wollte. Auch Franklin und Burgess hatten diese Meinung vertreten, ihr aber weniger lautstark Ausdruck verliehen. Es gab noch andere: Mr. Haight, die Gayles und die Dennings … eine schier endlose Liste.

Arabella wollte nicht glauben, dass jemand, vielleicht sogar ein Familienmitglied, es mit Absicht darauf angelegt hatte, ihre Verlobung mit Tony zu verhindern, und doch musste sie feststellen, dass sie genau diese Idee ernsthaft in Betracht zog.

Seitdem sie Tony und Molly zusammen in der Hütte ertappte, hatte sie sich an den augenscheinlichen Beweis geklammert. Jetzt wurde ihr klar, dass sie zu verletzt und erschrocken gewesen war, um klar zu denken. Es war einfacher gewesen, den Anblick von Tony und Molly im Bett aus ihrem Bewusstsein zu verbannen und zu glauben, dass Tony genauso schlecht war, wie man es von ihm behauptete. Gedemütigt und tief verletzt, hatte sie mit Vorwürfen reagiert, als Tony versucht hatte, ihr alles zu erklären. Was aber, wenn Tony die Wahrheit gesagt hatte? Das hatte sie nie in Betracht gezogen. Und ich hätte es tun sollen, dachte sie gepeinigt. Wenn ich ihn geliebt hätte, wie ich immer behauptete, hätte ich ihm im Zweifelsfall nicht glauben sollen? Hätte ich ihn nicht wenigstens anhören und dagegen ankämpfen sollen, dass mein Gefühlswirrwarr mein Denkvermögen vernebelt?

Während sie den Raum durchmaß und einen Ausweg aus dem Irrgarten suchte, in dem sie sich befand, wurde eines klar. Mr. Crocker hatte Recht: Tony war kein Lügner. Wenn also Tony gesagt, nein geschworen hatte, dass er sich damals mit Molly nicht verabredet hatte, dann stimmte es. Wenn aber nicht er das Treffen arrangiert hatte, überlegte sie voller Unbehagen, wer dann?

14

Während Arabella und Richard Kingsley von Broadmount losfuhren, führte Tony Molly Dobson und ihren Sohn eilig in das kleine Arbeitszimmer William Crockers, wo sie ungestört reden konnten. Tony, der die Tür energisch hinter sich schloss, musterte Molly und das Kind, die ihm in der Mitte des Raumes gegenüberstanden, entnervt.

Den kleinen Jungen, der sich an Mollys blaues Kleid klammerte, nahm Tony kaum zur Kenntnis, als er finster sagte: »So, jetzt sind wir allein. Du brauchst also nicht weiter zu schauspielern. Ich möchte auf der Stelle wissen, was du mit deinen verdammten Lügen erreichen möchtest. Aber noch wichtiger ist mir die Identität der Person, die dir diese Idee in den hübschen Kopf setzte.«

Molly zuckte mit den Achseln. »Ich weiß nicht, wovon du redest – niemand hat mir Ideen in den Kopf gesetzt.« Sie wich seinem Blick aus und spielte nervös mit den weichen, dunklen Locken ihres Sohnes.

»Und ich bin sicher, du wirst so lange behaupten, deine Geschichte sei wahr, bis ich dir genügend bezahle, um sie zu ändern. Wie viel wirst du mich diesmal kosten?«, fragte er matt. »Was muss ich dir bezahlen, um die Wahrheit zu erfahren?«

»Du glaubst wohl, Geld würde alles lösen«, fauchte Molly ihn an. »So ist es aber nicht! Du hast gehört, was ich heute sagte, und ich nehme nichts davon zurück.«

Seine Miene verschloss sich. Tony betrachtete sie nachdenklich. Es musste um einen großen Betrag gehen. Die Molly, die er gekannt hatte, war geldgierig. Sicher schwieg sie jetzt nur, weil ihr eine Summe winkte, die er vermutlich nicht überbieten konnte. Er furchte die Stirn. Es sei denn, natürlich, sie schwieg aus Angst. War dies der Fall, gab es keine Hoffnung, die Wahrheit aus ihr herauszubekommen.

Er versuchte es anders und fragte: »Wer ist wirklich der Vater des Jungen?« Und als Molly antworten wollte, setzte er scharf hinzu: »Und versuch ja nicht, mir ihn als mein Kind einzureden. Egal welchen Unsinn du jetzt draußen verbreitet hast, du weißt verdammt gut, dass wir uns ein halbes Jahr vor deinem … überraschenden Besuch vor fünf Jahren in der Hütte bei Greenleigh trennten.« Er lächelte freudlos. »Zwar war ich damals nicht ganz bei mir, doch kannte ich deinen Körper sehr gut …völlig ausgeschlossen, dass du schon einige Monate schwanger warst, als die hässliche Szene in der Hütte inszeniert wurde. Auch wenn alle glauben, wir hätten es miteinander getrieben, so weiß ich, dass das nicht der Fall war. Der Junge kann nicht von mir sein.«

»Das sagst du«, erwiderte Molly kalt, »aber beweisen kannst du es nicht, oder?«

Tony kniff die Augen zusammen. »Ich verstehe. Du bist also entschlossen, an dieser unverschämten Lüge festzuhalten?«

Molly lächelte. »Du bist der Einzige, der behauptet, dass ich lüge. Keiner der anderen, die heute meine Geschichte hörten, glaubte deinen Unschuldsbeteuerungen.«

Tony blickte hinunter auf den Jungen, der sich nach wie vor an die Röcke seiner Mutter klammerte. Das Kind sah schläfrig und verwirrt aus. Die großen blauen Augen fielen ihm zu, der weiche Rosenknospenmund öffnete sich zu einem weiten Gähnen. Er war etwa fünf, und Tonys begrenzte Erfahrung mit Kindern sagte ihm, dass der Kleine zu einem hübschen Burschen heranwachsen würde, mit feinen ebenmäßigen Zügen und kräftiger aufrechter Statur. Tony entdeckte eine gewisse, nicht sehr ausgeprägte Ähnlichkeit mit Molly. Das dunkle Haar und die blauen Augen hätten von ihm sein können, doch waren es Merkmale, wie die Hälfte der männlichen Einwohner von Natchez sie besaß.

»Wie heißt er?«, fragte er leise.

»Marcus.«

Der Junge blickte auf, als er seinen Namen hörte, und Tony lächelte ihm aufmunternd zu. »Ein schöner, starker Name«, sagte Tony leise zu dem Kind.

Marcus sah ihn mit einem bezaubernden Lächeln an und senkte dann schüchtern den Kopf.

Tony, der die Anwesenheit des Jungen plötzlich als peinlich empfand, sagte abrupt: »Jetzt ist nicht die Zeit, um das zu besprechen. Marcus sollte schon längst im Bett sein. Ich werde veranlassen, dass …« Er hielt inne. »Wie bist du hergekommen? Und woher wusstest du, dass ich da sein würde?«

Molly machte ein geheimnisvolles Gesicht. »Ich habe meine Quellen. Und was die Fahrt betrifft, so kannst du unbesorgt sein – ich mietete einen Wagen samt Kutscher.«

»Wo lebst du jetzt?«, fragte Tony, der wusste, dass weitere Fragen über ihre Geschichte zu nichts führen würden.

»Ich will es dir beschreiben«, sagte sie, »da ich sicher bin, dass dies nicht unser letztes Gespräch sein wird.«

Nachdem sie Tony angegeben hatte, wie er ihr Haus finden konnte, ließ sich Molly mit Marcus aus dem Haus der Crockers geleiten und zu einer Stelle an der Auffahrt bringen, wo ihr Wagen neben der Straße wartete. Das flackernde Licht einer kleinen Laterne seitlich an der Kutsche fiel auf einen alten Schwarzen, der an das schäbige Gefährt gelehnt dastand.

Als sie näher kamen, richtete der Schwarze sich auf und sah wortlos zu, wie Tony erst Molly und dann Marcus auf den Rücksitz half. Auf ein Nicken Tonys hin machte er das Pferd los und erklomm steif den Kutschbock.

Die Hand auf Mollys Sitz, sagte Tony: »Morgen Nachmittag komme ich zu dir. Würde dir drei Uhr passen?«

»Ja. Ich freue mich schon«, sagte Molly spröde.

»Das würde ich an deiner Stelle nicht«, murmelte er. »Vielleicht entschließe ich mich doch, dir den Hals umzudrehen.«

Er drehte sich seufzend um und ging auf die Lichter des Crocker-Hauses zu. Nun waren alle Gäste gegangen, und Tony traf seinen Gastgeber und Patrick Blackburne, die auf ihn warteten, auf der Veranda an.

Mit spöttischem Lächeln ging er die Stufen hinauf. »William, es tut mir unendlich Leid, dass du und deine Gäste Zeugen dieser unangenehmen Szene wurden. Ich kann nur hoffen, dass ich nicht zu viel Schande auf mein Haupt häufte.«

William lächelte und legte tröstend eine Hand auf Tonys breite Schulter. »Mach dir keine Sorgen«, sagte er ruhig. »Seit du nach England gingst, habe ich mich nicht mehr so gut unterhalten. Bei Gott, es ist schön, dass du wieder da bist und Leben in die Gegend bringst.«

»Du bist ein guter Freund, weil du die Sache so locker siehst«, sagte Tony heiser, sehr gerührt von Williams offenkundiger Hilfe. »Ich nehme an, deine Frau teilt deine Ansicht?«

William nickte. »Du weißt, dass du Milly mit deinem Lächeln immer schon um den kleinen Finger wickeln konntest. Und jetzt komm ... wir genehmigen uns einen Abschiedstrunk.«

William ging hinein und ließ Patrick und Tony mit Absicht ein paar Minuten allein.

Patrick zog eine Braue hoch. »Nun, wie arg war es?«

»Mal dir den schlimmsten Alptraum aus«, sagte Tony finster. »Schlimmer noch – Arabella musste es mit anhören und -sehen. Verdammt! Was sie angeht, bin ich von Pech verfolgt. Nach dem heutigen Vorfall wird sie mir nie glauben, dass ich mit Molly nichts mehr zu tun hatte, seitdem wir einander begegneten.« Er seufzte verbittert. »Obwohl sie ohnehin schon überzeugt ist, dass ich sie über meine Beziehung zu Molly belogen hatte.«

Arabella erwachte spät am nächsten Morgen, nachdem ein einziges Bild sie bis in ihre Träume verfolgt hatte – Tony und Molly eng umschlungen im Bett. Trotz ihrer gestörten Nacht musste sie aber feststellen, dass ihr Glaube an Tonys Unschuld sich ungeachtet aller Beweise, die auf das Gegenteil hindeuteten, verfestigt hatte. Vielleicht bin ich eine dumme Gans, dachte sie, als sie badete und sich anzog. Vielleicht hatte sie die Augen vor der Wahrheit geschlossen, doch hielt sie an einem Gedanken fest: Tony Daggett mochte viele Fehler haben, auf sein Wort aber war Verlass.

Wenn Tony also die Wahrheit gesagt hatte, dann hatte ein anderer gelogen. Einer, dessen Machenschaften ihre Verlobung zerstört hatte und der fünf lange Jahre ungeschoren davongekommen war. Arabella wollte gar nicht daran denken, dass es womöglich ihre Familie war, die hinter der hässlichen Szene in der Hütte steckte, doch war diese Möglichkeit nicht auszuschließen. Ihr Vater, der bei ihrer Verlobung getobt hatte, hätte sicher alles in seiner Macht Stehende getan, damit sie keinen Mann heiratete, an dessen Seite sie seiner Überzeugung nach ein schreckliches Leben führen würde. Und wenn es ihr noch so großen Schmerz zufügte, er wäre überzeugt gewesen, dass es nur zu ihrem Besten war. Dass es ihre Rettung bedeutete. Sie runzelte die Stirn. Aber auch ihr Vater war ein Ehrenmann. Wäre es möglich, dass er sich trotzdem so weit erniedrigt hatte? Oder Mary? Sie seufzte. Möglich war alles.

Sie ging die Treppe hinunter und betrat das Morgenzimmer, um ein leichtes Frühstück zu sich zu nehmen. Während ihr nur halb bewusst war, was sie tat, versuchte Arabella vergebens, ihre beunruhigenden Gedanken zu verdrängen. Richard war derjenige, dem sie so ein Theater am ehesten zutraute. Nachdenklich nippte sie an ihrem Kaffee und knabberte an einer Scheibe Toast. Er könnte gegen sie und Tony intrigiert haben – es gab wenig, was sie Marys Bruder nicht zutraute. Er hatte sich fast ebenso erbittert gegen die Verbindung gestellt wie ihr Vater, aber schließlich hatten auch Tonys Onkel Alfred und viele andere sich ähnlich verhalten. Nur wenige hatten Tonys Werbung und ihre Verlobung gebilligt.

Als kurz darauf Mrs. Tidmore eintrat und bat, Arabella möge den Speiseplan der nächsten Woche durchsehen, verdrängte sie erst mal energisch ihre beunruhigenden Überlegungen. Danach stöberte sie mit Mrs. Tidmore durch die auf dem Speicher gelagerten Sachen, damit alles, was sich nicht aufzubewahren lohnte, verbrannt werden konnte. Fast war sie froh, dass sie momentan keine Zeit hatte, über die Vergangenheit nachzudenken.

Leider war es ihr nicht ganz vergönnt, Nachwirkungen der hässlichen Szene auf dem Ball der Crockers zu entgehen. Es dämmerte schon, als Arabella zu ihrer Verwunderung den Wagen ihrer Stiefmutter vorfahren sah. Nicht wenig verblüfft verfolgte sie, wie Mary eilig ausstieg und rief: »Ach, meine Liebe, ich kann dir gar nicht sagen, wie sehr ich es bedauere, dass dieser Mensch wieder einmal Anlass für eine peinliche Szene lieferte. Der Abend muss für dich sehr schmerzlich gewesen sein. Alle reden davon. Agatha und ich dachten, dass unsere Anwesenheit hier auf Greenleigh dem allerschlimmsten Klatsch entgegenwirken würde.«

Mary streifte ihre weißen Spitzenhandschuhe ab, während sie aufgeregt weiter sprach und Arabella die zwei die Stufen hinaufgeleitete. »Wir wären schon eher gekommen«, sagte Mary, »doch mussten wir packen, und dann waren noch die Kinder zu bedenken. Ich musste ihnen klarmachen, wie wichtig es ist, dass Agatha und ich jetzt bei dir sind.« Mary lächelte Arabella zu. »Sie haben vollstes Verständnis und versichern dich ihrer Liebe.«

Arabella, die nicht wusste, ob ihre Ankunft sie rührte oder ärgerte, beschränkte sich auf ein Lächeln und führte sie in den großen Salon. Kaum hatten sie sich niedergelassen, als auch schon Mrs. Tidmore geschäftig eintrat und ein Tablett mit Erfrischungen brachte.

Angstvoll fragte Mary: »Wie geht es dir, meine Liebe? Wir machten uns deinetwegen große Sorgen. Wäre es nicht schon so spät gewesen, als Jeremy uns berichtete, was sich zutrug, nachdem wir uns verabschiedet hatten, wäre ich sofort nach Broadmount zurückgekehrt und hätte darauf bestanden, dass du mit uns kommst.«

Dankbar, dass ihr wenigstens dies erspart geblieben war,

sagte Arabella leichthin: »Ich weiß eure Besorgnis zu schätzen, doch geht es mir gut.« Sie lächelte wehmütig. »Vergesst nicht, dass ich Tonys Ruf kenne. Die kleine Szene von gestern ist nicht das Schlimmste, das ich erdulden musste, seitdem ich ihm begegnete.«

Agatha warf Mary einen zufriedenen Blick zu. »Ich sagte dir ja, dass ihr nichts fehlt.« Sie sah Arabella beifällig an. »Ich sagte auch, dass ich angenehm überrascht war, wie klug du dich in letzter Zeit verhalten hast, und dass sie dich nicht wie ein rohes Ei behandeln soll.«

Leicht ratlos, wie sie auf Agathas Billigung reagieren sollte, lächelte Arabella sie an und sagte schlicht: »Danke.« Und an Mary gewandt, setzte sie hinzu: »Agatha hat ja Recht ... wäre ich so fragil, wie du denkst, hätte ich vor fünf Jahren zerbrechen müssen.«

Als Mary merkte, dass Arabella der Zwischenfall vom Abend zuvor gar nicht so erschüttert hatte, meinte sie unsicher: »Es freut mich, dass du die Sache so locker nimmst.« Sie sah unbehaglich drein. »Nun, äh, hat der Vorfall deine Gefühle für ihn beeinflusst?«

»Du willst wissen, ob ich so angewidert war, dass meine Liebe zu ihm erlosch?«, fragte Arabella trocken.

Mary nickte.

»Ich weiß, dass du über meine Gefühle für ihn nicht erbaut bist«, setzte Arabella ruhig an. »Aber es hat sich nichts geändert. Gewiss, ich bin etwas durcheinander, doch wäre meine Liebe nicht sehr stark, wenn ich beim ersten Anzeichen dafür, dass Tony nicht aus dem Stoff ist, aus dem edle Helden sind, verzage.« Sie beugte sich näher zu Mary und sagte ernst: »Ich weiß, dass es dich schmerzt, doch musst du begreifen, dass ich ihn liebe und ihn deshalb zu verstehen versuche. Ich gehe sogar so weit, einige Urteile, die man über ihn fällte, in Frage zu stellen.«

»Sie hat ganz Recht«, warf Agatha erneut weise ein. »Liebe ist blind, aber andererseits zuweilen auch sehr klarsichtig.«

»Wie kannst du das sagen?«, empörte sich Mary. »Du weißt, was für ein schrecklicher Mensch er ist!«

Zur großen Verwunderung von Mary und Arabella schüttelte Agatha den Kopf. »Nein, das weiß ich nicht. Ich weiß nur, was du mir erzählt hast. Und du kannst die Verlässlichkeit eurer Quellen nicht beschwören. Du wiederholst nur Geschichten, die du von anderen gehört hast – von anderen, die vielleicht aus bestimmten Gründen schlecht von dem jungen Mann sprechen. Außerdem musst du zugeben, dass du nicht in der Lage bist, ihn objektiv zu beurteilen – du verachtest ihn und hältst ihn für wenig besser als einen bösen Geist, der es darauf anlegt, Arabellas Leben zu vernichten.«

Verdutzt über diese überraschende Aussage musterte Mary Agatha unwillig. »Wie kannst du so was sagen? Du kennst ihn doch gar nicht. Hast du dich am Ende auch von seinem hübschen Gesicht betören lassen?« Fast anklagend setzte sie hinzu: »Ich sah gestern, wie du ihn beobachtet hast, als er mit der unverschämten kleinen Margaret Crocker flirtete.« Steif schloss sie: »Nie würde ich zulassen, dass eine meiner Töchter sich so benimmt ... noch dazu mit einem so berüchtigten Mann wie Tony Daggett.«

»Ach, er ist ein hübscher Bursche«, erwiderte Agatha, von Marys Ausbruch nicht im Mindesten gekränkt. Mit einem wissenden Seitenblick zu Arabella lächelte sie. »Wäre ich ein paar Jahrzehnte jünger, würde ich möglicherweise auch trachten, ihm zu gefallen. Doch ist das nicht der Punkt. Es geht vielmehr darum, dass Arabella in ihn verliebt ist – und wenn sie so empfindsam und intelligent ist, wie du sie mir stets geschildert hast, solltest du in Betracht ziehen, dass dein Eindruck von ihm eventuell falsch sein könnte.«

Auf Marys empörte Miene hin hob Agatha die Hand und

fuhr fort: »Hör zu. Du selbst gestehst, dass vieles von dem, was du über ihn weißt, auf Klatsch basiert. Weißt du denn sicher, dass er seine Frauen umbrachte? Hast du Beweise dafür?«

»Natürlich nicht«, sagte Mary beleidigt. »Aber alle Welt weiß ...«

»Woher denn?«, unterbrach Agatha und zog eine schmale Braue hoch.

Mary machte den Mund auf und schloss ihn wieder. Einen gespannten Moment lang sah sie Agatha mit purer Abneigung an. Schließlich gab sie zu: »Also gut, einige der Geschichten, die man sich über ihn erzählt, könnten Klatsch sein, aber was ist mit allem, was er Arabella angetan hat? Das ist etwas, von dem wir *wissen,* dass er sich zu Schulden kommen ließ.« Sie blickte Arabella Bestätigung heischend an. »Ist es nicht so?«

Als faszinierte Ohrenzeugin des Wortwechsels zwischen Mary und Agatha brauchte Arabella ein paar Sekunden, bis sie merkte, dass die Frage an sie gerichtet war. Sie zögerte kurz und sagte dann unglücklich: »Als ich damals Tony und Molly in der Hütte ertappte, sah es aus, als sei er abgrundtief verdorben ... in letzter Zeit aber frage ich mich, ob ich damals das wahre Bild sah.«

»Wie bitte?«, stieß Mary mit großen, ungläubigen Augen hervor. »Bist du verrückt geworden? Welche andere Erklärung gäbe es denn?«

Arabella, die jedes Wort genau überlegte, sagte: »Ehe ich das ausführe, musst du eines von Tony wissen, etwas, das ich selbst vergessen hatte. Tony ist kein Lügner. Er neigte eher dazu, mit seinen Lastern zu prahlen, als sie zu verbergen. Und er lügt ihretwegen nicht. Niemals.«

»Da widerspreche ich nicht!«, raunzte Mary. »Er ist der frechste Schürzenjäger und Tunichtgut, der mir je unterkam, und er gab sich nie die geringste Mühe, es zu verbergen, ebenso wenig wie er ein Hehl daraus macht, dass er spielt und trinkt, und zwar ausschweifend!«

Arabella lächelte. »Aber du gibst mir immerhin darin Recht, dass er nicht herumgeht und Lügen erzählt? Hast du jemals gehört, dass jemand ihn der Verlogenheit bezichtigte?«

Widerstrebend musste Mary eingestehen: »Nein, diesen Vorwurf hat noch niemand gegen ihn erhoben, doch ist es vermutlich die einzige Sünde, die er ausließ.«

Ohne auf Marys Seitenhieb einzugehen, fuhr Arabella fort: »Wenn du mir Recht gibst, dass er nicht lügt, dann frage ich dich: Warum beteuert er hartnäckig seine Unschuld an der Szene in der Hütte? Warum schwört er das auch jetzt noch, da es ohnehin keine Rolle mehr spielt, dass er damals Molly Dobson seit Monaten nicht mehr gesehen und sich damals nicht mit ihr in der Hütte verabredet hatte?«

Mary bekundete plötzlich großes Interesse an dem rosa und cremefarbigen Teppichmuster. Arabella und Agatha beobachteten sie und warteten auf Antwort. Zu Arabellas Verwunderung ließ sie sich lange Zeit damit. Gewiss, es musste für Mary schmerzlich sein, zugeben zu müssen, dass sie sich in Tony getäuscht haben mochte. Nachdem sie aber die erste Hürde genommen und ihr beigepflichtet hatte, dass er kein Lügner sei, hätte sie doch einfach die Frage beantworten können?

»Nun?«, drängte schließlich Agatha.

»Ich weiß nicht«, sagte Mary unwirsch und ohne die beiden anzusehen.

»Wäre es denn nicht möglich, dass er die Wahrheit sagt?«, fragte Arabella leise, »dass jemand es einrichtete, dass ich ihn in dieser kompromittierenden Situation ertappte?«

Mary errötete. »Schrecklich … wie kannst du das sagen? Warum hätte jemand das tun sollen?«

»Weil alle gegen meine Verlobung waren«, stellte Arabella klar.

»Das ist doch das Lächerlichste, was mir jemals zu Ohren kam! Der Kerl hat dich verhext!«, rief Mary wutentbrannt aus. »Als Nächstes wirst du vermutlich deinen Vater und mich beschuldigen, alles arrangiert zu haben.«

»Nun, habt ihr es getan?«, fragte Arabella, ohne den Blick von Marys zornigem Gesicht zu wenden.

Mary sprang auf, ihre blauen Augen blitzten. »Jetzt reicht es mir aber! Keinen Moment bleibe ich länger und lasse mich auf diese Weise beleidigen.« Zu Agatha gewandt sagte sie: »Komm. Arabella ist völlig unter den Bann dieses Mannes geraten. Unsere Hilfe braucht sie nicht. Mir tut nur Leid, dass wir ihretwegen Zeit und Mühe vergeudeten.«

Mary, die ihre Nase hoch in die Luft steckte, war im Begriff hinauszustolzieren, als Agatha unverblümt sagte: »Ach, steig doch vom hohen Ross, du albernes Ding. Wir werden um diese nachtschlafene Zeit nirgendwo hinfahren. Dir macht es vielleicht Spaß, in der Finsternis über elende Straßen zu rumpeln, mir aber nicht. Ich bleibe hier.« Sie zwinkerte Arabella an. »Falls du für mich ein Bett hast.«

»Aber natürlich«, erwiderte Arabella und stand auf. Mit einem Blick auf Marys steifen Rücken setzte sie leise hinzu: »Für dich auch, wenn du bleiben möchtest.«

»Da Agatha zum Bleiben entschlossen scheint, wird mir wohl nichts anderes übrig bleiben«, fauchte Mary.

Arabella sah sich einer heiklen Situation gegenüber. Sie konnte sich nicht erinnern, mit Mary jemals eine ernste Meinungsverschiedenheit gehabt zu haben. Es war klar, dass ihre Stiefmutter zutiefst gekränkt war und ihr lange nicht verzeihen würde. Dass es Agatha war, die ihre, Arabellas Partei ergriff, war auch neu. Verwirrt läutete Arabella nach Mrs. Tidmore, und als diese erschien, fragte sie, ob die Zimmer für Mary und Agatha bereit wären. Auf Mrs. Tidmores Nicken hin zogen sich die Damen für die Nacht zurück.

Arabella schlief nicht gut. Der Abgrund, der sich so schockierend und unerwartet zwischen ihr und ihrer Stiefmutter aufgetan hatte, regte sie auf, und sie hoffte sehr, dass Mary, nachdem sie sich ausgeschlafen hatte, wieder so lieb und gut wie normalerweise sein würde. Marys Reaktion auf die Möglichkeit, dass Tony vielleicht in jener Nacht in der Hütte unschuldig gewesen sein könnte, weckte in ihr erneut Zweifel. Doch als das sanfte rosiggoldene Licht der Morgendämmerung in ihr Zimmer fiel, war sie der festen Überzeugung, dass Tony nicht gelogen hatte. Wenn er aber nicht gelogen hatte, musste jemand unter ihren Freunden oder Verwandten den Plan ausgeheckt haben.

Sie hätte die Sache gern mit Mary besprochen, doch ihre Hoffnung, diese hätte sich in der Zwischenzeit eines Besseren besonnen, wurde zunichte, als sie beim Frühstück erfuhr, dass die Damen gleich nach Highview zurückfahren wollten.

»Kann ich euch nicht überreden, noch eine Nacht zu bleiben?«, fragte Arabella fast verzweifelt während des ungemütlichen Frühstücks. Sie und Mary hatten stets eine enge, liebevolle Beziehung gehabt, so dass die Entfremdung zwischen ihnen ihr fast das Herz brach.

»Warum? Damit du mich weiterhin beleidigen kannst?«, fragte Mary scharf.

»Ich wollte dich nicht beleidigen«, sagte Arabella ruhig, »und es tut mir Leid, dass du das Gefühl hast.«

Mary schniefte nur und schob ihre Kaffeetasse von sich. Mit einem Blick zu Agatha stand sie auf. »Bist du fertig?«

Agatha zuckte mit den Achseln. »Wann du möchtest.«

Es war ein peinlicher Abschied, als Mary Arabella ihre Wange kühl zum Kuss darbot und sie anschließend ignorierte. Zu Arabellas Verwunderung war es Agatha, die sie herzlich umarmte und ihr ins Ohr flüsterte: »Keine Angst, sie wird sich wieder beruhigen – und sich sehr schämen, weil sie sich so benommen hat. Und was deinen jungen Mann angeht, so lass nicht zu, dass andere Entscheidungen für dich treffen. Ich selbst tat es einst und bereute es mein Leben lang.«

Niedergeschlagen und unglücklich sah Arabella der Kutsche nach, bis sie außer Sicht war. Wunderbar, dachte sie verdrossen, als sie ins Haus ging. Jetzt war nicht nur Tony wütend auf sie, jetzt hatte sie auch ihre Stiefmutter beleidigt und gegen sich aufgebracht. Konnte sie denn nichts richtig machen?

Während der ganzen folgenden Woche, als sie sich bemühte, aus Greenleigh ein richtiges Heim zu machen, beschäftigte sie sich daneben pausenlos mit den Ereignissen, die zu ihrem Bruch mit Tony geführt hatten, sowie der schmerzlichen Meinungsverschiedenheit mit Mary. Warum, fragte sie sich, muss meine Liebe zu Tony ewig Konflikte und Unglück mit meiner Familie heraufbeschwören?

Aber Tony hatte immerhin einen Fürsprecher in der Familie, nämlich Jeremy. Am Freitagnachmittag kam ihr Bruder, um sich nach ihrem Befinden zu erkundigen. Arabella war entzückt über seinen Besuch und hoffte, dass er womöglich ein Versöhnungsangebot seiner Mutter brächte. Es war nicht der Fall.

Sie saß gerade in einem kleinen Raum im rückwärtigen Teil des Hauses, in dem sie mit Näharbeiten beschäftigt war. Jeremy gab ihr einen Kuss und ließ sich in einen Sessel fallen. Die Beine von sich streckend, sagte er als Begrüßung: »Bella, in den letzten paar Tagen musste ich meine Zunge ständig zügeln. Mutter hatte über Tony nur Schlechtes zu sagen – sie tobt in einem fort, wie er unsere Familie ruinierte und was für ein schrecklicher Mensch er sei.« Finster starrte er seine Stiefel an. »Ich habe mehrfach erwogen, ihr zu entgegnen, wie viel sie ihm verdankt. Tonys Großmut hat verhindert, dass wir hier auf Greenleigh leben müssen und einander auf die Füße treten.«

Arabella sah ihn zärtlich an. »Das liegt allein bei dir, mein

Lieber. Aber ich bezweifle, ob es ihre Meinung von ihm ändern würde.«

»Das weiß ich, doch erscheint es mir so unfair.« Seine Miene überschattete sich etwas. »Dass die gesamte Nachbarschaft sich noch die Mäuler über die Szene auf Broadmount zerreißt, ist natürlich keine große Hilfe. Und die Neuigkeit, dass er Molly Dobson in ihrem Haus an der Silver Street besuchte, hat sich wie ein Lauffeuer verbreitet.«

Arabella schenkte dem schmerzlichen Stich, der sie ins Herz traf, keine Beachtung und sagte leichthin: »Ach, wirklich? Das ist mir noch gar nicht zu Ohren gekommen.«

Jeremy schnaubte. »Und du hättest es auch nicht erfahren, wenn dein geschwätziger Idiot von Bruder den Mund gehalten hätte. Alle sind bemüht, dir weitere Peinlichkeiten zu ersparen.«

»Du aber nicht?«, fragte sie neugierig.

»Na ja.« Jeremy grinste. »Im Gegensatz zu den anderen weiß ich, dass du weder in Ohnmacht fällst noch hysterische Zustände bekommst, wenn du solche Geschichten hörst.«

»Danke«, sagte sie trocken und legte das Leinentischtuch beiseite, auf dessen glatter Oberfläche sie mit feinen, kleinen Stichen einen Riss unsichtbar gemacht hatte. Nachdenklich sagte sie: »Ich glaube, er ging zu ihr, um sie zu überreden, die Wahrheit zu sagen.«

Jeremy zuckte mit den Achseln. »Angeblich ging er zu ihr, um sie auszuzahlen – oder zu ermorden. Jim Gayle sagte, er hätte gehört, wie sie laut stritten. Tony soll im Zustand höchster Erregung von ihr gegangen sein und geschworen haben, er würde ihr den Hals umdrehen.«

Arabella runzelte die Stirn. Ein Gefühl des Unbehagens regte sich in ihr. Wenn Molly log, konnte sie Tonys Wut verstehen, doch wünschte sie, er würde mehr auf seine Worte achten, wenn er tobte. Zu Jeremy sagte sie nur: »Nun, das wundert mich nicht – sicher war Tony wütend über die Szene am Ballabend.« Ein spöttisches Lächeln legte sich um ihre Lippen. »Molly Dobson versteht es, zur rechten Zeit und am rechten Ort aufzutauchen, um ein möglichst schlechtes Licht auf Tony zu werfen.«

»Du glaubst, dass sie lügt?«

Arabella nickte langsam. »Ich halte die Möglichkeit für sehr groß.« Nach kurzem Zögern fuhr sie fort: »Allmählich glaube ich auch, dass Tony vielleicht nicht log, als er behauptete, er hätte sich vor fünf Jahren nicht mit Molly in der Hütte verabredet. Er hat immer geschworen, er hätte sie damals seit Monaten nicht mehr gesehen. Dass sie seine Geliebte war, gestand er offen ein, doch hätte er sie abgefertigt – sehr großzügig – und sie fortgeschickt, nachdem wir einander begegnet waren.«

Jeremy fuhr auf und musterte sie eindringlich. »Seit ich den Mann kenne, fällt es mir leichter, dies zu glauben als die Geschichten, die über jene Nacht im Umlauf waren.« Er sah sie mit gerunzelter Stirn an und sagte langsam: »Bella, wenn das wahr ist, was du glaubst, dann bedeutet das …«

Arabella nickte. »… dann bedeutet es, dass jemand sich die Mühe machte, eine Situation zu schaffen, die Tony im schlimmsten Licht erscheinen ließ … so schlimm, dass es mich dazu bringen würde, die Verlobung zu lösen, was ich auch tat. Und der Zwischenfall auf Broadmount lässt vermuten, dass dieser Jemand mit allen Mitteln versucht, Tonys Ruf weiter zu schädigen.«

»Aber wer könnte ihn so sehr hassen?« Er hielt inne und verzog das Gesicht. »Ich glaube, das gibt eine lange Liste, wenn man auch noch die Familien seiner verstorbenen Ehefrauen und die Familie des jungen Mannes einbezieht, der mit seiner ersten Frau den Tod fand.«

Arabella setzte sich erschrocken auf. »An die dachte ich gar nicht, doch kann ich nicht glauben, dass sie sich solcher Ränke bedienen würden, um sich zu rächen. Ein Anschlag auf sein Leben wäre irgendwie verständlich, aber auch mein Glück zu zerstören …? Und außerdem … warum hat man so lange gewartet?«

Jeremy zuckte mit den Achseln. »Ich wage keine Vermutung, aber wer weiß? Leben die Familien noch in Natchez?«

Arabella runzelte die Stirn. »Nein, das glaube ich nicht. Wenn ich mich recht erinnere, kehrte Mercys Familie nach ihrem Tod nach England zurück, und dieser Terrell hatte keine Familie, zumindest nicht hier im Mississippi-Territorium. Von ihm weiß ich nicht viel. Und Elizabeth Fenton …« Sie zuckte mit den Schultern. »Auch über sie und ihre Familie kann ich nicht viel sagen.«

»Wir schenken der Tatsache zu wenig Beachtung, dass Elizabeth ermordet wurde«, sagte Jeremy langsam. »Der Tod seiner ersten Frau könnte einem tragischen Unfall zuzuschreiben sein, aber seine zweite wurde erschossen. Ich weiß, dass viele glauben, Tony hätte sie ermordet und sei ungeschoren davongekommen. Doch schlüssige Beweise gab es nicht – einer der Gründe, warum Tony nicht gehängt wurde und ein freier Mann ist. Und wenn er, wie wir glauben, Elizabeth nicht tötete … und sich damals mit Molly in der Hütte nicht verabredete und nicht der Vater ihres Sohnes ist …«

Arabella erbleichte. »Allmächtiger! Weißt du, was wir damit behaupten? Dass Tony einen Todfeind hat, der vor nichts zurückschreckt, um ihn zu vernichten.«

»Das stimmt … aber ist es nicht interessant, dass dieser Feind entschlossen scheint, ihn zu vernichten, nicht aber, ihn zu töten. Warum wohl?«

Arabella starrte ihn lange an, während ihre Gedanken sich überstürzten. Jeremy hatte eben eine höchst interessante Frage aufgeworfen. Wenn jemand Rache wollte, warum tötete er Tony nicht einfach? Falls Elizabeth in der Hoffnung ermordet worden war, Tony würde dafür hängen, warum waren dann nicht andere Versuche unternommen worden, Tony in ein Verbrechen zu verwickeln, als der erste Versuch fehlschlug? Warum war nie ein Anschlag auf sein Leben erfolgt? Elizabeth war schon fast acht Jahre tot, als sie und Tony einander begegnet waren und sich verliebt hatten – warum wartete jemand so lange, ehe er wieder zu einem Schlag ausholte? Und wenn Tonys Tod Ziel des Komplotts war, was hatte man sich von jener Nacht in der Hütte erwartet? Dass sie so wütend sein würde, als sie ihn und Molly erwischte, dass *sie* ihn tötete? Das erschien ihr nicht sehr sinnvoll, doch ergab nichts von dem, was sie und Jeremy sich überlegten, einen Sinn. Und doch …

»Was will er oder sie, wer immer, erreichen?«, fasste Arabella schließlich zusammen. »Offenbar nicht Tonys Tod. Seinen Ruin vielleicht?«

Jeremy schnitt eine Grimasse. »Ich wüsste keine Erklärung, doch glaube ich, dass jemand es sehr darauf anlegt, Tony das Leben schwer zu machen. Jemand schoss auf Elizabeth und tötete sie. Jemand richtete es ein, dass Molly in der Hütte war.«

»Und jemand richtete es ein, dass Molly Tony auf Broadmount bloßstellte«, sagte Arabella ernst.

»Und was bringt uns das?«

Arabella schnaubte. »Sehr wenig bis auf den Glauben an Tonys Unschuld und das Wissen, dass die Dinge nicht immer so sind, wie sie zu sein scheinen.«

15

Der Stiefelmann wäre ärgerlich, nicht aber unbedingt beunruhigt gewesen, hätte er gewusst, dass Tony in Arabella und Jeremy zwei Verbündete hatte. Da er jedoch nicht ahnte, dass die Geschwister an Tonys Schuld zweifelten, war er mit dem Verlauf der Dinge sehr zufrieden.

Dank seiner fein eingefädelten Intrige hatte Tony wieder einmal die ganze Gegend in helle Empörung versetzt. Das Aufeinandertreffen Tonys, Mollys und des kleinen Bastards auf Broadmount war das Hauptthema der Klatschmäuler, wohin man auch kam. Um die Situation noch pikanter zu gestalten, hatte Tony, wie vom Stiefelmann vorausgesehen, Molly in ihrem Haus an der Silver Street am Tag darauf aufgesucht. Und wenn man dem Klatsch glauben wollte, hatte es einen bösen Krach gegeben.

Der Stiefelmann hatte die Geschichte von einem Gentleman, der zufällig vorübergegangen war, als Tony vor Wut tobend aus Mollys Haus stürzte. Mit verzerrtem Gesicht hatte er geschworen, Molly den Hals umzudrehen. Natürlich wurde die Geschichte von jedem, der sie weitergab, ausgeschmückt und gewann bald ein ausgeprägtes Eigenleben. Als Jeremy Arabella besuchte, erzählte man sich bereits, dass man Tony mit Gewalt von Molly hatte wegzerren müssen, da er ihren Hals fest umklammert hielt. Es herrschte die feste Überzeugung vor, dass nur zeitgerechtes Einschreiten Tony daran gehindert hätte, sie in diesem Moment zu erwürgen.

Die Wahrheit war völlig anders. Tony hatte Molly aufgesucht. Es hatte einen unangenehmen Wortwechsel gegeben, da Molly an ihrer Geschichte festhielt, und er hatte ratlos und unglücklich ihr Haus verlassen, nicht aber, ohne eine gute Tat vollbracht zu haben. Als er erfahren hatte, dass Marcus nicht bei Molly lebte, sondern bei einer alten, wegen ihrer Trunksucht berüchtigten Vettel, war er empört gewesen. Er hatte eine Vollmacht gefordert, um das Kind in seine Obhut nehmen zu können, und die war ihm mit verdächtiger Bereitwilligkeit ausgehändigt worden.

Mit einem verächtlichen Blick hatte er Molly angezischt:

»Das heißt nicht, dass ich den Kleinen als mein Kind anerkenne. Wir beide wissen, dass er es nicht ist, wenn du es auch nicht zugeben willst. Ich schenke ihm lediglich die gleiche Güte, die ich einem armen verlassenen Hündchen erweisen würde.«

Molly zuckte mit den Schultern. »Du kannst nicht erwarten, dass ich ihn bei mir behalte. Das ist kein Ort für ein Kind. Du weißt, wie ich mir mein Leben verdiene – ein Kind wäre nur im Weg.«

Tony verkniff sich eine scharfe Antwort. Er beging eine Torheit, indem er die Verantwortung für den Jungen übernahm. Doch konnte er Marcus nicht guten Gewissens in der offensichtlich nachlässigen Obhut seiner Mutter lassen.

Da ihr Tonys Miene nicht geheuer war, setzte Molly als Rechtfertigung hinzu: »Ich wollte nie ein Kind. Ich tue mein Bestes für ihn. Die alte Annie beaufsichtigt ihn und sorgt dafür, dass ihm nichts zustößt. Ich besuche ihn, wenn ich kann. Er verhungert nicht und hat ein Bett für die Nacht. Das reicht.«

»Nein, das tut es nicht«, stellte Tony nüchtern fest und fragte sich, wie er sie jemals begehrenswert hatte finden können.

Molly hatte sich zunächst gesträubt, Tony schriftlich zu bestätigen, dass sie Marcus in seine Obhut gab. Erst als er ihr einen kleinen Beutel mit Silbermünzen vor die Nase hielt, war sie widerwillig seiner Aufforderung nachgekommen. Nicht zufrieden damit, hatte er zwei Ahnungslose von der Straße hereingebeten, die Mollys Unterschrift bezeugen sollten. Mollys Kapitulation hatte ihn nicht gewundert – die Molly, die er kannte, hätte für Geld alles verkauft, sogar ihr eigenes Kind. Sie hatte sich jedoch geweigert, von ihrer Behauptung abzurücken, Marcus sei sein Kind, wie sie auch nicht gewillt war, etwas von dem zurückzunehmen, was sie nach dem Ball der Crockers gesagt hatte – trotz eines weiteren großzügigen Angebots seinerseits.

Er hatte ihr Haus in übelster Laune verlassen – dieser Teil

der Geschichte stimmte. Mollys hartnäckige Weigerung, die Wahrheit zu sagen, hatte ihn in Wut versetzt, aber auch verwundert, da er wusste, dass außer Geld Furcht das Einzige war, was ihre Lippen zu versiegeln vermochte. Doch dann hatte Marcus seine Überlegungen beansprucht, und er hatte Mollys Intrigen vorübergehend verdrängt.

Tony war nicht eben als Muster für Unauffälligkeit bekannt. Doch als es darum ging, Marcus Dobson aus der verkommenen, baufälligen Hütte zu holen, in der er sein Leben fristete, ließ er größte Vorsicht walten und wartete bis nach Einbruch der Dunkelheit, bevor er den Jungen mitnahm.

Marcus schien nicht im Mindesten beunruhigt, als ein Unbekannter ihn abholte. Andererseits war Tony über die Bereitwilligkeit des Kindes, mit ihm zu gehen, angesichts der dort herrschenden Umstände, nicht weiter erstaunt. Sein erster Gedanke war es, den Jungen mit ins Herrenhaus nach Sweet Acres zu nehmen, eine Idee, die er verwarf, da seine Entscheidung noch mehr Staub aufgewirbelt hätte. Stattdessen übergab er Marcus seinem Aufseher John Jackson.

Als er John Jackson vor etwa zehn Jahren als Aufseher und Verwalter von Sweet Acres eingestellt hatte, war es eine der klügsten Entscheidungen, die Tony jemals getroffen hatte, eine, zu der er sich oft gratulierte. Er konnte von Glück reden, dass er sich in seinen zügellosen Jugendjahren wenigstens einmal von Vernunft hatte leiten lassen. John und seine Frau Sally – beide etwa in Tonys Alter und kinderlos – waren anständig, gut und fleißig und vor allem so nett, wie man sich zwei Eheleute nur wünschen konnte. Als Tony sie wegen Marcus' fragte und ihnen die Situation erklärte, hatte Sally sofort gesagt: »Natürlich können Sie uns den armen lieben Jungen bringen – wie können Sie daran nur zweifeln? Man denke, eine Frau, die ihr eigenes Kind so behandelt! John und ich werden uns sehr gern um den Kleinen kümmern.«

Marcus war bei der ersten Begegnung mit den Jacksons ein wenig zurückhaltend, doch schien er anpassungsfähig zu sein – dafür hatten zweifellos das Leben mit seiner Mutter und Annie gesorgt. An jenem Abend blieb Tony ein paar Stunden im gemütlichen Haus der Jacksons, um sich zu überzeugen, dass Marcus nicht unglücklich war. Seine Besorgnis war grundlos. Marcus schien die fremde Umgebung zu gefallen, besonders der warme Lebkuchen, den Sally eigens für ihn gebacken hatte. Auch war es für ihn ein neues Erlebnis, ein weiches, sauberes Bett für sich allein zu haben. Als er in das hübsche Zimmer geführt wurde, das Sally in aller Eile für ihn zurechtgemacht hatte, sah Marcus sich beeindruckt um.

»Das soll für mich sein?«, fragte er mit großen staunenden Augen.

»So ist es«, antwortete Sally gerührt. »Und du brauchst keine Angst zu haben, dass du allein bist – John und ich schlafen nebenan.«

Marcus sah mit ernster Miene zu der Frau mit dem brünetten Haar auf, die so nett zu ihm war. »Ach, ich habe nie Angst. Annie sagt, sie hätte keine Zeit für einen ängstlichen verheulten Jammerlappen, und ich solle sie nicht behelligen. Deshalb habe ich keine Angst.«

Nachdem sie Marcus zu Bett gebracht und ihm über die dunklen Locken gestrichen hatte, bot Sally leise an: »Mich kannst du jederzeit behelligen, Marcus.«

Erschöpft von den Ereignissen des Abends, gähnte Marcus ausgiebig und nickte schläfrig. Im nächsten Moment war er eingeschlafen.

Die drei Erwachsenen blieben stumm, bis sie wieder in der Wohnstube der Jacksons saßen. Sally sah Tony mit verdächtig glänzenden Augen an und sagte heiser: »Sie werden doch nicht zulassen, dass er zu dieser Frau zurückgeht?«

Tony schüttelte den Kopf. »Nein. Und ich war so vorausblickend, dass ich mir Mollys Einwilligung schriftlich geben ließ.«

»Ausgezeichnet!«, sagte John. »Er scheint mir ein netter Junge zu sein, und ich weiß, dass Sally ihn schon jetzt sehr lieb hat. Ich möchte nicht, dass er uns dann später wieder genommen wird – uns und ihm zuliebe.«

»Keine Angst«, sagte Tony. »Falls Molly es sich anders überlegen sollte, haben wir das Gesetz auf unserer Seite. Und wenn alle anderen Mittel versagen, wird Geld Molly zur Vernunft bringen. Unsere einzige, wenn auch unbegründete Sorge wären Forderungen, die der Vater des Jungen stellen könnte.«

Nachdem er im Moment alles Menschenmögliche für den Jungen getan hatte, musste Tony sich erneut um Mollys Anschuldigungen kümmern. Die eisigen Blicke und verächtlichen Mienen auf den spärlichen gesellschaftlichen Anlässen, die er nach dem Ball bei den Crockers noch besuchte, störten ihn nicht im Mindesten, da er es gewohnt war, als Tunichtgut zu gelten. Solange seine Freunde – Blackburne, die Crockers und einige andere – die Wahrheit kannten und ihm nicht den Rücken kehrten, gab Tony sich zufrieden.

Dass Arabella ihm die Gemeinheit zutraute, sein eigenes Kind im Stich zu lassen, schmerzte sehr, doch sah er keine Möglichkeit, sich zu rechtfertigen. Wie er zu Blackburne bemerkt hatte, war er überzeugt, jede Hoffnung auf eine Beziehung mit Arabella aufgeben zu müssen.

Dennoch brachte er es nicht über sich, Arabella ganz aufzugeben, zumal die Möglichkeit bestand, dass sie nach wie vor in Gefahr war. Obwohl er sich selbst närrisch schalt, brachte er die Stunden von Mitternacht bis zum Morgengrauen damit zu, wie ein liebeskranker Grünschnabel das Gelände von Greenleigh zu durchstreifen. Jeder, der Arabella im Schlaf überfallen will, muss mit mir rechnen, gelobte er.

Während dieser Zeit sah er Arabella häufig und beobachtete sie zudem heimlich bei jenen gesellschaftlichen Anlässen, an denen sie zufällig gemeinsam teilnahmen. Und immer wenn er ihr leuchtendes Haar oder ihre elfenhaften Züge erblickte, spürte er einen Stich in der Herzgegend. Aber ein Trost blieb Tony – durch Jeremy, der sich auf rührende Weise an seine Fersen heftete, war er über Arabellas Tun und Lassen stets auf dem Laufenden. Tatsächlich hatte er es Jeremy zu verdanken, dass er erfuhr, wo Arabella auftauchen würde, und konnte sich danach richten.

Es war offenkundig, dass Jeremy auf Versöhnung zwischen ihm und Arabella hoffte, doch wenn Jeremy verlegen versuchte, ihm einzureden, Arabellas Meinung von ihm hätte sich gewandelt, traf er bei Tony auf taube Ohren. Arabellas Standpunkt war Tony klar, und er hatte nicht die Absicht, sich erneut eine Abfuhr einzuhandeln. Außerdem war es gut möglich, dass Jeremys eigene Hoffnung auf eine glückliche Lösung seine Meinung färbte. Trotz seiner Überzeugung, dass es keine Chance mehr gab, die Differenzen mit Arabella zu überbrücken, brachte er es nicht über sich, ihr fern zu bleiben, wie er sich düster eingestand – auch wenn sie Welten trennten.

Der April ging in den Mai über, ohne dass die politische Lage in Natchez sich entspannt hätte. Gayoso harrte trotz Ellicotts Forderungen, Natchez zu verlassen, in der Stadt aus. Als mit jedem Tag neue Meinungen über den endgültigen Ausgang laut wurden, war Tony darüber sehr froh, da die Plantagenbesitzer endlich ein Gesprächsthema hatten, das sie von seinen angeblichen Sünden ablenkte.

Unter dem Befehl von Captain Isaac Guion war eine weitere Einheit der Armee der Vereinigten Staaten eingetroffen und wurde in Chickasaw Bluffs mit dem Auftrag stationiert, nötigenfalls bis Natchez vorzurücken. Spekulationen über Gayosos Pläne machten die Runde, und die Bewohner von Natchez befürchteten offene Kämpfe zwischen den Spaniern und den amerikanischen Truppen. Da zum Glück keiner der Kontrahenten über eindeutige Überlegenheit verfügte, konnte man damit rechnen, dass beide Seiten momentan nur posierten, wie Tony zu Blackburne sagte.

Als der Mai sich dem Juni zuneigte, wurde es noch wärmer, und es gab nun, da die Baumwolle gut stand, neben den Spannungen zwischen Gayoso und Ellicott für die Pflanzer als zweites Hauptthema die Ernte, die sehr gewinnbringend auszufallen versprach. Dass Gayoso die Schulden der Pflanzer gestundet hatte, um seine Position zu stärken, verlieh dem Optimismus zusätzlichen Auftrieb – vorausgesetzt natürlich, es kam nicht zum Krieg.

Von den Auswirkungen seiner Intrige befriedigt und von eigenen Angelegenheiten in Anspruch genommen, hatte der Stiefelmann sein Treffen mit Molly verschoben, um ihr Abkommen endgültig zu besiegeln. Vorläufig hatte er ihr nur einige Male ein bisschen Geld zukommen lassen. Molly hatte sich als nützlich erwiesen, und er war noch nicht bereit, ihre Beziehung zu beenden, solange er nicht sicher wusste, ob er sie noch brauchen konnte. Nachdem er ihre zunehmend fordernden Briefe ignoriert hatte, raffte er sich Ende Mai auf, sie in ihrem Haus an der Silver Street aufzusuchen.

Er kam unangekündigt, da er nur ungern schriftlich etwas aus der Hand gab und sie überrumpeln wollte. Aus dem Schatten eines Hauses in der Nähe hatte er ihre Tür stundenlang beobachtet, hatte gesehen, wie die alte Annie kam und kurz darauf mit verbissener Miene ging. Sicher wollte die Alte Geld von Molly – Geld, damit sie sich hemmungslos betrinken konnte.

Von seinem Versteck aus konnte er feststellen, dass Molly sich an diesem Abend reger Kundenfrequenz erfreute. Die

Herren kamen und gingen in regelmäßigen Abständen. Als es weit über Mitternacht schlug, erwog er, die Zusammenkunft mit ihr zu verschieben. Doch als der mit Sicherheit letzte Besucher irgendwann nach zwei Uhr morgens davongetorkelt war, entschied er, dass nun die Stunde gekommen war, gefahrlos in ihr Haus einzudringen.

Er schlüpfte durch die Hintertür hinein, wobei er darauf achtete, dass ihn niemand beobachtete, und tastete sich weiter in den vorderen Teil des kleinen Hauses, wo er Molly, die in ihr Schlafzimmer wollte, auf dem schmalen Flur überraschte.

Sein unerwartetes Auftauchen entlockte ihr einen leisen Aufschrei, doch als sie ihn erkannte, fasste sie sich rasch und sagte scharf: »Nun, ich hätte mir denken können, dass du in aller Herrgottsfrühe heimlich hereinschleichst.«

Er lächelte dünn. »Du hättest mich erwarten sollen, meine Liebe. Schließlich hast du mir in letzter Zeit einige ziemlich dreiste Briefe geschrieben.«

»Und wenn schon! Glaub nur nicht, du könntest mich mit gelegentlichen Häppchen abspeisen. Meinen Teil des Abkommens hielt ich ein, du aber lässt dir verdammt lange Zeit.«

»Allerdings«, sagte er glatt, »und ich bin gekommen, um dies zu ändern.« Er ließ den Blick durch den Flur wandern. »Vielleicht könnten wir uns an ein netteres Plätzchen zurückziehen?«

Sie zuckte mit den Achseln. »Wenn du willst.« Sie ging zurück in den schäbigen Salon an der vorderen Seite.

Mit raschen Bewegungen zündete Molly ein paar Kerzen an und drehte sich dann zu ihm um. »Nun? Wann gedenkst du mir das restliche Geld zu geben?«

Er ließ sich in einem bequemen Sessel nieder, schlug ein Bein über das andere und versprach: »Ach, wann du möchtest. Du könntest mit dem Jungen schon morgen unterwegs nach New Orleans sein.«

»Der Junge kommt nicht mit«, informierte sie ihn kühl. »Tony bot an, sich um ihn zu kümmern, und ich war einverstanden.«

Der Stiefelmann verkniff den Mund. »Das war nicht Teil des Abkommens«, äußerte er ruhig.

»Ach? Du warst nicht da, und ich musste eine Entscheidung treffen. Außerdem weißt du, dass die Rolle der Mutter mir nicht liegt und dass der Junge es bei Tony besser haben wird ... es sei denn, natürlich, *du* möchtest dich um ihn kümmern?« Die Antwort des Stiefelmannes war ein verächtliches Schnauben, was ihr ein zynisches Lächeln entlockte.

Der Stiefelmann hatte sich über das Schicksal des Jungen nie sonderlich Gedanken gemacht, ganz sicher aber hatte seine Planung niemals vorgesehen, den Bengel Tony zu überlassen. Es komplizierte alles, und Komplikationen waren nicht in seinem Sinn. Nun ließ sich nichts mehr ändern, doch war es vielleicht möglich, einen Weg zu finden, diese neue Situation zu seinem Vorteil zu nutzen, wiewohl ihm im Moment nichts einfallen wollte.

»Ja, natürlich, du hast Recht.« Er zwang sich zu einem Lächeln. »Du wirst also unbelastet nach New Orleans gehen. Wie schön für dich.«

Als Molly ihn musterte, weckte ihre Miene seinen Argwohn. »Ich änderte meine Pläne ein wenig«, sagte sie langsam, ohne ihn aus den Augen zu lassen. Als er fragend die Brauen hochzog, setzte sie hinzu: »Ich bleibe lieber in Natchez.«

»Ach?«, erwiderte er mit einem Anflug von Schärfe.

Molly zögerte, da sie es plötzlich mit der Angst zu tun bekam. Seit ihrer letzten Begegnung hatte sie viel nachgedacht und erkannt, dass sie eigentlich eine Menge von ihm wusste und einige Trümpfe in der Hand hatte, die mehr wert waren als eine neue Garderobe, ein bisschen Bargeld und die Fahrt nach New Orleans. Außerdem hatte sie keine Lust, Natchez und ihre vertraute Umgebung zu verlassen und in einer fremden Stadt die Mühen eines Neuanfangs zu starten. Natchez war ihre Heimat, aus der sie sich von niemandem vertreiben lassen würde. Was die stocksteifen, *ehrbaren* alten Klatschbasen von ihr dachten, hatte sie ohnehin nie gekümmert, und daran sollte sich nichts ändern, schon gar nicht, wenn sich ihr die Chance bot, ein Vermögen zu machen und es allen, die so lange auf sie herabgesehen hatten, gehörig zu zeigen. Aber zuerst musste sie ihm klarmachen, dass sie sich nicht so billig abfinden lassen wollte, wie er geglaubt hatte.

Sie wollte ihm sagen, dass sie sich mit seiner Hilfe aus ihrem Gewerbe zurückzuziehen gedachte. Da sie wusste, dass er sich ihren Forderungen kaum widersetzen konnte, wenn er nicht wollte, dass sein Anteil an den unglücklichen Zufällen in Tonys Leben enthüllt würde, hatte sie sich ihr künftiges Dasein in den lebhaftesten Farben ausgemalt. Bei ihren Planungen hatte sie freilich etwas vergessen: Er war ein gefährlicher Mann, dem man lieber nicht in die Quere kommen sollte.

Weniger selbstsicher als zuvor fuhr sie fort: »Ja, allerdings.« Ihren ganzen Mut zusammennehmend, sagte sie trotzig: »Ohne mich hättest du deine Pläne nicht in die Tat umsetzen können. Du stehst in meiner Schuld – und ich möchte, dass du es mir vergiltst.«

»Wirklich?«, fragte er mit einer Andeutung von Belustigung. »Willst du mich erpressen, meine Liebe? Wie dumm von dir.« Er stand auf und ging auf sie zu.

Molly wich zurück, er aber folgte ihr. »Glaubst du wirklich, ich würde mich von einer gewöhnlichen Nutte wie dir erpressen lassen?«

»Komm ja nicht näher«, stieß Molly atemlos hervor. Plötzlich wünschte sie, sie hätte sich nie auf dieses Manöver eingelassen.

»Ach, jetzt bereust du es schon«, spottete er und drängte sie an die Wand. »Du hättest es dir besser überlegen sollen, meine Liebe. Es ist kurzsichtig und gefährlich, einer Hure zu vertrauen.«

Ehe Molly auch nur einen Gedanken fassen konnte, lagen seine Hände um ihre Kehle und die kräftigen Finger drückten ihr den Kehlkopf ein. Sie kämpfte wie eine Tigerin – vergebens. Ihre Finger krallten hilflos an seinen Händen, während schwarze Wogen sie übermannten.

Augenblicke später ließ der Stiefelmann ihren schlaffen Körper los und sah zu, wie sie zu Boden glitt. Er war froh über dieses gelöste Problem. Es war zwar nicht ganz so abgelaufen wie geplant, aber das Ergebnis war dasselbe.

Er blies die Kerzen aus und schlüpfte verstohlen durch die Hintertür hinaus. Es hing nun von ihren Kunden ab, ob ihr Leichnam morgen oder erst am Tag darauf gefunden wurde. Rasch ging er zu der Stelle, wo er sein Pferd versteckt hatte, schwang sich in den Sattel und ritt davon. Ihm war klar, dass er übereilt gehandelt hatte. Bestimmt würde man Tony nun des Mordes an Molly beschuldigen und den Galgen für ihn fordern. Doch es war zu bezweifeln, ob jemand von Tonys Position tatsächlich für den Mord an einem Geschöpf wie Molly Dobson hängen würde.

Armer, armer Tony, dachte der Stiefelmann boshaft. *Wie schrecklich, unschuldig wie ein neu geborenes Lamm zu sein und es nicht beweisen zu können. Ein Witz!*

In diesem Punkt irrte sich der Stiefelmann. Recht behielt er allerdings mit seiner Annahme, dass der Verdacht zunächst auf Tony fallen würde.

Als Mollys Leichnam am frühen Morgen des nächsten Tages von der alten Annie gefunden wurde, fiel der Verdacht sofort auf Tony. Annie war gekommen, um sauber zu machen, und als sie die tote Molly fand, war sie kreischend die Silver Street entlanggelaufen. Während die Nachricht vom Mord sich wie ein Lauffeuer verbreitete, fand sich eine wütende Menge vor Mollys Haus ein. Allen waren Tonys Drohungen, sie zu erwürgen, noch frisch in Erinnerung. Niemand zweifelte daran, dass er sie ermordet hatte. Die Nachricht machte rasch die Runde in ganz Natchez und Umgebung. Wer sie hörte, freute sich, dass Daggett endlich für seine Verbrechen büßen musste. Als sich später herausstellte, dass Tony Molly nicht ermordet haben konnte, waren viele außerordentlich enttäuscht.

Und doch stimmte es. Tony konnte eine Anzahl honoriger Bürger als Zeugen für seine Unschuld benennen. Den Abend vor dem Mord an Molly hatte Tony beim alten Crocker in dessen Haus verbracht und mit ihm und ein paar anderen angesehenen Herren aus der Gegend, unter anderem mit seinem Onkel Alfred, gespeist. Es war eine reine Männerrunde, die sich nach Tisch in Williams behagliches Arbeitszimmer zurückgezogen und dem Kartenspiel gefrönt hatte, bis die ersten rosiggoldenen Sonnenstrahlen über den Horizont lugten. Die meisten Herren waren um diese Zeit gegangen, Tony und ein paar andere, darunter sein Onkel, waren jedoch zum Frühstück auf Broadmount geblieben. So kam es, dass Tony sich erst nach neun Uhr morgens am Donnerstag verabschiedete und nach Sweet Acres ritt. Inzwischen hatte man Mollys Leichnam entdeckt und forderte Tonys Kopf. Ein Mob, der Lynchjustiz begehen wollte, setzte sich nach Sweet Acres in Bewegung.

Auf der Strecke dorthin musste die lärmende Meute an Willow Dale, dem Besitz der Blackburnes, vorbei, und Patrick erfuhr von einem aufgeregten Diener, in welcher Gefahr Tony schwebte. Auf einem ungesattelten Pferd erreichte er Sweet Acres knapp nach dem Mob, gerade noch rechtzeitig, um eine Tragödie zu verhindern.

Die blutrünstige Meute hatte Tony im Bett überrascht. Sogar Billingsleys und John Osgoods energische Verteidigung wurde mit Prügeln niedergeschlagen und hatte nicht ausgereicht, um die Leute daran zu hindern, Tony über die große Treppe von Sweet Acres und auf die breite Veranda vor dem Haus zu zerren. Das Haar zerrauft, nur mit Breeches bekleidet, die man ihm erlaubt hatte anzuziehen, gönnte Tony seinen Verfolgern nicht die Befriedigung, dass er um sein Leben gefleht hätte.

Hocherhobenen Hauptes blickte er den Anführer der johlenden Menge an. »Ich habe Molly Dobson nicht ermordet. Ich habe die Frau seit Wochen nicht gesehen«, sagte er fest.

Der Mann spuckte verächtlich unweit von Tonys bloßen Füßen aus und zorniges Geschrei erhob sich. Als Patrick, eine mächtige Staubwolke hinter sich aufwirbelnd, herangeprescht kam, lag schon ein Hanfseil um Tonys Hals und man war im Begriff, ihn die Stufen hinunter und zu dem Baum zu schaffen, den man zum Galgen auserkoren hatte. Mit einer Pistole in jeder Hand stellte Patrick sich der aufgebrachten Menge und rief verächtlich: »Wer von euch tapferen Kerlen möchte als Erster eine Kugel? Ich werde nicht zögern, euch zu töten, wenn ihr meinen Freund nicht auf der Stelle freilasst. Sofort!«

Wie ein Mann ging die Meute auf Distanz zu Tony, da Blackburnes Zielsicherheit legendär und allen klar war, dass trotz ihrer Überzahl mindestens zwei von ihnen ihr Leben lassen würden, ehe sie Patrick überwältigen konnten. Und keiner wollte einer davon sein.

Patrick sprang vom Pferd und stieg die Stufen hinauf, um an Tonys Seite Aufstellung zu nehmen. Als er Tony eine der Pistolen reichte, grinste dieser. »Habe ich dir schon gesagt, dass dein Zeitgefühl unfehlbar ist?«, murmelte er.

Patrick erwiderte sein Grinsen. »Doch, aber Komplimente kann man nie genug hören.«

Billingsley und Osgood, die sich inzwischen von den Prügeln der Meute aufgerappelt und bewaffnet hatten, waren mit John Jackson herangerannt und bildeten Tonys Verstärkung.

Die Fünf standen da und starrten auf den grölenden Pöbel hinunter, der sich vor dem Haus drängte. Die Situation war brisant, da die erboste Menge sich um ihren Erfolg gebracht sah und zu befürchten war, dass das Grüppchen auf der Veranda doch noch angegriffen wurde.

Ehe es zu weiteren Gewaltausbrüchen kam, ertönte Hufschlag. Alfred, Franklin und Burgess erschienen im Galopp und ließen die Leute, die ihnen im Weg standen, auseinanderstieben. Falls Tony erstaunt war, Onkel und Vettern zu sehen, ließ er es sich nicht anmerken. Er stellte sich nur die Frage, ob sie zu seiner Rettung erschienen waren oder um Freudentänze aufzuführen, wenn sie ihn hängen sahen.

Alfred, der völlig außer sich war, teilte der Meute mit Stentorstimme unverblümt seine Meinung mit. Mochte sein Neffe auch ein Schuft und Taugenichts sein, so hatte er Molly Dobson nicht ermordet, was *er* beweisen konnte! Es gab keinen anderen, dessen Wort mehr Gewicht gehabt hätte, da allgemein bekannt war, dass Alfred Daggett an Tonys Lebenswandel herbe Kritik übte.

Sekunden später erschien William Crocker mit Jack Gayle, der sich am Abend zuvor auch auf Broadmount vergnügt hatte. Von Mollys Ermordung und den Absichten des Mobs hatten sie von ihren Söhnen erfahren, die Vincent Walcott verständigt hatte und die sofort mitgekommen waren. Dank ihres Auftauchens war Tonys Sicherheit nun gewährleistet, doch dauerte es eine Weile, bis die Ordnung wieder hergestellt war.

An Tonys Unschuld konnte kein Zweifel bestehen – nicht, wenn so viele hoch angesehene Gentlemen sich für ihn aussprachen. Tony hatte das Haus der Crockers am Vorabend lange vor dem Zeitpunkt betreten, als Annie Molly lebend gesehen hatte. Da Tony sich also in Gesellschaft eines Dutzends der angesehensten Bürger der Gegend bis neun Uhr am nächsten Morgen befunden hatte, konnte er Molly unmöglich getötet haben.

Grollend und mit finsteren Blicken, die Tony galten, zog der Mob schließlich ab. Als Tony die Letzten verschwinden sah, dachte er zynisch, dass sich unter ihnen gewiss etliche befänden, die nach wie vor von seiner Schuld überzeugt waren.

Tony lächelte seinen Onkel spöttisch an. »Ich danke für dein zeitgerechtes Eingreifen. Du hast mitgeholfen, mir das Leben zu retten. Es war sehr gütig, dass du dich für mich eingesetzt hast. Ich weiß, was es dich kostete.«

Alfred grunzte nur unwirsch. »Bedanke dich bei Burgess – er erfuhr, was los ist, und sagte es seinem Bruder und mir.« Nach einer kleinen Pause stieß er schließlich hervor: »Du magst ein Schurke sein, doch konnte ich nicht tatenlos zusehen, wie man dich für etwas hängt, das du nicht getan haben kannst, auch wenn du Dinge getan hast, für die du den Galgen verdienst!« Nachdem er alles losgeworden war, was er zu dem Thema beizusteuern hatte, stieg er auf sein Pferd und knurrte an seine Söhne gewandt: »Na, was ist? Kommt ihr mit oder wollt ihr bleiben und Maulaffen feilhalten?«

Wortlos saßen seine Söhne auf, und das Trio ritt davon und ließ Tony und die anderen auf den Eingangsstufen von Sweet Acres zurück.

»Man möchte meinen«, sagte William Crocker nachdenklich, »dass die Ereignisse des heutigen Tages Alfred bewegen, seine Meinung von dir zu revidieren. Es war ein Glücksfall, dass du gestern bei uns warst und wir deine Unschuld unzweifelhaft bezeugen konnten. Hättest du zufällig meine Einladung ausgeschlagen, würdest du jetzt vermutlich an einem deiner eigenen Bäume baumeln.«

»Ich weiß – und ich kann euch nicht genug danken.« Tony lächelte dünn. »In diesem Fall bin ich froh, dass die Neuigkeit sich so rasch verbreitete.«

Man plauderte noch ein wenig, dann stiegen alle, bis auf Blackburne, auf ihre Pferde und ritten davon.

Mit Galgenhumor bemerkte Tony zu seinem Freund: »Weißt du, das Leben in England war nie so … ereignisreich.«

Blackburne lächelte grimmig. »Ich finde es interessant, dass du von solch hässlichen Vorkommnissen nur betroffen wirst, wenn du auf Sweet Acres bist.« Halb neckend, halb ernsthaft fragte er: »Willst du nicht lieber zurück nach England?«

Tonys Gesicht verschloss sich. »Nein. Ich bleibe. Hier bin ich zu Hause, und ich lasse mich nicht vertreiben.«

»Es würde mich wundern, wenn du es zuließest, doch rate ich dir, auf der Hut zu sein, da ich den Eindruck habe, dass jemand genau dies bezweckt – oder dich hängen sehen möchte.«

»Möglich, dass du Recht hast«, pflichtete Tony ihm bei, »doch frage ich mich, warum man mich nicht einfach tötet, wenn man mich aus dem Weg haben will? Warum diese Umstände, mich als Unhold anzuschwärzen und mich am Leben zu lassen? Das erscheint mir sinnlos.«

Blackburne zuckte mit den Achseln. »Antwort weiß ich keine, doch möchte ich dich noch einmal warnen – sei auf der Hut. Es gibt jemanden, der dich hasst, mein Freund.«

Sie besprachen die Situation noch eine Weile, dann empfahl sich auch Patrick und ließ Tony allein auf der Veranda von Sweet Acres. An Schlaf war nicht zu denken. Tony drehte sich um und ging ins Haus, in Gedanken bei dem, was durchgesickert war … und bei dem Problem, Marcus beizubringen, dass seine Mutter tot war. Keine angenehme Aufgabe, aber eine, die er sofort hinter sich bringen musste.

Zehn Minuten später, nachdem er sich kaum Zeit genommen hatte, das Gesicht zu waschen und sich fertig anzuziehen, stieg Tony zum Vordereingang des Hauses der Jacksons hinauf. Sally und John empfingen ihn mit besorgten Mienen in der Tür.

»Habt ihr es dem Jungen gesagt?«, fragte Tony leise, als er eintrat.

John schüttelte den Kopf. »Nein, wir hielten es für besser zu warten und die Sache mit Ihnen zu besprechen.«

Rasch warf Sally ein: »Im Moment schläft er noch – von dem Mob und von dem, was beinahe passiert wäre, weiß er nichts.«

Tony fuhr sich erschöpft durchs Haar. »Man braucht ihn nicht zu wecken – soll er ruhig weiter schlafen.« Er verzog den Mund. »Er wird die Wahrheit bald genug erfahren.« Mit seinem liebenswürdigsten Lächeln fragte er Sally: »Hätten Sie etwas dagegen, wenn ich hier warte, bis er erwacht?«

»Natürlich nicht!«, rief Sally aus. »Wo bleiben meine Manieren? Bitte, nehmen Sie Platz. Sicher könnten Sie Kaffee und Toast vertragen, da Sie bei diesem Wirbel bestimmt keine Zeit zum Essen hatten. Oder soll ich Ihnen ein richtig deftiges Frühstück machen?«

Tony lehnte das Frühstück ab, nahm aber den Kaffee dankbar an. Zu dritt wurde dann besprochen, wie man Marcus die Tragödie, die ihn getroffen hatte, am besten beibringen konnte.

Es sollte sich jedoch zeigen, dass die Erwachsenen die Situation tragischer nahmen als Marcus. Eine Stunde später, während er dem Jungen zuschaute, der zufrieden seinen Haferbrei am blank gescheuerten Küchentisch löffelte, war Tony erleichtert, dass der Kleine so vernünftig reagierte.

Immer noch besorgt, strich er ihm über den Kopf und fragte zum zweiten Mal: »Du begreifst doch, dass deine Mutter tot ist und du sie niemals wieder sehen wirst? Aber du wirst hier bei den Jacksons bleiben dürfen.«

Marcus schaute mit klaren blauen Augen zu ihm auf, als er ernst sagte: »Ich verstehe. Es tut mir Leid, dass Mama tot ist, aber sie mochte mich nicht sonderlich und war gar nicht lieb zu mir.« Mit einem warmen Blick zu den Jacksons, die in der Nähe standen: »John und Sally sind netter zu mir als alle anderen – mir gefällt es hier.«

Damit schien die Frage für Marcus erledigt, und Tony brach erleichtert auf. Unter den Erwachsenen war es beschlossene Sache, dass die Jacksons den Jungen einmal adoptieren würden.

Tony fragte sich allerdings, ob der Junge die ganze betrübliche Situation so leicht überwinden würde, wie es im Moment den Anschein hatte. Wichtiger noch, er fragte sich, was Arabella denken würde. Er schnitt eine Grimasse. Das spielte keine Rolle mehr. Sie vertraute ihm nicht, und dieser letzte Skandal war nicht dazu angetan, ihre Meinung von ihm zum Besseren zu wenden – auch wenn er unschuldig war.

Mary, die ihre kühle Haltung beibehielt, sorgte dafür, dass ihrer Stieftochter in den Wochen nach dem Ball bei den Crockers jede Schauermär über Tony zu Ohren kam. Auf diese Weise fiel es Arabella zunehmend schwerer, ihr gegenüber auch nur den Anschein von Höflichkeit zu wahren, obwohl sie wusste, dass Mary nur ihr Bestes wollte.

Zum Glück für ihre Beziehung kam Mary nicht oft zu Besuch, und Arabella konnte sich der Neuausstattung von Greenleigh widmen. Indem sie den schmerzlichen Bruch mit Tony im hintersten Winkel ihres Bewusstseins vergrub und Marys Hetze keine Beachtung schenkte, entdeckte sie ihren anfänglichen Enthusiasmus für dieses Vorhaben wieder und versuchte sich zu überzeugen, dass sie glücklich war. Doch in den Nächten schlief sie schlecht und grübelte ständig über Tonys eventuelle Unschuld vor fünf Jahren. Und: Wenn er nicht gelogen hatte – wer unter ihren Freunden oder Angehörigen führte einen solch perfiden Feldzug gegen ihn?

Der Einzige, mit dem sie darüber sprechen konnte, war Jeremy, der von Tonys Unschuld felsenfest überzeugt war. Doch Erkenntnisse brachte das auch keine.

Als die Wochen verstrichen, wurde ihr Verlangen nach Tony nicht geringer. Tatsächlich steigerte es sich wie ihre Gewissheit, dass er die Wahrheit gesagt hatte. Dutzende Male hätte sie sich fast hingesetzt und ihm geschrieben, ihn um einen Besuch gebeten, doch zögerte sie aus Angst vor einer Ablehnung. Sie bereute zutiefst, seinen zweiten Heiratsantrag nicht angenommen zu haben. Bereute bitterlich, dass sie sich über Tonys Charakter nicht mehr Gedanken gemacht hatte; sie liebte ihn und hätte an ihn glauben müssen. Stattdessen hatte sie ihn fortgeschickt und ihn verletzt, zumindest seinen Stolz, wenn nicht gar sein Herz – nicht einmal, sondern zweimal. Wie konnte er ihr jemals vergeben?

An dem Morgen, als man Mollys Leichnam gefunden hatte, fühlte Arabella sich niedergeschlagen und matt. In letzter Zeit schien die kleinste Anstrengung sie zu erschöpfen. Auch ihr Magen machte ihr Schwierigkeiten – sogar die Düfte ihrer Lieblingsgerichte ließen sie auf ihr Zimmer flüchten, wo sie minutenlang gegen Brechreiz und Ohnmacht ankämpfen musste.

Jeremys Ankunft eine knappe halbe Stunde später hob ihre Laune ein wenig, obwohl die Nachrichten von Mollys Ermordung und dass Tony nur knapp der Lynchjustiz entgangen war, wahrlich keine Aufmunterung bedeutete.

Aus Jeremys blauen Augen blitzte Erregung. »Damit wird bestätigt, dass unsere Vermutungen zutreffen! Tony war immer schon unschuldig, aber diesmal hat derjenige, der ihn anzuschwärzen versuchte, einen Fehler begangen. Jemand anderer hat Molly getötet, doch wie üblich wollte man Tony die Schuld in die Schuhe schieben. Allein Tonys Besuch bei den Crockers rettete ihn vor dem Strick.«

Arabella nickte langsam. Der Kaffeeduft aus Jeremys Tasse ließ ihren Magen revoltieren. »Ja, so sehe ich das auch.« Sie beugte sich mit ängstlicher Miene vor. »Bist du ganz sicher, dass Tony unversehrt blieb? Und dass seine Unschuld klar erwiesen ist?«

»Ja, ohne Zweifel.«

Jeremy griff nach einem Plätzchen von dem Tablett, das Mrs. Tidmore gleich bei seiner Ankunft gebracht hatte. Als er hineinbiss, wurde starker Anisduft spürbar, und Arabella spürte, wie ihr Magen sich hob.

Bleich stand sie auf. »Entschuldige«, stieß sie hervor und stürzte hinaus.

Kaum hatte sie ihr Zimmer erreicht, gab sie auch schon das wenige von sich, das sie zu sich genommen hatte. Als das Schlimmste vorüber war, sank sie auf ihr Bett und wischte sich den Mund mit einem feuchten Tuch ab.

Ein Geräusch von der Tür her ließ sie aufblicken. Jeremy stand wie versteinert da. Seine Miene verriet Ingrimm.

»Hast du es ihm gesagt?«, fragte er barsch.

Arabella sah verwirrt drein. »Wem was gesagt?«

Er verkniff den Mund. »Ob du Tony gesagt hast, dass du sein Kind erwartest.«

16

Mit großen Augen und einem Mund, der ein erstauntes O bildete, starrte Arabella Jeremy an. »Schwanger?«, japste sie schließlich. »Du glaubst, dass ich schwanger bin?«

Jeremy zog spöttisch eine Augenbraue hoch. »Natürlich! Warum sonst solltest du erbrechen? Und warum sonst diese Blässe? Du bist mir zwar spitznasig vorgekommen, doch dachte ich, die Hitze sei schuld. Jetzt weiß ich es besser.« Um seinen Mund zuckte es. »Du glaubst vielleicht, ich sei noch ein Kind, aber ich bin alt genug, um mich zu erinnern, dass Mama beim Anblick von Essen erbleichte und aus dem Raum stürzte, als sie die zwei Jungen erwartete. Du bist in anderen Umständen, meine Liebe, und mach mir ja nicht weis, dass Tony nicht der Vater ist!«

Arabella starrte ihn ungläubig an, während ihre Gedanken sich überstürzten. Schwanger! Nie wäre sie auf den Gedanken gekommen … obwohl es nicht so weit hergeholt war, wie sie zugeben musste. Ihre Periode war ausgeblieben, und sie zeigte alle Anzeichen einer Schwangerschaft im Frühstadium. Jeremys Folgerung war absolut korrekt. Sie war mit Tonys Kind schwanger.

»Nun?«, hakte Jeremy nach. »Habe ich Recht?«

Ohne sich ihres albernen Lächelns bewusst zu sein, nickte Arabella. Sie würde ein Kind bekommen! Tonys Kind! Konnte es etwas Wundervolleres geben?

»Und weiß der künftige Vater von dem bevorstehenden freudigen Ereignis?«, fragte er trocken.

»Hm … nein«, antwortete Arabella und fügte hinzu: »Ach, mach kein so böses Gesicht – ich habe es eben erst selbst entdeckt.«

»Das mag schon sein, doch tust du gut daran, es ihm sofort beizubringen. Wenn das Kind kein Bastard werden soll, müsst ihr ganz schnell heiraten.«

Mit einem Donnerschlag wurde Arabella in die Wirklichkeit zurückkatapultiert. Unter anderen Voraussetzungen wäre eine eilige Hochzeit natürlich der nächste Schritt gewesen. Doch so, wie die Dinge zwischen ihr und Tony standen, schreckte sie davor zurück, nur aus diesem Grund plötzlich seine Frau zu werden. So viel sie wusste, wollte er sie nicht mehr heiraten. Allerdings glaubte sie, dass Tony sie auf der Stelle heiraten würde, wenn er von ihrer Schwangerschaft erfuhr. Doch sie wollte nicht, dass Tony das Gefühl bekäme, er müsste sie heiraten, selbst wenn er ihr früher mal zwei Anträge gemacht hatte. Er dachte jetzt vielleicht anders darüber.

»Es ist nicht nötig, dass ich sofort eine Entscheidung treffe«, entschied Arabella. »Tony erfährt es noch früh genug.« Ein verträumter Ausdruck huschte über ihre zarten Gesichtszüge. »Ich muss mich erst selbst an den Gedanken gewöhnen.«

Jeremy schnaubte. Eine Hand in die Hüfte gestützt, musterte er sie voller Ungeduld. »Wenn ich deinen Zustand so leicht entdeckte, was glaubst du, wie bald es die anderen wissen werden? Andere wie Mama oder Kusine Agatha mit schärferen Augen, als ich sie habe, falls du es vergessen haben solltest. Du kannst nicht warten. Du musst heiraten, ehe jemand davon erfährt.« Er spielte seinen letzten Trumpf aus. »Als Familienoberhaupt muss ich darauf bestehen.«

Arabella schnitt eine Grimasse. Wie oft hatte sie sich gewünscht, Jeremy würde mehr Reife an den Tag legen und seine Pflichten als ältestes männliches Familienmitglied wahrnehmen – doch nun wünschte sie, er hätte nicht just diesen Moment gewählt.

»Jeremy«, sagte sie leise, »ich bin erwachsen. Im Herbst werde ich dreiunddreißig. Meinst du nicht, ich wäre ein wenig zu alt, um mich von dir herumkommandieren zu lassen?«

»Nein, nicht wenn du im Begriff stehst, verantwortungslos zu handeln. Ist dir klar, welchen Skandal deine Schwangerschaft über die Familie bringen wird, wenn du nicht heiratest – und zwar sofort? Glaube mir, wenn das Kind geboren ist, wird man eifrig die Monate an den Fingern abzählen und die Nase rümpfen. Wenn du die Heirat hinauszögerst, wird man noch mehr klatschen, schon gar, wenn du vor dem Traualtar stehst und dein Bauch sich wie eine reife Melone wölbt.« Er lief aufgeregt hin und her. »Ich weiß, dass ich weder die Macht noch den Einfluss habe, den unser Vater auf dich ausübte, und ich weiß auch, dass du kein *junges* Mädchen bist, aber was bildest du dir ein? Das ist eine peinliche Affäre. In unseren Kreisen ist es üblich, Kinder erst mindestens neun Monate nach der Hochzeit zu bekommen!«

Seufzend fuhr er sich durch die goldenen Locken. »Ich will dir keine Predigt halten – aber nachdem du dich selbst in diese Lage brachtest, kann ich nicht glauben, dass ausgerechnet du gewillt bist, der Familie die Schande und den Klatsch zuzumuten, der unweigerlich folgen wird, wenn du nicht heiratest, sobald es sich einigermaßen einrichten lässt. Und wenn die Familienschande nicht ausreicht, um dich zur Heirat zu bewegen, dann denk an das Kleine. Du weißt, wie die alten Klatschtanten sind – sie werden nie zulassen, dass du oder dein Kind die Umstände seiner Geburt vergisst. Denk auch an unsere Schwestern: Meinst du nicht, dass deine Handlungsweise sich auf Sara und Jane schlecht auswirken wird? Sie könnten sogar Zudringlichkeiten ausgesetzt sein, die nicht ungeahndet bleiben dürfen.« Gewitzt setzte er hinzu: »Ich wäre womöglich gezwungen, mich Dutzende Male zu duellieren, ehe sie unter die Haube kommen. Hast du das alles in Erwägung gezogen?«

Arabella konnte die Schlagkraft von Jeremys Argumenten nicht bestreiten. Doch die Vorstellung, zu Tony zu laufen und damit herauszuplatzen, dass sie schwanger sei und er sie auf der Stelle heiraten müsse, ging ihr absolut gegen den Strich. Es muss einen anderen Weg geben, diese Situation zu lösen, dachte sie unglücklich. Es war ja nicht so, dass sie es Tony *niemals* sagen wollte, nur hatte sie nicht die Absicht, es sofort zu tun. Sie brauchte Zeit. Ihre Lippen wurden schmal. Und sie wollte sich nicht in eine Ehe drängen lassen. Das Kind gehörte ihr. Sie wollte entscheiden, wann sie heiraten würde – und wen!

Aber Jeremy ließ nicht locker. Da er ihren Gesichtsausdruck richtig deutete, nahm er die Sache in die Hand.

»Da du den Verstand verloren hast«, sagte er scharf, »muss ich auf eigene Faust handeln.«

Damit drehte er sich um und verließ das Zimmer.

»*Jeremy!*«, kreischte Arabella und sprang auf. »Warte. Wohin willst du?«

Er warf ihr über die Schulter einen Blick zu, während er die Stufen hinunterlief. »Zum Vater deines Kindes.«

»Warte! Das kannst du nicht!«, rief sie und rannte ihm nach. Aber Jeremy war durch die Eingangstür und über die Vorderstufen geeilt, ehe sie den Fuß der Innentreppe erreicht hatte. Von der Veranda aus konnte sie nur noch sehen, wie er davongaloppierte.

Verdammt, verdammt, schimpfte sie lautlos und biss sich ratlos auf die Unterlippe. Ihr Schicksal sollte nicht von zwei sturen und zu allem entschlossenen Männern bestimmt werden – sie zweifelte nicht, dass Tony noch mehr als Jeremy auf einer Ehe bestehen würde, sobald er von dem Kind erfuhr. Beklommen überlegte sie, dass Tony glatt im Stande war, sie irgendwohin zu verschleppen und sie praktisch gefangen zu halten, bis sie in eine Ehe einwilligte. Hatte Tony sich etwas in den Kopf gesetzt, war es unmöglich, ihn davon abzubringen. Sie konnte nur eines tun – sie musste verhindern, dass die beiden Pläne schmiedeten, die ihr ein Entrinnen unmöglich machten.

Leise vor sich hin grummelnd, raffte Arabella die Röcke hoch und lief zu den Stallungen hinter dem Haus. Ohne das erstaunte Stallpersonal zu beachten, holte sie die kleine Rappstute aus der Box und nahm sich nur so viel Zeit, um ihr das Zaumzeug über den glatten dunklen Kopf zu streifen, ehe sie sich auf den Rücken des sattellosen Pferdes schwang und davonsprengte. Mit fliegenden Röcken und schockierend entblößten Fesseln und Waden trieb sie das Pferd vorwärts.

Jeremy hatte einen Vorsprung von einigen Minuten, und Arabella war, obwohl eine annehmbare Reiterin, nicht eben für ihre Kühnheit bekannt. Folglich konzentrierte sie sich mehr darauf, auf dem Rücken der Stute zu bleiben, als diese zu größerer Geschwindigkeit anzutreiben, als sie durch den Wald galoppierte und dabei Baumstämme und Bäche locker übersprang.

Da sie wusste, dass Jeremy vermutlich dieselbe Abkürzung durch die Wälder nach Sweet Acres nahm, hoffte sie ihn zu überholen, doch erreichte sie trotz ihrer Bemühungen das Ziel einige Minuten nach ihrem Bruder. Sie hatte nun den Wald hinter sich gelassen und näherte sich im Galopp der Vorderseite des großen Hauses, als Jeremy und Tony eben auf ihre Pferde steigen wollten. Ihre befriedigten Mienen verrieten, dass sie bereits zu irgendeiner Übereinkunft gelangt sein mussten und offenbar im Begriff standen, nach Greenleigh zu reiten und mit ihr zu reden.

Arabellas Gesicht war vor Anstrengung gerötet, Büsche und Bäume hatten an ihrem Kleid gezerrt und ihr Haar aus seinem adretten Knoten gelöst. Wie Feuerwogen umspielte ihre Haarmähne ihre Schultern, als sie ihr Pferd zügelte. Ihr blaues Musselinkleid war an einigen Stellen zerrissen, und eine Anzahl hässlicher Kratzer verunzierten ihre hellen Waden. Tony war mit zwei schnellen Schritten an ihrer Seite, um sie wenig sanft vom schwer schnaubenden Pferd zu ziehen.

»Verdammt, Bella!« Tony sagte es mit einer gewissen Schärfe, als er sie halb wütend, halb ängstlich an sich drückte. »Hast du den Verstand verloren? Jetzt musst du an unser Kind denken. Du hättest auf uns warten sollen – du hast wissen müssen, dass ich komme.«

Atemlos und von ihrem wilden Ritt mehr mitgenommen, als sie zugeben wollte, war Arabella für Tonys starke Arme dankbar. Ein paar Sekunden der Entspannung gönnte sie sich, kostete die Wärme seines Körpers aus, den aufreizend maskulinen Duft, der allein Tony eigen war.

Dann schob sie eine der feuerroten Haarsträhnen aus den Augen, richtete sich auf und trat zurück. Seinem Blick begegnend sagte sie ruhig: »Ja, ich wusste, dass du kommen würdest – aber nur des Kindes wegen und weil Jeremy dich dazu gezwungen hätte.«

Tony unterdrückte einen Fluch. Finster stieß er hervor: »Glaubst du das wirklich? Dass ich dich nur wegen des Kindes heiraten möchte? Oder dass dein Bruder mich zu etwas zwingen könnte, das ich nicht möchte?« Er lachte bitter auf. »Du scheinst vergessen zu haben, dass ich dir bei unserer letzten Begegnung einen Antrag machte.« Er verzog spöttisch sein Gesicht. »Und noch einmal, was Jeremy betrifft … wann, mein Schatz, habe ich mich jemals zu etwas zwingen lassen?«

Da beide die Antwort auf diese Frage kannten, erwartete Tony nicht, dass sie etwas sagte. Er hielt ihren Oberarm fest, als er sie zur breiten Eingangstreppe drängte. »Komm. Hier ist nicht der Ort für Diskussionen. Wir wollen ins Haus, aus der Sonne gehen und uns von Billingsley eine Erfrischung bringen lassen. Sicher wirst du dich nach einem Glas Limonade besser fühlen.«

Mit Tony konnte man nicht streiten, und die Vorstellung, sich hinzusetzen und ein wenig verwöhnen zu lassen, war sehr verlockend. Gehorsam ließ Arabella sich die Stufen hinauf und in die einladende Kühle des Hauses führen. Jeremy folgte ihnen zufrieden.

Erst als sie sich gesetzt hatten und Arabella eine halbes Glas Limonade getrunken hatte, war Schluss mit der Schonzeit.

Das Herz schlug einen Salto, als Tony, der vor ihr stand, sie mit schimmernden dunklen Augen ansah und leise fragte: »Du wirst mich doch heiraten, Bella? Ich weiß, zwischen uns ist vieles, das der Klärung bedarf, doch ist es nichts, das man nicht überwinden könnte – zumindest unserem Kind zuliebe.« Er ließ sich auf ein Knie sinken, griff nach ihrer Hand und drückte einen Kuss darauf. Ohne Jeremy zu beachten, der plötzlich höchstes Interesse für seine blanken Schuhe entwickelte, sagte Tony rau: »Ich möchte dich heiraten – immer schon –, seit ich dir zum ersten Mal begegnete. Dich zur Frau zu haben, ist mein innigster Wunsch.« Seine Stimme war belegt. »Dich *und* ein gemeinsames Kind zu haben, hätte ich mir niemals erträumt.« Er lächelte reuig. »Willst du mir meinen größten Traum versagen?«

»Tony, du verflixter Kerl!«, rief Arabella in gespielter Verzweiflung aus. Seine Berührung genügte, um sie alle Vorbehalte vergessen zu lassen, und seine Worte und Blicke erfüllten sie mit Wärme und ließen sie erbeben. »Du weißt, dass ich dir nie etwas versagen konnte.«

Mit jungenhafter Begeisterung beugte er sich vor. »Dann wirst du mich heiraten? Sobald es sich einrichten lässt?«

Arabella versuchte sich alle ihre Gründe ins Gedächtnis zu rufen, warum sie die Heirat mit Tony hinausschieben wollte. Sie wollte Tony heiraten. Seit vielen Jahren liebte sie ihn schon. Sie erwartete sein Kind. Er wollte sie heiraten. Felsenfest davon überzeugt, dass sie schon längst Eheleute sein würden, wenn nicht ein Widersacher ihre Heirat hintertrieben hätte, fand sie keinen Vorwand – vernünftig oder nicht –, Tony nicht auf der Stelle zu heiraten. Eines stand fest: Sie wäre eine Törin, wenn sie zuließe, dass Stolz oder etwas anderes ihr diesmal den Weg zum Traualtar versperrte.

Ihre Augen strahlten, als sie wisperte: »Natürlich werde ich dich heiraten. Wann du möchtest.«

»*Bella!*«

Jeremy, der sich zwischenzeitlich intensiv mit dem Muster des Teppichs beschäftigte, war vergessen, als Tony sie freudestrahlend in die Arme schloss. Arabella wusste nicht, wie es kam, doch im nächsten Moment saß sie auf Tonys Schoß, spürte seine Arme um sich und legte den Kopf an seine Schulter, während er Küsse auf ihr emporgewandtes Gesicht regnen ließ.

»Du hast mich zum glücklichsten Menschen der Welt gemacht, Liebling«, murmelte Tony zwischen Küssen. »Ich schwöre dir, dass ich ein guter Ehemann und unserem Kind ein guter Vater sein werde. Das schwöre ich.«

Arabella liebkoste hingerissen seine schmale Wange. »Ich weiß – andernfalls ich dich nicht heiraten würde.«

Er sah sie mit ernster Miene an. »Du weißt doch, dass ich dich mehr liebe als mein Leben?«

Sie lächelte. »Vermutlich. Aber ich gestehe, dass ich gern höre, wenn du es sagst.«

»Dann sollst du es hören – an jedem Tag unseres gemeinsamen Lebens!«

»Ach, Tony!«

Nun folgten wieder Küsse und leises Raunen der Liebenden. So wäre es unendlich weiter gegangen, wenn nicht Jeremy gefunden hätte, dass diese rührende Szene lange genug gedauert hätte. Er räusperte sich und sagte: »Meint ihr nicht, dass wir die Hochzeit planen sollten?«

Unvermittelt an seine Anwesenheit erinnert, blinzelten die zwei Liebenden ihn eine Sekunde an, dann nickten beide mit identisch abwesendem Lächeln.

»Ja, natürlich«, murmelte Tony, Arabella besitzergreifend fest in den Armen haltend.

»Man wird es Mama sagen müssen«, meinte Jeremy stirnrunzelnd. »Es wird ihr nicht gefallen.« Er straffte die Schultern und verkündete mannhaft: »Als Familienoberhaupt sollte ich es ihr mitteilen – außerdem wird sie es von mir vermutlich besser aufnehmen. Ich werde veranlassen, dass eine Anzeige in der Zeitung erscheint.« Er sah Tony an. »Heute haben wir Dienstag. Sollen wir versuchen, ob wir bis Freitag auf Highview eine Trauung arrangieren können? Damit hat Mama Zeit, ihre hysterischen Anfälle zu überwinden und Pläne für die richtige Hochzeit zu schmieden.« Stirnrunzelnd sah er wieder Arabella an. »Mama wird zuerst zweifellos schwierig sein, aber bald Vernunft annehmen. Sicher wird Cousine Agatha ihr dabei helfen. Und wenn wir bis Freitag warten, haben wir Zeit, ein paar gute Freunde einzuladen – die Crockers, die Gayles, Blackburne und vielleicht sogar Tonys Onkel und Vettern. Wir wollen ja keine allzu schlichte Angelegenheit.« Jeremy seufzte und grinste dann. »Und was das Kind betrifft … nun, das wird eben ein Siebenmonatskind.«

Tony hatte sich wortlos alles angehört, ließ sich aber Zeit mit der Antwort. Er wurde ein nagendes Vorgefühl drohender Gefahr nicht los. Sein Herz quoll geradezu vor Liebe über, als er Arabella ansah, die sich vertrauensvoll an ihn lehnte. Er hatte bereits zwei Frauen verloren. Zwei Frauen, die er nicht geliebt, aber auf seine Art betrauert hatte. Sogar die verwöhnte, verwegene Mercy. Arabella aber betete er an und konnte sich ein Leben ohne sie nicht vorstellen.

Voller Unbehagen erinnerte er sich daran, dass jemand sie bereits um fünf Jahre betrogen hatte und keine Mühe gescheut hatte, ihre Ehe zu verhindern. Daran hatte sich nichts geändert. Warum jemand dagegen war, dass er und Arabella ein gemeinsames Leben führten, war ihm ein Rätsel. Er schürzte nachdenklich die Lippen. Nein, das stimmte nicht. Er hatte gewusst, dass Arabellas Familie sich der Heirat heftig widersetzte, und er konnte es ihr nicht verübeln – sein schlechter Ruf war nicht *ganz* erlogen. Dennoch konnte er sich nicht vorstellen, dass Arabellas Vater an dem perfiden Plan mitgewirkt hatte, der dem Bruch ihrer Verlobung vorangegangen war. William Montgomery hatte seine Tochter geliebt und, wichtiger noch, er war Tony stets als Ehrenmann erschienen, der sich niemals einer so üblen Intrige bedient hätte.

Doch blieb die Tatsache, dass *jemand* sich große Mühe gegeben hatte, diese Trennung zu Wege zu bringen. Zwar waren inzwischen fünf Jahre vergangen … aber vielleicht wollte dieser Jemand nach wie vor ihre Heirat verhindern. Und diesmal würde er sich womöglich nicht mit einer gelösten Verlobung zufrieden geben. Was, wenn er beschloss, Arabella müsse sterben wie Elizabeth und ihr Kind mit ihr?

Schmerz und Angst durchzuckten ihn wie ein Messerstich. Instinktiv wurde seine Umarmung fester. Für ihn war es unerträglich, sie in Gefahr zu sehen. Er liebte sie. Über alle Maßen. Mehr als das Leben. Er wollte nicht Ursache sein, dass sie und ihr Kind gefährdet wurden. Aber indem sie seine Frau wurde, geriet sie womöglich in ernste Gefahr, wie er sich voller Ingrimm eingestehen musste.

»Gegen eure Pläne ist im Prinzip nichts einzuwenden«, erklärte Tony nun bedächtig, »doch möchte ich euch beide daran erinnern, dass jemand vor fünf Jahren unsere Heirat sehr raffiniert zu verhindern wusste. Das Motiv dafür ist mir nicht bekannt, doch steht eindeutig fest, dass jemand auf unsere Trennung hinarbeitete. Ich kann mir nicht denken, dass sich seither etwas geändert hat und wir sicher sein können, dass dieser Jemand nicht wieder versuchen wird, eine Heirat zu sabotieren.« Seine Lippen wurden schmal. »Und ich fürchte, diesmal wird dieser Jemand sich mit einer gelösten Verlobung nicht zufrieden geben.«

»Sie meinen, Arabella wird in Gefahr geraten, wenn sie Sie heiratet?«, fragte Jeremy, der plötzlich erbleichte und sehr jung wirkte.

Tony nickte. »Ja, allerdings. Ich möchte Arabella zwar so rasch wie möglich heiraten, doch sollte es geheim bleiben. Wir drei und Blackburne sollen die Einzigen sein, die es wissen.«

Arabellas erster Instinkt war Widerspruch. Schlimm genug, dass sie sich mit einer überhasteten Hochzeit begnügen musste, aber gar keine Hochzeit? Eine geheime Trauung? Als sie jedoch Tonys Worte genauer überlegte, wurde ihr klar, dass er Recht hatte. Es gab da draußen einen verborgenen Feind, und wenn sie auch nicht um ihr Leben fürchtete, sah sie ein, dass es klüger war, ihre Heirat nicht hinauszuposaunen, ehe der Feind nicht entlarvt war.

Sie runzelte die Stirn. »Tony«, setzte sie an, »es spricht viel für deinen Entschluss, doch etwas anderes ist unvermeidlich – wir können unsere Heirat nicht ewig geheim halten.« Ein wehmütiges Lächeln erhellte ihr Gesicht. »Sehr bald wird mein wachsender Umfang die Wahrheit erkennen lassen – und nur ein Narr würde glauben, dass nicht du der Vater bist.«

»Ich weiß, dass das Kind Eile unumgänglich macht, und ich habe nicht die Absicht, unsere Heirat länger als nötig geheim zu halten. Alle sollen dann wissen, dass ich das Glück habe, dein Mann zu sein.« Sein Gesicht verdüsterte sich. »Aber ich habe auch Angst ... um dich. Jemand tötete Elizabeth. Jemand hat unsere Heirat schon einmal verhindert. Und vergiß nicht, dass man erst heute Morgen Mollys Leichnam fand. Ich hatte großes Glück, dass ich dafür nicht gehängt wurde – noch dazu an einer meiner eigenen Eichen. Ich denke, mein Widersacher ist uns sehr nahe.«

Arabella bekam kugelrunde Augen. »Du glaubst also, dass Mollys Mörder auch Elizabeth tötete und unsere Verlobung auseinander brachte?«

»Ich weiß es nicht«, sagte Tony ratlos. »Ich weiß nur, dass es mit den Frauen in meinem Leben stets ein böses Ende genommen hat.« Seine Miene verriet, wie ihm zu Mute war. »Ich will verhindern, dass es auch dir so ergeht.«

»Tony hat Recht«, fasste Jeremy zusammen. »Es gibt jemanden, der entschlossen ist, Tony so oder so zu ruinieren. Mir sagt es zwar auch nicht zu, doch glaube ich, dass die Trauung im Moment geheim bleiben sollte, während wir herauszufinden versuchen, wer es einrichtete, dass Molly seinerzeit in der Hütte war sowie vor kurzem beim Ball der Crockers. Wenn wir das herausfinden, wissen wir auch, wer hinter Mollys Ermordung steckt. Haben wir diesen Schurken entlarvt, kann man eure Heirat publik machen.« Er verzog das Gesicht. »Wir entfesseln damit sowieso einen Sturm, gleichgültig, wann wir an die Öffentlichkeit gehen, also kann es nicht schaden, damit zu warten.« Er seufzte. »Diese Affäre ohne den üblichen Klatsch hinter uns zu bringen, ist ohnehin unmöglich.«

Ängstlich fragte Arabella Tony: »Wie stellst du dir das vor? Wie sollen wir Mollys Mörder entlarven? Und wenn unsere Heirat geheim bleiben soll, kann sie nicht hier stattfinden.«

Tony stand auf und setzte Arabella behutsam auf den Sessel, den er eben freigegeben hatte, um mit finsterer Miene durch den Raum zu tigern.

»Die Trauung ist das Wichtigste«, murmelte er. »Unser Kind soll nicht Bastard genannt werden, und falls mir ein Unglück zustoßen sollte, möchte ich die Gewissheit haben, dass für dich und das Kind gesorgt ist.«

»Ach, Tony, sag nicht, dass dir etwas zustoßen wird! Ich könnte es nicht ertragen – nicht, da wir uns endlich gefunden haben«, rief Arabella verzweifelt.

»Ich habe nicht die Absicht, dass einem von uns etwas zustößt, doch müssen wir klar überlegen. Einen Fehler können wir uns nicht leisten, da zu viel auf dem Spiel steht – unser gemeinsames Leben und das unseres Kindes.«

Tony machte noch eine Runde durch den Raum. »Wie du ganz richtig sagst, können wir in Natchez nicht heiraten – und das bedeutet, dass du und ich sowie Jeremy und Blackburne verschwinden müssen, zumindest über Nacht.« Er sah Jeremy an. »Könnten Sie es einrichten, ein paar Tage außer Hause zu verbringen? Unter dem Vorwand, dass ich Sie einlud?«

Jeremy schnitt eine Grimasse. »Es wird Mutter nicht gefallen, doch kann sie mich nicht daran hindern. Und was ist mit Blackburne?«

»Blackburne besitzt ein Stück Land ein paar Meilen nördlich von hier, unweit Greenville – er könnte vorgeben, es besichtigen zu wollen. Niemand wird es in Frage stellen.«

Beide sahen nun Arabella an. »Du, meine Liebe«, sagte Tony,

»bist unser Problem. Anders als wir Männer, kannst du nicht einfach auf und davon gehen oder über Nacht ausbleiben, ohne dass es Spekulationen und Fragen aufwirft – wenn auch nur unter dem Personal –, die wir uns nicht leisten können.«

Arabella seufzte. Was Tony sagte, war unbestreitbar richtig. Gentlemen konnten sich nach Belieben herumtreiben, ohne Rechenschaft über ihr Tun und Lassen abzugeben. Wagte aber sie oder irgendein weibliches Wesen, auch nur eine Nacht allein außer Haus zu verbringen, waren der Preis dafür verstohlen geflüsterte Bemerkungen und entrüstete Blicke ein Leben lang. Schon der Umstand, dass sie allein auf Greenleigh lebte, wurde von einigen Nachbarn trotz ihres Alters als schockierend empfunden. Und wenn sie gar über Nacht ausblieb ... Sie runzelte die Stirn. Aber ihr würde etwas einfallen!

»Anstatt zu dir zu kommen«, sagte sie, »könnten wir ja verbreiten, dass Jeremy bei mir bleibt. Das wird niemand merkwürdig finden. Mein Bruder und ich unternehmen eine Ausfahrt in Richtung Greenville und ein ... Radbruch zwingt uns die Nacht auf der Straße zu verbringen. Wer könnte uns das Gegenteil beweisen? Oder etwas einzuwenden haben, wenn ich mit meinem Bruder allein bin?«

»Das könnte gehen«, gab Tony ihr nachdenklich Recht und rieb sich sein Kinn. »Aber jemand wird dem Personal auf Greenleigh sagen müssen, was aus dir wurde – wenn ihr beide nicht zurückkommt, wird man Alarm schlagen.«

Arabella stöhnte. »Daran dachte ich nicht.«

Tony lächelte. »Keine Angst, wir werden alle Schwierigkeiten überwinden. Diesmal lasse ich nicht zu, dass sich unserer Hochzeit etwas in den Weg stellt.«

»Ich nehme an, wir sind uns einig, dass die Hochzeit in Greenville stattfinden soll?«, fragte Jeremy.

Tony nickte. »Das ist der logische Ort. Er ist fast dreißig Meilen entfernt, und in seiner Umgebung finden wir sicher einen Wanderprediger – in letzter Zeit sind einige durch Natchez gezogen, also bestimmt auch durch Greenville.« Er furchte die Stirn. »Aber ich glaube, es ist besser, wenn ich mich selbst darum kümmere, wer die Trauung vornimmt. Ich will es mit Blackburne besprechen.«

Wieder durchmaß er den Raum. »Im Moment ist es das Beste, wenn Jeremy dich zurück nach Greenleigh begleitet«, sagte er mit einem entschuldigenden Blick zu Arabella. »Ich würde ja selbst gern mitkommen, doch müssen wir unseren Gegner im Unklaren lassen. Je weniger man uns zusammen sieht, desto besser.«

Arabellas Miene ließ ihn vor ihr niederknien. »Mach kein solches Gesicht, Liebste. Es ist ja nicht für lange. Denk daran, dass wir bald für immer zusammen sein werden und niemand uns mehr trennen kann.«

Arabella nickte seufzend. »Natürlich. Du hast ja Recht. Nur habe ich mir meine Hochzeit anders vorgestellt.«

»Zumindest wird es diesmal eine Hochzeit geben«, sagte Jeremy vergnügt. »Und jetzt zurück nach Greenleigh. Ich muss Mama Nachricht schicken, dass ich ein paar Tage bei dir bleibe. Sie soll meinen Diener mit ein paar Sachen zum Umziehen schicken.« Er sah Tony an. »Alles andere bleibt Ihnen überlassen.«

»Gut«, sagte Tony. »Sobald ihr auf dem Weg nach Greenleigh seid, reite ich sofort zu Blackburne. Wenn ich mit den Vorbereitungen fertig bin, werde ich einen Weg finden, es euch wissen zu lassen. Bis dahin«, sagte er lächelnd, »glaube ich, dass Arabella morgen mit dem starken Verlangen nach einer ausgedehnten Landpartie erwachen wird … in Richtung Greenville etwa?«

Tony stand auf und reichte Arabella die Hand. Mit einem Blick zu Jeremy sagte er: »Könnten wir einen Moment allein sein?«

Jeremy lief rot an. »Aber natürlich.«

Kaum waren sie allein, zog Tony Arabella in seine Arme und verteilte federleichte Küsse über ihr Gesicht. »Keine Angst, Süße«, flüsterte er. »Was ich sage, war mein Ernst – nichts und niemand wird uns an der Heirat hindern.«

Sie lächelte ihn mit sehnsuchtsvollem Blick an. »Ich glaube dir, aber wie soll es weiter gehen? Wie sollen wir herausfinden, wer Molly ermordete und wer sie vor fünf Jahren zur Hütte schickte?« Ihre Katzenaugen verdunkelten sich. »Und wer hat Elizabeth ermordet?«

Tonys Griff um ihren Arm wurde fester. »Wir werden ihn entlarven, im Moment aber möchte ich nur, dass du und mein Kind sicher seid. Sobald wir verheiratet sind, werden wir vergangene und nicht so lange zurückliegende Ereignisse näher untersuchen.«

Er sah sie eindringlich an, als er leise fragte: »Wann hast du erkannt, dass ich die Wahrheit bezüglich Molly sagte? Bei unserem letzten Zusammensein fand meine Version der Geschehnisse jener Nacht keinen Glauben bei dir.«

Sie spielte mit dem Knopf an seiner Jacke. »Mir war elend zu Mute, als wir uns trennten – und da fing ich an, mir zu überlegen, was ich tatsächlich von dir wusste.« Sie hielt seinen Blick fest. »Du bist sehr vieles«, sagte sie trocken, »aber ein Lügner bist du nicht. Sogar deine Verleumder billigen dir zu, dass du nicht lügst. Und da ich dich kenne, wurde mir klar, dass du eher dazu neigst, dich ein bisschen mit deinen Sünden zu brüsten, als sie zu leugnen. Damit musste ich mich dem Fakt stellen, dass du, was Molly angeht, nicht gelogen hast – dass jemand dir eine Falle stellte und es einrichtete, dass ich dich in einer Situation, wie sie verfänglicher nicht sein konnte, überraschte.« Sie sah schuldbewusst drein. »Mein Stolz war verletzt, und als ich gar von der dummen Wette mit Blackburne hörte, gab es mir den Rest. Ich weiß nicht, was mich mehr kränkte – dich im Bett mit Molly zu erwischen oder zu entdecken, dass du mich nur wegen einer Wette umworben hast.«

»Diese verdammte Wette!«, knurrte Tony. »Liebling, es ist, wie ich schon sagte – ich wettete tatsächlich, doch das geschah, ehe ich dich kannte.« Seine Züge wurden weich. »Als ich dir begegnete, in deine schönen Augen und dein bezauberndes Lächeln sah, war die Wette vergessen. Ich wusste nur, dass ich zum ersten Mal in meinem Leben verliebt war und dass du mit einem Blick mein Herz erobert hattest.«

»Ach, Tony! Wie schön du das sagst!«

Er küsste sie. »Umso schöner, weil es wahr ist. Und ich habe die Absicht, dir im Laufe unseres gemeinsamen Lebens noch viele schöne Dinge zu sagen.« Als er sie erneut küsste, war es unvermeidlich, dass sich Leidenschaft in ihm regte. Da aber Jeremy draußen in der Halle wartete und sie noch genug Zeit für die Liebe haben würden, schob er sie widerstrebend von sich.

Sein Atem ging schwer, und in seinen Augen leuchtete Verlangen, als er ihr noch einen Kuss auf die Nase drückte und murmelte: »So, und jetzt gehen wir zu deinem Bruder, ehe ich alles vergesse und dich hier auf dem Fußboden nehme.«

Arabella unterdrückte ein Kichern und ließ sich zur Tür führen. Wenig später saß sie wieder auf ihrer kleinen Rappstute und ritt mit Jeremy in gemächlichem Tempo Richtung Greenleigh.

Tony blickte ihnen nach, bis sie im Wald verschwanden, dann schwang er sich auf den Rücken seines Pferdes. Als Erstes plante er einen Besuch bei Blackburne.

Es war inzwischen Spätnachmittag, und während er die Meilen zurücklegte, die sein Haus von der Plantage der Blackburnes trennten, überdachte Tony alles, was sich ereignet hatte. Er versuchte sich auf das Dringendste zu konzentrieren, doch wanderten seine Gedanken ständig wieder zu Arabella. Zu ihrem feurigen Haar, dem bezaubernden Schwung ihres

Mundes, wenn sie lächelte, ihren Augen, ihrer Nasenform … zu dem Kind, das in ihr heranwuchs …

In Gedanken verloren registrierte er verwundert, dass Sugar schon vor der breiten Treppe von Willow Dale anhielt. Kurzfristig wusste er gar nicht, wo er sich befand oder warum.

Wenn Patrick erstaunt war, Tony so bald nach den Ereignissen des Morgens zu sehen, war ein leichtes Zucken einer schwarzen Braue das einzige Anzeichen. Patricks lässig-interessierte Miene änderte sich nur wenig, als sie sich in zwei bequemen Sesseln gegenübersaßen und Tony ihm die ganze Geschichte erläuterte.

Als Tony fertig war, starrte Patrick ihn lange ausdruckslos an. Dann nickte er endlich, als wäre eine seiner eigenen Vermutungen bestätigt.

»Nun?«, fragte Tony gereizt. »Wirst du mir helfen oder nicht?«

Patrick lächelte – in einem so harten, zynischen Gesicht wie seinem wirkte das Lächeln besonders gewinnend. »Hast du daran gezweifelt, mein Freund?«

Von Tonys Brust hob sich eine Last. »Nein, ich wusste, dass ich auf dich zählen kann. Tatsächlich bist du der Einzige, auf den dies zutrifft.«

Patrick wedelte Tonys Worte mit einer Handbewegung weg. »Genug davon. Wir müssen Pläne machen.«

Nun wurde die beste, unauffälligste Vorgangsweise besprochen. Eine Stunde später lächelten beide, als Patrick mit Tony hinaus zu Sugar ging.

»Mein Diener Robertson und ich werden im Morgengrauen nach Greenville reiten, und sobald ich dort alles arrangiert habe«, versprach Patrick, »schicke ich Robertson zu dir.« Mit einem Schlag auf Tonys Schulter schloss er: »Du kannst bis Donnerstagnachmittag mit einer Nachricht von mir rechnen.«

Tony, der schon auf Sugar saß, blickte auf ihn hinunter. »Es erscheint mir unglaublich, dass ich Ehemann sein werde, ehe die Woche um ist.«

Patrick schüttelte lächelnd den Kopf. »Nein, mein Freund, nicht unglaublich – wer dich und Arabella zusammen erlebte, weiß, dass es unausweichlich ist.« Seine Miene verhärtete sich. »Und diesmal wird das Ende ein anderes sein als seinerzeit bei eurer geplanten Hochzeit. Das schwöre ich.«

17

Eine Traumhochzeit war es gewiss nicht, und doch glaubte Arabella zu träumen, als sie an jenem Freitagabend neben Tony auf einer schattigen grünen Lichtung am Rande von Greenville stand und die Worte sprach, die sie zu seiner Frau machten. Jeremy und Patrick Blackburne waren die einzigen Zeugen – sie und der verkommen aussehende Wanderprediger, der sie traute.

Die Zeit der Trennung von Tony hatte sie bis zu diesem Augenblick zwischen Angst und hektischer Erregung schwankend verbracht. Angst, weil sie befürchtete, dass diesmal wieder etwas ihr Ehegelöbnis verhindern würde; Erregung und Hektik, da sie und Jeremy alles in Bewegung gesetzt und Vorbereitungen getroffen hatten, nach Greenville zu fahren, kaum dass sie von Tony Bescheid erhalten hatte, dass alles in die Wege geleitet sei.

Schließlich aber war alles erstaunlich leicht gegangen. Mary hatte Jeremys Wunsch, zu seiner Schwester zu fahren, nicht in Frage gestellt, Patrick hatte Prediger Hattersfield gleich nach seiner Ankunft in Greenville aufgetrieben; und am späten Nachmittag des Donnerstag hatte Tony Jeremy ausrichten lassen, dass alles geregelt sei. Arabellas und Jeremys Entschluss, am Freitagmorgen eine ausgedehnte Fahrt über Land zu unternehmen, hatte bei den Tidmores keine Neugierde erweckt. Auch nicht Arabellas leichthin gemachte Bemerkung, sie sollten unbesorgt sein, falls sie und Jeremy abends nicht wiederkämen – sie erwögen, über Nacht bei Freunden zu bleiben, wenn es zu spät würde. Nur bei welchen Freunden und wo, ließ Arabella offen.

Tony hatte die Vorbereitungen für die Trauung in Patricks Hände gelegt, und dieser hatte an alles gedacht – auch an ein paar Dinge, die die anderen vergessen hatten. Als sie kurz vor der Hochzeit den altmodischen Hut mit schlaff herunterhängender Krempe und das abgetragene weißgrüne Baumwollkleid sah, auf dem er bestand, hatte Arabella die Nase gerümpft.

»Muss ich wirklich?«

Patrick grinste sie an, in seinen kühlen grauen Augen tanzten Funken. »Das müssen Sie allerdings. Damit die Ehe gültig ist, müssen Sie und Tony Ihre richtigen Namen angeben – das müssen wir alle. Wir möchten aber nicht, dass unser Geistlicher Sie leicht erkennt, sollten sich Ihre Wege kreuzen, ehe die Heirat publik gemacht wird, was höchst unwahrscheinlich ist, aber ein Risiko wollen wir nicht eingehen. Dieser schreckliche Hut ist unbedingt nötig, und ich möchte nicht, dass auch nur eine Strähne Ihres auffallenden roten Haares zu sehen ist. Die breite Krempe verbirgt zusätzlich Ihr Gesicht ein wenig. Außerdem erzählte ich Hattersfield, dass Sie und Tony meine Pächter sind. Ihr müsst auch so aussehen, meine Lieben.«

Tony grinste und hielt seine schäbigen, grob gewebten Sachen hoch, ebenso den abgegriffenen Hut, den Patrick für ihn besorgt hatte. »Meine Sachen sind nicht besser, Liebling. Wir werden gut zusammenpassen.«

»Verdammt, wenn ich daran etwas zum Lachen finde«, klagte Jeremy, der eine grässlich geflickte Hose und ein zerfetztes Hemd ausschüttelte. Voller Abscheu begutachtete er den zerbeulten, viel zu großen Strohhut, der zu seiner Ausstattung gehörte. Es war der Schmutz, der ihm besonders zuwider war. »Hätte man diese verlausten Sachen vorher nicht waschen können?«, fragte er erbost, als er sich unbehaglich an der Schulter kratzte.

»Nein, alles muss echt wirken. Und ich erwarte ein wenig Dankbarkeit – passende Kleidung aufzutreiben, kostete mich viel Zeit«, sagte Patrick, dem seine Erheiterung anzusehen war. »Nur mit viel Mühe ließen sich ausreichend große Hüte finden. Wir wollen ja eure Gesichter möglichst verdecken. Also denkt daran, und gebt nicht der Versuchung nach, die Hüte abzunehmen oder aus der Stirn zu schieben. Wir wollen nicht, dass man euch erkennt. Unser Prediger soll drei armselige, abgearbeitete Pächter vor sich sehen. Im Moment haben wir andere Sorgen als elegante Kleidung.«

Jeremy sah ihn fast widerwillig an. »Mir fällt aber auf, dass Sie nichts dermaßen Hässliches tragen. Warum nicht?«

Trotz des Lachens, das ihm aus den Augen blitzte, trug Patrick eine überlegene Miene zur Schau. »Bedenken Sie doch, dass ich Ihr Grundherr bin.« Er grinste und konnte sich nicht verkneifen hinzuzufügen: »Da kann ich unmöglich so zerlumpt auftreten.«

Die Geschichte, die Patrick für diese geheime Trauung zusammengebraut hatte, war plausibel. Einer seiner Pächter hatte die Tochter eines anderen Pächters geschwängert. Das sündige Paar musste nun verheiratet werden, ehe der jähzornige Vater der Frau alles entdeckte, andernfalls Blut fließen würde. Zum Glück war ihr Bruder ein braver Kerl und hatte sich erboten mitzuhelfen, sie zu verheiraten und beim Vater zu gegebener Zeit ein gutes Wort einzulegen. Patrick half ihnen nur um des lieben Friedens willen und um sich fleißige Pächter zu erhalten.

Und so kam es, dass Anthony Daggett Arabella Montgomery am 16. Juni 1797 bei Greenville im Mississippi Territory heiratete. Die Trauung war kurz, aber legal, und Arabella war Tonys rechtmäßige Frau.

Mochte es eine geheim gehaltene Hochzeit sein, an der nur ihr Bruder und Tonys Freund Patrick Blackburne teilnahmen, mochte der backenbärtige Geistliche leicht nach Whiskey riechen, die Zeremonie war für Arabella trotz allem wie ein Traum. Die grüne, von Sonne und Schatten gesprenkelte Waldlichtung war zwar nicht die feierliche Kirche in Natchez, die sie sich für diesen Anlass gewünscht hätte, und sie hielt auch nicht seltene und schöne Blüten als Brautstrauß in Händen, doch spielte das keine Rolle. Sie heiratete den Mann, den sie liebte. An Tonys Seite stehend, spürte sie die Wärme, die von ihm ausging, hörte, wie er mit seiner tiefen Stimme das Jawort sprach. Arabella war überzeugt, nie im Leben glücklicher gewesen zu sein. Als die Zeremonie vorüber war und Tony sie zärtlich in die Arme nahm und küsste, glaubte sie, ihr Herz würde vor Seligkeit zerspringen.

Fiel schon ihre Hochzeit aus dem Rahmen, so übertraf ihre erste Nacht als Eheleute das bei weitem. Da sie nicht länger in der Umgebung von Greenville verweilen wollten, verabschiedete sich das Quartett vom Geistlichen mit gemurmelten Dankesworten und einigen Silbermünzen, die Patrick ihm hastig in die unsaubere Hand drückte, kaum dass die Jaworte gesprochen und die Braut geküsst worden war.

Patrick hatte darauf bestanden, dass sie ihre eigenen Pferde in der Obhut seines Dieners Robertson einige Meilen weiter am Natchez Trace zurückließen. Sie waren in einem wackligen, von zwei unauffälligen Gäulen gezogenen Wagen gekommen, der sie an der verabredeten Stelle erwartete. Und so begann die Heimfahrt in demselben schäbigen Gefährt, in dem sie eingetroffen waren. Sogar Patrick saß auf einem der unauffälligsten Pferde seines Stalles, da am Trace ein schönes Pferd den Tod seines Reiters bedeuten konnte.

Hätten sie die Wahl gehabt, keiner von ihnen hätte das Nachtlager am berüchtigten Natchez Trace aufgeschlagen, doch gab es keine Alternative. Der Trace war auch tagsüber gefährlich, und die Vorstellung war für keinen angenehm, in der Dunkelheit dem schmalen, gewundenen Pfad zu folgen und womöglich von Räubern und Mördern, die im dichten Wald und im Röhricht lauerten, überfallen zu werden. Dazu musste man an Arabella denken. Sie hatte bereits einen langen, ermüdenden Tagesritt hinter sich, und ihre Begleiter entschieden, dass es ihr trotz ihrer Beteuerungen, sie fühle sich tadellos, mehr schaden konnte, die Nacht durchzureiten, als am Trace zu lagern.

Eine Stunde vor Einbruch der Dunkelheit trafen sie sich mit Robertson, zogen rasch ihre gewohnten Sachen an und tauschten Wagen und Ackergäule gegen ihre eigenen Pferde ein. Robertson blieb es überlassen, Kleidung, Wagen und Pferde loszuwerden, ehe er sie einholte. Zu viert ging es nun den Trace entlang, bis der letzte Sonnenstrahl verschwunden war.

Arabella hatte gar nicht gemerkt, wie müde sie war, bis Tony sie vom Pferd hob. Vorfreude und Nervosität hatten sie seit dem frühen Morgen den ganzen Tag über angetrieben, und jetzt auf dem Heimweg als Tonys Frau war sie plötzlich am Ende ihrer Kraft.

Tony lächelte ihr zu, als er sie zu einem alten Baumstamm am Rand der Lichtung führte, die sie sich für ihr Nachtlager ausgesucht hatten; in der Nähe hörte man einen Bach plätschern. »Ich weiß, dass der Tag für dich anstrengend war. Umso mehr, als du nicht regelmäßig reitest. Bist du sehr müde, meine Liebe?«

Arabella, die den Baumstamm nach allerlei ungebetenem Getier abgesucht hatte, setzte sich und seufzte behaglich auf.

»Ich wollte nicht jammern oder uns aufhalten, aber ich glaube«, gestand sie ironisch, »ich hätte einen hysterischen Anfall bekommen, wenn ich nur fünf Minuten länger geritten wäre.«

Jeremy, der in der Nähe damit beschäftigt war, ein Feuer zu entfachen, grinste sie über die Schulter hinweg an. »Ich gebe zu, dass deine Tapferkeit auf mich großen Eindruck machte. Du warst stundenlang im Sattel, bist schnell geritten – du, Bella, die meist bei dem Gedanken an ein anderes Transportmittel als eine gut gefederte, von einem frommen Tier gezogene Kutsche vorsichtshalber in Ohnmacht fällt.«

Arabellas Miene war hochmütig und stand ganz im Gegensatz zu ihrem Augenzwinkern. »Nimm zur Kenntnis, dass ich in meiner …hm, Jugend eine beherzte Reiterin war.«

»Ach, und jetzt bist du schon in die Jahre gekommen«, neckte Tony sie.

Blackburne, der sich um die Pferde gekümmert hatte, sah zu ihnen hin und sagte: »Lassen Sie sich von denen nur nicht auf den Arm nehmen, Mrs. Daggett. Sie haben sich heute hervorragend gehalten.«

»Allerdings«, pflichtete Tony stolz bei. Er griff nach ihrer Hand und küsste sie. Mit warmem und liebevollem Blick raunte er ihr zu: »Ganz hervorragend.«

Arabella strahlte ihn mit leuchtendem Gesicht an. Für die beiden versank die Welt um sie herum.

Jeremy und Blackburne wechselten einen beziehungsvollen Blick und widmeten sich plötzlich total versunken ihren jeweiligen Tätigkeiten. Tony und Arabella aber hatten so viel Anstand, sich rasch wieder ihrer Umgebung zu besinnen. Arabella, die übergangslos zu ihrer Energie zurückgefunden hatte, machte sich daran, Jeremy beim Kaffeekochen zu helfen, und Tony sattelte mit Patrick die Pferde ab, tränkten sie und gaben ihnen Futter.

Robertson traf noch vor Ablauf einer Stunde nach einem

verwegenen Galopp auf einem schnaubenden und schäumenden Pferd ein. Eine Viertelstunde später saßen alle um das flackernde Feuer, tranken Kaffee und aßen Brötchen und gedörrtes Wildfleisch, das Patrick in seinen Satteltaschen mitgebracht hatte.

Auf einer ausgebreiteten Decke an Tony geschmiegt dasitzend, den starken Geschmack von Kaffee und salzigem Wild noch auf der Zunge, fand Arabella, dass ihre Hochzeitsfeier vollkommen war. Gewiss, die Brötchen waren etwas hart und die Nachtluft voller Insektengesumm, doch wurde dies durch das befriedigende Knuspern der Semmeln zwischen den Zähnen und den aromatischen Holzrauch wettgemacht, der über sie hinwegzog und die Insekten abhielt.

Später, als sie und Tony umschlungen am heruntergebrannten Feuer lagen, während Patrick, Jeremy und Robertson abwechselnd das Lager bewachten, war sie sicher, dass *ihre* Hochzeitsnacht weitaus denkwürdiger war als die meisten anderen. Es war unwichtig, dass kein Raum für körperliche Liebe war – dafür blieb ihnen der Rest ihres Lebens. Diese Nacht war besonders und einzig für sie beide. Zum ersten Mal verbrachten sie die ganze Nacht in enger Umarmung und mit der unumstößlichen Gewissheit, dass sie sich gegenseitig innigst liebten.

Nach einem hastig eingenommenen Frühstück, das eine Wiederholung des Abendessens darstellte, waren sie am nächsten Morgen kurz nach Tagesanbruch wieder unterwegs. Und vor ihnen lag abermals ein harter Tagesritt.

Als Tony ihr leises Ächzen hörte, musterte er sie mitfühlend. »Wund?«

Arabella nickte. »Sehr. Ich werde froh sein, zu Hause anzukommen.«

Doch kaum hatte sie sich nach einem heißen Bad und langem ungestörtem Schlaf in ihrem weichen Bett verzehrt, wünschte sie sich schon, der Ritt würde nie enden, als sie die Stelle erreichten, wo ihre Wege sich trennten. Es war später Nachmittag, und der Tag hatte sie total erschöpft, doch diesen Augenblick hatte sie gefürchtet.

Unweit der Straßengabelung zogen sich ihre drei Weggefährten diskret zurück, um dem jungen Paar ein paar ungestörte Minuten zu gönnen.

Tony, der dicht an ihr Pferd heranritt, sagte leise: »Ich komme erst morgen Abend. Du brauchst Ruhe.« Seine Augen glänzten. »Aber erwarte ja nicht, morgen Nacht viel schlafen zu können.«

Unwillkürlich errötete Arabella, und Tony lachte. Sofort wurde er wieder ernst. »Bewachen deine Leute noch immer das Haus?«

Arabella schüttelte den Kopf. »Nein. Seit dem Überfall ist nichts mehr passiert. Schon vor einigen Wochen zog ich daraus den Schluss, dass mein Besucher sich nicht wieder blicken lassen wird, und ließ die Patrouillengänge einstellen.« Sie verzog das Gesicht. »Es kam mir einfach albern vor, die Leute nachts draußen ihre Runden machen zu lassen.«

Tony runzelte die Stirn. »Albern oder nicht, ich hätte ein besseres Gefühl, wenn ich wüsste, dass sie nach wie vor auf dem Posten sind, obwohl ich ohne sie leichter unentdeckt ins Haus gelangen kann. Doch bis wir Mollys Mörder entlarvt haben, solltest du sie wieder auf Patrouille schicken.«

»Glaubst du wirklich, ich wäre in Gefahr?«, fragte sie mit besorgtem Blick.

Tony zuckte mit den Achseln. »Solange niemand weiß, dass du meine Frau bist, vermutlich nicht, aber ich möchte nicht riskieren, dass dir etwas zustößt.« Er schenkte ihr ein Lächeln, das ihr Herz schmelzen ließ. »Tu mir den Gefallen, Liebling – schick deine Leute ab heute erneut auf ihre nächtlichen Rundgänge.«

Arabella versprach es und sie redeten noch eine Weile miteinander, wie nur Liebende es tun. Schließlich küsste Tony sie zärtlich, und sie gesellten sich zu den anderen.

Tony wurde das Herz schwer, als sie mit Jeremy davonritt, und alle Instinkte drängten ihn, sie nach Sweet Acres zu bringen und aller Welt kundzutun, dass sie sein Eheweib war, doch wagte er es nicht. Zwei seiner Frauen waren tot, eine davon ermordet, und er würde lieber sterben, als zuzulassen, dass Arabella auch nur annähernd gefährdet wurde.

Patrick, der an Tonys Seite geritten kam, sagte leise: »Keine Angst, ihre Sicherheit ist gewährleistet.«

»Ich wünschte, ich könnte deine Zuversicht teilen«, sagte Tony, dessen finsterer Blick auf Arabellas entschwindender Gestalt ruhte.

»Habe ich dich je irregeführt?«, fragte Patrick freundschaftlich, im Bemühen, ihn abzulenken.

Tony fixierte ihn belustigt. »Sehr häufig!«

»Stimmt nicht. Du tust mir Unrecht«, protestierte Patrick unschuldig. »Nenne mir ein einziges Mal!«

Während Robertson ihnen unauffällig folgte, tauschten die beiden Freunde heiter-gutmütige Gemeinheiten aus, bis sich ihre Wege gabelten.

Tony zügelte sein Pferd und sagte: »Meinst du, es wäre verdächtig, wenn du mich heute Abend aufsuchst?«

Patrick überlegte. »Ich wüsste nicht, warum. Tatsächlich wäre es logisch, dass ich komme, da ich ein paar Tage fort war und dich nicht gesehen habe.«

Nachdem dies geregelt war, trennten sie sich. Tony ritt nach Sweet Acres, Patrick nach Willowdale.

Nach seiner Rückkehr bestellte Tony sich ein heißes Bad und ein Tablett mit Sandwiches und Ale. Eineinhalb Stunden später war er – gebadet, frisch rasiert und gesättigt – bereit, sich allem zu stellen, was ihm begegnete.

Er schritt die Haupttreppe mit nachdenklicher Miene hinunter und verschwand in seinem Arbeitszimmer. An seinem Schreibtisch beschäftigte er sich mit dem, was er für Arabellas Zukunft am vordringlichsten hielt: mit seinem Testament. Er wollte ihre Zukunft absichern und verbrachte daher einige Minuten damit, zur Gedächtnisstütze die verschiedenen Punkte aufzulisten, um sie bereit zu haben, wenn er am nächsten Morgen gleich als Erstes das Dokument aufsetzen ließ.

Sein Tod war kein Thema, bei dem er gern verweilte – zumal er endlich etwas hatte, für das es sich zu leben lohnte, so dass er seine Notizen bald aus der Hand legte. Viel lieber hätte er die Zeit mit Gedanken an Arabella, ihr Kind und die gemeinsame Zukunft verbracht, doch war ihm düster bewusst, dass die Zukunft für sie alle riskant blieb, solange Mollys Mörder nicht gefasst war.

Beim kurzen Gespräch mit Billingsley während des Essens hatte er erfahren, dass in seiner Abwesenheit keine Besucher aufgetaucht waren und dass sich nichts Ungewöhnliches oder Besonderes ereignet hatte. Dies hätte ihn beruhigen sollen und tat es auch bis zu einem gewissen Grad. Niemand, bis auf ein paar verlässliche Bedienstete, wussten überhaupt, dass er fort gewesen war, und die würden nicht klatschen. Damit war wenigstens eine Befürchtung ausgeräumt. Und es war unwahrscheinlich, dass der Ausflug Arabellas und Jeremys jemandem als ungewöhnlich aufgefallen war, das hoffte er jedenfalls. Blackburnes Abwesenheit hatte gewiss keine besondere Aufmerksamkeit geweckt. Selbst wenn es der Fall gewesen wäre, lag kein Grund vor, sie mit Arabellas und Jeremys Ausflug in Verbindung zu bringen. Blieb also nur das altbekannte offene Problem: Wer hatte Molly ermordet und aus welchem Grund?

Lange saß er da und beleuchtete den Fall von allen Seiten. Es war unvermeidlich, dass er dabei auch auf Leytons Tod stieß.

Morde und Raubüberfälle waren am Natchez Trace und sogar im berüchtigten ›Natchez-unter-dem-Hügel‹ alltäglich, alles andere als alltäglich aber war es, dass ein Mann wie Leyton kaltblütig in seinen eigenen vier Wänden ermordet wurde. Es gab keine sichtbare Verbindung zwischen dem Mord an Molly und jenem an Leyton. Und doch wuchs in ihm die Gewissheit, dass ein Zusammenhang bestand und dass die Verbindung zu ihm hinführte.

Tony räumte ein, dass ein eifersüchtiger Liebhaber bei Molly als Täter in Frage kommen könnte. Ebenso möglich war es, dass ihr Tod milieubedingt war und nichts mit dem Mord an Leyton vor einigen Wochen zu tun hatte. Aber irgendetwas bildete trotz allen Unstimmigkeiten eine Verbindung.

Seine Miene verfinsterte sich. Waren ihm nicht Gerüchte zu Ohren gekommen, dass Molly von Leyton ausgehalten worden war? Zum Teufel! Im Laufe der Jahre war sie von einem halben Dutzend Männern seines Bekanntenkreises mehr oder weniger lange ausgehalten worden – Alfred Daggett und seine Söhne nicht ausgenommen, ebenso wie von diesem aufgeblasenen Affen Kingsley. Wenn Leyton aber in letzter Zeit ihr Gönner gewesen war, vielleicht sogar zum Zeitpunkt ihres Todes, dann war es zu viel des Zufalls, dass die beiden im Abstand von wenigen Monaten ermordet worden waren. Leyton hatte sich allerdings gewiss genügend Feinde gemacht. Also … hatte derselbe Täter Molly und Leyton ermordet? Was zu der Frage führte, was Molly und Leyton gewusst oder getan hatten, dass sie sterben mussten? Und wie, wenn überhaupt, betraf es ihn selbst?

Auf die Schreibtischplatte starrend, klopfte er mit den Fingern einer Hand geistesabwesend auf den Bogen Papier, auf dem er sich Notizen gemacht hatte. Um seine Lippen zuckte es leicht belustigt. Er war frisch gebackener Ehemann und machte sich Gedanken über sein Testament, anstatt im Bett bei seiner Frau zu liegen. Er seufzte. Wollte man eine Lehre aus der Vergangenheit ziehen, hätte eigentlich Arabella ihren letzten Willen abfassen müssen.

An seiner Seite war seinen zwei ersten Frauen kein langes Leben beschieden gewesen. Damit nicht genug, hatte er es nur nach Überwindung einiger Hindernisse geschafft, die dritte zum Traualtar zu führen. War dies einem ungnädigen Schicksal zuzuschreiben, oder steckte etwas anderes dahinter? Er war immer davon ausgegangen, dass er Pech gehabt hatte. Rückblickend aber erschien es ihm sehr merkwürdig, dass ihm in dieser Hinsicht so wenig Glück beschieden war. Und jetzt war Molly ermordet worden, jene Frau, die eine entscheidende Rolle gespielt hatte, als seine Verlobung vor fünf Jahren in die Brüche gegangen war. War es also nur eine Laune des Schicksals, oder war etwas – oder jemand – anderes am Werk?

Viele Leute waren gegen die Verlobung gewesen, und jeder hätte es einrichten können, dass Molly ihre Rolle spielte. War es darum gegangen, ihn ledig und ohne Anhang zu erhalten, und nicht darum, Arabella das Los einer Ehe mit ihm zu ersparen?

Es war ein bestechender Gedanke, der jedoch wenig Sinn ergab. Soweit er sehen konnte, gab es nur einen Grund, dafür zu sorgen, dass er ohne Ehefrau und Erben blieb: Das Testament seines Großvaters Daggett verfügte, dass sein Onkel und seine Vettern das Daggett-Vermögen erben sollten, falls er selbst ohne Erben aus dem Leben schied. Wenn das aber der Grund war, warum brachten sie ihn nicht einfach um? Warum ließ man ihn am Leben?

Er brütete über der Idee, dass alle oder einer seiner Daggett-Verwandten seinen Tod wollte. Es war ein unangenehmer Gedanke, hatte aber etwas für sich. Allerdings war er noch am Leben, wie er sich zynisch in Erinnerung rief.

Fast müßig fiel sein Blick auf das Papier mit seinen Notizen.

Seine Aufmerksamkeit schärfte sich, als ihm ein Punkt förmlich in die Augen sprang. Er hielt den Atem an, als ihm die volle Bedeutung aufging. Natürlich. Es gab einen guten Grund, ihn am Leben zu lassen, wenn jemand es auf den Haupttreffer abgesehen hatte.

Während er auf Blackburne wartete, verbrachte Tony die Zeit damit, seine erschreckende Schlussfolgerung nach allen Seiten hin zu überprüfen. Er konnte sich irren, klammerte sich vielleicht nur an einen Strohhalm, und doch ergab sein Verdacht einen Sinn, der Furcht einflößend war.

Als Blackburne prompt um acht Uhr abends erschien, traf er Tony noch in seinem Arbeitszimmer an. Man begrüßte sich, Erfrischungen wurden gebracht.

Minuten später, als er Tony mit einem Glas Whiskey gegenübersaß, blickte Patrick ihn prüfend an, ehe er fragte: »Warum diese bedrückte Miene, mein Freund? Wir haben unser Vorhaben verwirklicht, ohne dass jemand davon erfuhr. Du solltest heute glücklich sein.«

»Das werde ich erst sein, wenn ich weiß, wer Molly und Elizabeth ermordete«, sagte er ernst.

Blackburne erschrak. »Du glaubst doch nicht etwa …«

»Seit ich heute nach Hause kam, habe ich nichts anderes getan als nachzudenken. Und ich kann nicht sagen, dass ich dabei Ruhe fand.« Er trank einen Schluck Whiskey. »Aber ich gelangte zu einem Schluss: Entweder lastet ein Fluch auf mir, oder jemand hat sich große Mühe gegeben, mir das Leben zur Hölle zu machen.«

»Ach, komm«, protestierte Blackburne. »Ich gebe ja zu, dass es in deinem Leben tragische Umstände gab, doch handelte es sich dabei schlicht um Pech.«

»Ach? Ich gebe dir insofern Recht, als man Mercys Tod auf ein Unglück zurückführen könnte. Wäre ich nicht so fest entschlossen gewesen, sie Terrell zu entreißen, und hätte ich nicht die Verfolgung der beiden aufgenommen, würde sie vermutlich heute noch am Leben sein. Aber bei Elizabeth ...« Er sah Blackburne an. »Als Elizabeth getötet wurde, befand sie sich hier in diesem Haus. Es war noch nicht neun Uhr abends – keine Zeit, die sich ein erfahrener Einbrecher aussuchen würde, um in ein Haus einzudringen und es auszurauben, schon gar nicht ein Haus wie Sweet Acres. Elizabeth befand sich nicht verspätet auf dem Heimweg und hatte sich nicht der Gefahr ausgesetzt, einem mörderischen Banditen zu begegnen. Sie war *hier*«, wiederholte Tony verbittert. »An dem Ort, der für sie Geborgenheit bedeuten sollte.«

Nun trat beklommenes Schweigen ein, bis Tony nach einem weiteren Schluck Whiskey leise fragte: »Habe ich jemals erwähnt, dass nichts im Haus fehlte?«

Blackburne nickte. »Ja, eine Tatsache, die gegen dich sprach – dies und die Uhrzeit.« Blackburne runzelte konzentriert die Stirn. »Wenn ich mich recht erinnere, standen die Glastüren von ihrem Salon auf die Veranda offen, als Billingsley, durch einen Schuss alarmiert, nach oben lief und sie tot auffand. Du warst nicht im Haus, da du damals bei mir zum Dinner geladen warst.« Blackburne verzog das Gesicht. »Was natürlich kein Mensch glaubte. Dauernd wurde gemunkelt, ich hätte gelogen, um deinen Hals zu retten.«

Tony hob sein Glas zu einem ironischen Trinkspruch. »Sieht aus, als hätte ich dir zweimal mein Leben zu verdanken. Eine Dankesschuld, die ich nie abtragen kann.«

»Nenne dein erstes Kind nach mir, und wir sind quitt«, sagte Blackburne, dessen Blick nicht ganz zum scherzenden Ton passte.

»Abgemacht!«

Der lockere Moment war sofort verflogen, und Blackburne fragte mit angestrengt gerunzelter Stirn: »Aber was hat der Mord an Elizabeth mit jenem an Molly zu tun? Du glaubst doch nicht etwa, zwischen den Verbrechen bestünde ein Zusammenhang?«

Tony nickte bedächtig. »Wie ich schon sagte, habe ich entweder großes Pech mit Frauen oder jemand unterzog sich großer Mühe, um diesen Eindruck zu erwecken. Genauer gesagt, ist dir aufgefallen, dass es nur die *Frauen* in meinem Leben sind, die leiden mussten?« Tony zählte an den Fingern ab. »Meine ersten zwei Frauen, Mercy und Elizabeth, sind tot. Mercys Tod war meiner festen Überzeugung nach ein Unglück. Elizabeth aber wurde ermordet. Vor fünf Jahren traf Arabella, meine Verlobte, mich unter beklagenswerten Umständen an und löste die Verlobung. Und jetzt ist Molly tot, ermordet. Molly, ausgerechnet jene Person, deren Dreistigkeit Ursache für die Auflösung der Verlobung mit Arabella war. Dieselbe Molly, die vor einem knappen Monat behauptete, ich sei Vater ihres unehelichen Kindes. Zufällig wieder in Gegenwart Arabellas. Damit war jeder eventuelle Neuanfang zwischen uns zum Scheitern verurteilt. Findest du das nicht interessant? Ich schon.«

Patrick furchte die Stirn. »Aber ich dachte, Arabella sei bereits klar geworden, dass du wegen Mollys Machenschaften in der Jagdhütte nicht gelogen hast. Ist das nicht einer der Gründe, weshalb sie in eine Ehe einwilligte? Weil sie an deine Unschuld glaubt?«

Tonys Züge wurden weich. »Ja. Aber das war etwas, das niemand wusste. Und wenn jemand entschlossen war, auf Dauer eine Versöhnung zu verhindern, gab es keinen besseren Weg, als die Frau, die vor Jahren Grund unserer Trennung war, zu veranlassen, mich als Vater ihres Kindes zu benennen – eines Kindes, das angeblich gezeugt wurde, während ich noch mit Arabella verlobt war! Wenn überhaupt, dann könnten nur wenige Frauen *diese* Treulosigkeit verzeihen!«

Eindringlich musterte Tony seinen Freund. »Überleg doch,

Patrick! Mercys Tod war vielleicht einfach ein Missgeschick, aber jeder mit einem Funken Verstand wusste, dass ich ihre Verfolgung aufnehmen würde, sobald ich entdeckte, dass sie mit Terrell durchgebrannt war. Wenn jemand Böses im Sinn hatte und vielleicht neugierig war, was sich ergeben würde, ohne dass er einen Finger rührte, was meiner Vermutung nach damals der Fall war, dann schaute er einfach zu, wie ich dem Paar nachjagte. Alles hätte passieren können. Ich hätte zu Tode kommen können und hätte, wie ich hinzufügen darf, in diesem Fall das Daggett-Vermögen meinen nächsten Anverwandten vererbt.« Auf Blackburns skeptische Miene hin sagte Tony: »Vergiss nicht, dass Terrell so heißblütig war wie ich und ebenso schnell und treffsicher mit seiner Pistole – die Chance war groß, dass einer oder beide den Tod gefunden hätten.« Seine Miene war angespannt. »Leider waren es Mercy und Terrell, die umkamen.«

»Wenn aber dein Onkel Albert es auf dein Vermögen abgesehen hatte, warum hat er nicht einfach dich getötet? Damit wäre ein für alle Mal alles erledigt gewesen?«

Tony stand auf und machte eine Runde durch den Raum. »Ich glaube, dass es am Anfang gar keinen klaren Plan gab«, spekulierte er in Gedanken versunken. »Erst im Laufe der Zeit entwickelte sich so etwas wie ein bestimmtes Schema. Mercys Tod war dabei nur ein Nebeneffekt. Bei Elizabeth war es anders. Ich war nicht nur verheiratet, sondern hätte auch Vater werden sollen. Und das war der Zeitpunkt, als es für unseren Übeltäter ernst wurde. Er tötete Elizabeth und mein Kind und beseitigte somit mit einem Schlag alle Erben.« Tony knurrte. »Ich bin sicher, dass dies der Zeitpunkt war, als unser namenloser Schurke längerfristig zu planen begann, da ihm aufging, dass er nur Geduld aufbringen musste. Wenn er wartete und dafür sorgte, dass ich unvermählt blieb, würde ihm noch mehr zufallen. Er muss sich ziemlich sicher gefühlt haben, da ich zwei katastrophale Ehen hinter mir hatte und es höchst unwahrscheinlich war, dass ich das Risiko einer neuerlichen Verbindung noch einmal eingehen würde.«

Tony lächelte finster. »Er hatte nicht damit gerechnet, dass ich mich in Arabella verlieben würde – und sie sich in mich. Sobald aber unsere Verlobung publik wurde, entwickelte er einen Plan, um unsere Verbindung zu zerstören.« Er warf einen Blick zurück zu Patrick. »Verstehst du nicht? Ich wurde nicht von Pech verfolgt … jemand verstand es nur, diesen Anschein zu erwecken.«

Patrick verzog das Gesicht. »Das sind handfeste Gründe, und oberflächlich gesehen, sieht alles sehr überzeugend aus. Aber selbst wenn mir deine Folgerungen einleuchten würden – und ich sage nicht, dass das der Fall ist –, was wäre dann der Zweck von allem?«

»Die Antwort auf diese Frage habe ich lange gesucht. Tatsächlich habe ich dies noch nie im Zusammenhang gesehen, heute aber, als ich erwog, mein Testament zu ändern, um Arabella und das Kind abzusichern, traf mich der Blitz der Erkenntnis.« Er lächelte bitter. »Sag mir, mein Freund, wer würde der Nutznießer sein, wenn ich unvermählt und ohne eigene legitime Erben sterbe?«

»Offenkundig dein Onkel und deine Vettern«, sagte Patrick trocken. »Man weiß ja, dass Albert seit Jahren nach Sweet Acres und dem übrigen Daggett-Vermögen giert. Aber wenn sie hinter deinem Vermögen her sind, warum haben sie dich nicht schon vor Jahren umgebracht? Warum diese Mühe, dich ehe- und kinderlos – und am Leben zu erhalten?«

Tony nickte erfreut. »Du hast den Finger genau auf das Hindernis gelegt, das sich mir in den Weg stellte, bis mir eine winzige Tatsache einfiel.«

»Spann mich nicht länger auf die Folter«, drängelte Patrick. »Welche Tatsache?«

Tony, dessen Miene Zufriedenheit spiegelte, setzte sich wieder. »Habe ich dir jemals von Baron Westbrook erzählt, dem Vater meiner Mutter?«

»Du vergisst wohl, dass ich ihn kenne. In unserer Jugend waren wir gemeinsam mehrmals auf Brookhaven. Ich mochte deine englischen Großeltern sehr gern.« Patrick betrachtete sein Whiskeyglas. »Im Gegensatz zu mir hast du deine Eltern nie gekannt, du hattest aber verdammtes Glück mit beiden Großelternpaaren, auch wenn sie dich fast ruinierten, indem sie dich in dem Glauben aufwachsen ließen, die Welt würde sich allein um dich drehen.«

Tony lächelte wehmütig. »Natürlich hast du Recht. Vor seinem Tod aber erkannte Großvater Westbrook, was er angerichtet hatte, und wollte verhindern, dass ich sein Vermögen vergeudete. Er brachte den Großteil des Westbrook-Vermögens in einen Treuhandfonds ein und entzog es damit meinem Zugriff. Er schuf aber auch etliche Chancen, meine Fehler gutzumachen, für den Fall, dass ich den Weg weiter beschreiten sollte, den ich damals gemeinsam mit dir eingeschlagen hatte.«

Patrick grinste. »Du meinst unsere wilde vergeudete Jugend? Was waren wir doch für ungestüme und gefährliche Burschen!«

»Allerdings«, pflichtete Tony ihm ironisch bei. »Mich schaudert, wenn ich jetzt daran denke, wie wir uns aufführten – ohne einen Gedanken an das Morgen. Aber zurück zu Großvater Westbrook.« Tony seufzte. »Ich war fünfundzwanzig, und Elizabeth war noch keine Woche tot, als er starb. Es vergingen mehrere Monate, ehe ich von den Bedingungen seines Testaments erfuhr, und ich gestehe, dass sie für mich einen gehörigen Schock bedeuteten. Das Daggett-Vermögen war bereits meines, und ich hatte angenommen, das Geld der Westbrooks würde mir wie eine reife Frucht in die Hände fallen.«

»Sag bloß, dass er dir nur einen Bettel hinterließ?«, rief Patrick erstaunt aus. »Du warst das einzige Kind seines einzigen Kindes. Wem sonst hätte er seinen Besitz vermachen sollen?«

»Ach, er hinterließ das Vermögen mir, das schon. Nur sorgte er dafür, dass ich den größten Teil über viele Jahre hinweg nicht antasten konnte.«

»Was heißt das?«

»Mir stand zwar die freie Nutzung aller seiner Häuser zu, und der von ihm gegründete Treuhandfonds kam für das Personal und die Erhaltung auf. Doch von dem Riesenvermögen gelangte nur sehr wenig in meine Hände. Alles – Ländereien, Häuser und Geld – wird treuhänderisch verwaltet, für mich natürlich, aber mit der Auflage, dass im Falle meines Todes das Vermögen an meine legitimen Nachkommen übergeht. Sollte ich kinderlos sterben, fällt alles an einen entfernten Vetter in England, Thomas Avery.« Er lächelte matt. »Du bist ihm einmal begegnet und fandest, dass er ein aufgeblasener Esel ist.«

»Das gilt immer noch. Der Mann ist der geborene Idiot«, sagte Patrick unverblümt.

Tony zuckte mit den Achseln. »Ich gebe dir Recht, doch nach den Bestimmungen von Großvater Westbrooks Testament erbt Avery alles, sollte ich ohne Nachkommen sterben.« Er zog ein nachdenkliches Gesicht. »So wie ich damals spielte und trank, befürchtete Großvater, ich würde das Daggett-Vermögen rasch durchbringen, falls ich nicht bei einem Duell oder einem albernen Streich ums Leben käme. Er wollte verhindern, dass seinem Vermögen dasselbe Schicksal beschieden wäre, wenn es an mich fiel. Deshalb verfügte er, dass ich auf Brookhaven oder im Stadtpalais in London leben konnte, dass ich aber sehr wenig Bargeld in die Hand bekam.« Er begegnete Patricks Blick. »Die Treuhänderschaft endet an meinem vierzigsten Geburtstag. Von diesem Tag an bekomme ich Zugriff auf das von dir vorhin erwähnte Riesenvermögen. Alles wird mir gehören, Grundbesitz und Geld. Sollte ich aber vorher kinderlos sterben, wird Avery alles erben.«

»Willst du damit sagen, dass Avery etwas mit deinem Pech mit Frauen zu tun hätte?«, frage Patrick ungläubig.

»Nein. Wäre es Avery, hätte er es nur einrichten müssen, dass ich ums Leben komme, damit er alles bekommt.«

Patrick runzelte die Stirn. » Wer dann?«

Tony lächelte dünn. »Wer sonst als jemand aus meiner liebevollen Daggett-Sippschaft? In meinem Testament kann stehen, was will – als meine einzigen lebenden Angehörigen hätten sie solide, nahezu unanfechtbare Ansprüche. Ich gestehe es ungern ein, doch achte ich trotz ihrer Haltung mir gegenüber die Blutsbande, die uns verbinden, und habe sie in meinem Testament bedacht, da ich niemanden anderen zu bedenken habe – äh, hatte. Also, wer glaubst du, ist es? Albert? Franklin? Oder Burgess?«

18

Patrick starrte ihn lange an, ohne dass seine grauen Augen verraten hätten, was in ihm vorging. Schließlich holte er tief Atem und fragte: »Das glaubst du wirklich? Einer deiner Angehörigen soll *jahrelang* Pläne in der Hoffnung geschmiedet haben, eines Tages nicht nur das Vermögen der Daggetts zu erben, sondern auch das der Westbrooks?«

Tony nickte knapp. »Ich weiß, dass es sich absurd anhört, aber verdammt, Patrick! Es erklärt so vieles. Und es erscheint mir einleuchtender, dass einer von ihnen hinter allem steckt, was mir in den letzten zehn Jahren zustieß, als dass ich es dem Schicksal in die Schuhe schiebe.« Er schnaubte. »Es war nicht das Schicksal, das Elizabeth ermordete. Und es war auch nicht das Schicksal, das es einrichtete, dass Molly damals in der Jagdhütte war – und vor ein paar Wochen auf dem Ball der Crockers.«

»Da gebe ich dir Recht, doch bedeutet es nicht, dass es das Werk einer Person ist.«

»Ach, das glaubst du nicht? Dir fällt es leichter zu glauben, dass mehrere Menschen beschlossen, aus meinem Leben eine Tragödie zu machen? Dass einer Elizabeth ermordete und ein anderer Mollys verschiedene Auftritte arrangierte?« Sarkastisch fuhr er fort: »Du gibst mir Recht, dass es wahrscheinlich ist, dass zwei verschiedene Menschen Molly bewogen, ihre verschiedenen Rollen zu spielen?«

»Ich will gern zugeben, dass dahinter eine Person stecken dürfte«, erwiderte Patrick. »Ich gestehe sogar zu, dass es mehr als wahrscheinlich ist, dass derjenige, der Mollys ... Besuche inszenierte, auch derjenige ist, der sie ermordete.«

»Aber nicht Elizabeth und Leyton?«

Patrick nickte düster. »Es ist möglich, dass es derselbe Täter war, und ich halte es für denkbar, dass Leyton vom Mörder Mollys getötet wurde.« Er seufzte und sah Tony unglücklich an. »Aber ich bin überfordert, wenn ich glauben soll, dass jemand aus deiner Familie Elizabeth kaltblütig ermordete, um an ein Vermögen zu kommen, das erst in fünfzehn Jahren an dich fällt.«

»Ja, das ist zu viel verlangt. Ich glaube, Elizabeth wurde ursprünglich deswegen ermordet, weil sie mein Kind erwartete. Meinen Erben. Den Erben des Daggett-Vermögens.« Tonys Miene verriet, wie angestrengt er nachdachte, als er erneut den Raum durchmaß. »Das alles sehe ich selbst noch nicht ganz klar, und es könnte sogar sein, dass es anfangs auch dem Mörder nicht klar war. Ich glaube, dass der Plan, wenn man so will, sich mit der Zeit allmählich entwickelte. Mercys Tod war eindeutig ein Unfall, doch ob den Ereignissen, die den Unfall umgaben, nicht ein wenig nachgeholfen wurde, bedarf noch der Untersuchung. Aber ich glaube wirklich, dass Mercys äußerst gelegener Tod die Idee aufkeimen ließ, mich eines Tages zu töten und das Daggett-Vermögen zu erben.«

»Dann sag mir, warum du nicht kurz darauf ermordet wurdest«, wollte Patrick wissen.

»Dafür gibt es zwei Gründe, mein Freund«, erwiderte Tony mit grimmigem Lächeln. »Erstens glaube ich, dass unser Schurke damals noch nicht die Grenze überschritten hatte und sich selbst die Hände mit einem Mord schmutzig gemacht hätte. Mercys Tod war ein Unfall. Und zweitens war Mercy kaum unter der Erde, als ich nach England ging. Wenn er mir nicht über den Ozean folgen wollte, war ich vorübergehend seinem Zugriff entzogen. Du musst bedenken, dass im Falle Franklin und Burgess beide durch ihren Geldmangel in ihrer Bewegungsfreiheit behindert waren – Onkel Alfred hielt sie sehr knapp und ist bis zum heutigen Tag ein alter Geizkragen. Manchmal tun mir meine Vettern direkt Leid.

Aber verfolgen wir den Gedanken weiter, dass einer von ihnen mir nach England gefolgt sein könnte, um mich zu ermorden. Ich bin sicher, dass man Verdacht geschöpft hätte, wäre ich ermordet worden oder hätte ich einen mysteriösen Unfalltod erlitten ... nicht zuletzt, wenn einer der Männer, die nach mir das Daggett-Vermögen erben würden, sich zufällig zur selben Zeit in London aufhielt. Ich vermute, dass unser Kandidat nicht willens war, auch nur irgendeinen Verdacht auf sich zu lenken.« Tony runzelte die Stirn.

»Da ich erst heute auf den Gedanken kam, dass meine phänomenale Pechsträhne das Werk eines Menschen sein könnte, habe ich überlegt, wie dieser beschaffen sein müsste. Viel Mut kann er nicht haben, was nicht heißt, dass er ein Feigling sein muss. Nein, er ist jemand, der mit äußerster Vorsicht ans Werk geht und nie die große Chance aus den Augen verliert. Angesichts des wilden Lebens, das ich damals führte, nehme ich an, dass er sich damit begnügte, in Natchez zu bleiben in der Hoffnung, ich würde es in England fertig bringen, mich umzubringen – was tatsächlich im Bereich des Möglichen lag. Ich glaube daher nicht, dass er einen kompletten Plan ausheckte, sondern sich eher an das Motto ›Abwarten und Tee trinken‹ hielt.« Tony lächelte zynisch. »Wäre er aus irgendeinem Grund in eine Notlage geraten, hätte er immer noch eingreifen und mein Hinscheiden beschleunigen können.«

»Also gut. Ich bin bereit, deine Theorie zu schlucken«, sagte Patrick widerstrebend. »Verdammt … du bringst es fertig, dass alles sich so vernünftig und logisch anhört.«

Tony wusste nicht, ob Patricks Eingeständnis ihn aufmunterte oder bedrückte. Sogar er war bereit einzugestehen, dass seine Vermutungen weit hergeholt waren, und fast hatte er gehofft, Patrick würde ihn überzeugen können, alles sei schierer Unsinn. Nun sah es so aus, als wäre das Gegenteil eingetreten.

Tony fuhr sich müde durchs dunkle Haar. »Ich hoffte und befürchtete zugleich, dass du genau dies sagen würdest. Ich gestehe, dass es einfacher wäre, alles auf das Schicksal zu schieben, als sich der Tatsache zu stellen, dass es jemanden gibt, der so teuflisch ist, dass er eine Frau und ihr ungeborenes Kind ermordet, nur um ein Vermögen zu erben.«

Lastendes Schweigen trat ein, während sie das bedrohliche Szenario überdachten. Auch als Tony sich schließlich setzte und einen Schluck Whiskey trank, hielt das Schweigen an.

Patrick war es, der schließlich zu sprechen anfing. »Wenn, und ich sage nur, *wenn* Elizabeth getötet wurde, weil sie schwanger war, und unter der Voraussetzung, dass dein Verwandter ihr Mörder ist, sich schließlich doch die Hände blutig machte, warum tötete er anschließend nicht auch dich?«

Tony schnitt eine Grimasse. »Es ist nur eine Vermutung, doch könnte ich mir denken, dass die Ermordung Elizabeths ihn viel Nerven kostete. Weiter vermute ich, dass es seines ganzen kranken Mutes bedurft hätte, von neuem zuzuschlagen. Auch glaube ich, dass es nicht in seinem Sinn gewesen wäre, wenn die Morde zu rasch aufeinander gefolgt wären. Niemand sollte meine Ermordung mit Elizabeths Tod in Verbindung bringen, da damit der Verdacht in eine Richtung gelenkt worden wäre, die er gewiss vermeiden wollte. Es blieb ihm nichts übrig, als zu warten. Außerdem hoffte er vielleicht noch, ich würde ihm die Mühe ersparen und mir entweder den Hals brechen oder in einem Duell fallen.« Seine Mundpartie wirkte verbissen, in seine Augen trat ein gefährlicher Schimmer. »Eine Frau zu töten ist etwas anderes als einen Mann, zumal einen, der dafür berüchtigt ist, dass er seine Fäuste gebrauchen kann, und meist bewaffnet ist«, knurrte er und nahm einen tiefen Schluck. »Er musste warten. Und als ein paar Monate vergangen waren, hatte sich die Situation geändert.«

»Das Westbrook-Vermögen«, sagte Patrick tonlos.

Tony nickte. »Ja. Nachdem er nahezu fünf Jahre gewartet hatte, konnte es ihm nicht viel ausmachen, sich noch ein paar Jahre zu gedulden, wenn ihm ein Vermögen winkte, neben dem sich der Reichtum der Daggetts wie ein Bettel ausnimmt.«

Patrick kratzte sich am Kopf. »Ich weiß nicht recht, Tony. Ich kann nicht glauben, dass jemand so viel Geduld aufbringt. Fast fünfzehn Jahre sind etwas anderes als fünf oder sechs.«

»Das stimmt, und ich glaube auch nicht, dass er anfangs plante, fünf Jahre, geschweige denn fünfzehn, zu warten«, überlegte Tony. »Ich glaube, er hatte die Absicht, mich zu ermorden, sobald er das Gefühl hatte, es ließe sich gefahrlos bewerkstelligen – wenn ich ihm die Arbeit nicht überhaupt ersparte. Vergiss nicht, dass die Zeit für ihn arbeitete – trotz Onkel Alfreds Knickerigkeit ist keiner seiner Söhne völlig mittellos. Unser Schurke gedachte sich vielleicht ein, zwei Jahre Zeit zu lassen, ehe er zur Tat schritt. Wahrscheinlich hegte er die Hoffnung, es als Unfall tarnen zu können.« Tonys Lippen wurden schmal. »Ein Sturz mit Genickbruch, über die Treppe im Zustand der Trunkenheit oder vom Pferd.« Zynisch setzt er hinzu: »Man hätte es als tragische Wiederholung der Familiengeschichte ansehen können, da mein Vater ähnlich den Tod fand.«

»Und was bewog den Täter, seine Pläne zu ändern?«

Tony zuckte mit den Achseln. »Das weiß ich nicht. Aber ich möchte wieder auf das Westbrook-Vermögen zurückkommen.« Als Patrick protestieren wollte, hob Tony die Hand. »Warte. Ich erwähnte nur die Grundzüge von Großvater Westbrooks Testament. Es enthielt zwei wichtige Klauseln, die ich nicht erwähnte.« Er lächelte reuig. »Mein Großvater brachte es nicht über sich, mich zu kurz zu halten, nicht einmal aus dem Grab heraus. Folglich verfügte er – zweifellos in der Hoffnung, ich würde dann schon gereifter sein –, dass ich im Alter von dreißig Jahren über fünfzehn Prozent des Treuhandvermögens verfügen sollte – eine stattliche Summe, wie ich bemerken darf. Derselbe Betrag sollte mir zusätzlich zur Verfügung stehen, wenn ich fünfunddreißig würde.«

Patrick lehnte sich zurück und streifte gedankenverloren mit den gegeneinander gestützten Fingern die Lippen. Mit einem Nicken sagte er langsam: »Und daher entschied unser Bösewicht, dass es für ihn vorteilhafter wäre zu warten, bis du dreißig würdest – damals bedeutete dies nur drei oder vier weitere Jahre. Zusätzlich hätte es noch einen Vorteil für ihn ergeben: bis dahin hätte niemand mehr daran gedacht, Elizabeths Tod mit deinem Ableben in Verbindung zu bringen.«

»Das glaube ich auch.«

»Und da er bis zu deinem dreißigsten Jahr gewartet hatte und damit fast ein Jahrzehnt damit zubrachte, deinen Tod zu planen – was waren da schon weitere fünf Jahre, zumal dann zusätzliche fünfzehn Prozent herausschauen würden? Und wie du richtig sagst, ist unser Schurke nicht mittellos. Er ist zwar habgierig, doch kann er es sich leisten zu warten.«

Wieder nickte Tony. »Das glaube ich auch. Die Idee, sich das gesamte Westbrook-Vermögen anzueignen, entwickelte sich erst allmählich. Vergiss nicht, dass ich im Laufe der Jahre den Großteil meiner Zeit in England verbrachte, außerhalb seiner Reichweite, wenn er nicht riskieren wollte, mir zum Zeitpunkt meines Todes zu nahe zu sein. Zwar bin ich sicher, er hätte es so eingerichtet, dass es wie ein Unfall aussah, doch besteht ja immer die Möglichkeit, dass etwas nicht klappt.«

»Bei der Ermordung Leytons und Mollys gab er sich keine Mühe, etwas zu vertuschen«, bemerkte Patrick grimmig.

Tony lächelte, doch es war alles andere als ein nettes Lächeln. »Er fühlte sich ihnen haushoch überlegen. Da sie für ihn Unkraut waren, fürchtete er sie nicht.«

»Und du glaubst, dich fürchtet er?«

»Was glaubst du, warum ich noch am Leben bin? Im Laufe der Jahre hätte er mich sehr oft umbringen können, wenn er bereit gewesen wäre, das Risiko einzugehen. Und wieder fallen mir zwei Gründe ein, warum er es nicht tat: das Westbrook-Vermögen und sein Widerstreben – seine Angst, wenn man will –, es mit mir aufzunehmen.«

Patrick murmelte seufzend: »Ich weiß, dass in deinen Argumenten ein Fehler steckt, doch kann ich ihn nicht finden. Verdammt … wider mein besseres Wissen hast du mich überzeugt, dass du Recht haben könntest.«

Bis lange nach Mitternacht wurde diskutiert, ohne dass die beiden zu einwandfreien Schlüssen oder Lösungen gelangt wären. Müde und bedrückt begleitete Tony schließlich Patrick aus dem Haus und zu der Stelle, wo dieser sein Pferd angebunden hatte.

Das Licht der Laternen, die an den Säulen an der Vorderseite des Hauses hingen, flackerte matt über ihnen, während sie dastanden und immer noch redeten. Es war schon so spät, dass Tony vorgeschlagen hatte, Patrick solle über Nacht bleiben, doch hatte sein Freund abgelehnt.

Patrick schwang sich nun in den Sattel und sagte: »Du hast erreicht, dass ich nun jede meiner Handlungen im Hinblick darauf prüfe, was unser Kandidat denken mag, und obwohl wir oft ohne ersichtlichen Grund im Haus des anderen übernachteten, ist mir im Moment dabei nicht geheuer zu Mute.«

Tony grinste. »Du willst nur nicht in der Nähe sein, falls er den Mord für heute plant.«

Patrick lachte, seine grauen Augen aber blickten ernst. »Das wohl kaum, aber denk daran, dass jemand dich rächen musst, *solltest* du ermordet werden. Und ich schwöre dir, dass ich deinen Mörder tot sehen und dafür sorgen werde, dass deiner Frau und deinem Kind oder dir selbst kein Leid geschieht, solange es in meiner Kraft steht.«

»Zumindest hast du nur drei Verdächtige, unter denen du einen als Mörder entlarven musst«, sagte Tony grimmig.

Patricks Stimme war leise, als er die Namen hervorstieß. »Albert. Franklin. Oder Burgess.«

»Genau.«

Tony wartete, bis Patrick sein Pferd gewendet hatte und in der Dunkelheit verschwunden war. Dann drehte er sich um und schritt die Stufen zum Haus hinauf. Er war völlig erschöpft, und wenige Minuten darauf schlief er ein, Sekunden, nachdem sein Kopf das Kissen berührte.

Arabellas und Jeremys Rückkehr nach Greenleigh ging ohne viel Aufhebens vor sich. Niemand war in ihrer Abwesenheit zu Besuch gekommen, und die Tidmores waren als Dienstboten zu versiert, als dass sie ungebührliches Interesse daran gezeigt hätten, wo die beiden die letzten achtundvierzig Stunden zugebracht hatten.

Da Arabella nach den Ereignissen der letzten zwei Tage erschöpft war, sagte sie ihrem Bruder sehr früh gute Nacht und zog sich zurück, nachdem sie ausgiebig und heiß gebadet und gemeinsam mit Jeremy eine kleine Stärkung zu sich genommen hatte. Kaum lag sie in ihrem einladenden weichen Bett, als sie auch schon eingeschlafen war.

Der sich selbst überlassene Jeremy wanderte im Erdgeschoss umher und langweilte sich. Da er sich nach der Aufregung der letzten Tage wie ausgelaugt fühlte, ging er schließlich auch zu Bett. Trotz seiner Müdigkeit und obwohl ihm noch die Lippen versiegelt waren, stellte er sich in jugendlichem Übermut vor dem Einschlafen die erstaunten und neidischen Mienen seiner Freunde vor, wenn die Wahrheit bekannt würde.

Arabella und Jeremy erwachten am nächsten Morgen erquickt und frühstückten gemeinsam, ehe der junge Mann sich auf den Weg nach Highview machte.

»Ich würde ja bleiben«, sagte er zu Arabella, die ihn zu seinem Pferd begleitete, »aber ich weiß, dass Tony heute zu dir kommt.« Röte stieg ihm in die Wangen, und sein Interesse galt voll und ganz dem Glanz seiner Stiefel. Nach einem Räuspern murmelte er: »Heute ist eure richtige Hochzeitsnacht, und ich kann mir nicht denken, dass ihr mich unbedingt dabei haben wollt.«

Arabella lachte und gab ihm einen Kuss auf die Wange. »Wie diskret du bist, mein Lieber. Ich muss gestehen, dass du mich neuerdings überraschst. Du handelst wie ein richtiger Diplomat.«

»Ach, verdammt, Bella! Ich bin kein Kind mehr.«

»Natürlich nicht«, sagte sie beschwichtigend und sah amüsiert zu, wie er auf sein Pferd stieg und losreiten wollte. Er ist so jung und hält sich für so erwachsen, dachte sie mit einer Mischung aus Liebe und Belustigung.

Sie wechselten noch ein paar Worte, dann ritt Jeremy nach Highview.

Arabella verbrachte den Tag, indem sie versuchte, sich normal zu benehmen, was sehr schwierig war, da ihre Gedanken ständig zu Tony wanderten und zu dem, was die Zukunft für sie beide bereithalten mochte. Am späten Nachmittag gab sie es auf, so zu tun, als sei alles normal. Mrs. Tidmore teilte sie mit, dass sie sich eine Weile hinlegen wolle, und flüchtete in ihr Schlafzimmer.

Die Zeit schien im Schneckentempo zu vergehen. Sie ließ sich Zeit mit dem Bad, verspeiste pflichtschuldigst das köstliche Mahl, das die Köchin für sie zubereitet hatte, und unternahm in der einfallenden Dämmerung einen Rundgang ums Haus. Obwohl ihre Leute auf Unauffälligkeit bedacht waren, konnte sie die vier Mann, die sie mit der Bewachung des Hauses beauftragt hatte, mühelos ausmachen. Sie fand ihre Anwesenheit bedrückend, weil sie sie ständig daran erinnerte, dass ihr Leben bedroht war.

Da sie keine Ahnung hatte, wann Tony eintreffen würde, zog sie sich schließlich auf ihr Zimmer zurück. Sie entschied sich für ein verführerisches hellgelbes Nachtgewand, dessen runder Ausschnitt und kurze glockige Ärmel mit feiner Spitze besetzt waren. Allein im Bett liegend wartete sie ungeduldig auf Tony, überzeugt, sie würde kein Auge schließen. Aber ihre Lider wurden schwer und schwerer – und sie schlief fest ein.

Die Uhr im Erdgeschoss schlug Mitternacht, als Tony, der den Wachposten geschickt ausgewichen war, ihr Zimmer betrat. Er zündete die Kerze auf dem Tischchen neben ihrem Bett an. Im Licht der flackernden gelben Flamme blickte er reglos auf sie hinunter.

Sie sah wundervoll aus. Ihre rote Lockenpracht umgab wie seidiges Feuer ihre Schultern, die langen Wimpern ruhten wie dunkle Fächer auf den leicht geröteten Wangen. Unter dem gelben Nachtgewand zeichneten sich die sanften Wölbungen ihrer Brüste deutlich ab. Tony seufzte tief. Sein Herz wollte vor Liebe schier zerspringen.

Nachdem er seine Jacke abgelegt und sich die Stiefel heruntergezerrt hatte, schlüpfte er neben sie ins Bett. Er strich ihr eine Haarsträhne aus der Stirn und hauchte einen sanften Kuss auf ihre Augen.

»Aufwachen, Liebling«, murmelte er. »Dein Ehemann stattet dir einen Besuch ab.« Wieder küsste er sie, diesmal weich auf die rosigen Lippen, worauf ihre Lider flatterten.

Sie schlug die Augen auf und starrte ihn ausdruckslos an. »Tony«, flüsterte sie dann beglückt und noch halb verschlafen. »Ich träumte von dir.«

Er lächelte und knabberte an ihrem Ohrläppchen. »Sicher wirst du die Wirklichkeit mehr genießen als einen bloßen Traum.«

Sie schlang die Arme um seinen Nacken. In den goldbraunen Tiefen ihrer Augen blitzte es schalkhaft auf. »Da hast du sicher Recht … aber vielleicht möchtest du den Beweis erbringen?«

Seine Augen verdunkelten sich. Er neigte sich über sie und nahm ohne Rücksicht auf das Material ihres Nachtgewandes eine Brustspitze zwischen die Zähne und biss ganz sacht zu. Arabella schnappte nach Luft und bäumte sich auf, als Begehren, mächtig und elementar, in ihr aufflammte.

Zunge und Zähne waren mit ihrer Brustspitze beschäftigt, als er mit einer gebräunten Hand die Decke herunterschob, die sie von ihr trennte. Liebkosend strich er ihr vom Schenkel bis zur Taille. Seine Leidenschaft wuchs mit jeder Sekunde.

Er hob den Kopf und sah sie an. »Nun?«, fragte er heiser. »Ist die Wirklichkeit besser als Träume?«

Sie vergrub die Finger in seinem dunklen Haar. »Keine Ahnung«, behauptete sie kess. »Zieh dich aus und lass sehen, ob mein Gedächtnis mich nicht trügt.«

»Hexe!«, sagte er mit einem Auflachen, als er sich vom Bett rollte und seiner Kleider entledigte.

Die Wirklichkeit, dachte Arabella atemlos, als sie die breite Brust und den aufgerichteten Beweis seiner Erregung zwischen den muskulösen Schenkeln sah, *ist viel, viel besser als irgendein Traum!*

Sie fasste nach ihm, als er zurück ans Bett kam, Tony aber hielt ihre Hände fest und sagte: »O nein, noch nicht. Erst ziehen wir uns mal aus.«

Ihr Nachtgewand landete prompt auf dem Boden. Tony, der sich neben sie sinken ließ, umfasste ihre Brüste und ließ die Daumen über ihre steif aufgerichteten Brustspitzen kreisen. Mit belegter Stimme gestand er: »Jede Minute fern von dir erschien mir wie eine Stunde. Den ganzen Tag konnte ich nur daran denken, wie es ist, neben dir zu liegen.«

Arabella stöhnte vor Wonne auf, als seine kundigen Hände das Feuer schürten, das in ihr brannte. »Ich auch«, seufzte sie. »Ich konnte es kaum erwarten, dass es Nacht wurde.« Sie schlang die Arme um seinen Nacken und drückte ihm einen Kuss auf den Mund. »Ach Tony, ich liebe dich!«

»Ich dich auch, Liebste. Mehr als mein Leben.«

Hingerissen betrachteten sie einander und wagten kaum zu glauben, dass sie endlich ein Ehepaar waren. Es war ein kostbarer Moment, einer, den es auszukosten galt.

»Wir hatten Glück, nicht wahr?«, fragte Arabella leise und mit glänzenden Augen.

Tony nickte dankbar. »Allerdings, meine Liebe. Wir haben einander, und bald werden wir auch ein Kind haben.« Er warf einen Blick auf ihren flachen Leib und berührte fast ehrfurchtsvoll die Stelle, wo ihr Kind wuchs. Andächtig sagte er:

»Ich kann kaum glauben, dass es wahr ist. Immerzu fürchte ich, aus einem Traum zu erwachen.«

Arabella lächelte und drückte ihn fest an sich. Sie hob ihm den Mund entgegen und raunte: »Ich bin kein Traum, teures Herz. Ich bin deine Frau … und ich sehne mich nach deiner Berührung.«

Sie küssten sich, und ihre Münder und Zungen verschmolzen und kosteten einander. Ihre schwelende Leidenschaft wurde zu einem Feuersturm, zu dem glühenden Verlangen, sich gegenseitig zu besitzen. Und doch wohnte trotz der verzehrenden Gefühle, die sie antrieb, ihren Berührungen eine Zartheit inne, eine Liebe, die das uralte Verlangen nach Paarung kostbar machte.

Tonys Hände waren warm und sanft, als sie über ihre vollendete Gestalt wanderten, und lösten in Arabella Schauer des Entzückens aus. Er berührte sie überall, ihre Brüste, die schmale Taille, den straffen Leib und die feuchte, pulsierende Stelle zwischen ihren Schenkeln. Dort streichelte er sie so lange, bis sie unter seinen Liebkosungen fast verging. Als sein Kopf sich senkte und er eine Brustknospe in den heißen Mund nahm und an ihr sog, konnte Arabella den gutturalen Laut höchster Lust nicht unterdrücken, der aus ihrem tiefsten Inneren kam.

Blindlings tastete sie nach ihm und umschloss den drängenden Schaft zwischen seinen Beinen. Tony stöhnte unter ihrer Berührung auf, während sie ihn langsam und exquisit rieb. Vor Wonne und Lust keuchend ertrug Tony die süße Pein und kämpfte darum, diesen wundervollen intimen Augenblick hinauszuzögern.

Er fand ihren Mund und küsste sie mit aller Leidenschaft, während seine tastenden Finger immer tiefer in sie eindrangen. Sie wand sich in wollüstiger Wonne unter ihm. Er gönnte ihr keine Atempause, auch nicht, als sie flehentlich die Hüften anhob und ihm wortlos mit allem Nachdruck verriet, dass sie ihn in sich ersehnte, ihn brauchte.

Feuer dröhnte in ihren Adern, ihr Körper glühte, und Arabella keuchte heiser: »Bitte, Tony, *bitte!*«

Aufstöhnend umfasste Tony ihr Gesäß, hob es an und stieß tief in sie hinein. Die seidig glatte Hitze ihres Körpers umschloss ihn eng.

Aufs Höchste erregt war Arabella vor Lust fast besinnungslos. Tony nahm ihre Lippen in Besitz und begann sich rhythmisch in ihr zu bewegen. Jeder Stoß seines Schaftes, jede wilde Bewegung seiner Zunge durchzuckten sie wie glühende Lava. Hemmungslos erwiderte sie seine Stöße, während sich ihre Hände an seinem Rücken festkrallten. Ihre Hüften schlugen ihm entgegen, von seinen kundigen Händen unterstützt und geleitet. Es war ein leidenschaftlicher Ritt, der die Wirklichkeit ausblendete und dem wilden Verlangen Bahn brach. Als endlich die süße Erlösung kam und Arabella in ihrer Ekstase aufschrie, fingen Tonys Lippen ihren Schrei auf.

Tief in ihrem Inneren spürte Tony, wie sie sich zuckend um ihn schloss – und er ergoss sich machtvoll mit einem rauen Aufstöhnen in ihr und ließ sich dann kraftlos auf sie sinken.

Aneinandergeschmiegt und schwer atmend lagen sie lange schweigend da und genossen das köstliche Schwächegefühl des Augenblicks. Schließlich stützte Tony sich auf einen Ellbogen und fragte auf Arabella hinunterlächelnd: »Nun? Was ist dir lieber? Wirklichkeit oder Traum?«

Arabella, deren Augen im schwachen Licht der Kerze neben ihrem Bett geheimnisvoll schimmerten, murmelte: »Vielleicht sollte ich noch ein zweites … Beispiel genießen, ehe ich antworte.«

Tony lachte vergnügt und drückte ihr einen festen Kuss auf die lockenden Lippen. »Sie sollen alle Beispiele bekommen, die Sie wünschen, liebste Frau Gemahlin, aber leider nicht sofort.«

Arabella räkelte sich genüsslich, die Hände über dem Kopf ausstreckend. »Hmmm. Nun, das wäre ein Bereich, in dem Träume viel besser sind. Kein Warten!«

»Oh, du kleine gierige Hexe!«, gluckste Tony. »Ich muss dir wohl zeigen, dass Warten seine eigenen Freuden in sich birgt.«

»Ach? Und welche sind das?«

»Gestatte, dass ich sie dir zeige«, bat er heiser, als er ihre Hände mit einer Hand umfasste und seine warmen, suchenden Lippen von ihrem Hals aus abwärts wandern ließ, um ihr zu verdeutlichen, wie viel Genuss das Warten bringen konnte.

Sie liebten sich die ganze Nacht, und ihre Vereinigungen wurden immer wilder, je näher die Stunde des Abschieds rückte und Tony sich aus dem Haus schleichen musste. Als sie schließlich völlig erschöpft eng umschlungen dalagen, hörten beide die große Glocke in der Halle vier Mal schlagen.

Seufzend befreite Tony sich aus ihrer Umarmung. »Jetzt ist es Zeit, Liebste. Ich hätte schon längst gehen müssen.«

Arabella sah ihm zu, wie er sich ankleidete, suchte niedergeschlagen nach ihrem Nachthemd und streifte es sich über den Kopf. »Es ist sehr, sehr hart, sich derart heimlich treffen zu müssen. Wir sind verheiratet und müssen so tun, als hätten wir etwas zu verbergen.«

Tony setzte sich aufs Bett neben sie und griff nach ihrer Hand, um einen Kuss darauf zu drücken. »Ich weiß, mein Schatz. Es fällt mir unendlich schwer, dich zu verlassen, doch *haben* wir momentan etwas zu verbergen. Ich werde dich nicht in Gefahr bringen, nur damit ich deine Nähe die ganze Nacht spüren kann.«

Arabella pustete eine vorwitzige Locke aus der Stirn. »Dass wir unsere Heirat nicht sofort bekannt machen, stört mich nicht so sehr. Aber wie lange wird diese ärgerliche Situation dauern?«

Tony schüttelte den Kopf. »Das weiß ich nicht.« Dann

grinste er und tätschelte leicht ihren Leib. »Allzu lange nicht, sonst wird unser Kind die Bekanntgabe übernehmen.«

Auch sie lächelte, wurde aber sofort wieder ernst. »Hast du eine Ahnung, was wir zu unternehmen haben?«

Tony schüttelte den Kopf. »Nein, aber hör zu, was ich glaube ... ich habe lange überlegt.« Er zögerte und berichtete dann in Stichworten rasch seine Schlussfolgerungen und das Gespräch mit Patrick.

Als er geendet hatte, runzelte Arabella die Stirn. »Du glaubst also, alles hinge zusammen?«

»Ja. Es ist die logischere Folgerung, als alles einem ungnädigen Schicksal zuzuschieben.« Sein Mund wurde hart. »Und ehe es nicht bewiesen ist, dass ich im Unrecht bin, gehe ich von der Annahme aus, dass einer aus meiner charmanten Daggett-Sippschaft ein Auge auf mein Vermögen geworfen hat und vor nichts Halt machen wird, um es sich anzueignen.«

»Aber warum tötete er Leyton und Molly? Die beiden standen ihm nicht im Weg«, wandte Arabella sachlich ein.

»Nein, aber ich glaube, dass sie etwas wussten. Mollys Beziehung ist leicht zu erklären. Vielleicht drohte sie ihm mit Enthüllung, drohte, uns zu sagen, wer sie bezahlte, damit sie damals in der Jagdhütte ihre Rolle spielte und nach dem Ball der Crockers ihren Auftritt absolvierte – was ich übrigens für den eigentlichen Grund halte, weshalb sie getötet wurde. Und vergiss nicht, dass Molly von Leyton ausgehalten wurde.« Tony kaute nachdenklich auf seiner Unterlippe. »Ich vermute, dass Leyton etwas von Molly erfuhr, das ihn zur Gefahr für jenen werden ließ, der hinter all dem steht.«

»Den Stiefelmann?«

»Im Moment tippe ich auf ihn. Es ist möglich, dass ein völlig Außenstehender bei Leyton war, als du ihn aufsuchtest, doch bezweifle ich es. Ich glaube auch, dass es derselbe Kerl ist, der dir vor Wochen jenen unangenehmen Besuch abstattete.« Er musterte sie stirnrunzelnd. »Er wollte etwas, von dem er glaubte, dass du es hättest. Bist du sicher, dass du damals nicht doch irgendetwas mitgenommen hast?«

Arabella schüttelte den Kopf. »Nur die Aktenmappe mit den Besitzurkunden von Greenleigh, und die haben wir bereits durchgesehen.« Plötzlich schnappte sie nach Luft. »Ach, und mein Ridikül! Doch das hatte ich immer in der Hand.« Sie runzelte die Stirn und versuchte, sich die Szene bei Leyton in Erinnerung zu rufen. »Moment ... ich erinnere mich, dass ich die Mappe auf seinen Schreibtisch legte und daneben mein Ridikül.« Sie riss die Augen auf. »Ach, Tony, das muss es sein! Er war wütend oder tat so und schob Mappe und Ridikül von sich. Beides fiel mit etlichen Papieren, die auf seinem Schreibtisch lagen, zu Boden. Überall war Papier, und ich kroch herum und sammelte alles ein und beeilte mich davonzukommen.«

»Ist es denkbar, dass du in der Eile etwas in dein Ridikül gesteckt hast?«

»Möglich. Und wenn das der Fall ist, befindet es sich nach wie vor darin. Leider ist dieses Ridikül auf Highview – ich brachte es nicht mit nach Greenleigh.«

Tony unterdrückte einen Fluch, als er das fahle Licht des Morgens bemerkte, das durch die Glastür in ihr Zimmer drang. »Im Moment kann man nichts unternehmen«, beschloss er. »Ich bin ohnehin schon spät dran. Es wird hell, ich muss eilends fort.«

Er zog Arabella in seine Arme und küsste sie fast verzweifelt. Mit größter Dringlichkeit in der Stimme befahl er ihr dann: »Fahr nicht nach Highview. Falls etwas in dem Ridikül ist, möchte ich dabei sein, wenn du es findest.« Als ein störrischer Ausdruck über ihr Gesicht huschte, schüttelte er sie sanft. »Versprich es mir, Bella. Versprich mir, dass du nicht nach Highview fährst und selbst nachsiehst.«

Er ging nicht, ehe er nicht ihr Wort hatte, und da sie wegen seines verzögerten Aufbruchs ebenso besorgt war wie er, nickte sie schließlich. »Also gut«, gelobte sie widerstrebend. »Ich werde nicht nach Highview fahren.«

Tony traute ihr nicht so ganz, konnte aber keine Sekunde länger bleiben. Ein letzter Kuss, und er verließ sie und verschwand im dunstigen Blauviolett der ersten Dämmerung.

Nachdem er weg war, wanderte Arabella beklommen in ihrem Zimmer auf und ab und wünschte, sie hätte Tony nicht ihr Wort gegeben. Es war frustrierend, nichts tun zu können, obwohl sie fast sicher war, dass die Antwort auf wenigstens einige der jüngsten unangenehmen Vorkommnisse in dem Ridikül zu finden war, das sie bei ihrem Besuch bei Leyton mit sich gehabt hatte. Und das verdammte Ding befand sich außer Reichweite auf Highview.

Da erhellte sich ihre Miene. Tony hatte zwar ihr Versprechen, dass sie nicht selbst nach Highview fahren würde, doch konnte nichts sie abhalten, jemanden nach Highview zu schicken und das Ridikül zu holen … und als Tarnung dazu einige andere Kleidungsstücke.

Begeistert setzte sie sich hin und machte eine Aufstellung der Sachen, ohne die sie plötzlich nicht auskommen konnte. Das Ridikül war weder das erste noch das letzte Stück auf der Liste, und als doppelte Vorsichtsmaßnahme hatte sie sogar ein zweites notiert.

Es ging schon gegen Mittag, ehe sie Gelegenheit hatte, das Thema anzuschneiden. Sie und Mrs. Tidmore waren eben damit fertig, in einem der kaum benutzten hinteren Schlafräume einen riesigen Wandschrank auszuräumen. Arabella faltete ein aus der Mode gekommenes Kleid zusammen, das man an die Dienstboten weitergeben konnte, und sagte ganz nebenbei: »Ach, da fällt mir ein, ich muss jemanden nach Highview schicken, damit er mir ein paar Sachen holt.«

»Sehr wohl, Miss«, antwortete Mrs. Tidmore. »Wenn Sie mir eine Aufstellung geben, werde ich dafür sorgen, dass sofort jemand losfährt.«

Eine halbe Stunde später war die Liste unterwegs. Von plötzlicher Nervosität erfasst, weil sie das Tony gegebene Versprechen so geschickt umrundet hatte, lief Arabella unruhig in ihrem Zimmer auf und ab. Tony wird wütend sein, dachte sie und presste die Lippen zusammen. Sie wusste, dass er nur aus Angst um sie so vorsichtig war, und dieses Wissen wärmte ihr Herz, obwohl sie deshalb auch ein wenig unwillig die Stirn runzelte.

Sie straffte die Schultern und reckte ihr Kinn vor. Tony war jetzt ihr Mann, doch bedeutete dies noch lange nicht, dass sie plötzlich hilflos oder unfähig gewesen wäre, ohne seine Billigung eine Entscheidung zu treffen – auch eine, die riskant war. Er wird sich daran gewöhnen müssen, dachte sie, dass ich auf mich aufpassen und selbst Entschlüsse fassen kann. Und etwas sprach unbestritten zu ihren Gunsten: Sie hatte den raschesten und einfachsten Weg gewählt, an das Ridikül und dessen Inhalt heranzukommen.

19

Wie vermutet, war Tony wütend, als er bei seinem nächtlichen Besuch erfuhr, was sie unternommen hatte. Aber wie sie ebenso vermutet hatte, konnte er ihr seine Bewunderung nicht versagen, als ihm klar wurde, dass sie sich in keine Gefahr begeben hatte und das Ridikül am Tag darauf in Händen halten würde.

Sie lagen zusammen im Bett, es war nach zwei Uhr morgens, und sie hatten sich eben leidenschaftlich geliebt. Tony war so von Verlangen nach ihr erfüllt, dass zwischen ihnen außer heißen Liebesschwüren nicht viel gesprochen wurde. Nachdem aber ihr größter Hunger gestillt war, entspannten sie sich, und beide waren bereit, über die Neuigkeiten des Tages zu sprechen.

Es war nicht so einfach, wie sie geglaubt hatte, mit dem herauszuplatzen, was sie getan hatte. Froh, den Moment hinausschieben zu können, lauschte sie, als er von seinem Tag sprach, die deprimierende Tatsache eingeschlossen, dass er sein Testament gemacht hatte, das sich momentan im Büro des missbilligenden Mr. Haight befand.

Tony grinste, als er ihr schilderte, wie er das Dokument beim Anwalt hinterlegt hatte. »Wenn er gewusst hätte, was es enthält, hätte ihn der Schlag getroffen – besonders die Tatsache, dass wir verheiratet sind.« Nach einem zärtlichen Kuss auf ihre Schläfe fuhr er fort: »Ich brachte es selbst zu Papier und ließ Patrick und meinen Aufseher John Jackson als Zeugen unterschreiben. Sobald wir den Stiefelmann und vermutlich mit ihm den Schurken entlarvt haben, der Elizabeth ermordete, werde ich veranlassen, dass Mr. Haight mit seiner griesgrämigen Miene ein neues Testament aufsetzt, samt allen Floskeln, ohne die Anwälte nicht auskommen. Und wenn er erfährt, dass ich dich zu einer ehrbaren Frau machte, wird er sich womöglich sogar zu einem, wenn auch gewiss sehr säuerlichen Lächeln herablassen.«

Sie plauderten noch müßig einige Minuten, dann aber wandte sich das Gespräch unausweichlich Arabellas Tagesablauf und damit dem Ridikül zu. Nach einem tiefen Atemzug sagte sie zögerlich: »Es ist nicht nötig, dass wir das Ridikül aus Highview holen. Ich schickte heute danach …«

Tony fuhr auf, seine blauen Augen verdunkelten sich bedrohlich. »Du hast was?«, fragte er fassungslos und einem Wutausbruch nahe. »Hast du nicht gehört, was ich gestern sagte?«

Sie machte eine Schnute und fuhr ihm mit dem Finger über die Lippen. »Gestern hast du einige sehr interessante Dinge gesagt, mein Geliebter.«

»Versuch nicht, mich abzulenken«, knurrte er. »Verdammt, Arabella! Du hast dich damit in Gefahr begeben.« Er kniff die Augen zusammen. »Und wenn ich mich recht erinnere, hast du geschworen, nicht nach Highview zu fahren.«

»Und ich hielt mein Wort«, protestierte sie. »Ich fuhr nicht nach Highview. Aber ich schrieb an Mary und bat sie, mir ein paar Sachen zu schicken, darunter das Ridikül. Wenn alles gut geht, wird Martha hier morgen Nachmittag eintreffen, ohne dass jemand den wahren Grund meiner Bitte kennt.«

Tony furchte die Stirn, ohne sie aus den Augen zu lassen. »Hm, das könnte funktionieren«, musste er schließlich widerstrebend zugeben.

Sie lächelte ihn an. »Danke, werter Herr.«

»Das heißt freilich nicht, dass mir nicht klar wäre, wie du mich ausgetrickst hast«, schalt er sie streng.

»Ach, Tony, sei nicht so muffig. Wäre mir diese Möglichkeit eingefallen, solange du noch hier warst, hätte ich die Idee mit dir besprochen, ehe ich sie in die Tat umsetzte. Aber du warst nicht da, und ich wollte nicht so lange warten.« Sie krauste die Nase. »Du weißt, dass ich absolut im Stande bin, selbst Entscheidungen zu treffen – seit Jahren schon. Die Tatsache, dass ich deine Frau bin, bedeutet nicht, dass ab jetzt mein Gehirn schrumpft.«

Tony lächelte schief. »Verstanden, meine Liebe. Es ist nur …«

» … dass du dich um mich sorgst«, sagte sie leise. »Ich weiß. Aber was ich getan habe, birgt keine Gefahr, und du musst zugeben, dass es der schnellste und unverdächtigste Weg war, das Ridikül zu bekommen.«

»Morgen Nachmittag, sagst du?«

Sie nickte.

»Dann muss ich also morgen Nachmittag bei dir sein«, stellte er mit einem Lächeln fest, das ihr Herz schneller schlagen ließ.

Sie legte die Arme um seinen Nacken und küsste ihn warm auf die Lippen. »Zu anständigen Zeiten könnt ihr mich jederzeit besuchen, werter Herr«, zog sie ihn auf. »Aber beachtet, dass ich für die übrige Welt eine unverheiratete Frau bin – gebt Acht, dass Ihr den Klatschmäulern keinen Stoff liefert.«

Mit einer unverständlich gemurmelten Verwünschung zog Tony sie unter sich, um sich ihr auf eine Weise zu nähern, die in der Tat den Klatschmäulern Stoff geliefert hätte. Nicht genug damit, tat er es noch einmal, ehe er sich schließlich zwang, ihr Bett zu verlassen und sich anzuziehen.

Arabella, deren Züge von der Liebe sanft gerötet waren, folgte ihm schier untröstlich an die Glastür.

»Ich weiß, dass es sein muss, aber es gefällt mir nicht«, seufzte sie, als Tony die Tür öffnete und hinaus in die schwindende Dunkelheit blickte.

Er drehte sich zu ihr um und zog sie in seine Arme. »Mir auch nicht, meine Liebste«, sagte er rau. »Aber lange wird es nicht mehr dauern. Hoffen wir, dass dein Ridikül uns eine Antwort liefert.«

Als Martha und der Wagen kurz vor Mittag des nächsten Tages eintrafen, musste Arabella sich zur Ruhe zwingen. »Nun, war die Fahrt angenehm?«, fragte sie ihr Mädchen, kaum dass dieses das Haus betreten hatte.

Martha nickte, und es wurden ein paar Worte gewechselt, ehe Arabella sie entließ und sagte: »Iss etwas, und ruh dich aus. Beim Auspacken und Einräumen kann mir eine andere helfen.«

Es fiel ihr schwer, Tidmore nicht auf den Fersen zu bleiben, als er den Lederkoffer hinauf in ihr Zimmer schleppte. Noch schwerer war es, sich umzudrehen und so zu tun, als hätte sie nur das Arrangement aus Rosen und Wicken im Sinn, an dem sie bei Marthas Ankunft gearbeitet hatte. Alle Instinkte drängten sie, hinaufzulaufen, den Koffer zu öffnen und nach dem Ridikül zu suchen – vor allem nach dessen eventuellen Inhalt.

Erst eine Stunde später erlaubte sie sich, beiläufig die Treppe hinaufzugehen und ihr Zimmer zu betreten. Alles war bereits eingeräumt, doch benötigte sie nur einen Moment, um das kleine Beuteltäschchen zu finden, das sie bei dem Besuch bei Leyton getragen hatte.

Mit klopfendem Herzen öffnete sie es. Leer. Die Enttäuschung traf sie wie ein Schlag. Sie hatte so sehr damit gerechnet, etwas Wichtiges zu finden, einen Hinweis, der eine Erklärung für die Ereignisse der jüngsten Zeit liefern würde. Sie sah noch einmal nach und durchsuchte verzweifelt jedes kleinste Fältchen, doch da war nichts.

Völlig entmutigt warf sie das ärgerliche Ding auf ihr Bett und ging hinaus. Es blieb ihr nichts anderes übrig, als auf Tony zu warten.

Als Tony wenig später in Begleitung Patricks eintraf, genügte ihm ein Blick in ihre enttäuschte Miene, und er wusste, dass das Ridikül nichts Wichtiges enthalten hatte. Ein schwarzes Loch schien sich in seinen Gedanken aufzutun. Ihm war bis zu diesem Augenblick gar nicht klar gewesen, wie sehr er gehofft hatte, es würde sich etwas finden. So enttäuscht und entmutigt wie Arabella zwang er sich zu einem Lächeln. Nachdem er aus dem Sattel gestiegen war, ging er zur Treppe, an deren oberem Ende sie auf der Veranda stand und wartete.

»Wie geht es, Miss Montgomery?«, sprach er höflich. »Mr. Blackburne und ich sind in der Gegend unterwegs und dachten, wir könnten kurz vorbeischauen und sehen, wie es Ihnen geht. Sicher haben Sie sich schon gut eingelebt?«

Als sie eine ebenso höfliche Antwort gab, regte sich ihr gewohnter Humor bei Tonys geradezu lächerlich förmlichen Worten. Obwohl sie den Grund für diese gespreizte Redeweise wahrhaftig kannte, konnte sie nicht umhin, sich darüber zu amüsieren – schließlich hatte sie vor knapp zwölf Stunden nackt in seinen Armen gelegen!

Patrick gab sich ebenso zurückhaltend. Arabella, die sich sehr zusammennehmen musste, um nicht zu kichern, antwortete ähnlich kühl, als sie ihre Gäste ins Haus bat und ihnen Erfrischungen anbot.

Erst als sie sich im Ost-Salon befanden und Tidmore die Erfrischungen gebracht hatte und wieder gegangen war, konnte Arabella ungezwungen sprechen. Sie stellte das hohe Limonadenglas, das sie der Form halber genommen hatte, hin und sagte unglücklich: »Es war leer. Nichts war darin. Gar nichts.«

Tony zuckte mit den Schultern und überspielte seine Enttäuschung. »Nun, es war nur ein Gedanke. Schade, dass er nichts brachte.«

»Zumindest scheidet diese Möglichkeit aus«, murmelte Patrick.

»Aber es war eine so *viel versprechende* Möglichkeit«, gab Arabella deprimiert zurück. »Ich war so sicher …« Sie hielt inne. »Patrick hat Recht, diese Möglichkeit müssen wir abhaken.« Sie sah Tony an. »Und was geschieht jetzt?«

Ehe er etwas entgegnen konnte, ertönte ein leises Pochen an der Tür, und auf Arabellas Aufforderung trat Martha ein. Als sie sah, dass ihre Herrin Gäste hatte, errötete sie »Ach, Miss, Verzeihung«, stotterte sie mit einem Knicks. »Ich wusste nicht, dass Sie Gesellschaft haben. Es hat bis später Zeit …«

Arabella trat lächelnd zu ihr und raunte: »Keine Angst, du hast nur leeres Geplapper gestört. Was ist?«

»Ich wollte Ihnen nur das geben«, erwiderte Martha und

übergab Arabella ein zusammengefaltetes Stück Papier. »Als ich Ihre Sachen packte und sie durchsah, entdeckte ich das in einem Ihrer Beutel. Ich wollte es Ihnen schon vorhin geben, vergaß es aber.«

Von Erregung erfasst, griff Arabella mit unmerklich bebenden Fingern danach. »Danke«, sagte sie, wobei ihr Ton völlig unverbindlich klang.

Sie hielt das Papier fest umklammert, bis die Tür sich hinter dem Mädchen geschlossen hatte. Dann erst drehte sie sich zu den zwei wie erstarrt dasitzenden Gentlemen um. »Mir wäre nie eingefallen, Martha zu fragen, ob sie den Inhalt des Ridiküls prüfte, ehe sie es einpackte«, gestand sie matt.

»Spielt keine Rolle«, knurrte Tony. »Lass sehen, was auf dem verdammten Stück Papier geschrieben steht.«

Beide standen dicht bei Arabella, als sie den Bogen entfaltete, und lasen gemeinsam mit ihr.

Molly, meine Liebe,
für heute Nacht ist alles vorbereitet. Zeit und Ort sind dir bekannt. Tony wird dich erwarten. Natürlich ist es eigentlich Arabella, die er erwartet – du aber wirst ihn sicher überzeugen können, dass deine Reize verlockender sind. Ich würde dir raten, nicht von dem Wein zu trinken, wenn du deine fünf Sinne beisammenhalten willst. Die Vorbereitungen für die Überraschung des Ehrengastes überlasse ich dir. Ich werde dafür sorgen, dass sie, sagen wir mal, elegant zu spät kommt. Viel Vergnügen.
D.

Als sie die kurze Nachricht gelesen hatten, schauten sich die drei enttäuscht an.

»Viel Material hat er uns nicht geliefert«, bemerkte Patrick trocken.

Tony nickte langsam. »Aber mehr habe ich von ihm auch nicht erwartet. Der Stiefelmann, wie Arabella und ich ihn nennen, ist nicht dumm. Er verwischt geschickt seine Spuren und wenn wir nicht wüssten, dass diese kleine Nachricht sich auf die Nacht bezieht, als Arabella mich in so kompromittierender Situation mit Molly antraf, würde alles ganz harmlos aussehen.«

»Ach Tony«, sagte nun Arabella zerknirscht. »Wenn ich bedenke, dass du von Anfang an die Wahrheit sagtest und ich dir nicht glaubte …! Niemand glaubte dir. Ich schäme mich ja so.« Ihre Unterlippe bebte. »Uns entgingen fünf Jahre. Fünf kostbare Ehejahre.«

Tony zog sie an sich und drückte einen Kuss auf ihre feurig roten Locken. »Es spielt keine Rolle, Liebling – die verlorene Zeit, ja, aber alles andere – jetzt haben wir einander, und das ist es, was zählt.« Seine Miene verriet nun Ingrimm. »Wichtig ist, dass wir endlich etwas in der Hand haben, mit dem wir etwas anfangen können. Dieser Brief beweist, dass jemand unsere Verlobung sabotieren wollte. Und ich möchte ein kleines Vermögen verwetten, dass dieser Brief es war, den der Stiefelmann bei seinem nächtlichen Besuch von dir forderte. Leyton war irgendwie in seinen Besitz gelangt, und ein Zufall ließ den Brief unter deine Papiere geraten. Das muss der Stiefelmann wohl erraten haben.«

Patrick nahm Arabella den Briefbogen aus der Hand und las ihn von neuem. »Nun, ein hieb- und stichfester Beweis ist das wahrlich nicht.« Er warf Tony einen stirnrunzelnden Blick zu. »Es gibt eigentlich keinen echten Hinweis, dass dieses Schreiben mit den Geschehnissen vor fünf Jahren verknüpft ist… oder belegt, dass es sich jemals in Leytons Besitz befand. Es ist nicht einmal datiert.«

»Das stimmt«, erwiderte Tony angespannt. »Aber ich weiß, dass es jenes Schreiben sein muss, das an Molly gerichtet wurde, um sie in die Hütte zu bestellen, damit Arabella sie dort antraf. Die Erwähnung des Weines sagt alles … er muss mit einem Betäubungsmittel versetzt gewesen sein, das meine Benommenheit bewirkte. Sonst hätte ich Molly bei ihrem Auftauchen doch sofort hinausgeworfen. Ich weiß noch, dass ich ein Glas trank, als ich auf Arabella wartete. Doch im Anschluss daran erinnere ich mich an gar nichts, bis zu dem Zeitpunkt, als ich nackt im Bett erwachte und Molly sich unter Arabellas entsetztem Blick an mir zu schaffen machte.«

Tony kniff die Augen zusammen und musterte Arabella. »Du hattest dich damals verspätet. Warum?«

»Ach, eine ganz dumme Sache. Ein paar Leute waren gekommen, um Großvater zu besuchen. Ich hatte mich eben entschuldigt und wollte mich davonstehlen, um mich mit dir zu treffen, als jemand auf meinen Kleidsaum trat und einen Volant abriss. Mary bot mir an, ihn anzunähen. Du erinnerst dich vielleicht nicht mehr, aber Mary war mit mir und den Kindern für ein paar Tage zu Großvater gefahren, in der Hoffnung, ihn aufzuheitern. Großmutter war schon seit einigen Wochen zu Besuch bei Freunden in New Orleans, und er war einsam.« Mit schuldbewusster Miene setzte sie hinzu: »Ich war damals öfter bei ihm, um ihm Gesellschaft zu leisten – und um mich mit dir in der Hütte zu treffen. Bei jenem speziellen Besuch hatte Mary die Kinder mitgenommen, weil er sich darüber freute, während ich nicht entzückt war, dass sie die gesamte Meute mitgeschleppt hatte.«

»Ich frage mich,ob das eventuell von Bedeutung ist«, grummelte Patrick vor sich hin. »Hat sie dich jemals zuvor bei diesen Besuchen begleitet?«

Arabella schüttelte nachdenklich den Kopf. »Nein. Es bestand nie ein Grund dafür.« Sie runzelte die Stirn. »Tatsächlich erinnere ich mich, dass sie die ganze Zeit darüber klagte, wie klein und voll das Haus im Vergleich zu Highview sei.«

»Da wundert man sich, warum sie überhaupt mitkam, findest du nicht? Schließlich war dein Großvater ihr egal«, sagte Tony.

»Ja, aber die Idee war nicht schlecht. Großvater mochte nämlich die Kinder – sie heiterten ihn auf, und er sagte bei dieser Gelegenheit etliche Male zu mir, wie wundervoll es sei, im Haus Kinderlachen zu hören.« Unbewusst berührte sie ihren Leib. »Dieses Kind hätte für ihn eine große Freude bedeutet.« Sie zwinkerte ihm zu. »Sobald er sicher hätte sein können, dass ich eine ehrbare Ehefrau bin.«

»Und das wärest du schon vor fünf Jahren gewesen«, sagte Tony verbittert, »hätte nicht jemand eingegriffen.« Er furchte die Stirn und wandte sich wieder dem eigentlichen Thema zu. »War es nur der abgerissene Volant, der deine Verspätung verursachte?«

»Eigentlich war es nicht der Volant selbst«, überlegte sie, »es war wegen …« Sie hielt inne und biss sich auf die Unterlippe. »Es war Marys wegen«, sagte sie unglücklich. »Ich habe es mir noch nie zuvor überlegt, doch jetzt ist mir klar, dass sie eine wahre Ewigkeit an dem Volant nähte – ich hätte mir gar nicht die Mühe gemacht, sie aber bestand darauf. Es gab für die Verzögerung Dutzende von Gründen, über die ich mir damals nicht den Kopf zerbrach. Ihr Mädchen brauchte sehr lange, bis es das Nähkästchen brachte; dann konnte sie den Faden in der richtigen Farbe nicht finden. Und ich weiß noch, dass ich dachte, sie würde es *nie* schaffen, ihn einzufädeln. Als das geglückt war, brauchte sie wieder eine Ewigkeit, um den Volant festzunähen. Ich zappelte vor Ungeduld, bis sie endlich fertig war. Also: Die Ankunft der Besucher meines Großvaters war das erste Hindernis, das es mir unmöglich machte, mich davonzustehlen, und dann dauerte das Annähen des Volants ewig lange.« Sie schaute Tony an. »Ich war in Gedanken bei dem Stelldichein mit dir. Während Mary vor Nervosität eine Schussligkeit nach der nächsten machte, hatte ich Angst, du würdest nicht länger warten, in der Meinung, ich käme nicht.«

»Glaubst du, dass sie das alles mit Absicht tat«, fragte Patrick. »Oder ist wirklich alles schief gelaufen?«

»Ich weiß nicht«, antwortete Arabella zögernd. »Es sieht schon sehr merkwürdig aus, wenn man die schwer wiegenden Folgen meiner Verspätung bedenkt.«

»Das stimmt, aber damit ist nicht bewiesen, dass Mary sich nicht nur hilfsbereit zeigen wollte ... und sich halt ungeschickt anstellte«, erwiderte Patrick.

»Ich bin der Meinung, dass Mary verdammt mehr war als nur etwas ungeschickt«, wandte Tony barsch ein. »Das alles fügt sich so gut zusammen, dass es verdächtig wirkt.« Er sah Arabella an. »Wer waren die Herren, die damals zu Besuch kamen – insbesonders jener, der auf deinen Kleidersaum trat?«

»Ich weiß nicht, wer den Saum abriss – ich entdeckte es ja erst, als ...«, ihre Miene wurde noch unglücklicher, »... als Mary mich darauf aufmerksam machte«, schloss sie leise.

»Ach!«, rief Tony aus. »Sicher war sie eingeweiht. Ich möchte wetten, dass sie es war, die herausfand, wann wir uns treffen wollten. Und das verriet sie dann ihrem Komplizen.«

»Aber Tony! Ich kann nicht glauben, dass sie so hinterhältig ist.«

»Sie wollte nicht, dass wir heiraten«, stieß er gepresst hervor. »Sie wusste, dass dein Vater sich vehement gegen unsere Ehe stemmte. Aber verhindern konnte er sie nicht – du warst großjährig und hattest eigenes Vermögen. Ich bezweifle zwar, ob dein Vater sich an einem so grausamen und schmählichen Plan, uns zu trennen, beteiligt hätte, so sehr ich ihm auch missfiel. Doch ich glaube ohne weiteres, dass Mary vor nichts zurückgeschreckt hätte, um unsere Verlobung zu hintertreiben.« Tony atmete tief durch und zügelte seine Wut. »Sie betete deinen Vater an«, fuhr er etwas ruhiger fort, »und sie hätte alles getan, um ihn glücklich zu machen – egal ob du damit sehr unglücklich würdest.«

»Er hat Recht«, sagte Patrick, der sie mit seinen grauen Augen wissend betrachtete. »Es war bekannt, wie ergeben deine Stiefmutter deinem Vater war. Sie hätte nie gewollt, dass dir Leid widerfährt, jedoch vor die Wahl gestellt, du oder dein Vater ...« Er sprach nicht weiter, und alle starrten einander nachdenklich an.

»Ihr habt Recht«, sagte Arabella kläglich. »Sie könnte es seinetwegen getan haben.«

»Wenn man davon ausgeht, dass Mary an dem Plan beteiligt war ... wer war dann ihr Komplize?«, fragte Tony. »Allein kann sie es nicht getan haben. Ich kann mir nicht vorstellen, dass sie Molly Dobson kannte, noch viel weniger, dass sie an sie schrieb und sich ihrer Hilfe versicherte. Auch kann ich mir nicht denken, dass sie die Szene arrangierte, die du damals in der Hütte angetroffen hast. Sie musste Helfer gehabt haben. Einen Mann.«

»Einen Mann, dessen Name mit D beginnt«, setzte Patrick hinzu.

Tony lächelte schief. »Ich glaube, wir sind uns darin einig, dass der Stiefelmann einer meiner Daggett-Verwandten sein muss. Die Frage ist nur – welcher?«

»Nun, ich glaube, dass es Franklin ist«, sagte Arabella mit Bestimmtheit. »Er machte nie einen Hehl daraus, für wie ungerecht er es hält, dass Sweet Acres nicht an seinen Vater und damit halt nicht an ihn fiel. Du kannst nicht bestreiten, dass er dir keine Sympathie entgegenbringt.«

Tony zuckte mit den Schultern. »Das gilt für alle drei, wenn auch Burgess in diesem Punkt eine gewisse Gleichgültigkeit an den Tag legt, was nicht weiter verwunderlich ist. Was mit dem Vermögen meines Großvaters geschah, berührt ihn nicht, da er der jüngere Sohn ist und Sweet Acres und alles, was damit zusammenhängt, nie an ihn fallen wird. Ebenso wenig das Westbrook-Vermögen. Ich wette, dass entweder Alfred oder Franklin der Stiefelmann ist.«

»Also, dass der Stiefelmann einer der Daggetts ist, steht für uns fest«, fasste Patrick zusammen. »Wir können auch davon ausgehen, dass es entweder Alfred oder Franklin ist.« Mit gerunzelter Stirn setzte er hinzu: »Ich schließe mich eher Arabellas Ansicht an, dass unser Bösewicht wahrscheinlich Franklin ist – wenn ich auch Alfred nicht ganz ausschließe.«

»Und wie wollen wir ihn entlarven?«, fragte Arabella leise.

»Durch Mary«, erwiderte Tony prompt. »Wenn wir ihr zu verstehen geben, dass wir den Brief haben und wissen, welche Rolle sie damals spielte, wird sie uns sicher seinen Namen verraten.«

Arabella schüttelte den Kopf. »Das wird sie nie und nimmer. Sie wird alles abstreiten – und wenn man sie mit noch so viel Beweisen konfrontiert.« Als Tony widersprechen wollte, sagte sie fest: »Hör zu. Ich kenne sie gut. Fünf Jahre lang glaubte sie sich vor Entdeckung sicher. Nur weil du plötzlich auftauchst und ihr diesen Brief präsentierst, wird sie nicht mit der Wahrheit herausrücken.« Sie verzog das Gesicht. »Du wirst ihr vielleicht ein Teilgeständnis entlocken können. Da sie aber auf ihre Art sehr loyal ist, wird sie die Identität des Stiefelmannes nie preisgeben, wenn sie merkt, dass du keine Ahnung hast.«

»Wie kannst du sie nur loyal nennen?«, fragte Tony erbost. »Sie hat dich hintergangen.«

Arabella seufzte tief. »Mich schon. Aber ihre Loyalität galt in erster Linie meinem Vater, und ich weiß, dass sie es für ihn tat, weil sie ihn über alles liebte.« Sie schaute zu Boden. »Und ich habe nicht das Herz, sie deswegen in Grund und Boden zu verdammen.«

Auf Tonys ärgerliche Miene hin setzte sie hastig hinzu: »Sie ist meine Stiefmutter. Ich habe sie lieb – mit all ihren Fehlern. Sie hat mir – uns – großen Schmerz zugefügt. Ich werde es ihr nicht leicht vergeben, und ich bin so erbittert wie du, weil sie uns so viel Zeit kostete, doch glaubte sie damals, das Richtige zu tun. Tony, verstehst du nicht – sie tat nur ihr Bestes, um mich vor einem ihrer Meinung nach schrecklichen Fehler zu bewahren und gleichzeitig meinen Vater glücklich zu machen. Können wir sie aus der Sache nicht heraushalten?«

»Unmöglich«, sagte Tony tonlos. »Du hast ein gütigeres Herz als ich, aber davon abgesehen, musst du dir vor Augen halten, dass sie unser einziges Verbindungsglied ist. Uns bleibt gar nichts anderes übrig, als sie zu benutzen.«

Die drei diskutierten die Situation ausgiebig, und schließlich sah Arabella schweren Herzens trotz ihrer Gewissensbisse ein, dass sie Mary benutzen mussten, um den Stiefelmann aus der Deckung zu treiben. Sie kamen überein, sie mit Hilfe eines Tricks zu bewegen, die Identität des Stiefelmannes zu verraten. Wie man dies erreichen wollte, blieb noch offen. Ihre Vorgangsweise würde sich irgendwie ergeben müssen – was keinem von ihnen so richtig gefiel.

»Soll ich sie zur Rede stellen?«, fragte Arabella widerstrebend, als sie ihren Plan soweit beschlossen hatten.

Tony schüttelte entschieden den Kopf. »Absolut nicht! Wer sich Mary nähert, wird automatisch zur Zielscheibe für den Stiefelmann. Ich möchte nicht, dass du dich in noch größere Gefahr begibst.«

Er lief unruhig auf und ab. »Ich muss derjenige sein.« Als Patrick und Arabella protestieren wollten, gebot er ihnen mit einer Handbewegung Schweigen. Er sah Arabella an und sagte ernst: »Aus auf der Hand liegenden Gründen kannst du es nicht sein. Und«, fuhr er fort und schaute zu Patrick hin, »es ist sinnlos, dass du dich um sie kümmerst. Unsere lang währende Freundschaft ist kein Geheimnis. Sehr wahrscheinlich würde sie sich denken, dass ich erfahre, was du weißt, und wenn sie es nicht täte, dann bestimmt der Stiefelmann. Dein Versuch, mich abzuschirmen, wäre vergebens und würde dich nur gefährden. Ich muss derjenige sein, der ihr auf den Zahn fühlt.«

»Das gefällt mir nicht«, murmelte Patrick. »Wir vermuten ja bereits, dass du sein eigentliches Ziel bist – wenn er es auf das Westbrook-Vermögen abgesehen hat. Sollte er das Gefühl bekommen, dass du kurz davor stehst, ihn zu entlarven, bleibt ihm nichts anderes übrig, als dich zu töten.« Sein fein gezeichneter Mund wurde schmal.

»Du musst also nur über mich wachen und dafür sorgen, dass es ihm nicht glückt, oder?«, sagte Tony mit spöttischem Lächeln.

»Wie kannst du in einer solchen Situation scherzen?«, fragte Arabella ungehalten. Ihre Angst um Tony weckte in ihr ein Gefühl der Kälte und Leere.

Tony nahm sie in die Arme. Er küsste sie leicht und sagte: »Mir wird nichts zustoßen – das schwöre ich.«

»Und ich schwöre, dass ich nicht zulassen werde, dass ihm etwas zustößt – darauf können Sie sich verlassen, Madam«, gelobte Patrick ernst.

Arabella atmete tief und bebend aus und entzog sich Tonys warmer Umarmung. »Sehr schön, ich werde euch beide an eure Versprechen erinnern. Also, wann und wie werdet ihr euch meiner Stiefmutter nähern?«

»Je eher, desto besser«, erwiderte Tony. »Wir können unsere Heirat nicht publik machen und unser gemeinsames Leben beginnen, ehe wir nicht den Stiefelmann entlarvt haben.« Er warf einen Blick auf die goldene Uhr, die er aus seiner Weste gezogen hatte. »Wenn ich jetzt gehe, bleibt mir genügend Zeit, um Mrs. Montgomery noch heute einen Besuch abzustatten.«

Patrick zog sich diskret ans andere Endes des Raumes zurück, um ihnen einen Moment der Zweisamkeit zu gönnen.

Arabella starrte mit großen besorgten Augen in Tonys dunkle geliebte Züge. »Du wirst doch vorsichtig sein?«, fragte sie heiser.

»Wie kannst du daran zweifeln, Liebling?«, murmelte Tony, dessen Mund dicht vor ihrem war. »Jetzt, da ich alles habe, wofür es sich zu leben lohnt? Alles, was ich mir jemals wünschte? Alles, was mein Herz begehrt?« Er küsste sie mit glühender Leidenschaft. All die Liebe und das Verlangen, das er für sie empfand, lag in diesem langen, drängenden Verschmelzen ihrer Lippen. Sein Atem kam stoßweise, als Tony schließlich den Kopf hob. »Mir passiert schon nichts, meine Liebste«, sagte er mit ironischem Lächeln. »Denk daran – ich habe höllisches Glück.«

Mit verschleiertem Blick und einem eisigen Gefühl in der Magengegend winkte Arabella den beiden wenig später von den Eingangsstufen von Greenleigh nach. Indem sie sich fest einredete, Tony hätte Recht mit seinem ›höllischen Glück‹, ging sie wieder ins Haus und versuchte angestrengt, nicht daran zu denken, was alles schief gehen könnte.

Tony und Patrick verloren keine Zeit, sobald sie außer Arabellas Sichtweite waren. Sie gaben ihren Pferden die Sporen und sprengten in einem ausgreifenden Galopp auf der roten Staubstraße in Richtung Highview. Zwischen den beiden gab es nichts zu sagen, zudem machte ihr Tempo ein Gespräch so gut wie unmöglich. Da sie eine Abkürzung nehmen wollten, verließen sie die Hauptstraße und tauchten in die grüne Wildnis ein. Im dichten, unbeforsteten Wald, in dem Ranken und Äste ihren Weg oft behinderten, waren sie gezwungen, langsamer zu reiten, doch herrschte bis auf das Trampeln der Hufe und das Knacken und Knistern des Dickichts Stille. Eine halbe Stunde, nachdem sie die Straße verlassen hatten, zügelten sie ihre ausgepumpten schnaubenden Pferde eine halbe Meile von Highview entfernt.

Mit grimmiger Miene fragte Patrick: »Kann ich dich nicht überzeugen, dass ich es sein sollte, der Mary zur Rede stellt?«

»Du kennst meine Antwort darauf, mein Freund«, gab Tony leise zurück. »Das *muss* ich tun.«

Patrick seufzte schwer. »Leider lässt du mir keine Wahl«, sagte er ruhig. »Und *ich* muss dies tun …«

Ehe Tony reagieren konnte, hatte Patrick ihm mit der Rechten einen harten Kinnhaken verpasst. Unter der unerwarteten Attacke zuckte Tonys Kopf jäh zurück. Ehe er sich fassen konnte, schlug Patrick erneut zu, diesmal mit dem Pistolengriff auf die Schläfe. Ächzend sackte Tony im Sattel zusammen, wobei er das Bewusstsein verlor und fast herunterfiel.

Mit kühler, entschlossener Miene saß Patrick ab und machte sich eilig ans Werk. Dann trat er von Tonys Pferd zurück und begutachtete sein Werk. Tony war nun sachgerecht geknebelt und gefesselt: die Hände vorne an den Sattel gebunden, die Stiefel an die Steigbügel. *Wenigstens wird er nicht herunterfallen,* dachte Patrick bei sich, *mag der Heimritt auch noch so beschwerlich werden.* Da fiel ihm etwas ein, und er griff in Tonys Weste. Dort fand er das beweisträchtige Schreiben an Molly und steckte es ein.

Er stieg auf sein Pferd und ritt vorsichtig auf Highview zu, Tonys Pferd mit sich führend. Er erkundete das ausgedehnte Gelände und studierte die Anlage, ehe er einen Platz fand, wo er Tony und sein Pferd sicher angebunden zurücklassen konnte. Dann gab er seinem Pferd die Sporen und ließ den schützenden Wald hinter sich.

Er ritt zum Hauseingang und warf die Zügel einem kleinen schwarzen Jungen zu, der um die Ecke gelaufen kam. »Halte ihn. Ich bleibe nicht lange«, sagte er und schwang sich aus dem Sattel.

Jeremy begrüßte ihn, als er die Stufen hinaufeilte. Erstaunt und von Patricks unerwarteter Ankunft beunruhigt, schüttelte Jeremy seine Hand und zischelte: »Alles in Ordnung?«

Patrick lächelte beruhigend. »Es könnte nicht besser sein.« Er legte den Arm um Jeremys Schulter und sagte leise: »Und jetzt ganz ruhig – hören Sie zu. Ich habe Tony hinter dem Haus im Robinienwäldchen zurückgelassen. Gehen Sie zu ihm. Aber lassen Sie ihn genau so, wie Sie ihn vorfinden, auch wenn es Ihnen schwer fällt.« Patricks Finger gruben sich in Jeremys Schulter. »Schwören Sie bei Ihrer Ehre.«

Jeremy, der nicht wusste, wie ihm geschah, machte in seiner Verwirrung große Augen. »Bei meiner Ehre – das schwöre ich«, sagte er mit einem Nicken.

Nun löste sich Patricks Anspannung ein wenig. »Gut so! Wenn ich zurückkomme, werde ich alles erklären. Lange bleibe ich nicht – ich komme so rasch wie möglich. Und jetzt los!«

Jeremy war schon auf halbem Weg zum Robinienwäldchen, als ihm erst aufging, wie sonderbar Patricks Verhalten war. Was ging hier vor? Warum sollte er zu Tony? Warum hatte Tony Patrick nicht begleitet? Beunruhigt und zunehmend nervös lief Jeremy schneller.

Patrick, dessen gut geschnittenes Gesicht nichts verriet, betrat in lässiger Haltung den bezaubernden Wohnsalon, in den Lawrence, der Butler, ihn geführt hatte. Erfreut, die Dame des Hauses allein anzutreffen, erhellte ein strahlendes Lächeln seine Miene. »Guten Tag, Madam. Hoffentlich störe ich nicht?«

Vom Besuch eines Mannes, den sie kaum kannte und dessen Ruf ziemlich beunruhigend war, offensichtlich überrascht, antwortete Mary mit kühler Höflichkeit: »Nein. Natürlich nicht, doch muss ich gestehen, dass ich erstaunt war, als Lawrence Sie meldete.«

»Ach?« Patrick setzte sich ihr gegenüber auf den angebotenen Platz, seine Reithandschuhe auf den Schenkeln. »Eigentlich hätten Sie damit rechnen müssen, dass ich eines Tages kommen würde.« Auf Marys verständnislosen Blick hin sah er sie viel sagend an und drohte ihr mahnend mit dem Zeigefinger. »Sicher haben Sie doch nicht erwartet, dass Ihre Rolle bei dem Fiasko vor fünf Jahren unentdeckt bleiben würde? Sie wissen sicher, dass ich oder jemand anderer früher oder später vor Ihrer Tür stehen würde.«

Mary erbleichte und fasste mit einer Hand an ihre Kehle. »Wa-was meinen Sie?«

Patricks Lächeln war nicht angenehm. »Ach, damit meine ich nur, dass die Zeit der Abrechnung gekommen ist. Fünf Jahre konnten Sie die Früchte Ihrer kleinen Inszenierung genießen. Jetzt müssen Sie leider den Preis dafür bezahlen.«

»Ich weiß nicht, wovon Sie reden«, antwortete Mary leicht hysterisch. Dann nahm sie sich zusammen und setzte fester hinzu: »Ich finde Ihre Worte und Ihre Haltung beleidigend. Gehen Sie – auf der Stelle, ehe mein Butler Sie hinauswirft.«

Patrick lehnte sich lässig zurück und zog ein stark zerknittertes, abgegriffenes Schreiben heraus, das er Mary achtlos in den Schoß warf. »Lesen Sie das«, sagte er. »Dann wird sich zeigen, ob Sie noch immer nach Ihrem Butler läuten möchten.«

Mary griff nach dem zusammengefalteten Blatt, glättete es und las. Es dauerte lange, und als sie ihn schließlich aus der Hand gleiten ließ und Patrick anschaute, war sie um zehn Jahre gealtert.

Patricks offene Verachtung ließ sie den Blick senken. Nach einem tiefen Atemzug sagte sie mit aller Gelassenheit, derer sie fähig war: »Leider begreife ich noch immer nicht. Was hat dies mit mir zu tun?«

»Madam, ich bin nicht gekommen, um mit Ihnen Ratespielchen zu spielen«, erwiderte Patrick grimmig. »Sollten Sie meine Zeit weiterhin über Gebühr in Anspruch nehmen, wird mein Preis in die Höhe gehen.« Er gab seine lässige Pose auf und beugte sich vor. Seine Augen waren wie Eissplitter, seine Stimme heiser vor Wut. »Ich weiß, welche Rolle Sie vor fünf Jahren spielten, als Tonys und Arabellas Verlobung in die Brüche ging. Ich weiß, dass Sie ihr nachspionierten, und als Sie entdeckten, wann und wo sie sich mit Tony traf, verrieten Sie es Daggett. Alles andere übernahm dann er. Dieser Brief beweist es. Wir beide müssen uns jetzt nur darüber unterhalten, wie viel Sie mir zahlen werden, damit ich meinen Mund halte.«

Mary wollte protestieren, sein Gesichtsausdruck aber hielt sie zurück. Sie sank in ihrem Sessel zurück, von allem Kampfgeist verlassen und erwiderte mit dünner Stimme: »Ich wollte Arabella niemals wehtun. Doch ihr Vater war vehement gegen die Ehe, und als ... eine Möglichkeit an mich herangetragen wurde, die Heirat zu verhindern, ergriff ich die Chance.« Sie begrub ihren Kopf in den Händen. »Sie ahnen ja nicht, wie ich die letzten Jahre litt, als ich mit ansehen musste, wie Arabella sich nach diesem Mann verzehrte ... und zu wissen, dass ich an ihrem Herzeleid schuld war ... leicht war es nicht.« Sie hob den Kopf und sah ihn an. »Glauben Sie mir, nie hätte ich gewollt, dass Arabella Schmerz zugefügt wurde. Ich ... ich dachte, ich würde ihr tatsächlich damit helfen.« Sie blickte über Patricks Schulter in die Ferne. »Aber alles war umsonst. Tony Daggett ist wieder da, und ich weiß, dass sie ihn liebt und bei nächster Gelegenheit heiraten wird. Und damit nicht genug, kommen Sie daher und werfen mir die vergangenen Sünden vor.«

Patrick erhob sich. Er nahm ihr den Brief ab und steckte ihn zurück in seine Westentasche. »Ich würde Ihnen mein Beileid ausdrücken«, sagte er kühl, »doch liegen meine Sympathien leider bei Arabella und Tony. Was Sie betrifft – nun, schreiben Sie Ihrem Partner, und teilen Sie ihm mit, dass sein böses Geheimnis keines mehr ist, und dass es ihn viel Geld kosten wird, damit ich den Mund halte und Sie beide nicht als das heimtückische Duo entlarve, das Sie sind. Ich lasse Sie wissen, wann und wo wir uns treffen und unser Tauschgeschäft abwickeln: Sie bekommen den Brief und ich das Geld. Tony und Arabella werden nie erfahren müssen, dass es unter ihnen eine Schlange gab.«

Leise Röte stieg Mary in die Wangen. »Beweisen können Sie nichts.«

»Das ist nicht nötig. Aber wenn ich das Schreiben Arabella zeige und ihr sage, dass Sie es waren, die sie von Tony trennte, wem wird sie wohl glauben?«, fragte er mit spöttischem Lächeln.

»Warum tun Sie das?«, wollte Mary jetzt zornig wissen. »Sie sind sehr vermögend. Sie brauchen das Geld nicht.«

»Sie irren sich«, raunte er. »Männer, die wie ich riskante Gewohnheiten haben, sind dauernd in Geldnöten. Ist es nicht wundervoll, dass es einen so einfachen Weg gibt, meine Verluste am Spieltisch wettzumachen?«

Patrick verbeugte sich mit beleidigendem Spott und ging zur Tür. Mit der Hand auf dem silbernen Türknauf sagte er über die Schulter: »Schreiben Sie Ihrem Freund. Ich bin sehr ungeduldig. Lassen Sie mich nicht lange warten.«

20

Als Patrick die Stelle erreichte, wo Jeremy und Tony ihn erwarteten, sah er, dass Jeremy ihn mit ernster Miene …und mit einer auf ihn gerichteten Pistole empfing. Ein kurzer Blick beruhigte Patrick, dass Tony noch immer gefesselt auf seinem Pferd saß. Der flammende Blick seiner blauen Augen, der sich in die seinen bohrte, verriet ihm, dass Tony nicht mehr bewusstlos war, aber unmissverständlich wütend. Klar gesagt: Er hatte eine mörderische Wut.

»Ich habe geschworen, dass ich ihn nicht losbinden würde, doch ehe Sie einen Schritt näher kommen, müssen Sie mir erklären, was hier vorgeht«, knurrte Jeremy.

»Ach, nichts Besonderes«, sagte Patrick in aller Seelenruhe. »Ich hielt mich nur an *meinen* Schwur.« Sein Blick begegnete dem von Tony. »Ich schwor deiner Frau und deinem ungeborenen Kind, ich würde dafür sorgen, dass ihnen kein Leid geschieht.« Er ließ sein strahlendes Lächeln aufblitzen. »Man kann es einem Mann doch nicht verargen, wenn er sein Wort hält, oder?«

Noch immer vor einem Rätsel stehend, betrachtete Jeremy ihn argwöhnisch. »Ich begreife gar nichts. Warum ist er gefesselt?«

»Nehmen Sie das verdammte Ding da weg, und ich verrate es Ihnen«, grinste Patrick, als er an Jeremy vorüber zu Tonys Pferd ging, um die Lederstreifen zu lösen, die Tony auf seinem Tier festhielten.

Während er sich daran zu schaffen machte, erklärte Patrick Jeremy über die Schulter hinweg: »Ihr neuer Schwager war entschlossen, sich dem Stiefelmann als Zielscheibe zu bieten. Ich war damit nicht einverstanden.«

Kaum hatte Tony seine Hände frei, riss er sich den Knebel aus dem Mund und knurrte: »Verdammt, Patrick! Wir waren uns einig, dass *ich* derjenige sein sollte!«

»Nein«, entgegnete Patrick ruhig. »*Du* warst dafür. Ich hatte eine andere Idee. Vielleicht keine bessere, aber eine, die dich mit großer Wahrscheinlichkeit vor Ärger bewahrt … eine Weile wenigstens.« Er sah Tony mit schiefem Lächeln an. »Und ehe du mich mit Verwünschungen belegst, sag mir eines: Hättest du an meiner Stelle anders gehandelt?«

Tony schnitt eine Grimasse, da er wusste, dass Patrick ins Schwarze getroffen hatte. Er schüttelte widerstrebend den Kopf. »Nein, das weißt du. Aber verdammt, Patrick! Wir wissen, dass der Stiefelmann früher oder später mich aufs Korn nehmen wird, und jetzt hast du dich ihm direkt in den Weg gestellt. Erst wird er nun dich ausschalten müssen.«

»Genau«, äußerte Patrick gedehnt. »Und dann haben wir ihn.« Er zog eine Braue hoch. »Schließlich wirst du ja nicht zulassen, dass er mich umbringt, oder?«

»Die Antwort kennst du«, grollte Tony.

Jeremy, der die zwei Männer noch immer total verblüfft ansah, hatte seine Sprache wieder gefunden. »Würde mir jemand erklären, was hier vorgeht?«

Tony und Patrick wechselten einen viel sagenden Blick; Jeremy die Rolle seiner Mutter bei den Ereignissen vor fünf Jahren zu erklären, war eine Aufgabe, die beide scheuten.

Tony lächelte Jeremy zu, als er sich vom Pferd schwang. »Seit du Greenleigh verlassen hast, ist einiges passiert. So entdeckten wir, was der Stiefelmann suchte, als er deine Schwester attackierte – es war ein Brief, den er vor fünf Jahren an Molly richtete und in dem er Vereinbarungen für die Szene traf, die Arabella dann in jener Nacht in der Hütte vorfand. Wir glauben, dass Leyton an das Schreiben gelangte, als er einer von Mollys Beschützern war. Ob sie es ihm gab oder er es sich irgendwie aneignete, wissen wir nicht. Es ist mehr als wahrscheinlich, dass sie und Leyton gemeinsame Sache machten. *Jemand* musste Leyton ja erklären, worauf sich der Brief bezog, und Molly ist dafür unsere einzige Kandidatin.

Es sind nur Vermutungen, doch nehmen wir an, dass beide – oder Leyton allein – den Stiefelmann zu erpressen versuchten. Dieser ließ sich das natürlich nicht bieten und stellte Leyton unglücklicherweise an demselben Nachmittag zur Rede, als deine Schwester Leyton aufsuchte. Das alles ist zwar Spekulation, doch glauben wir, dass Arabella die beiden störte. Der Brief geriet unter ihre Dokumente, als alles zufällig auf den Boden fiel, und landete in Arabellas Ridikül.«

»Und als ihm aufging, was geschehen sein musste, versuchte er es wieder an sich zu bringen, indem er Arabella am Abend auf der Rückfahrt von eurem Treffen überfiel«, rief Jeremy erregt aus.

Tony nickte. »Genau. Und nachdem der schlaue Stiefelmann Leyton in derselben Nacht getötet und den Brief nicht gefunden hatte, schloss er messerscharf, dass Arabella ihn haben musste.« Mit angespannter und grimmiger Miene setzte Tony hinzu: »Ich darf gar nicht daran denken, was ihr hätte zustoßen können, wenn sie nicht so couragiert gewesen wäre, ihn in die Flucht zu schlagen.«

»Warum hat er keinen zweiten Versuch gemacht«, rätselte Patrick. »Wenn deine Vermutungen zutreffen, hatte er bereits einen Mord begangen, um den Brief an sich zu bringen. Warum ließ er es damit bewenden?«

»Ich weiß es nicht«, gestand Tony. »Aber ich mutmaße folgendes: Der Brief war verschwunden, und er wusste nicht, wer ihn hat. Bei Leyton hatte er ihn nicht gefunden. Seine nächstbeste Wahl fiel auf Arabella. Doch der Überfall auf sie war ein großes Risiko. Sicher hat er sich seither herzhaft verwünscht, weil er sich zu dieser Dummheit hinreißen ließ.«

»Warum Dummheit?«, fragte Jeremy erstaunt.

»Hätte er Arabella nicht besucht, wäre unsere Neugierde nie erwacht, und wir hätten uns nicht gefragt, was er suchte. Gewiss«, fuhr Tony fort, »wäre der Brief irgendwann wieder aufgetaucht, doch hätte es bis dahin Monate dauern können. Gut möglich, dass deine Schwester inzwischen vergessen hätte, wann sie dieses besondere Ridikül das letzte Mal getragen hatte, und ich möchte wetten, dass sie – oder irgendjemand von uns – es mit Leyton oder dem Überfall auf der Straße in Verbindung gebracht hätte. Der Stiefelmann wäre besser beraten gewesen, schlafende Hunde nicht zu wecken und zu hoffen, dass der Brief nie mehr gefunden wird.«

Jeremy nickte, von Tonys Erklärung augenscheinlich gefesselt. Doch man sah ihm an, dass er hin und her überlegte, und die beiden wussten, dass sich die gefürchtete Frage in seinem Kopf formte.

Prompt fragte Jeremy mit gerunzelter Stirn: »Aber warum sind Sie hier?« Sein Blick lag auf Patrick. »Sie sind nicht gekommen, um mich zu besuchen, andernfalls Sie mich nicht aus dem Haus fortgeschickt hätten.« Mit unsicherem Blick in seinen blauen Augen murmelte er: »Es gibt nur einen Menschen, um dessentwillen Sie gekommen sein können. Es ist Mutter, nicht wahr? Was hat sie mit der Sache zu schaffen?«

»Ach, sie wird uns helfen«, sagte Tony lapidar und mit einem hastigen Blick zu Patrick.

»Wie?«, wollte der offenkundig misstrauische Jeremy wissen.

Patrick zupfte an seinem Ohrläppchen. »Das lässt sich nicht so einfach erklären«, setzte er langsam an. »Aber wir glauben, dass der Stiefelmann sie und ihre Liebe zu ihrem Mann für seine Zwecke nutzte. Wir halten es für möglich, dass sie weiß, wer der Stiefelmann ist. Wir sind sicher, dass der Verdächtige unter Tony Daggetts Angehörigen zu suchen ist, doch wissen wir nicht, welcher es war.«

»Weiß sie es?«

»Wahrscheinlich«, gestand Tony widerstrebend ein.

»Und sie sagte Ihnen, wer es ist?«, fragte Jeremy und fixierte dabei Patrick.

Patrick sah Tony hilfesuchend an, der sein Gesicht verzog und nur mit den Schultern zuckte.

»Nun, eigentlich nicht«, antwortete Patrick lahm. »Tatsächlich fragte ich sie gar nicht danach.«

»Wie bitte? Und warum nicht?«, wollte Jeremy ungläubig wissen. »Wenn Mutter weiß, wer dieser Schurke ist – warum haben Sie sie nicht einfach gefragt?«

»Weil ich nicht wollte, dass sie weiß, wie sehr wir im Dunkeln tappen ... ich tat so, als wäre mir seine Identität bekannt«, gab Patrick voller Unbehagen von sich.

Bislang war es Patrick gelungen, sich um die ganze Wahrheit zu drücken, doch zeigte es sich, dass es verdammt schwer war, Marys Rolle bei den fatalen Vorgängen der Vergangenheit ihrem Sohn vorzuenthalten. Patrick wusste nicht, wie Tony die Begegnung mit Mary gehandhabt hätte. Er selbst hatte die Situation bewältigt, so gut es ging. Mary Montgomery war überrumpelt worden und hatte mehr eingestanden, als er gehofft hatte, doch war sie nicht auf den Kopf gefallen und würde vermutlich als Gegnerin so raffiniert sein, wie Arabella es vorausgesehen hatte. Auch wenn er entgegen Arabellas Rat Mary einfach nach dem Namen des Stiefelmannes gefragt hätte, hätte sie vermutlich wenig Entgegenkommen gezeigt. Abgesehen von allem anderen, brachte sie Tony und ihm lediglich Abneigung und Misstrauen entgegen. Warum also sollte sie ihnen helfen? Viel wahrscheinlicher hätte sie ihnen – noch mehr – Schwierigkeiten in den Weg gelegt.

Er war überzeugt, dass Arabella ihre Stiefmutter richtig einschätzte. Eine Frage nach der Identität ihres Komplizen hätte Mary die Lippen versiegelt und ihr verraten, was für schlechte Karten er hatte. Viel aussichtsreicher war es ihm erschienen, sie zu erpressen und vorzugeben, er wüsste, mit wem sie zusammengearbeitet hatte, als es darum ging, Tony und Arabella auseinander zu bringen.

»Aber warum? Sie hätte es Ihnen gesagt. Mir scheint«, sagte Jeremy angewidert, »dass Sie eine einfache Sache komplizieren.«

»Verdammt!«, rief Patrick aus, von der Kritik des Mannes verärgert, den er zu schützen versuchte. »Sie hätte es mir nicht gesagt, Sie Dummkopf!«

»Aber warum nicht?«, fragte Jeremy mehr verwirrt als beleidigt. »Sie sagten doch, sie hätte Ihnen geholfen … warum hätte sie seinen Namen nicht nennen sollen?«

Patrick warf Tony einen gequälten Blick zu.

»Aus Angst«, warf Tony rasch ein und improvisierte beim Sprechen. »Er drohte, ihr und den Kindern etwas anzutun, falls sie ihn verrät, doch ist sie gewillt, uns zu helfen, wenn wir ihm eine Falle stellen. Patrick bat sie, dem Stiefelmann zu schreiben, und sagte ihr, dass er den Brief hätte. Sie zeigte sich einverstanden.«

Jeremy argwöhnte ganz klar, dass an der Geschichte, die man ihm auftischte, etwas faul war, doch die wichtigsten Fakten bildeten einen Zusammenhang und ergaben irgendeinen, wenn auch verdrehten Sinn. Er musste auch feststellen, dass er – im Moment zumindest – das Thema der Verstrickung seiner Mutter lieber unberührt ließ. Sie half ihnen, den Stiefelmann zu finden, und das war das Wichtigste.

»Was also machen wir jetzt?«, fragte Jeremy.

»Wir warten, dass der Stiefelmann einen Versuch unternimmt, mich zu töten«, sagte Patrick vergnügt, erleichtert, dass er das heikle Thema so glatt umschifft hatte. »Sie und Tony werden die angenehme Aufgabe haben, dafür zu sorgen, dass ich am Leben bleibe und dass wir den Stiefelmann bei seinem Mordversuch ertappen … hoffentlich, ehe er es schafft, meinem Dasein ein schnödes Ende zu bereiten.«

»Ich glaube, es wird einfacher und viel sicherer sein, wenn wir uns dem Diener an die Fersen heften, der die Nachricht überbringt, die Mary zweifellos in eben diesem Moment zu Papier bringt«, sagte Tony trocken. »Da Franklin seine eigene Junggesellenwohnung in der Stadt hat und Onkel Albert auf River's Bend, seiner Plantage, lebt, sollte es uns nicht schwer fallen, den Stiefelmann zu identifizieren.«

Tony hatte insofern Recht, als Mary tatsächlich in diesem Moment eine Nachricht an den Stiefelmann schrieb, ein Irrtum allerdings war die Annahme, sie würde sie von einem der Dienstboten überbringen lassen. Durch Patricks Besuch aufgewühlt und zutiefst beunruhigt, benötigte sie einige Minuten, um sich zu fassen, nachdem er gegangen war. Schließlich setzte sie sich an ihren zierlichen Schreibtisch und brachte eilig ihre Nachricht zu Papier. Das unerwartete Auftauchen des Briefes an Molly Dobson ließ sie jedoch zögern, ihre Nachricht einem Diener anzuvertrauen. Nachdem sie den Brief geschrieben und mit einem Siegel versehen hatte, entschloss sie sich, selbst dafür zu sorgen, dass er in die Hände des Empfängers gelangte. Sie konnte sich darauf verlassen, dass Daggett ihn vernichten würde, da er sich stets von großer Vorsicht leiten ließ. Ihre Lippen wurden schmal. Er hätte besser darauf achten sollen, was mit dem Brief geschah, den er an diese Schlampe Molly Dobson gerichtet hatte. Sie zuckte mit den Schultern. Jetzt konnte sie in dieser Sache nichts mehr tun. Ihre einzige Sorge war es, dass ihre Nachricht an ihn gelangte und dass er eine Möglichkeit fand, die Drohungen dieses widerwärtigen Blackburne zu entschärfen.

Die Nachricht in die Hände des Empfängers gelangen zu lassen, erwies sich als relativ einfach. Nichts leichter, als Daggett den Brief in die Hand zu drücken, als sie abends bei einer kleinen Soiree auf der Plantage der Gayles zusammentrafen. Klein bedeutete in diesem Fall dreißig oder mehr Personen, und als sie sich ihren Weg durch die festlich herausgeputzte Menge bahnte, diesem und jenem bekannten Gesicht zunickte, war sie sicher, dass niemand gesehen hatte, wie sie ihm die Nachricht zusteckte.

Arabella und Jeremy, die ebenfalls zugegen waren und sie diskret beobachteten, konnten Tony und Patrick nichts berichten, was von Interesse gewesen wäre, als sie sich später auf Greenleigh trafen.

Sie befanden sich im vorderen Salon, alle vier über den Raum verteilt. Tidmore hatte den Herren Whiskey serviert und Arabella eine Tasse dampfenden Pfefferminztee. Nachdem er eine volle Karaffe und eine silberne Teekanne hinterlassen hatte, verbeugte er sich und ging. Perfekter Diener, der er war, verriet er mit keiner Miene, was er davon hielt, dass seine Herrin um diese Zeit zwei als Lebemänner bekannte Gentlemen empfing – selbst wenn ihr Bruder anwesend war.

Ihre Slipper aus bronzefarbigem Satin lagen auf dem Boden vor dem Sofa, ihre nackten Füße hatte sie unter die Röcke ihres bernsteinfarbigen Seidenkleides gezogen. »Tidmore wundert sich gewiss, was hier vorgeht«, bemerkte sie spöttisch. »Es ist schon skandalös genug, dass ich allein lebe, doch nach dem heutigen Abend werden seine Frau und er mich sicher für ziemlich verworfen halten.«

»Meinst du, dass sie reden werden?«, fragte Tony besorgt.

Sie schüttelte den Kopf. »Nein. Sie sind mir treu ergeben.« Sie schnitt eine Grimasse. »Sie werden sich nur Sorgen und viel Getue um mich machen – sehr diplomatisch natürlich und sehr liebevoll.«

Tony, der neben ihr auf der Couch saß und die langen Beine ausstreckte, hob ihre Hand und küsste sie. »Dir Liebe entgegenzubringen, fällt einem nicht schwer. Ich tue es jedenfalls.«

»Ist das nötig?«, fragte Patrick in gequältem Ton, obwohl seine grauen Augen blitzten. »Wir haben wichtige Dinge zu besprechen – deine Frau anhimmeln und umwerben kannst du ein andermal.«

Arabella errötete, und Tony lachte.

»Natürlich«, sagte Tony leichthin. »Und du hast Recht.« Er sah Jeremy an, der vor dem Kamin stand und einen Arm auf dem Sims aufstützte. »Du hast nichts gesehen? Gar nichts?«

Jeremys Miene verriet seine Enttäuschung. »Ach, wir sahen viel. Alle drei Daggetts waren da, und Mutter begrüßte sie und plauderte mit allen. Aber ich sah nicht, dass sie einem eine Nachricht zusteckte.«

»Jeremy hat Recht«, setzte Arabella hinzu. »Wüsste ich es nicht besser, hätte ich gedacht, sie hätte nichts im Sinn als einen angenehmen Abend unter Freunden zu verbringen. Meist war Cousine Agatha an Marys Seite, und ich kann mich nicht errinnern, dass Mary mit deinem Onkel oder deinem Cousin Franklin allein gewesen wäre.« Sie zog nachdenklich die Stirn kraus. »Auch nicht mit Burgess. Sie sprach mit allen, doch konnte ich nicht beobachten, dass sie sich merkwürdig oder anders als gegenüber den anderen benahm. Und ich bin ganz sicher, dass sie nichts weiter gab.«

Patrick, der in einem Sessel Arabella und Tony gegenüber saß, stand auf und tigerte durch den Raum. »Ich war so sicher«, sagte er halb wütend, halb bedauernd, als er vor ihnen stehen blieb, »dass sie ihm die Nachricht durch einen Boten überbringen lassen würde. Ich dachte, inzwischen würden wir schon wissen, wer es ist.«

»Wir können nicht einmal sicher sein, dass sie ihm die Nachricht schon übergab«, sagte Jeremy leise. »Während wir hier Mutmaßungen anstellen, könnte einer der Diener von Highview mit dem Brief in Händen die Straße entlanglaufen.«

»Danke für diese Bemerkung, lieber Bruder«, sagte Arabella spitz. »Ich finde das Wissen sehr beruhigend, dass die Nachricht, die meinem Mann womöglich einen Mörder auf den Hals hetzt, in diesem Moment überbracht wird.«

»Ach was, Bella, ich versuchte ja nur, alle Möglichkeiten in Betracht zu ziehen«, wehrte er ihren Vorwurf ab. »Tony und Patrick verbrachten den ganzen Nachmittag auf der Lauer im Wald und hielten Ausschau nach jemandem vom Personal, der das Haus verlässt, während du und ich auf der Soiree Mama mit Argusaugen beobachtet habt. Sie glaubt sicher, wir hätten den Verstand verloren. Ich kann dir sagen, dass Cousine Agatha mich mit verdammt merkwürdigen Blicken bedachte.« Er grinste lausbubenhaft. »Sie lobte mich sogar und nannte mich einen braven Jungen, weil ich mich so um Mama bemühte und sie praktisch nicht aus den Augen ließ.«

Alle lächelten. Nun trat Schweigen ein, und sie nippten an ihren Getränken und überlegten.

»Nun?«, fragte Jeremy schließlich. »Was machen wir jetzt?«

Tony verzog das Gesicht. »Im Moment können wir nur warten.« Er schaute Patrick an und grinste schräg. »Wie Patrick vorhin sagte, warten wir, dass der Stiefelmann ihn zu töten versucht.«

Patrick verbeugte sich spöttisch. »Für meine Freunde tue ich alles, werter Herr. Spendiere sogar mein Leben.« Dann jedoch sagte er sinnend: »Möchte doch wissen, ob der Stiefelmann die Nachricht überhaupt bekam oder ob sie ihm, wie Jeremy meint, tatsächlich in eben diesem Moment übergeben wird.«

Falls der Stiefelmann erstaunt war, als Mary ihm das fest zusammengefaltete Stückchen Papier auf der Soiree der Gayles in die Hand drückte, hatte er sich nichts anmerken lassen. Mit unverändert charmantem Lächeln war er weitergegangen, als wäre nichts Ungewöhnliches passiert, obwohl das kleine Stückchen Papier in seiner Hand zu brennen schien und ihn seine böse Vorahnung auch nicht verließ, als er die Nachricht sorgsam in die Westentasche gesteckt hatte.

Erst nach der Soiree konnte er das Briefchen zu Hause ungestört lesen. Der Inhalt erboste ihn mehr, als dass er ihn beunruhigt hätte, und je länger er darüber grübelte, desto weniger sorgte er sich. Fast war er erleichtert.

Also hat Blackburne Mollys Brief. Wie interessant! Und er versucht nun, Mrs. Montgomery und mich zu erpressen.

Möchte wissen, wessen Idee das war? Tonys oder Blackburnes? Er nahm Patrick Blackburnes Drohung keine Sekunde ernst und glaubte auch nicht, dass dieser ohne Wissen Tonys gehandelt hatte. *Gewiss haben sie das gemeinsam ausgeheckt*, überlegte er mit schmallippigem Lächeln.

Er tippte mit Marys Brief geistesabwesend an die Unterlippe und wanderte in dem kleinen Raum auf und ab. Ihm war klar, dass ihm einige gröbere … Säuberungen bevorstanden. Ziemlich knifflige sogar. Mary war keine Bedrohung. Sie war es nie gewesen – der einzige Grund, weshalb sie noch am Leben war. Nein, sie würde den Mund halten. Sie hatte zu viel zu verlieren, wenn die Wahrheit an den Tag käme. Ehrbare Damen wie sie fürchteten auch nur den Schatten eines Skandals und wären lieber gestorben, als zuzugeben, dass sie, aus welchem Grund auch immer, gegen Moral und Anstand verstoßen hatten. Deshalb stellte sie zumindest im Moment kein Problem dar. Tony und Patrick hingegen … diese beiden mussten unschädlich gemacht werden. Und natürlich auch Arabella.

Er legte die Stirn in Falten. Es war ein grober Fehler, in Arabellas Zimmer einzudringen und sie zu zwingen, ihm zu verraten, wo sich der Brief befand. Bis auf sein unbemerktes Eindringen und die schmähliche Flucht war damals nichts richtig gelaufen. Unbewusst griff er nach der Stelle, wo ihn der Krug getroffen hatte. Nur ungern gestand er sich ein, dass er noch immer wütend war, weil Arabella ihn überwältigt hatte – noch dazu mit einem Wasserkrug!

Seine derzeitige heikle Situation hatte er sich selbst zuzuschreiben. Wie oft hatte er sich schon verwünscht, weil er damals so unbedacht vorgegangen war. Er hätte Arabellas Neugierde nicht noch mehr wecken können, wenn er ihr selbst einen Brief geschickt und sie aufgefordert hätte, nach einem geheimnisvollen Gegenstand Ausschau zu halten. Offenbar hatte sie also Mollys Brief gefunden. Er fragte sich zwar, wo, ging dann aber zu dringenderen Dingen über.

Tony. Patrick. Arabella. Sie mussten sterben. Aber wie? Entdeckung zu vermeiden und nicht in Verdacht zu geraten, waren für ihn oberste Ziele – und natürlich das Vermögen.

Er seufzte. Zum Mörder zu werden, hatte er nicht geplant. Es war lästig. Tatsächlich hatte er überhaupt nichts geplant, wie er offen zugeben musste. Es hatte sich einfach ergeben.

Ganz sicher hatte er niemals Mercys Tod geplant. Er lächelte. Er hatte nur Unfrieden stiften und sehen wollen, was passieren würde, wenn Tony erfuhr, dass sie mit diesem Terrell durchgebrannt war. Und es war so einfach gewesen, vor einer der größten Klatschbasen der Stadt eine Bemerkung fallen zu lassen, da er wusste, die dumme Pute würde schnurstracks zu Tony laufen und die Geschichte ausgeschmückt weitergeben.

Nein, Mercys Tod hatte er nicht geplant, doch hatte er sich gefreut, als alles sich so günstig entwickelte. Er konnte nicht leugnen, dass er gehofft hatte, Tony würde nach ihrem Tod wie sein Vater im Rausch verunglücken, doch das war nicht eingetreten. Nun ja, man konnte nicht alles haben.

Und was Elizabeth betraf, nun, das war einfach Pech, wie er zugeben musste. Natürlich war er nicht begeistert gewesen, als Tony wieder geheiratet hatte. Nach Mercys Tod hatte er mit der Vorstellung geliebäugelt, Tony würde sich eines Tages den Hals brechen und das Vermögen der Daggetts in jene Hände gelangen, denen es gebührte. Doch *dieser* angenehme Wunsch war ebenfalls nicht in Erfüllung gegangen. Stattdessen hatte Tony wieder geheiratet.

Er hatte sich vernünftigerweise damit abgefunden zu warten, da er noch nicht an kaltblütigen Mord dachte. Damit sich die lange Wartezeit lohnte, hatte er sich das gesamte Daggettsche Vermögen als Ziel gesetzt und nicht nur den kärglichen Anteil, der seiner Seite der Familie zufallen würde. Zu diesem

Zweck aber war es unabdingbar, dass Tony ledig blieb. Elizabeth musste also aus dem Weg geschafft werden. Ein geeigneter Mordplan war ihm noch nicht eingefallen, als sie ihn dabei ertappte, wie er an jenem Abend ihre Schmuckschatulle durchwühlte.

Wer von ihnen verblüffter war, ließ sich schwer feststellen, er aber war wenigstens so geistesgegenwärtig, seine Pistole zu ziehen und sie zu erschießen, ehe er durch die oberen Verandatüren entwischte. Mein Gott! Wie erschrocken er war, als er sich über die Verandabrüstung schwang und zu seinem im nahen Wald angebundenen Pferd lief. Sein Herz hatte so heftig geschlagen, dass er überzeugt war, innerhalb von fünf Meilen könnte es jeder hören. Niemand hatte es gehört.

Der Mord an Elizabeth hatte ihn schwer erschüttert. Er hatte noch nie im Leben jemanden getötet und war völlig deprimiert – so sehr, dass jeder Gedanke an eine Ermordung Tonys vorübergehend verdrängt wurde. Mit der Zeit aber hatte er sich immer mehr an den Gedanken gewöhnt, durch diesen Mord das Ziel zu erreichen, und Elizabeths Tod war ihm rückblickend als schlichte Notwendigkeit erschienen.

Das dumme Ding war selbst schuld, dachte er verächtlich. *Hätte Elizabeth damals Tony zum Dinner zu den Blackburnes begleitet, wäre es nicht passiert. Zumindest nicht damals. Aber sicher, ehe das erwartete Kind geboren wurde.*

Seine damalige finanzielle Misere, die ihn sogar dazu bewogen hatte, Tonys Räume auf Sweet Acres auszurauben, hatte auch ihr Gutes. Vermutlich wäre er gar nicht auf die Idee gekommen, hätte Tony an jenem Tag, als er ihn zufällig besuchte, nicht erwähnt, dass er abends bei den Blackburnes speisen würde. Seine Annahme, Elizabeth würde Tony begleiten, war ein Irrtum gewesen, musste der Stiefelmann zugeben, doch war letztlich alles gut gegangen.

Wenigstens Arabella hatte er erst mal verschonen können.

Als Tony und sie sich vor fünf Jahren verlobten, hatte er es so schockierend gefunden wie alle anderen. Ironischerweise hatte er sich eben aufgerafft, Tony zu töten, als die Verlobung bekannt gemacht wurde. Da er schon längst fest damit rechnete, das Daggett-Vermögen eines Tages zu erben, durfte Tony weder Frau noch Kinder haben. Erleichtert, dass er den Moment hinauszögern konnte, in dem er seinen Hals riskieren und den widerspenstigen Tony töten musste, begnügte er sich damit, die Verlobung zum Scheitern zu bringen. Angesichts des Widerstandes ihrer Familie gegen die Verbindung war es ein Kinderspiel, sich Marys Hilfe zu versichern und die Szene in der Hütte zu inszenieren. Und es war alles tadellos gelaufen, wie er sich lächelnd in Erinnerung rief.

Bis vor kurzem. Sein Lächeln erlosch, seine Miene verfinsterte sich.

In seinen Plan, sich Tonys Anteil am Daggett-Vermögen zu sichern, hatte er viel Zeit investiert, obwohl er es anfangs nie für möglich gehalten hätte, dass es so lange dauern würde – sicher hätte er sich niemals darauf eingelassen, länger als ein paar Jahre zu warten, doch fehlten ihm Tonys Mut und Kühnheit. Er musste vorsichtig sein. Er wollte ja nicht, dass ein Verdacht auf *ihn* fiel. Immerhin, dachte er mit einem Lächeln, winkte auch noch das Westbrook-Vermögen. Ja, dafür lohnte sich das Warten. Im Vergleich dazu war das Vermögen beider Zweige der Daggetts geradezu winzig.

Mit der Zeit hatten sich seine Finanzprobleme gelöst, so dass sich das Warten erträglicher gestaltet hatte. Er musste freilich zugeben, dass er keine Träne vergossen hätte, wenn Tony sich in den letzten zehn Jahren den Hals gebrochen hätte – auch wenn dies gleichbedeutend mit einem Verzicht auf den Großteil des Geldes der Westbrookes war.

Er malmte mit den Zähnen. Ihm war klar, dass er mit seinem Plan jetzt nicht mehr warten konnte, bis Tony den Rest des

Westbrook-Erbes bekommen hatte. Gewiss, Tonys momentanes Vermögen war beachtlich, aber zusammen mit dem Westbrook-Vermögen ... Seine Lippen wurden schmal. Dem Ziel so nahe zu sein, nur um am Ende doch zu verlieren, war bitter, und ein glühendes Gefühl tiefsten Hasses durchschoss ihn. Dieser nichtsnutzige Tony! Der verdammte Kerl hatte alles ruiniert! Tony endlich aus dem Weg zu räumen, würde ihm ein teufliches Vergnügen bereiten. Und dazu Tonys geliebten Freund Patrick Blackburne. Und natürlich die holde Arabella. Er atmete zur Beruhigung tief durch. Aber wie sollte er die drei umbringen, ohne dass auch nur der Schatten eines Verdachtes auf ihn fiel?

In seinem Zimmer auf und ab laufend überlegte der Stiefelmann angestrengt. Es dämmerte bereits, als ihm endlich etwas einfiel. *Ach, wie köstlich,* dachte er selbstzufrieden. *Und es wird klappen, ohne dass sich bei jemandem ein Verdacht regt.*

Feixend setzte er sich hin und schrieb drei Briefe. Dann stand er gähnend auf und streckte sich. Ein paar Stunden Schlaf, dann würde er die Briefe überbringen lassen. Morgen um diese Zeit wäre alles vorüber. Er furchte leicht die Stirn. Natürlich mussten noch ein paar Einzelheiten erledigt werden, doch hatte er nicht das Gefühl, damit überfordert zu sein. Was waren schließlich ein paar Morde, wenn man darin schon Übung hatte?

Als Arabella an jenem Abend die Nachricht bekam, saß sie auf der Veranda und genoss die schwache, frische Brise vom Fluss her. Sie war überrascht, als sie einen kleinen schwarzen Dienstboten auf einem alten Maultier die Zufahrt entlangtraben sah. Als es sich herausstellte, dass er eigens gekommen war, um ihr ein Schreiben zu überbringen, spürte sie ein ängstliches Flattern im Magen.

Sie erkannte weder Diener noch Reittier, und bis sie das

Schreiben geöffnet und gelesen hatte, waren beide wieder in den Schatten der Dämmerung verschwunden. Stirnrunzelnd las sie die Botschaft noch einmal.

Patrick wollte sich mit ihr binnen einer Stunde in der Jagdhütte treffen. Aber warum dort? Und warum kam er nicht einfach ins Haus und sagte ihr, welche wichtige Information er bekommen hatte? Was war so geheim, dass er sich mit ihr allein treffen musste? Das alles wollte ihr nicht gefallen.

Kopfschüttelnd ging sie hinein und schrieb nun ihrerseits einen Brief. Nachdem sie ihn Tidmore mit der Ermahnung übergeben hatte, er solle sofort überbracht werden, suchte sie ihr Zimmer auf und nahm ihre Pistole an sich. Tony war nun vorgewarnt. Sie wollte so lange warten, bis er das Schreiben bekäme und ihm einen Vorsprung lassen, ehe sie zur Hütte aufbrach. Da sie vor Tony keine Geheimnisse hatte, konnte Patrick es ihnen beiden gleichzeitig mitteilen, wenn er etwas zu sagen hatte. Um sich zusätzlich abzusichern, wollte sie die Pistole mitnehmen und sie in den Falten des Fransentuches verstecken, in das sie sich hüllte.

Patricks Reaktion ähnelte jener Arabellas. Nur fragte er sich, was Arabella ihm mitzuteilen hatte, das sie nicht in Gegenwart ihres Mannes sagen konnte. Und warum hatte sie die Hütte als Treffpunkt ausersehen? Auch er schickte Tony Nachricht und informierte ihn von Arabellas dringender Bitte um ein geheimes Treffen in der Hütte. Wie Arabella brach er ebenfalls bewaffnet und voller Argwohn auf.

Der Stiefelmann hatte ihr Verhalten vorausgesehen und fügte seiner Mordliste die zwei von Patrick und Arabella ausgeschickten Diener hinzu. Er musste einen wilden Ritt hinter sich bringen und war verschwitzt und atemlos, als er sich auf den Weg zur Hütte machte. Da die zwei Diener tot und ihre Leichname im Gebüsch verborgen waren, musste er nur dafür sorgen, dass seine dritte und letzte Nachricht überbracht wurde. Und natürlich würde sie viel zu spät in Tonys Hände gelangen, um noch etwas zu retten.

Es war ein hektischer Abend gewesen, doch hatte der Stiefelmann alles perfekt geplant. Er hatte gewusst, Arabella und Patrick würden Verdacht schöpfen, so wie er gewusst hatte, sie würden versuchen, Tony zu benachrichtigen, ehe sie sich zur Hütte begaben. Da er es so eingerichtet hatte, dass sie die Briefe in gewissen Abständen bekamen, blieb ihm ausreichend Spielraum, um alles zu seiner Zufriedenheit zu arrangieren.

Er erreichte die Hütte viel früher als die anderen und band sein Pferd in einiger Entfernung von der Lichtung an, da er vermeiden wollte, dass Schnauben oder Wiehern eines Pferdes seine Anwesenheit verriet.

Da es nun schon finster geworden war, musste ihm das silberne Licht der Mondsichel genügen, das auf den Weg vor ihm fiel. Er schlich den Pfad entlang, der von der Hütte nach Greenleigh führte, und suchte sich im dichten Unterholz ein Versteck. Just als er sich schon Sorgen machte und befürchtete, sich verrechnet zu haben, hörte er Arabellas behutsame Annäherung. Er lächelte. Der erste Akt konnte beginnen.

Arabella ging um diese Zeit sehr ungern zur Hütte. Bei Tageslicht waren es angenehme zehn Minuten vom Haus aus, nachts aber, bei fast völliger Dunkelheit, war ihr der Weg unheimlich, da sie Schlangen und anderes Getier fürchtete. Sie hatte erwogen, eine Laterne mitzunehmen. Weil sie aber nicht gesehen werden wollte, falls an der Sache etwas faul war, hatte sie die Idee verworfen.

Da das Mondlicht nur spärlich durch das Blätterdach drang, musste sie sich auf jeden Schritt konzentrieren. Es traf sie daher völlig überraschend, als der Stiefelmann sie aus seinem Hinterhalt heraus überfiel. Ihr blieb nur Zeit für einen erschrockenen Aufschrei, dann verspürte sie einen Schmerz, und es wurde finster um sie.

Überaus zufrieden mit sich, ging der Stiefelmann daran, sie in die Hütte zu schaffen, indem er die bewusstlose Gestalt halb schleppte, halb trug. Er stieß die Tür mit einem Tritt auf und bewegte sich sicher durch die Dunkelheit, die ihn empfing, da er die Hütte schon vorher erkundet hatte.

Er warf Arabella aufs Bett, drehte sich um, strich rasch einen Feuerstein an und entzündete eine Kerze. Im schwachen, flackernden Licht musterte er Arabella, die alle Gliedmaßen von sich streckend auf dem Bett lag, das Fransentuch zerknüllt unter sich. Sie sah gut aus, aber noch nicht gut genug.

Minuten später trat er zurück und bewunderte sein Werk. Jetzt sah sie völlig aufgelöst aus. Ihr Haar breitete sich als wirres Durcheinander auf den Kissen aus, Schuhe und Strümpfe lagen auf dem Boden, ihr halb heruntergezogenes Kleid enthüllte zwei verlockend gerundete Brüste. Er runzelte die Stirn und näherte sich ihr von neuem, um ihr Kleid so anzuordnen, dass ein reizvoller Schenkel entblößt wurde. Jetzt wirkt sie richtig zügellos, stellte er zufrieden fest.

Der nächste Teil seines Planes war ganz einfach. Er hatte darauf geachtet, dass ihm genug Zeit blieb und er Herr der Lage blieb. Da er wusste, dass Patrick jeden Moment eintreffen musste, versteckte er sich hinter der Tür und wartete.

Wie Arabella näherte Patrick sich der Hütte mit größter Vorsicht. Das schwache, zuckende Licht, das er durch die Türritzen sah, steigerte seine böse Vorahnung, obwohl er immer noch glaubte, dass Arabella ihn erwartete und einen logischen Grund haben musste, ihn um dieses rätselhafte Treffen zu bitten. Ein schuldbewusster Ausdruck huschte über sein Gesicht. Wenn es sich herausstellte, dass der Brief gefälscht war, würde er sich reichlich dämlich vorkommen.

Mit angespannten Sinnen schob Patrick langsam die Tür auf. Stille schlug ihm entgegen, als er sich mit der Pistole im Anschlag langsam in den Eingang schob, über den Anblick der halb nackt auf dem Bett liegenden Arabella zutiefst erschrocken. Unwillkürlich tat er zwei rasche Schritte auf sie zu, ehe er innehielt, da seine Instinkte ihn warnten. Eine Warnung, die eine halbe Sekunde zu spät kam.

Wie Arabella spürte Patrick nur dröhnenden Schmerz am Hinterkopf und dann gar nichts. Er sank zu Boden, die Pistole entglitt seiner Hand.

Der Stiefelmann, der sich vor Freude fast die Hände rieb, betrachtete Patricks hingestreckte Getalt. Ein perfekter zweiter Akt. Jetzt galt es die Szene zu vollenden und Akt drei einzuleiten.

Der Stiefelmann schnaufte und fluchte, bis er Patricks leblose Gestalt auf das Bett neben Arabella gehoben hatte. Er zog ihm Stiefel, Jacke, Krawatte und Weste aus, was seine Atemlosigkeit noch steigerte, und Patrick sein Hemd runterzuzerren, nahm mehr Zeit in Anspruch, als er geplant hatte. Bald aber war alles arrangiert, und er betrachtete mit höhnischer Begeisterung die Szene vor sich.

Arabellas Kopf lag auf Patricks nackter Brust. Eine seiner Hände lag auf ihrer ebenso entblößten Brust. Sie sahen wie ein Liebespaar aus – wie geplant.

Das Schwierigste an seinem an sich einfachen Plan war es, alles so einzurichten, dass alle Mitwirkenden auf ihr Stichwort hin erschienen. Da bislang alles gut geklappt hatte, konnte er mit sich zufrieden sein.

In weniger als einer halben Stunde würde Tony kommen, und der letzte Akt konnte über die Bühne gehen. Tony würde sterben wie die anderen zwei. Wurden die Toten gefunden, würde kein Mensch daran zweifeln, dass Arabella Patrick zum Geliebten genommen hatte, um es Tony heimzuzahlen. Man würde annehmen, dass Tony die beiden im Bett überrascht und sie rasend vor Eifersucht auf der Stelle erschossen hatte. Von Arabellas Treulosigkeit und seiner Untat in den Wahnsinn getrieben, hatte Tony sodann die Waffe gegen sich gerichtet. Ein sauberes Ende, wie er sich selbst loben musste.

Momentan erwog er, Arabella und Patrick sofort zu erschießen. Er hatte bei beiden zwar so fest zugeschlagen, dass sie nicht mehr zu sich kommen würden, ehe er sie endgültig erledigte. Man konnte jedoch nie sicher sein, und es erschien ihm verlockend, auf diese Weise eine mögliche Gefahr auszuschalten. Dann aber verwarf er den Gedanken, da Tony jede Sekunde kommen würde und er ihn nicht durch Schüsse warnen wollte.

Der Stiefelmann unterdrückte das Verlangen, vor sich hin zusummen, und labte sich noch einmal an der von ihm arrangierte Szene, ehe er hinaus in die Nacht trat. *Zeit für den dritten Akt,* dachte er beglückt, als er davonschlich. *Komm schon, Tony, höchste Zeit für deinen Auftritt.*

21

Tony überflog die eben erhaltene Nachricht, und seine Miene verfinsterte sich. *Zum Teufel, was soll das?* Er glaubte keine Sekunde, dass Mary Montgomery *ihm* geschrieben und ihn um ein Treffen in der Jagdhütte von Greenleigh gebeten hatte. Es musste sich um einen Irrtum handeln. Wieder warf er einen Blick auf die Außenseite des Briefes und sah, dass er eindeutig an ihn gerichtet war.

Da er Marys Handschrift nicht kannte, schloss er die Möglichkeit nicht völlig aus, dass die Nachricht von ihr stammte, doch hatte er große Zweifel. Und der Bote, der das Schreiben überbracht hatte, war schon wieder fort, in der Nacht verschwunden. Auch das gefiel Tony nicht. An der Sache war etwas faul.

Etwas lag im Busch, aber was? Hatte der Stiefelmann Mary gezwungen, diesen Brief zu schreiben? Es war eine Möglichkeit, aber auch dies bezweifelte Tony.

Überzeugt, dass es sich um eine Falle handelte, lief Tony ruhelos in seinem Arbeitszimmer auf und ab. Es war nicht ganz ausgeschlossen, dass Mary ihm tatsächlich geschrieben hatte. Sie wusste, dass er Einfluss auf Patrick hatte, und wollte ihn deshalb vielleicht um eine Intervention bitten. Es ergab keinen Sinn, und doch konnte es so sein. Mary musste verzweifelt sein, und Verzweifelte handelten selten vernünftig. Aber warum hatte sie die Hütte gewählt? Das war es, was ihn doppelt argwöhnisch machte. Ein Treffen auf Highview hätte niemals seinen Verdacht erregt. Aber die Hütte?

Er warf einen Blick auf die vergoldete Kaminuhr. Fast halb zehn, und wenn er zu dem Treffen wollte, musste er sich beeilen.

Nie wäre er auf den Gedanken gekommen, nicht zur Hütte zu gehen. Natürlich dachte er an Vorsichtsmaßnahmen und wusste, dass er sich vor allem hüten musste, das nach Falle roch.

Folglich band er sein Pferd in einiger Entfernung von der Hütte fest und ging das letzte Stück zu Fuß. Unterwegs fand er Patricks Pferd an einen Schößling gebunden vor, und die Vorahnung von Gefahr wuchs wieder.

Wie Patrick hatte er seine Waffe schussbereit in der Hand, als er auf die Tür der Hütte zuhielt, und wie dieser fand er das durch die Türspalten dringende flackernde Licht beunruhigend.

Tony zögerte vor der geschlossenen Tür. Die Fensterläden waren von innen verriegelt und ließen keinen Blick ins Innere zu, wenn man nicht die Tür öffnen wollte.

Er drückte sich seitlich mit dem Rücken an die Wand, hob vorsichtig die Klinke an und schob die schwere, ächzende Tür auf. Tony hielt den Atem an, auf Pistolenfeuer gefasst. Als nichts passierte und nur Stille an seine Ohren drang, verschob er seine Stellung so, dass er hineinsehen konnte.

Beim Anblick von Patrick und Arabella, die halbnackt auf dem Bett lagen, versteinerte er, und eine hässliche schmerzliche Sekunde glaubte er wirklich, was er sah. Wut und Schmerz durchzuckten ihn – doch waren sofort verschwunden, kaum dass sie aufgetaucht waren. Nein. Arabella liebte ihn – daran zweifelte er nicht. Sie würde ihn nie betrügen. Und Patrick war ein Freund, wie man ihn treuer nicht finden konnte. Auch er würde ihn nie hintergehen. Er wusste, dass er eine sorgfältig arrangierte Szene vor sich hatte, und der Knoten in seiner Brust löste sich vollends, als er erkannte, dass die zwei auf dem Bett atmeten. Sie lebten!

Als er diesbezüglich beruhigt war, lächelte er böse. Da hat sich jemand vergebens große Mühe gegeben, dachte er verächtlich. Er würde auf einen so plumpen Trick nicht hereinfallen.

Was passiert als Nächstes?, überlegte er. Dass diese Szene das Werk des Stiefelmannes war, stand für ihn fest. *Aber wo steckt der Halunke, und was erwartet er von mir? Glaubt er, ich würde in den Raum stürzen und von wahnwitziger Eifersucht getrieben das Paar auf dem Bett erschießen?*

Ein gründlicher Blick durch jenen Teil des Raumes, den er überschauen konnte, gab nichts preis. Die Hütte war klein, es gab nur wenige Stellen, wo man sich verstecken konnte. Tatsächlich gab es nur eine einzige Stelle, und Tony, der nun hineinschnellte, drückte mit seinem ganzen Gewicht gegen die Tür und ließ sie gegen die Wand schlagen. Hätte jemand dahinter gestanden, wäre er zerquetscht worden. Das Krachen der Tür verriet ihm, dass sich niemand hinter ihr verbarg, da sie gegen eine feste Wand geprallt war. *Das wäre erledigt*, dachte er trocken, als er wegtrat.

Plötzlich spürte er kaltes Metall an der Schläfe und hörte eine einschmeichelnde Männerstimme. »Sehr gut, Vetter. Ich wusste, ich würde dich so leicht fassen wie deinen Freund hier auf dem Bett.« Die Stimme wurde härter, und die Pistole drückte sich schmerzhaft in seine Haut. »Und jetzt lass dein Schießeisen fallen oder ich muss dich auf der Stelle töten.«

Tony zögerte, da er wusste, dass er vermutlich ein toter Mann war, egal was er tat. Sollte er etwas riskieren? Oder sollte er nachgeben und auf eine bessere Chance hoffen? Es folgte ein zweiter Stoß mit der Pistole. »Wenn du nicht sehen möchtest, wie Arabella in diesem Moment stirbt, dann tu es *jetzt!«*, hörte er ein wütendes Zischeln. Tonys Finger glitten vom Abzug, die Pistole polterte zu Boden.

Der Stiefelmann entspannte sich sichtlich, sein Pulsschlag verlangsamte sich. Tony zu überwältigen, stellte den riskantesten Teil seines Planes dar, doch hatte dieser Tölpel reagiert, wie er es vorausgesehen hatte.

»Rühr dich«, befahl der Stiefelmann und stieß Tony weiter in den Raum hinein. Er achtete darauf, hinter Tony zu bleiben, und trat die Tür mit dem Fuß zu.

Hochgestimmt und stolz, weil sein Plan so wunderbar funktionierte, verspürte der Stiefelmann geradezu einen irren Lachdrang. Alles war perfekt gelaufen! In wenigen Minuten war sein großer Coup geglückt. Er runzelte leicht die Stirn. Dass ihm das Westbrook-Vermögen entging, war zwar ein Schlag, doch einer, den er verkraften konnte. Wieder drohte ihn ein Lachkrampf zu schütteln. Ja, er würde ihn mit einem Vermögen verkraften, das so groß war, dass die Neider zahlreich sein würden.

Mit einem neuerlichen Stoß gegen Tony befahl er: »Setz dich an den Tisch, und leg die Hände darauf.«

Zu sehen, wie Tony ihm gehorchte, machte Spaß und ließ ihn übermütig werden, so dass er dem Verlangen zur Prahlerei nachgab. Vor Tony hintretend, wobei er außerhalb seiner Reichweite blieb, fragte Burgess: »Hast du geglaubt, du könntest es mit mir aufnehmen, lieber Vetter? Wirklich?«

Tony starrte in das schadenfrohe Gesicht seines Kusins, während seine eigene Miene nur höfliches Interesse verriet. Dass er schockiert war, verdrängte er in den hintersten Winkel seines Bewusstseins. Er hatte Burgess für die Rolle des Stiefelmannes nie ernsthaft in Betracht gezogen, was ein großer Fehler gewesen war. Ihm fiel nämlich wie Schuppen von den Augen, dass Burgess stets eifersüchtig auf Franklin war und dass er sich danach verzehrte, in der eleganten Welt eine Rolle zu spielen – einem Bestreben, dem Alfreds Geiz im Weg stand.

»Tja, das kann ich nicht verhehlen«, sagte Tony kühl auf Burgess' Spott hin. »Sonst wäre ich wohl auf deine kleine Nachricht hin nicht gekommen.« Er wies mit dem Kopf aufs Bett. »Hast du die beiden auch so hergelockt?«

Mit boshaftem Glitzern in seinen blauen Augen erwiderte Burgess: »Das hast du dir wohl nicht gedacht? Dass Patrick und die teure süße Arabella ein Liebespaar sind?«

Tony schnaubte verächtlich. »Nein, genau das denke ich nicht. In diesem Punkt hast du dich verrechnet.«

Burgess runzelte die Stirn. »Das habe ich nicht! Sonst wärest du in diesem Moment nicht hier.«

Ohne auf Burgess' Bemerkung einzugehen, fuhr Tony locker fort: »Du hast dir große Mühe gegeben, das muss man dir lassen. Weißt du, dass ich dich nie wirklich verdächtigte? Ich war sicher, dass es entweder dein Vater oder dein Bruder war.«

»Ach, die!«, knurrte Burgess. »Das sind doch nur Schwätzer. Keiner der beiden wäre die Risiken eingegangen, die ich auf mich nahm. Seit Molly tot ist und mein Vater weiß, dass du sie nicht umgebracht haben kannst, macht er sich doch glatt Gedanken über die zahlreichen anderen kleinen Unglücksfälle, die dich trafen. Weißt du, dass er erst unlängst die Unverschämtheit hatte, mich zu fragen, ob ich tatsächlich glaube, dass du Elizabeth getötet hast?«

Tony kniff die Augen zusammen. »Und was war deine Antwort?«, fragte Tony seidenweich. »Nein, ich hätte es nicht getan, dafür aber du?«

Burgess lächelte spitzbübisch, und Tony ballte unwillkürlich die Hände zu Fäusten. »Aber, aber«, mahnte Burgess ihn sanft. »Tu schön deine Hände zurück, wo sie hingehören.«

Es war klar, dass Burgess sich in seinem Erfolg sonnen wollte, und Tony wollte ihn so lange wie möglich gewähren lassen. Er wusste sehr wohl, was passieren würde, wenn sein Vetter die Prahlerei satt hatte – seine Frau, sein Freund und er selbst würden sterben. Dies vor Augen, fragte Tony mit trügerischer Ruhe: »Hast du Elizabeth getötet?«

»Allerdings, das habe ich. Obwohl ich gestehen muss, dass es nicht geplant war. Es war ein Zufall. Sie ertappte mich dabei, wie ich ihre Schmuckschatulle durchstöberte, und so blieb mir nichts anderes übrig, als sie zu erschießen.« Burgess lächelte, als er die Mordlust in Tonys Augen aufflackern sah, und setzte grausam hinzu: »Ich gestehe, dass es für mich ein glücklicher Zufall war. Es zeigte mir, wie leicht Mord ist. Weißt du«, fuhr er im Plauderton fort, »dass dieses Gespräch nicht stattfinden würde, wenn ich damals nicht gezwungen worden wäre, Elizabeth zu töten? Nachdem ich sie erschossen hatte, wurde mir klar, dass Mord eine relativ einfache Sache ist und viele Probleme löst.«

Tony zügelte eisern seine Wut. Zwar fiel es ihm schwer, seine gelassene Miene beizubehalten, doch Burgess genoss die Situation so sehr, dass ihm momentan nicht der Gedanke kam, sie alle zu töten und zu flüchten – was das Klügste gewesen wäre. Und Tony hatte nicht die Absicht, ihm dies zu verdeutlichen – oder diesen Schurken merken zu lassen, dass seine

Worte ihm das Herz zerrissen. Solange es ihnen eine Gnadenfrist verschaffte, war Tony gewillt, ihn jede Gemeinheit aussprechen zu lassen. Die Zeit war ihre einzige Hoffnung. Verstrich genügend Zeit, dann würde Patrick oder Arabella vielleicht zu sich kommen, und wenn dies geschah …

»Ach?«, sagte Tony. »Planst du auch, deinen Vater und deinen Bruder so aus der Welt zu schaffen? Sie zu ermorden? Ich nehme an, dass sie sterben müssen, wenn dein Plan klappen soll. Denn es *ist* doch dein Plan, dass du alles erbst, oder nicht? Alles?«

»Ja, so ist es«, erwiderte Burgess, leicht enttäuscht, dass Tony alles so ruhig hinnahm. »Vater wird mir die Mühe vielleicht ersparen. So wie ich hoffte, du würdest den Anstand haben, dir den Hals zu brechen, hoffe ich, dass Vater durch einen Schlaganfall das Zeitliche segnen wird. Wenn nicht, werde ich ein bisschen nachhelfen müssen. Und was Franklin betrifft – weißt du, dass es mir eine Freude sein wird, ihn zu töten?« Burgess' Augen leuchteten. »Er ist so wie du. Arrogant. Nützte seine Position über mich aus. Gibt mir dauernd zu verstehen, dass er der älteste Sohn ist und den Löwenanteil von Vaters Vermögen einstreichen wird.«

Tony zwang sich weiterhin zur Gelassenheit, streckte die langen Beine aus und lehnte sich zurück. Seine unverändert ruhige Haltung verbarg die angespannte, gezügelte Kraft seines Körpers, die kurz vor dem Ausbruch stand. Wenn Burgess in Reichweite käme … Tony brauchte nur eine Chance. Eine winzige Chance.

»Was ist mit Mary Montgomery? Muss auch sie sterben?«

Burgess schnitt eine Grimasse. »Vielleicht. Das hängt davon ab, wie sie euren Tod aufnimmt. Ich gehe davon aus, dass sie alles so schlucken wird, wie es aussieht – genau wie alle anderen auch. Schließlich ist dein Ruf ja bekannt. Ich bezweifle, ob jemand in Frage stellt, dass du Arabella und Blackburne getötet hast, da ohnehin alle glauben, dass Mercy und Elizabeth auf dein Konto gehen.«

Tony wölbte eine Braue und fragte: »Meinst du nicht, dass man sich fragen wird, ob es Zufall war, dass ich Arabella in einer kompromittierenden Situation mit meinem besten Freund antraf? In einer Situation, die jener bemerkenswert ähnelt, wie sie meine Braut an diesem Ort vor fünf Jahren antraf?«

Burgess schüttelte energisch den Kopf. »Mach dich nicht lächerlich! Nur ein Dummkopf würde bestreiten, dass Arabella es dir heimzahlen wollte. Niemand würde etwas anderes glauben.«

Das Problem war, dass Burgess vermutlich Recht hatte, dachte Tony resigniert. Niemand würde Zweifel an der Situation äußern. Bis auf Jeremy, dachte er plötzlich. Und Jeremy war Burgess nicht gewachsen. Wenn er selbst ihm nicht Einhalt gebot, würden nicht nur er, Arabella und Patrick sterben, sondern auch Jeremy, wie Tony klar erkannte. Da er wusste, dass ihnen die Zeit davonlief, spähte Tony unauffällig zu dem Paar auf dem Bett. Fast blieb sein Herz stehen, als er merkte, dass Arabella sich rührte, dass ihre Lider flatterten und dass sie sich mit einer Hand die Schläfe rieb. Er hatte gehofft, Patrick würde als Erster wieder zu sich kommen. Voller Angst, dass Burgess etwas bemerkte und zur Tat schritt, setzte Tony sich aufrecht hin und sagte gedehnt: »Nun, es sieht aus, als hättest du alles genau geplant.«

Burgess nickte. »Das habe ich. Auf diesen Moment musste ich lange warten – obwohl dies nie meine Absicht war. Nachdem Mercys Tod so gelegen kam, hoffte ich, du würdest dich selbst erledigen, so dass ich mir nur Vater und Franklin hätte vornehmen müssen. Nichts war wirklich geplant«, gab Burgess müßig zu. »Es schien sich einfach zu ergeben – obwohl mir zuweilen das Warten lästig wurde. Wäre da nicht das Geld meiner Großtante gewesen und die Aussicht auf dein Westbrook-Erbe, ich hätte dich schon vor Jahren erledigt. Du kannst Tante Meg ganz schön dankbar sein – hätte sie mir nicht ihr Vermögen vererbt, wäre ich gezwungen gewesen, eine raschere Lösung meiner finanziellen Probleme zu suchen. Aber das liebe Tantchen rettete mich.« Burgess grinste. »Man könnte auch sagen, dass du die letzten paar Jahre deines Lebens der lieben alten Meg verdankst.«

»Und dafür bin ich überaus dankbar«, sagte Tony, der wieder einen raschen Blick unter den Wimpern hervor zum Bett wagte. Arabella starrte ihn mit weit geöffneten Augen entsetzt an. Sie wusste um die Gefahr, und das Wissen, dass dies ihre letzten gemeinsamen Minuten sein konnten, brach ihm fast das Herz. Es muss einen Ausweg geben, dachte er eigensinnig. Sie hatten zu viel mitmachen müssen, um auf diese Weise ein Ende zu finden. Im Moment aber konnte er nichts tun, außer Burgess am Reden zu halten. Nach einem tiefen Atemzug suchte er verzweifelt nach einem Weg, die Konversation fortzusetzen, wenn man ihr Gespräch als solche bezeichnen konnte.

»Was war mit Mercy?«, fragte Tony plötzlich. »Wie hast du das damals arrangiert?«

Arabella, die wahnsinnige Kopfschmerzen hatte und deren Herz wie eine Trommel schlug, konnte Burgess' Antwort kaum hören. Während sie allmählich wieder zu sich kam, war Tonys Stimme das Erste, was sie erkannte. Einen Moment lang hatte sie beim Klang seiner Stimme und weil sie neben ihrem Ohr Herzklopfen hörte, geglaubt, sie läge mit Tony sicher in ihrem Bett auf Greenleigh. Burgess' Stimme hatte diese Vorstellung zerstört und mit einem Ruck wieder die Erinnerung geweckt. Einige Sekunden lang hatte sie wie betäubt dagelegen und diese hässliche Geschichte mit angehört, während sie angestrengt versuchte, alles aufzunehmen, und verzweifelt bemüht war, einen Weg zu finden, sie vor dem sicheren Tod zu retten.

Da sie wusste, dass sie wenig Zeit hatten und Tonys Fragen nur dazu dienten, Burgess abzulenken, kämpfte sie darum, ihre wirren Gedanken zu ordnen. Ihr Kopf fühlte sich an wie voller Watte, und ihre Schläfen dröhnten, doch verdrängte sie diese Nebensächlichkeiten. Sie hatte doch gewusst, dass es sich um eine Falle handelte, oder nicht? Und sie hatte Vorkehrungen getroffen, oder nicht? Die Pistole! War sie ihr womöglich entglitten, als Burgess sie niederschlug? Wo war die Waffe? Ohne Rücksicht auf den Schmerz, der ihren Schädel durchzuckte, konzentrierte sie sich darauf, klar zu überlegen.

Sie rührte sich ganz wenig, und als sie es tat, spürte sie, dass sich etwas in ihren Rücken bohrte. Fast hätte sie vor Erleichterung aufgestöhnt. Die Pistole lag unter ihr, in ihr Umschlagtuch gewickelt.

Mit halb geschlossenen Augen, für den Fall, dass Burgess zu ihr hinsah, griff sie vorsichtig und ganz langsam unter sich. Es schien eine Ewigkeit zu dauern, doch nach wenigen Sekunden berührten ihre tastenden Finger das kühle Metall. Ein triumphierendes Lächeln zuckte um ihre Lippen. Burgess würde eine große Überraschung erleben.

Selbstvergessen und völlig hingerissen, endlich einen Zuhörer für die Erzählung all seiner großartigen Taten zu haben, antwortete Burgess freimütig auf Tonys Frage. »Mercy? Ach, da habe ich gar nichts arrangiert. Nun ja, vielleicht ein bisschen. Als ich hörte, dass sie mit Terrell durchgebrannt war, sorgte ich nur dafür, dass diese Information dir zu Ohren gelangte. Ich weiß nicht, was ich mir genau davon erwartete, doch könnte ich nicht sagen, dass die Folgen meiner Einmischung mich nicht erheitert hätten.«

»War es damals, als du auf den Gedanken kamst, mein Vermögen würde dir sehr gut zu Gesicht stehen?«

»Aber nein. Zuerst nicht. Damals versuchte ich noch, mit dem kärglichen Betrag auszukommen, den Vater für seinen jüngsten Sohn als angemessen erachtete.« Fast nachdenklich setzte er hinzu: »Ich erwog bereits, Vater und Franklin zu töten, hatte mich aber noch nicht ganz dazu durchgerungen.« Er lächelte. »Ich hatte ja noch nicht entdeckt, wie einfach es war, jemanden zu ermorden. Das lehrte mich erst der Tod der armen Elizabeth.«

Tony, dessen Aufmerksamkeit teils Burgess galt, teils aber Arabellas verstohlenen Bewegungen, spottete: »Natürlich ist es etwas anderes, einen erwachsenen Mann zu töten als eine hilflose Frau.«

Ein hässlicher Ausdruck verzerrte Burgess' Züge. »Ich tötete auch Leyton. Es war nicht viel anders als bei Elizabeth oder Molly.«

»Interessant«, heuchelte Tony kalt, der sich fragte, wie er Burgess dazu bringen konnte, eine unbedachte Bewegung zu machen. Es war einen Versuch wert. Für Burgess war schon lange genug alles glatt gegangen. »Du bist ein heimtückischer Feigling … du hast ihn rücklings erstochen. Es ist zwar nicht ganz so, als würde man eine hilflose Frau ermorden, aber fast.«

»Wie k-kannst du es wagen!«, stammelte Burgess höchst empört. »Ich bin kein Feigling.«

»Nein? Für dich ist es nicht feige, kaltblütig eine Schwangere zu erschießen? Eine Frau zu erdrosseln, die nur halb so stark ist wie du? Einen Mann rücklings zu erstechen?« Tony schüttelte den Kopf. »Für mich sind das Untaten einer hinterhältigen Memme.«

»Verdammt!«, stieß Burgess hervor, von Jähzorn erfasst. Er trat auf Tony zu und schlug ihm mit dem Pistolenlauf heftig auf die Wange. »Das nimmst du zurück!«, kreischte er. »Ich bin kein Feigling. Sieh selbst!«

Abermals hob er die Hand gegen Tony. Das war die Chance, auf die dieser gewartet hatte. Wie eine große Katze ihre Beute, so sprang Tony Burgess an. Eine Hand umfasste mit brutaler Kraft Burgess' Pistolenhand, die andere umschloss seinen Nacken.

Burgess quollen die Augen hervor, er würgte und krallte seine Finger wirkungslos in die Hand, die seine Kehle umfasste. Tony lächelte, und Burgess zappelte in seiner Todesangst wie ein Fisch auf dem Trockenen. Nicht imstande, die würgende Kraft an seiner Kehle zu beseitigen, kämpfte er nun darum, seine Pistolenhand frei zu kriegen.

Auf Tonys Aktion hin raffte sich Arabella, die ihre eigene Pistole schussbereit hielt, vom Bett auf. Eine Woge von Übelkeit erfasste sie, als sie aufstand und schwankend stehen blieb. Einen erschreckenden Moment musste sie befürchten, in Ohnmacht zu fallen, doch bezwang sie mit aller Willenskraft die drohende Dunkelheit.

Im schrecklichen Zerrbild einer Umarmung befangen, taumelten beide Männer heftig wie gegen eine starke Windböe. Im schwachen Licht der einzigen Kerze tanzten ihre Schatten grotesk an den Wänden. Die Luft war erfüllt von keuchenden Atemzügen und halb ersticktem Stöhnen, während jeder den anderen zu überwältigen trachtete. Es war so hässlich wie primitiv.

Tony, der stärker war und mit kühlem Kopf kämpfte, da er wusste, dass ihrer aller Leben auf dem Spiel stand, rang mit aller Kraft. Als er die Hand, in der Burgess die Pistole hielt, mit Wucht gegen die Tischplatte rammte und Burgess' Aufschrei hörte, lächelte er befriedigt. Immer wieder knallte er die Hand gegen die Tischkante, bis die Pistole klappernd auf den Boden fiel.

Tony, der wusste, was die Tücke dieses Mannes ihn gekostet hatte, ließ nicht ab von ihm. Jedes Quietschen, Röcheln und Stöhnen, was Burgess ausstieß, war Balsam und Linderung für sein wehes Herz. Erst Arabellas Stimme brachte ihn zur Vernunft. »Nicht, Tony. Hör auf. Töte ihn nicht – er ist es nicht wert.« Nicht zuletzt von seiner eigenen Unbeherrschtheit angewidert, ließ er den blutenden Burgess wie eine zerbrochene Puppe zu Boden fallen.

Im nächsten Moment lag Arabella in seinen Armen. Den Mund in ihren Locken vergraben, murmelte er: »Ich liebe dich, ich liebe dich … werde dich immer lieben, bis die Sterne verblassen, und die Ewigkeit beginnt.«

»Ich weiß«, schluchzte sie heiser. »Ich liebe dich ebenso – bis in alle Ewigkeit.«

Er hob den Kopf und schaute aufmerksam in ihr glühendes Gesicht. »Du bist unverletzt?«

Sie lächelte leicht. »Mein Kopf schmerzt, aber das wird mit der Zeit und einer kalten Kompresse vergehen.«

Tony war erschüttert, wie nahe sie dem Tod gewesen waren, und riss sie erneut an sich. »O Gott, Liebling, wie liebe ich dich!«

Arabella steckte ihre Pistole geistesabwesend in die tiefe Tasche ihres Rockes und berührte sanft seine Wange. »Sicher nicht mehr, als ich dich liebe.«

»Wenn ihr beide mit euren Liebeserklärungen fertig seid«, sagte Patrick mit einem unterdrückten Aufstöhnen, als er sich aufsetzte und nach seinem Schädel fasste, »sollten wir überlegen, was wir mit diesem Stück Abschaum hier auf dem Boden machen.«

Tony warf Patrick über Arabellas Kopf hinweg einen mitleidigen Blick zu. »Hast du viel abbekommen?«

Patrick verzog das Gesicht. »Mein Stolz hat mehr gelitten als mein Kopf, lieber Freund.« Als er den Mann auf dem Boden genauer betrachtete, bekam er vor Verblüffung kugelrunde Augen. »Burgess war der Stiefelmann?«

Tony nickte. »Ja. Er hat uns alle genarrt. Ihn hatte ich nie in die engere Wahl gezogen, da ich glaubte, dass er sicher nicht so kaltblütig sein könnte, Vater und Bruder zu ermorden.« Trocken fügte er hinzu: »Es sieht aus, als hätte ich mich stark geirrt.«

Patrick kämpfte sich vom Bett auf. Nachdem er sein Hemd vom Boden geklaubt und angezogen hatte, taperte er unsicher zu dem Stuhl, von dem Tony vor kurzem hochgesprungen war. »Ich komme mir wie der größte Idiot vor. Nicht zu fassen ... dieser eitle Geck hat mich glatt ausgetrickst. Diese Schmach werde ich lange nicht verwinden.« Wieder verzog Patrick das Gesicht und rieb sich vorsichtig den Hinterkopf. »Ich wusste, dass es eine Falle war, doch glaubte ich, darauf vorbereitet zu sein.« Er warf Tony einen Blick zu. »Gut, dass du meine Nachricht bekommen hast – sonst wären wir alle tot.«

Tony runzelte die Stirn. »Welche Nachricht? Die einzige Nachricht, die ich bekam, war angeblich von Arabellas Stiefmutter.«

An ihre eigene Nacktheit erinnert, als Patrick nach seinem Hemd gegriffen hatte, hatte Arabella sich umgedreht und hastig ihr Mieder in Ordnung gebracht. Dann mischte sie sich in das Gespräch ein: »Ich habe dir auch eine geschickt. Ich wusste, dass die Nachricht von Patrick eventuell nicht echt war, und schrieb dir, dass ich mich mit ihm hier um acht Uhr treffen würde.«

Alle drei blickten einander an und dann den auf dem Boden leise ächzenden Burgess. »Es sieht so aus«, sagte Tony grimmig, »dass mein Vetter alle Möglichkeiten abdeckte. Ich fürchte, dass beide Diener tot sind.«

Arabella drückte ihr Gesicht an Tonys Brust. »Fast tut es mir Leid, dass ich dich davon abhielt, ihn zu töten«, flüsterte sie.

»Das bringt uns zu der Frage: Was sollen wir mit ihm machen?«, fragte Patrick. »Wenn *wir* schon verblüfft darüber sind, dass er der Bösewicht ist, wie sollen wir andere von seiner Schurkerei überzeugen? Als Beweis haben wir nur Mollys

Brief und natürlich unsere Aussage über die heutigen Vorgänge.« Er verzog spöttisch die Lippen. »Das zusätzliche Problem ist, dass wir zwei mit unserem Ruf bei niemandem Glauben finden werden, und von Arabella wird man glauben, dass sie lügt, um dich zu schützen.«

»Ach, jetzt wünschte ich wirklich, ich hätte Tony nicht davon abgehalten, ihn zu töten.« Mit großen, angstvollen Augen fragte sie: »Wir können ihn doch nicht ungeschoren davonkommen lassen. Ich habe nicht euer ganzes Gespräch mitbekommen, doch ist er wohl derjenige, der Molly und Leyton tötete?«

»Ja, er gestand es und prahlte mit beiden Morden«, sagte Tony müde. »Und mit dem Mord an Elizabeth.«

»Was also sollen wir mit ihm machen?«, wiederholte Patrick sinnend.

In ihr Gespräch vertieft, hatte keiner von ihnen auf Burgess geachtet. Dieser belauschte sie, Bewusstlosigkeit vortäuschend, mit geschlossenen Augen, während er mit hasserfüllter Geduld darauf wartete, die Situation zu seinen Gunsten zu wenden. Seine Übung im Warten war groß, wie er sich ins Gedächtnis rief. Nun wagte er einen raschen Blick zu Tony und Patrick. Da er ihnen unbewaffnet nicht gewachsen war, musste er irgendwie an seine Pistole kommen. Er spähte suchend um sich. Plötzlich schlugen seine Pulse schneller. Tatsächlich … dort, auf dem Boden, wo er sie fallen gelassen hatte, lag die Pistole. Nicht weiter als einen halben Meter entfernt.

Verstohlen schob er sich auf die Waffe zu. Ein hässliches Lächeln verzerrte seine zerschlagenen Lippen, als er schließlich die Waffe in die Finger bekam. Diese Idioten. Glaubten sie wirklich, sie hätten ihn außer Gefecht gesetzt?

Ohne Rücksicht auf seine Schmerzen und beseelt von einem fast manischen Willen, sprang er auf, die Pistole fest in der Hand. Auf die ungläubigen Mienen der drei hin, kicherte er.

»Ich sage ja, dass ich der Beste bin«, brüstete er sich. »Von euch lasse ich mich doch nicht fertig machen.«

Mit der Pistole wedelte er Arabella von Tony weg. »Es ist zwar nicht ganz so, wie ich es plante, doch notfalls läßt es sich auch so arrangieren«, sagte er. Sein blutüberströmtes Gesicht verzog sich zu einem grausigen Lächeln. »Ja, es wird sich sehr gut machen.« Er legte auf Tony an. »Und du, lieber Vetter, wirst als Erster sterben.«

Arabella zögerte nicht. Ohne Rücksicht auf die Gefahr stürzte sie sich auf Burgess und traf ihn mit ihrem Aufprall wie ein Geschoss. Völlig überrumpelt geriet Burgess ins Stolpern, und Tony war wie der Blitz über ihm. Kraftvoll packte er die Hand, in der Burgess die Pistole hielt. Patrick sprang auf, um sich ebenfalls in den Kampf zu stürzen, wurde jedoch von einer schwarzen Woge der Ohnmacht überwältigt, die ihn kläglich auf den Boden zurücksinken ließ.

Burgess und Tony rangen indessen miteinander auf Leben und Tod. In Tonys Blick lag kein Erbarmen, als er um den Besitz der Waffe kämpfte. Beide wussten, dass jetzt nur einer überleben würde.

Panisch schaute Arabella sich nach einer weiteren Waffe um. Da fiel ihr mit einem Aufstöhnen über ihre Vergesslichkeit die Pistole in ihrer Tasche ein. Sie nahm sie fest in die Hände und legte auf die zwei Männer an. Ihr Geschick im Umgang mit Waffen war minimal. Schlimmer noch, während sie mit der Pistole den eng umschlungenen Leibern Tonys und Burgess' folgte, die erbittert darum kämpften, den Gegner zu überwältigen, musste sie befürchten, irrtümlich Tony zu treffen. Patrick war ein hervorragender Schütze, doch zeigte ihr ein hastiger Blick in seine Richtung, dass er neben dem Tisch jämmerlich erbrach. Burgess hatte ihn offenbar weit härter getroffen als sie selbst. Er würde noch minutenlang nutzlos sein, und so viel Zeit hatten sie nicht.

Nicht imstande, hilflos dazustehen, doch voller Angst, Tony zu treffen, wollte sie näher an die Kämpfenden heran, um sicherer zielen zu können, als Burgess' Hand ausholte. Mit einem wilden Aufschrei hieb er Tony ins Gesicht. Dieser geriet ins Taumeln, und Burgess sprang hinter ihn, in den dunklen Teil des Raumes, wo die Pistole gelandet war.

Tony blockierte ihre Schusslinie. Da sie wusste, dass keine Sekunde zu verlieren war, rief sie: »Tony!«, und als er herumzuckte, schleuderte sie ihm die Pistole zu.

Arabella hatte gut geworfen und sah mit Erleichterung, dass Tony die im flackernden Kerzenschein blinkende Waffe auffing. Er drehte sich genau in dem Moment um, als Burgess aus dem Schatten wieder auftauchte.

Zwei Schüsse peitschten durch den Raum. Mit einem Ausdruck des Staunens und der Wut stierte Burgess auf den Blutfleck, der sich auf seiner Brust ausbreitete. »Du hast mich getroffen«, klagte er und glotzte Tony weinerlich an.

»Und du hast mich verfehlt«, knurrte Tony trotz seiner stoßweisen Atemzüge ruhig.

Burgess sank in Zeitlupe auf den Boden. Um seinen Körper bildete sich eine Blutlache.

Nun trat Stille ein, und Arabella flog geradezu in Tonys Arme. Patrick krabbelte mit frisch erwachten Kräften neben Burgess und schaute dann zu ihnen auf. »Er ist tot«, krächzte er tonlos.

Arabella schauderte. »Ach Tony«, schluchzte sie. »Ich schäme mich, aber es tut mir überhaupt nicht Leid, dass er tot ist. Er war ein schrecklicher Mensch.«

»Das war er«, stimmte Tony aus vollem Herzen zu und küsste sie sanft auf Stirn und Schläfen. Dann schob er sie von sich und lächelte zärtlich auf sie hinunter. »Liebling, du hast uns das Leben gerettet. Hättest du mir nicht die Pistole zugeworfen ...«

Nur mit der Andeutung eines Bebens in der Stimme sagte sie: »Ich hatte kein sicheres Ziel. Da erschien es mir nur logisch, die Pistole einem geübten Schützen zuzuwerfen.«

Patrick und Tony lachten, und die Anspannung lockerte sich ein wenig.

»Also«, schnaufte Patrick, »was tun wir jetzt mit ihm? Hier lassen können wir ihn nicht. Und ich glaube, wir sind uns einig, dass es üble Folgen für uns haben würde, wenn wir ihn als kaltblütigen Mörder brandmarken.«

Tony dachte angestrengt nach. »Sein Pferd muss irgendwo in der Nähe sein. Ich glaube«, fuhr er nachdenklich fort, »dass Burgess von den Händen eines Straßenräubers ein tragisches Ende bereitet wurde.«

»Hm, das könnte funktionieren«, meinte Patrick. »Also, fangen wir an.«

Tony küsste Arabella und sagte: »Ich bringe dich erst mal zurück nach Greenleigh, und dann müssen Patrick und ich uns beeilen. Wir sprechen uns dann später – nachdem wir Burgess losgeworden sind.«

Die Entdeckung von Burgess' Leichnam am nächsten Morgen in der Umgebung von Natchez ließ die Gerüchteküche übersprudeln. Die feinen Leute waren außer sich, dass ein so blutrünstiges Verbrechen in unmittelbarer Nähe der Stadt geschehen konnte und ihm ein so prominentes Mitglied der Gesellschaft zum Opfer gefallen war. Gouverneur Gayoso wurde mit Forderungen bedrängt, etwas zu unternehmen. Sollte er untätig bleiben, würde man sich überlegen, ob man mit den für ihre Tatkraft bekannten Amerikanern nicht besser fahren würde!

Doch das Aufsehen um die Entdeckung des toten Burgess war nichts im Vergleich zu dem, das die Ankündigung von Arabellas Hochzeit mit Tony Daggett verursachte. Wo man sich auch traf, das Thema dieser überraschenden Heirat stand an erster Stelle – so wie das traurige Ende der Verlobung vor fünf Jahren. Einige hielten die Heirat für überaus romantisch, andere hielten Arabella für komplett verrückt. Etliche eingefleischte Spieler schlossen Wetten ab, ob Arabella das erste Ehejahr überleben würde. Die Jungvermählten focht das nicht an. Sie hatten einander, und nur das zählte.

Vor der offiziellen Ankündigung der Heirat waren Arabella und Tony nach Highview gefahren, um Mary darauf schonend vorzubereiten. Ihr Besuch verlief nicht ohne Peinlichkeit.

»Ich verstehe«, sagte Mary, als Arabella ihr eine gereinigte Version der Umstände der geheimen Trauung auftischte. Burgess' Schurkenstreich kam nicht zur Sprache, Marys Rolle bei der Intrige ebenso wenig. »Eine geheime Trauung ist nicht das, was ich mir für dich gewünscht hätte, aber du bist alt genug, um selbst Entscheidungen zu treffen – das hätte ich schon vor Jahren einsehen sollen.« Ihr Blick suchte schmerzlich Arabellas Augen. »Du musst ihn sehr lieben.«

»Allerdings«, erwiderte Arabella ruhig. »Mehr als mein Leben.«

Mary zwang sich zu einem Lächeln. »Dann wünsche ich dir Glück.« Nun schaute sie Tony an, der wortlos an Arabellas Seite stand. »Sei gut zu ihr, sie verdient es, sehr glücklich zu werden.«

»Das will ich, Madam.« Mit etwas härterem Ton setzte er hinzu: »Gewiss verdient sie es, glücklich zu werden. Wir beide verdienen es – schließlich mussten wir fünf Jahre lang auf diesen Moment warten.«

Mary senkte errötend den Blick.

In der Halle zischelte Arabella: »Hättest du nicht höflicher sein können? Du weißt, dass sie an Schuldgefühlen leidet und dass es ihr Leid tut, was sie getan hat.«

»Aber nicht so Leid, wie ich es möchte«, murmelte er. »Es hätte uns das Leben kosten können.«

»Das weiß sie doch nicht«, rügte Arabella leise. »Und sie braucht es auch nicht zu wissen. Ihr schlechtes Gewissen ist Strafe genug. Belasse es dabei.«

Belustigt sah er nun auf sie hinunter. »Du weißt, dass ich dir nichts abschlagen kann. Also gut, Liebling – ich werde mich bemühen, in Zukunft ein gefälligerer Schwiegersohn zu sein.«

Jeremy holte sie in diesem Moment ein. Neugierig, aber nicht ohne eine gewisse Wachsamkeit fragte er: »Weiß Mama, welche Rolle ich spielte?«

»Da du darauf bestandest, dass sie es erfährt, konnten wir es kaum vermeiden«, sagte Tony vergnügt. »Sicher hat deine Mutter jetzt keine Zweifel, wo deine Gefühle hinsichtlich unserer Ehe liegen.«

Jeremy nickte. »Das macht es ihr bestimmt leichter, sich damit abzufinden«, sagte er ernst. »Sie weiß jetzt, dass ich fest zu euch halte.«

»Danke«, sagte Tony leise. »Du hast dich als guter und treuer Freund erwiesen.«

Jeremy errötete. »D-danke«, stammelte er. Ein Ausdruck des Bedauerns huschte über sein Gesicht. »Es tut mir nur Leid, dass ich nicht in der Hütte war, als es Burgess erwischte.«

Sie hatten gar nicht erst versucht, Jeremy vorzuenthalten, wie Burgess den Tod gefunden hatte. Er war ebenso erstaunt wie die anderen, als er erfuhr, wer hinter dem Stiefelmann gesteckt hatte. »Wie hat dein Onkel seinen Tod aufgenommen?«, fragte er nun.

Tony zuckte mit den Achseln. »Schwer zu sagen – sie konnten einander nicht ausstehen. Ich bin sicher, dass er ihn betrauert, aber wie tief und was er sich wirklich denkt, ahne ich nicht.« Tony grinste schief. »Wenigstens hat er mich nicht des Mordes an seinem Sohn beschuldigt – noch nicht.«

Tony hatte nur gescherzt, doch als an jenem Nachmittag

Billingsley ankündigte, Alfred sei zu Besuch gekommen, spürte er eine gewisse Beklemmung. Angespannt wartete er, dass sein Onkel das Arbeitszimmer betrat.

Als er ihm nach einer steifen Begrüßung Platz und Erfrischungen anbot, wurde beides schroff abgelehnt.

Aufrecht vor ihm stehend, begann Alfred: »Sicher wunderst du dich über meinen Besuch.«

Tony nickte argwöhnisch.

»Nun, ich werde dich nicht auf die Folter spannen. Gestern kam Annie – Mollys Kinderfrau – zu mir. Sie brachte ein Büchlein, das Molly ihr zur Aufbewahrung gegeben hatte. Es war eine unangenehme Lektüre. Unter anderem schrieb Molly über ihre Liaison mit Burgess – auch über seine Rolle bei dem Bruch eurer Verlobung. Sie hielt auch fest, wie sie und Leyton sich zusammentaten, um Burgess zu erpressen.« Angestrengt fuhr er fort: »Ich vermute, dass Burgess die beiden deswegen umgebracht haben könnte.«

Alfred machte einen so unbehaglichen Eindruck, wie Tony es an ihm noch nie erlebt hatte. Tatsächlich wirkte er verdammt verlegen.

Alfred räusperte sich, ehe er weiter sprach: »Ich habe dir Unrecht getan und entschuldige mich dafür. Es geht nicht nur darum, dass du nicht der Bösewicht warst, für den ich dich seinerzeit hielt, sondern dass mein eigener Sohn sich als viel schlechter entpuppte, als du es jemals warst.« Als ob er Anlauf nehmen müsste, setzte er hinzu: »Der kleine Marcus ist mein Enkel. Molly schrieb, dass Burgess der Vater ist.«

»Ich möchte nicht, dass Marcus den Jacksons weggenommen wird«, machte Tony sofort klar. »Er ist glücklich bei ihnen.«

Alfred nickte. »Das ist gut so. Meine Versäumnisse als Vater kann ich nicht entschuldigen. Dass einer meiner Söhne …« Er hielt inne und sagte schwer seufzend: »Bei Gelegenheit soll der

Junge erfahren, dass ich sein Großvater bin. Deine Erlaubnis vorausgesetzt, möchte ich ihn besuchen, und er soll auch zu mir kommen. Eines Tages soll er den Anteil seines Vaters an meinem Vermögen erben – egal, ob er außerehelich geboren wurde.«

»Ich denke, dass das eine gute Regelung ist«, stimmte Tony zu. Alfreds erstaunlich menschlicher Vorschlag war für Marcus sicher das Beste.

Alfred musterte ihn gequält: »Ich kann nicht behaupten, dass wir jemals enge Freunde werden, doch bedauere ich vieles, was ich in der Vergangenheit von dir dachte.«

Damit verabschiedete sich Alfred, und Tony schaute lange aus dem Fenster. Es war klar, dass Alfred das volle Ausmaß von Burgess' Verbrechen nicht kannte. Er vermutete zwar, dass Burgess Molly und Leyton ermordet hatte, würde aber nie erfahren, dass auch Elizabeths Tod auf Burgess' Konto ging. Und Tony war es zufrieden, es dabei zu belassen. Die Vergangenheit lag hinter ihnen. Sie sollte ruhen.

An jenem Abend kam Patrick zum Dinner mit Tony und Arabella nach Sweet Acres. Die Unterhaltung war angeregt und amüsant, und erst als sie sich im zauberhaften vorderen Salon niederließen, die Herren bei Brandy, Arabella bei einer Tasse Tee, wurde das Gespräch ernst.

»Glaubt ihr, dass wir das Schlimmste hinter uns haben?«, fragte Patrick und nippte an seinem Brandy.

Tony nickte. »Sieht so aus. Niemand scheint daran zu zweifeln, dass Burgess' Tod eine Tragödie war.«

Patrick knurrte. »Mich wurmt es, dass er umkam, und alle glauben, er wäre ein netter Kerl gewesen – auch wenn sein Vater wenigstens einen Teil der Wahrheit kennt. Aber was mich noch mehr ärgert, ist die Tatsache, dass man dir den Tod der armen Elizabeth ewig in die Schuhe schieben wird. Das ist eine große Ungerechtigkeit.«

Tony, der händchenhaltend auf dem Sofa neben seiner Frau saß, lächelte nur. »Ich habe breite Schultern. Außerdem muss man bedenken, dass mein schlechter Ruf mir zu Gute kommen wird, wenn meine Töchter ins heiratsfähige Alter kommen. Kein Mann wird es wagen, mit ihren empfindsamen Herzen lediglich zu tändeln, wenn ich als mordlustig gelte.«

»Tony!«, rief Arabella aus. »Das finde ich gar nicht amüsant. Außerdem bekommen wir vielleicht keine Töchter. Was ist, wenn es nur Söhne werden?«

»Ach, aber ich möchte Töchter«, beharrte er mit einem Lächeln, das ihren Herzschlag beschleunigte. »Ich gebe mich mit nichts weniger als mindestens zwei Töchtern zufrieden, die das hellrote Haar und die Katzenaugen ihrer Mutter haben müssen.«

»Und wenn das Schicksal nicht mitspielt?«, fragte sie schalkhaft.

Seine Augen leuchteten. »Dann müssen wir eben so lange üben, bis wir es schaffen.«

Arabella wich errötend seinem Blick aus.

Patrick stand lachend auf. »Es wird Zeit, dass ich euch allein lasse. Wenn ich euch beiden so zusehe und -höre, könnte ich meine geheiligte Eheabstinenz vergessen.«

Tony und Arabella brachten ihn an die vordere Veranda und sahen lächelnd zu, wie er auf sein Pferd zustrebte.

»Ich komme noch einmal vorbei, ehe ich nach London fahre«, versprach Patrick, ehe er mit geschicktem Sprung aufsaß.

»Dann bist du also entschlossen, für eine Zeit nach England zu gehen?«, fragte Tony.

Patrick nickte mit einem wissenden Lächeln in den grauen Augen. »Hier hält mich wenig. Und du, mein Freund«, grinste er mit einem amüsierten Blick zu Arabella, »wirst für geraume Zeit anderweitig beschäftigt sein. Auf Jahre hinaus vermutlich.«

Tony lachte, als sie ihm nachwinkten.

Auf dem Weg zurück in den Salon fragte Arabella: »Was soll aus ihm werden? Glaubst du, dass er jemals heiraten und das Glück finden wird, das wir teilen?«

Tony schloss die Tür hinter ihnen und zog Arabella in seine Arme. Er küsste sie innig und sagte Sekunden später rau: »Das Glück, das wir teilen? Vielleicht – ich wünsche ihm alles Glück dieser Welt, falls er sein Herz je verliert.« Seine Küsse wurden drängender. »Aber jetzt kein Wort mehr von Patrick«, murmelte er. »Ich möchte von uns sprechen, von unserem Kind, davon, wie sehr ich dich liebe, und dann …«, er lächelte verwegen, »… möchte ich meine schöne Frau lieben.«

»Ach, Tony, ich liebe dich«, seufzte Arabella, deren Augen wie goldene Sterne schimmerten. »Immer und ewig werde ich dich lieben.«

»Ja«, sagte Tony mit belegter Stimme, und sein Gesicht war erfüllt von Liebe. »Immer und ewig … bis ans Ende aller Tage.«